Reinhard Boos

Augen
Blicke

Reinhard Boos

Augen Blicke

Protokoll einer Katastrophe

Rheinlese Verlag

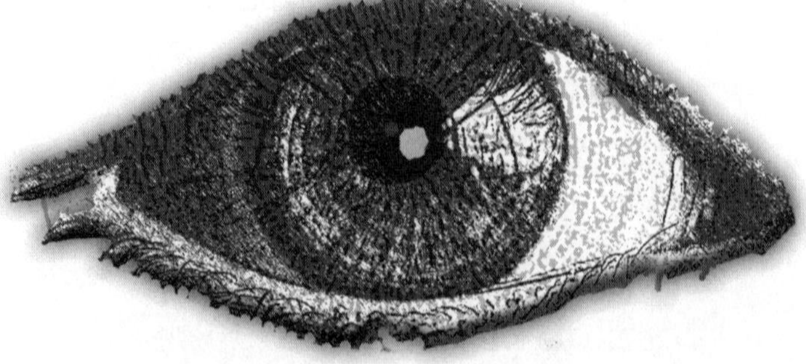

Umschlaggestaltung, Fotos und Layout
Biboos Illustration

Druck: TZ - Verlag & Druck GmbH, 64380 Roßdorf
ISBN 978-3-9822279-1-7

www.bildtrifftbuch.com

Statt eines Vorworts

Liebe Leserin, lieber Leser,
die Handlung und der zentrale Ort
der folgenden Geschichte sind frei erfunden.
Vergeuden Sie keine kostbare Lebenszeit
mit der Suche nach einem Gymnasium am Rhein.
Denn solche Schulen gibt es überall.
Vielleicht sogar in Ihrer Stadt.

Begegnen Sie aber Menschen,
die den Romanfiguren ähneln,
empfiehlt Ihnen der Autor einen Mindestabstand
von zwei Metern.

Sie können nicht wissen,
welches Virus diese Personen vielleicht übertragen
oder ob sie nicht nur die Erfindung
eines kreativen Geistes sind.

Und wie immer an dieser Stelle gilt,
nichts ist beabsichtigt,
alles ist möglich.

Die Protokollantinnen und Protokollanten in der Reihenfolge ihres Auftretens

Tim Henkel	Zeitungsredakteur, Morgen Express (MOEX)
Mirko	Ex-Schüler
Bogutt	Lehrer
Laura Köhler	Lehrerin
Holberg	Stellvertretender Schulleiter
Dr. Rott	Schulleiter
Friedhelm Brinkhus	Schulamtsdirektor
Nick Scholl	Freier Journalist, Vertretungslehrer
Angela	Schülerin
Julia	Schülerin

In
derjenigen Kunst,
die jemand versteht,
möge er sich fortdauernd üben,
denn es ist am schmachvollsten
in dem Berufe zu fehlen,
zu dem man sich
bekennt.

Marcus Tullius Cicero
106-43 v.Chr.
römischer Redner und Staatsmann

Morgen Express, 22. 08. 2016

Angler finden Wasserleiche

Mainz - Zwei Angler haben am Sonntagabend am Rheinufer bei Ingelheim eine leblos im Wasser treibende Person entdeckt.

Der Leichnam konnte von der alarmierten Feuerwehr sowie der Polizei geborgen werden. Die Kriminalpolizei Mainz hat die Ermittlungen aufgenommen. Bislang lägen keine Hinweise auf ein Gewaltverbrechen vor, das Ergebnis der Obduktion stünde aber noch aus. Die Ermittlungen zur Identität des Toten, der auf ca. 35 bis 40 Jahre geschätzt werde, ungefähr 1,80 Meter groß sei, lange blonde Haare habe, mit einem roten T-Shirt und einer blauen Jeans bekleidet sei, dauerten noch an.

Morgen Express, 23. 08. 2016

Männliche Wasserleiche identifiziert

Mainz - Die männliche Wasserleiche, die am Sonntagabend bei Ingelheim aus dem Rhein geborgen wurde, ist identifiziert worden. Bei dem Verstorbenen handele es sich um einen 37-jährigen Mainzer, teilte die zuständige Kriminalpolizei mit. Hinweise, die auf eine Straftat im Zusammenhang mit dem Tod des Mannes hindeuteten, lägen nicht vor.

Dennoch sei derzeit unklar, wann, wo und wie der Mann in den Rhein gelangt und wie er gestorben sei.

Dienstag, 23.08.

Tim

Die Straßen waren verwaist, der Eingang zur U-Bahn-Station menschenleer. Keine Autokolonne verstopfte die Zufahrtsstraße zur Innenstadt. An den gegenüberliegenden Bürotürmen brannten kleine rote Lichter, die Fassaden glitzerten blau und gelb, einzelne Räume waren hell erleuchtet. Wie riesige Raketen in einer Abschussrampe ragten sie in den sternenklaren Himmel. Ich verharrte am Fenster und zermarterte mein Gehirn nach einem Konzept, das sich aber nicht schreiben ließ. Morgen wollten diese Amis meinen Entwurf sehen. Vor meinen Augen flackerten grelle Blitze. Ein brauner Hummer stoppte vor unserem Verlag. Drei Männer sprangen heraus und stürmten zum Eingang. Eindeutig, sie wollten mich holen, ich war nutzlos geworden. In Panik flüchtete ich vom Fenster, griff das Handy auf meinem Schreibtisch und wählte den Notruf. Besetztzeichen, Dauer-Tuten, Totenstille. Wie eine Marionette ohne Fäden sank ich auf den Boden. Die Tür wurde aufgerissen. Ich setzte mich auf meine Knie, bereit zur Exekution. Drei GIs salutierten vor mir. Ihre Gesichter waren mit Narben übersät, die Ohren auffällig oval und abstehend, die Backen aufgeblasen wie Hamster, die Lippen wulstig. Der Größte von ihnen richtete eine Pistole auf mich, zog ein kleines, zusammengefaltetes Blatt Papier aus der Hosentasche und warf es vor mir auf den Boden.

Das Fettgedruckte hatte ich schnell verstanden.

Sorry, Tim. We have to say goodbye. No story, no newspapers, no money, no job. So easy, isn't it?

Ich zog den silbernen Kugelschreiber aus der Brusttasche meines Hemdes, bückte mich zu dem Blatt, unterschrieb mit zitternder rechter Hand meine Kündigung und reichte sie dem GI. Wortlos steckte er das Blatt in seine Kakihose und brüllte salutierend zum Abschied

„Have a nice day, Sir."

Der Wecker klingelte. Er klingelte, schrill und penetrant, bis ich aufwachte und den AUS-Knopf fand.

Vorsichtig streckte ich meine Hand aus und berührte etwas Weiches. Es war ihr Kopfkissen. Eva war also bereits aufgestanden. Sie stand fast jeden Morgen eine Viertelstunde vor mir auf. Wegen Julia. Sie brauche die Zeit für sich und ihre Tochter. Julia könne sich nicht öffnen, wenn ich zusammen mit ihnen frühstücke, dafür müsse ich Verständnis haben. Die Pubertät sei für Julia eine extrem belastende Situation.

Ich schlug die dünne Decke zurück und stampfte mit beiden Füßen auf den Boden. Du Narr! Warum hast du dich vor drei Jahren nur von einer alleinerziehenden attraktiven Brünetten in einer Altstadtkneipe anbaggern lassen, bist am ersten Abend mit ihr in die Kiste gestiegen und hast sie ein halbes Jahr später geheiratet? Torschlusspanik hattest du. Männer in deinem Alter gehören in eine feste Beziehung, hattest du dir eingeredet.

Aus der Küche ertönte plötzlich eine schrille, alles durchdringende Stimme. Meine Stieftochter. Ich verstand wie immer kaum ein Wort. Falls nicht gerade Schulferien waren, ging es aber fast immer um die Scheißlehrer, verfickte Hausaufgaben, idiotische Klausuren oder um irgendwelche Drecks-Typen, die sie sitzen gelassen hatten.

Ich lächelte, für all die armen Jungs hatte ich vollstes Verständnis. Achselzuckend ging ich ins Badezimmer, erschrak kurz vor meinem Spiegelbild und drehte die Dusche auf. Danach fiel mir die wichtige Stadtratsitzung ein, über die ich heute persönlich berichten musste. Wenn ich Glück hatte, könnte ich gegen achtzehn Uhr verschwinden, und es ließe sich Annika kurzfristig für etwas Spaß aktivieren.

Draußen hupte es mehrmals. Ein Motor heulte im Leerlauf auf. Das war bestimmt der neue, schleimige Angeber mit dem Porsche von Vaters Gnaden, der auf Julia wartete. Unser Gartentürchen krachte ins Schloss. Eine Autotür flog zu, Reifen quietschten. Die Nervensäge war endlich weg. Ich ging in die Küche. Eva trug mal wieder ihren giftgrünen Bademantel, den ich nicht mochte, saß mit angezogenen Beinen auf ihrem Stuhl, lächelte gequält und hielt mir ihre linke Wange hin.

Ich küsste sie flüchtig und setzte mich auf meinen angestammten Platz. Eva war ungeschminkt, ihr Haar zu einem Dutt geformt. Mit offenen Haaren gefiel sie mir besser, aber sie hielt Dutt-Frisuren für enorm praktisch und duldete, wie so oft, da keinen Widerspruch. Ich schenkte mir aus der Thermoskanne eine Tasse Kaffee ein und erwartete die frühmorgendliche Hiobsbotschaft.

„Julia war heute Morgen total neben der Spur. Eine Freundin hat ihr geschrieben, dass ihr Deutschlehrer tot sei. Dieser Leppich, weißt du? Total krass!", legte Eva los und fixierte mich mit ihren großen schwarzen Augen.

„Das tut mir leid. Für den Lehrer."

Ich rührte gelangweilt im Kaffee. Leppich? Nee, sagte mir nichts. Wenn ich den Namen jemals gehört hatte, dann hatte ich ihn vergessen. Ich nippte am Kaffee, brach das Croissant, das auf meinem Frühstücksteller lag, in der Mitte durch und biss hinein.

„Der Tod des Lehrers wird Julia hoffentlich nicht traumatisieren", sagte ich schmatzend.

Evas Augen fixierten mich gefährlich.

„Mitgefühl scheint dir gänzlich abzugeben, mein Schatz."

Das *Schatz* hörte sich nicht nach Liebe an. Am liebsten hätte ich geantwortet, dass wir in absehbarer Zeit andere Sorgen haben könnten, als um einen toten Lehrer zu trauern. Letztlich aber schwieg ich und spülte die Reste des Croissants mit Kaffee hinunter.

„Der Lehrer ist im Rhein ertrunken. Wasserleichen sollen doch fürchterlich aussehen. Allein diese Vorstellung ist für die Mädchen fast unerträglich. Ich bin heilfroh, dass dieser nette Nachbarsjunge sie zum Baden abgeholt hat."

Hoffentlich hat sie Kondome eingepackt, wünschte ich Eva, der Kleinen und auch mir.

„Julia wird sich schnell beruhigen, Eva. Das Leben hat sie abgehärtet."

Ich dachte an die angeblichen oder tatsächlichen cholerischen Ausraster ihres leiblichen Vaters, der sie vergangene Weihnachten rausgeschmissen hatte, an ihre ach so allerbesten Freundinnen, die sie für den Umzug nach Mainz ja so leider zurücklassen musste, und ihre elende neue Schule mit den ach so verfickten Lehrern.

„Man merkt, dass du keine eigenen Kinder hast."

Dieser abgefeuerte Pfeil war giftig. Ich verschluckte mich an dem letzten Rest Kaffee aus der Kanne, hustete, rang kurz nach Luft und stand hastig auf.

„Eva, ich muss los. Ich habe einen vollen Terminkalender. Es kann heute Abend später werden."

„Dann hast du es also wieder vergessen", zischte sie; eine Schlange wäre jetzt vor Neid erblichen.

„Was soll ich wieder vergessen haben?"

Ich versuchte, betont unschuldig zu klingen.

„Wir sind heute Abend um acht bei meinen Eltern zum Essen und Urlaubsbilder gucken eingeladen. Bis dahin ist der Herr doch hoffentlich zurück?"

Die Frage klang mehr nach Befehl als nach Bitte.

„Oh ja, natürlich", schwindelte ich. „Ich denke, dass ich gegen sieben da sein kann. Ich rufe dich an, wenn ich in Frankfurt losfahre."

Zehn Minuten später stand ich mit meinem geleasten Coupé im Stau auf der Weisenauer Brücke und rief Annika an. Sie freute sich auf den gemeinsamen Spaß am Abend. Mit dieser Aussicht ließ sich die Stadtratsitzung ertragen, aber nicht meine Schwiegereltern. Diese Pflichtbesuche waren mir ein Gräuel geworden. Erst eine weitere schlechte Kopie eines Menüs nach Tim Mälzer, anschließend Hunderte von diesen grauenvollen Bildungsbürger-Selfies vor mehr oder weniger bekannten Sehenswürdigkeiten und nach dem zweiten Glas Dessertwein vom Discounter das Gejammere meines Schwiegervaters über den ständigen Ärger in seinem Job und die angeblich so sündhaft teuren Urlaube. Du hast Sorgen, Alter, dachte ich jedes Mal. Für das bisschen Ärger in deinem Schulamt wirst du fürstlich besoldet. Du schwimmst im Geld, deine Villa ist lange abbezahlt, in den Ferien fliegst du mit Hedwig von einer angesagten Location zur anderen. Und was machen wir? Eine Woche Radtour rund um den Bodensee, zwei Wochen Zelten in Holland. Wenn ich wegen der Amis rausfliegen sollte, muss ich eventuell das Häuschen verkaufen, weil ich den Kredit nicht bedienen kann. Meine Ersparnisse reichen für drei, vier Monate. Dann kann ich stempeln gehen.

Kurz hinter dem Mainspitz-Dreieck gab ich dem Penner in seinem Familien-SUV mit unsäglichem *Hund Luna und King Julian an Bord* Aufkleber so lange Lichthupe, bis er auf die rechte Spur verschwand, und drückte das Gaspedal durch.

Punkt neun saß ich auf dem schwarzen Ledersessel in meinem Büro und studierte unsere aktuellen Statistiken über Auflagenhöhe und Abozahlen. Wenn kein Wunder geschah, würden uns die neuen Investoren in ein paar Monaten den Stecker ziehen.

Mirko

Auf der kleinen Terrasse meiner Lieblingsbar ließ ich mich in einen Korbsessel fallen und bestellte einen Moscow Mule. Beim Chinesen hatte es Gemüse und spicy chicken gegeben. Das Zeug war mindestens so scharf wie die hübsche Rothaarige vom Nachbartisch. Im zweiten Anlauf hatte ich der Kleinen die Nummer abgeschwatzt und in mein Handy eingetragen. Vorratshaltung. Bei Gelegenheit würde ich sie anrufen. Spätestens wenn ich Angela ad acta gelegt hatte. Oder sie mich. Bei Frauen konnte man sich nie sicher sein.

Farid servierte mir lächelnd den Cocktail. Wie immer trug er ein weißes Hemd und eine saubere schwarze Hose mit korrekten Bügelfalten. Seine schwarzen Lackschuhe glänzten frisch poliert. Der Kellner sprach besseres Deutsch als manch ein Vollpfosten aus meiner ehemaligen Klasse. In seinem ersten Leben habe er in Afghanistan Ziegen gehütet und sei in eine Baumschule gegangen, hatte er mir mal lachend erzählt. Irgendwie hatte es ihn nach Deutschland gespült und er hatte sofort angefangen, Deutsch zu lernen und sich einen Job gesucht. Er sei glücklich, dass er in dieser Bar arbeiten dürfe. Cooler Typ. Lässig und doch höflich. Sein Moscow Mule schmeckte bei der Hitze wunderbar. Ich trank ein paar Schlucke, fischte eine dünne Gurkenscheibe heraus, nagte gedankenverloren an ihr und schaute auf die fast leere Straße. Ab und an verirrten sich ein paar Touristen mit Sonnenschirmen und Sonnenhüten an den Rand der Altstadt. Meistens waren es Asiaten und Amerikaner.

Mein Smartphone klopfte dreimal. Ich wischte über das Display und las Angelas Nachricht. *Ich komme morgen aus dem Urlaub zurück. Sehen wir uns?* Ich log *Ich freue mich auf dich.* Die Kleine musste sich gedulden. Das Treffen mit Leppich war wichtiger. Morgen Abend sehen wir uns beim Portugiesen. Bei Bacalhau und genügend Portwein wurde er immer geschwätzig. Beim letzten Mal ließ er sich über die Finke aus. Im Lehrerzimmer habe sie kurz vor meinem Rausschmiss erzählt, dass ich ein verwöhntes Professorensöhnchen sei und stinkefaul. Effizient halt, pure Effizienz. Und ich hab mir eben nicht alles sagen lassen, weder von Lehrern noch von denen in meinen Kursen. Diese hinterhältige Schlampe. Unverschämte vier Punkte hat sie mir in Englisch gegeben.

Meine linke Hand schlug knapp neben dem Cocktailglas auf. Das Pärchen am Nachbartisch drehte sich erschrocken um. Um jeden Preis hatte sie mich loswerden wollen, mit absurden, an den Haaren herbeigezogenen Gründen. Kaum einbringen würde ich mich mündlich - glatt gelogen - hätte die vier Punkte in der ersten Klausur mehr als verdient - völlig ungerecht bewertet - in der zweiten gnädige sechs Punkte geschrieben - absurd streng korrigiert. Dankeschön! Hängen geblieben war ich zum zweiten Mal und durfte gehen, ein verschissenes einziges Jahr vor dem Abi.

Mein Alter hatte ein Drama draus gemacht. Ich sei neunzehn, müsse endlich Ehrgeiz und Verantwortungsbewusstsein für mein Leben entwickeln. Was solle aus mir nur werden? Ich hätte keinen Schulabschluss. Keinen Ausbildungsplatz. Nichts in der Hand, was mir weiterhelfe. Ab sofort seien seine Zuwendungen gestrichen.

Geh endlich arbeiten und verdiene dein eigenes Geld, hatte er gebrüllt und sich umgehend für einen einjährigen Forschungsauftrag in die Staaten verabschiedet. Bei meiner Mutter, die mit ihrem arbeitslosen Versager in einer Bruchbude in Mombach hauste, war auch nichts zu holen. Nein, der Leppich musste endlich seine Schulden begleichen. Ich steckte das Smartphone in die Jeans und krallte beide Hände an der Tischkante fest.

Wenn der Leppich mein Lehrer gewesen wäre, wäre das alles nicht passiert. Der hätte mich nie im Stich gelassen. Der war korrekt. Von dem hätte ich mindestens meine sieben Punkte bekommen.

Höchste Zeit, dass ich mehr über dieses Finke-Miststück rausbekam. Jeder Mensch hat schließlich irgendeine Leiche im Keller liegen. Ich trank meinen Cocktail aus, winkte Farid herbei und zahlte. Wenn ich diese Leiche ans Tageslicht beförderte, konnte ich vielleicht meinen unterbezahlten Halbtagsjob im Handyladen hinschmeißen und neu durchstarten.

Mittwoch, 24.08.

Bogutt

Die Ferien waren fast vorüber. Auf meinem Schreibtisch lagen ungelesene Artikel aus der TIMES und ein wüstes Sammelsurium an Kopien aus diversen Englischbüchern. Vor einem Jahr hätte ich sie gleich in die blauen Englischordner mit den Aufschriften *Unterstufe Mittelstufe Oberstufe* abgeheftet. Konnte ich mir in diesen Ferien sparen. Die Schweiz hatte alles verändert. Überflüssiger Papierhaufen. Krachend versenkte ich ihn aus großer Höhe im Papierkorb. Tabula rasa. Kein Lochen, kein Abheften, kein Sortieren. Jagd- und Sammelleidenschaft ade.

Das Handy, eine SMS vom Kollegen Kohlhaas. Was will der denn? Schafft er es mal wieder nicht vom Segeln zurück? Wäre auch nicht das Schlechteste …

Ich öffnete die Nachricht.

Kollege Leppich ist tot, wurde aus dem Rhein gezogen.

Wie, Jan soll tot sein? Wir hatten doch erst vor ein paar Tagen miteinander telefoniert. Und für Samstag hatte er sich zwei Mädels zum Rauchen eingeladen. Ich könne ja gerne dazu stoßen. Und klar, heute Abend hätte ich ihm zugesagt. Ich rief Kohlhaas zurück. Der Kollege war verständlicherweise völlig fertig und rang um Worte. Aus seinem Gestammel reimte ich mir ein *Das war ein Badeunfall, sagt die Mucke* zusammen und legte nach ein paar Floskeln wieder auf. Mein Freund Jan soll bei einem Badeunfall gestorben sein? Unfassbar und unvorstellbar. Er war ein sehr guter Schwimmer. Ich blickte einen Moment aufs Handy und wählte diesmal Lauras Nummer.

Laura

Ich träumte ein paar Minuten auf meinem Sessel mit Cohens *If you want a lover i'll do anything you ask me to* von diesem Mann, den ich nie treffen würde, seufzte, setzte mich schließlich an den PC, überflog die üblichen Neuerscheinungen der Schulbuchverlage und checkte die neuesten Mails. Gerade als ich mein Postfach schließen wollte, traf eine neue Nachricht ein. Ping, mein Stundenplan begrüßte mich, endlich.

Holberg war dieses Jahr aber spät dran. Ich öffnete den Anhang. Meine Stunden waren auf fünf Tage und ausschließlich auf den Vormittag verteilt. Danke, Holberg. Ich erklärte meine Vorbereitung für beendet, druckte den Stundenplan aus und lehnte mich auf dem Bürostuhl zurück. Leonhard Cohen verabschiedete sich leise mit *And If you want another kind of love*. Ich hing noch seinen letzten Worten nach, als mein Handy summte.

Bogutt war dran. Er schnaufte. Ich konnte ihn erst fast nicht verstehen.

„Laura!"

Er japste.

„Es ist schrecklich. Jan ist tot."

Ich war wie versteinert und starrte das Display an.

„Oh, mein Gott", schrie ich und stammelte „Was ... Wie, was ist passiert?"

„Die haben Jan am Sonntag aus dem Rhein gefischt, tot. Hat Kohlhaas mir eben gesagt. Die Mucke hat es ihm gesteckt."

„Okay, wo hat die das her? Kannst du da was rausfinden?"

Ich hörte Bogutt zum ersten Mal schluchzen. Ich glaube, er weinte sogar, ganz leise. Bevor er auflegte, versprach er die Mucke anzurufen. Immer noch umklammerte ich mein

Handy. Jan kann nicht tot sein. Nein, so ein Unsinn. Erst vergangenen Freitag hatten wir uns bei den Rheintreppen auf einen Schoppen getroffen. Der Kollege war doch absolut gut drauf gewesen und hatte von seiner Rucksackwanderung auf Kreta geschwärmt. Ganz tolle Leute habe er kennengelernt. Unter anderem eine Erzieherin aus München. Die sei in seinem Alter. Die wolle er bald besuchen. Sehnlich hatte ich Jan gewünscht, dass er endlich eine Frau fände, die zu ihm passe. Jetzt war er tot. Mitten aus dem Leben gerissen. Wie ich diesen Trauerspruch hasse. Seit dem Tod meiner Eltern flammt der in meinem Kopf auf, wenn Menschen viel zu früh sterben.

Holberg

Ich brummelte vor mich hin „Das Leben ist ungerecht." Der Alte bereitet sich schon seit Jahren auf seine Pensionierung vor, sitzt sich in seinem Ledersessel den werten Hintern platt, gefällt sich in seiner Rolle als Repräsentant unserer Schule bei Jubiläumsfeiern, Verabschiedungen und Elternabenden, macht ab und an einen kleinen Abstecher ins Ministerium oder Schulamt und, als Höhepunkt, erteilt er pro Woche vier Pflichtstunden Chemie in der 11, damit er leibhaftige Schülerinnen und Schüler nicht nur auf dem Schulhof und den Fluren sieht, bald ist auch damit Schluss.

In einem Jahr bist du eine historische Gestalt, mein lieber Dr. Rott, und wirst aufgehängt. Noch am Tage deiner Verabschiedung wird Roberto dein Schwarz-Weiß-Foto neben deine Vorgänger an die Wand im Eingangsbereich nageln. Tack, tack, tack. Die Klopfgeräusche fühlten sich gut an. Genauso gut wie die Aussicht, im nächsten Flieger auf ewig zu meinen Jungs nach Thailand abzurauschen.

Zwei Jahre musste ich noch durchhalten. Zwei elend lange Jahre in einem miefigen Büro, knappe vier auf drei Meter, mit einem klemmenden winzigen Fenster für die Frischluftzufuhr, einer zerfledderten Jalousie, abgenutztem PVC, einem verschmierten wackeligen Schreibtisch, einem grauen durchgesessenen Sessel und vier altersschwachen Regalen, voll gestopft mit Ordnern. Angeblich mahnte der Alte bei der Stadt regelmäßig die dringende Renovierung und Neumöblierung an. Und was geschah? Nichts, absolut nichts.

Ich stöhnte auf, beugte mich über den Schreibtisch und sortierte zum letzten Mal die Stunden- und Aufsichtspläne des Kollegiums nach einem System, das nur ich verstand. Ich lächelte, mein System eben, einfach und effizient; aber eben ein Steinzeitmodell, wie dieser gesamte Holberg, würde mein Nachfolger, oder eher meine Nachfolgerin, bemerken, auf einem Hightech-PC das innovativste, intelligenteste, objektivste Stundenplanprogramm der Neuzeit installieren, meine Tafel abhängen und entsorgen lassen.

Nun denn. Kopfschüttelnd drehte ich mich zu meinen Magnetschildchen um und suchte nach Ersatz für Leppich. Der Kollege war tot, im Rhein ertrunken, so die Nachricht des Alten auf meiner Mailbox. Mehr wisse er momentan nicht. Auf jeden Fall müsse der Stundenplan geändert werden. Klar, logisch, aber diese Direktive hatte mich dann doch geärgert. Als ob ich nicht wüsste, was ich zu tun hätte. Ich ging das Kollegium alphabetisch im Kopf durch. Bogutt? Nein. Bogutt scheidet aus. Über den beschweren sich ständig Schüler und Eltern. Bogutt ist vielen zu streng, zu leistungsorientiert, vor allem verteilt er zu schlechte Noten. Vielleicht Eisenreiter? Der hat vor Urzeiten eine Zusatzqualifikation für Deutsch erworben. Auf den ist aber kein Verlass. Meldet sich regelmäßig in der Prüfungsphase krank. Den setze ich nur noch in die Unterstufe. Helmroth? Ein erfahrener Mann. Unterrichtet seit ewigen Zeiten Englisch und Französisch in der Oberstufe und versteht was von seinem Job. Der könnte auch Deutsch bei den Migranten geben. Geht aber mit mir zusammen in Pension. Dem will ich mit keiner neuen Herausforderung kommen. Leierborzer auch nicht, der trainiert mir zu viel seine Jugendmannschaften im Fußball und käme mir wieder nur mit seinem Engagement und Ehrenamt und staatstragend ...

Ich landete schließlich bei Zuber. Zuber geht gar nicht. Der kommt mit Ausländern nicht klar. Alle männlichen Kandidaten waren ausgeschieden, aber Frauen konnte ich bei den Migranten nicht gebrauchen. Das ging für beide Seiten nicht gut aus. Ich brauchte Männer! Gestandene Männer! Definitiv.

Also entfernte ich wie in Zeitlupe das erste Magnetschildchen *Leppich*, legte es in meine linke Hand und strich mit dem Zeigefinger über den aufgedruckten Namen. Wieder einer weniger. Was war nicht alles über den Toten verbreitet worden? Die Fraktion vom großen runden Tisch wollte wissen, dass er mit hohen Einsätzen an Roulettetischen und bei verbotenen Glücksspielen in irgendwelchen Hinterzimmern im Frankfurter Rotlichtmilieu eine größere Summe, angeblich mehrere zehntausend Euro, verloren und Spielschulden angehäuft hätte. Geprellte Gläubiger hätten ihm Schläger mit osteuropäischem Akzent nach Hause geschickt und ein Ultimatum zur Zahlung seiner Schulden gestellt.

Solchen Gerüchten war ich allerdings nie nachgegangen. Das wäre, wenn überhaupt, die Pflicht des Alten gewesen. Ich nahm die restlichen *Leppich* Schildchen von der Tafel ab und legte sie an den Rand meines Schreibtischs. Leppich hatte nie rumgenörgelt und jeden Stundenplan, jede Vertretungsstunde klaglos hingenommen. Auf einen braunen Briefumschlag, der vor mir lag, schrieb ich in Druckbuchstaben LEPPICH, öffnete ihn, ließ die Namensschildchen hineingleiten und legte ihn vorsichtig in die Ablage. Mittlerweile schwitzte ich wie ein Schwein. Arbeit und Hitze zusammen hasste mein Körper. Das Raumthermometer zeigte 28 Grad. Um 11 Uhr morgens. Das ist unmenschlich und gehört angezeigt.

Ich zuckte zusammen, als es zweimal an der Tür pochte.

„Herr Holberg! Machen Sie auf. Ich weiß, dass Sie da sind."

Das musste die SGE sein. Ihre Stimme war laut und hysterisch. Ich sagte vorsorglich keinen Ton. Die Tür flog trotzdem auf und krachte gegen die Wand. Putzstücke bröckelten ab. Die Kollegin wälzte in einem schwarzen Umhang und braunen Sandaletten auf mich zu und blieb sehr nahe vor mir stehen. Ihr Gesicht war knallrot angelaufen. Ihre Haare erschienen mir noch grauer als vor den Ferien.

„Was soll das, Herr Holberg? Warum antworten Sie nicht? Ich habe doch Ihren Wagen auf dem Parkplatz stehen sehen."

„Entschuldigung, ich wollte gerade …"

„Herr Holberg, so geht das nicht. Wie oft muss ich Ihnen das noch sagen? Wollen Sie mich schikanieren? Sie wissen genau, dass ich grundsätzlich keinen Unterricht nach dreizehn Uhr halte. Meine private Situation müssten Sie allmählich kennen."

Ich schwieg, weil ich den folgenden Wortschwall zur Genüge kannte.

„Ich bin alleinerziehend, muss meinen Ole-Thorben von der Schule abholen, ihn bekochen, seine Hausaufgaben überwachen, ihn zum Percussion- und Tennisunterricht fahren, meine Flüchtlinge betreuen, übrigens ehrenamtlich, das muss ich nochmals betonen, meine Mutter pflegen ..."

Ich hörte nicht weiter zu und überlegte, wem ich den Nachmittagsunterricht in Französisch aufs Auge drücken könnte. Ich selbst hatte keine Lust auf die lärmende Unterstufe. Außer mir kamen dann nur die Kollegen Duck und Meuser in Frage. Die beiden Studienräte zur Anstellung würden sich ein paar Monate vor ihrer möglichen Verbeamtung niemals beim Personalrat, geschweige denn bei mir, über Stundenpläne und Aufsichten beschweren. Genau. So mache ich das. Am Montag würde ich ihnen die Stundenplanänderung mitteilen. Zwei Tage Einarbeitungszeit genügten. Als Junglehrer hatte ich ohne Ankündigung auf einen Schlag drei Klassen in der Oberstufe, Leistungskurs Französisch, übernehmen müssen.

„Frau Schneider-Grüber-Emmelholz", das HOLZ dehnte ich absichtlich, „ich habe grad eine Lösung für Ihr Problem gefunden. Sie unterrichten die 9 am Dienstag und Donnerstag jeweils in der 5. und 6. Stunde."

Die SGE verzog keine Miene. Langsam färbte sich ihr Gesicht von knallrot auf schweinchenrosa.

„Warum nicht gleich so, Herr Holberg. Ich bin es leid, hier jedes Halbjahr als Bittstellerin auftreten zu müssen."

„Ich gelobe Besserung, Frau Schneider-Grüber-Emmelholz", versprach ich und vermied ein Grinsen.

Bei einer der nächsten Abordnungen stehst du ganz oben auf unserer Abschussliste, entschied ich.

Die SGE verschwand grußlos aus meinem Büro. Ich drückte die Tür zu, verschob die Schildchen *SGE, Duck* und *Meuser* auf ihre neuen Positionen meiner Tafel und schaute auf den blinkenden Anrufbeantworter. Bevor ich die verpassten Anrufe abhören konnte, klopfte es zweimal an der Wand. Ich seufzte auf und ging rüber zum Alten.

Dr. Rott

Ich begrüßte meinen Stellvertreter mit einem „Gut gemacht. Ich bewundere Ihre Geduld mit der SGE."

Holberg erwiderte nur ein knappes „Guten Morgen" und setzte sich mit einem anerkennenden Nicken auf den frisch gelieferten braunen Ledersessel.

Ein fremder Duft von Orange, Zitrone und Kardamom waberte durch mein Büro. Wahrscheinlich ein Mitbringsel aus Thailand. Den Duft hätte ich gerne bei Hiltrud gerochen. Holbergs Gesicht war glatt rasiert und inklusive Glatze im Urlaub puterrot geworden.

Seine Kleidung glich einem bunten Sammelsurium: Verwaschenes weißes T-Shirt, braune, zu weite Cordhose, ausgetretene graue Slippers. Das T-Shirt überzog ihn wie eine Wurstpelle. Ihm fehlte ein Partner, der ihn vernünftig anzog.

„Schrecklich, diese Sache mit Leppich. Die Polizei weiß immer noch nicht, wie genau der Kollege gestorben ist, behauptet die Mucke. Und die muss es bei ihren Kontakten ja wissen", sagte ich.

„Leppichs Tod ist eine Tragödie und ein riesiger Verlust für unsere Schule, Herr Dr. Rott."

Holbergs Augen wurden wässrig.

„Haben Sie bereits passenden Ersatz für den Kollegen gefunden?"

„Nein, noch nicht, Herr Dr. Rott."

„Ich verlasse mich auf Sie, Herr Holberg. Bringen Sie das in Ordnung."

Mein Stellvertreter sah beleidigt aus. Diese Bemerkung hätte ich mir sparen können.

„Nächste Woche müssen wir die Trauerfeier für Leppich organisieren. Am besten ist es, wenn wir für diese Angelegenheit den Personalrat und die Religionslehrer einbinden."

„Ich veranlasse alles Nötige, Herr Dr. Rott."

„Ich werde die Trauerfeier mit einer kurzen Rede einleiten, Herr Holberg. Ein paar Sätze über Leppichs beruflichen Werdegang und seine schulischen Aktivitäten. An Spekulationen über die Todesursache werde ich mich nicht beteiligen."

„Ich lege Ihnen morgen den Entwurf vor, Herr Dr. Rott."

„Danke."

Alles Nötige war gesagt. Ich schaute in meinen Terminkalender und auf meine Uhr. Es war kurz vor elf. In einer guten halben Stunde war ich zum Tennisspielen mit Hiltrud verabredet. Beim letzten Charity-Termin unseres Lions Clubs im Seniorenstift war die adlige, immer noch ganz ansehnliche Schönheit der einzige Mensch gewesen, der sich mit mir unterhalten wollte. Alle anderen behandelten mich seit Petras Auszug wie einen Aussätzigen.

„Da ist noch etwas, Herr Dr. Rott."

Ich zuckte zusammen und blickte zu meinem Stellvertreter. Er lächelte mit geschlossenem Mund.

„Herr Brinkhus hat gestern angerufen."

„Was? Und das erfahre ich erst jetzt?"

Die Wut stieg in mir hoch. Der Klang meiner Stimme veränderte sich.

„Entschuldigung, Herr Dr. Rott. Sie waren gestern Nachmittag für niemanden zu sprechen. Deshalb habe ich den Anruf des Schulamtsdirektors entgegengenommen."

Stimmt. Der Schwenke hatte ich gesagt, dass ich einen Außer-Haus-Termin hätte. Nach dem Ölwechsel in der Werkstatt hätte ich theoretisch in die Schule zurückfahren können, praktisch trieb mich die wochenlange lethargisch machende Hitze unter die schattenspendenden Bäume meines Gartens.

„Was wollte Brinkhus?"

Holberg richtete seinen Oberkörper auf. Er kam mir unangenehm überlegen vor.

„Ich fasse das Gespräch mal kurz zusammen. Herr Brinkhus hat behauptet, wir seien im internen Vergleich mit den anderen Gymnasien auf den letzten Platz abgerutscht. Unsere Schülerzahlen hätten sich zwar nach dem Rückgang der letzten beide Jahre konsolidiert, sie seien aber ein gutes Stück vom Höchststand des Jahres 2012 entfernt. Unser Abiturnotendurchschnitt hätte sich weiter verschlechtert. Und wir seien personell überbesetzt. Herr Brinkhus hat ..."

„Überbesetzung und schlechte Noten. Die Vorwürfe entbehren jeder Grundlage", funkte ich mit einer abwehrenden Handbewegung Holberg dazwischen.

Mein Stellvertreter aber redete einfach weiter.

„Herr Brinkhus hat vorgeschlagen, dass Sie eine passende Fortbildung für das Kollegium organisieren. Er stellt sich einen *Pädagogischen Tag* zu gehirn-gerechtem Lernen und Lernen lernen vor. Das andere neumodische Zeug, das er aufgezählt hat, habe ich vergessen. Brinkhus meint, Frontalunterricht sei ein Relikt aus dem vergangenen Jahrhundert. Wir müssten auf die veränderte Rolle des Lehrers vom reinen Wissensvermittler zum Förderer und Coach unserer Schülerinnen und Schüler reagieren, sonst würden wir im Bildungsmittelmaß versinken."

Ich stimmte Holberg zu, obwohl ich in diesem Moment nicht wusste, was Brinkhus uns konkret abverlangte. Ich hatte nie anders als frontal unterrichtet und war doch immer gut damit gefahren.

„Wir sollten das Thema auf die Tagesordnung der nächsten Gesamtkonferenz setzen und sich eine Arbeitsgruppe bilden lassen. *Innovation 4.0, performance evaluation* oder *school of future* könnte die heißen", schlug mein Stellvertreter grinsend vor.

„Ja, gut. Einverstanden, Herr Holberg", antwortete ich mit einem schmalen Lächeln.

Mit der Zukunft können sich die Jungen rumschlagen. Das ist nicht mehr meine Baustelle, dachte ich erleichtert.

„Und was den Abidurchschnitt betrifft", fügte ich an, „habe ich Herrn Brinkhus beim letzten Jour fixe noch einmal ausführlich unsere Philosophie geschildert. Wir rücken von unserem Leistungsanspruch kein Jota ab. Unsere Ziele sind und bleiben Leistungen einfordern und junge Menschen zu einem qualifizierten Abschluss führen. Darin sind wir uns doch einig?"

„Selbstverständlich, Herr Dr. Rott."

Ein zweites Lächeln huschte über Holbergs Gesicht.

„Bliebe noch die Überbesetzung, Herr Dr. Rott. Brinkhus hat leider recht. Ich habe gestern Abend nachgerechnet. Wenn wir unsere Anmeldezahlen nicht steigern können, sind wir im nächsten Halbjahr mit drei Stellen überbesetzt."

„Drei Stellen? Leppich bereits eingerechnet?"

„Ja. Leppich habe ich bereits berücksichtigt."

„Dann müssen wir zum kommenden Halbjahr abordnen. Wen haben Sie auf dem Schirm?"

„Bogutt, Kohlhaas, Eisenreiter, Leierborzer, die Rühmkopf-Dieterfeld und die SGE. Alle sechs sind mit ihrer persönlichen Situation in unserem illustren Verein unzufrieden."

„Gut. Sehr gut. Das klären wir zu gegebener Zeit einvernehmlich mit den Betroffenen. Ich möchte keinen Ärger im Kollegium haben. Momentan bleiben die Namen noch unter Verschluss."

Holberg nickte mehrmals, zog sich aus dem Sessel hoch, ging zum Schreibtisch und klemmte sich wortlos den Aktenberg unter den Arm. Im Rausgehen drehte er sich um und deutete mit seinem Bündel auf den neuen Sessel.

„Hübsches Designerstück, Herr Dr. Rott. Schön anzusehen, aber leider nicht zum Gebrauch geeignet. Da lobe ich mir meinen alteingesessenen Clubsessel."

Mit einem spöttischen Grinsen drückte Holberg sein Kreuz durch und verließ mein Büro.

Du schwuler Sack. Sei froh, dass ich dich zu meinem Stellvertreter gemacht habe. Ohne meine Fürsprache müsstest du bis zu deiner Pension mit Kramer den Schreibtisch in der dunklen Bibliothek teilen. Du weißt doch genau, dass die Stadt fast pleite ist und nur meinen Sessel genehmigen konnte. Auf dem Schreibtisch fiel mir der kleine gelbe Zettel auf. *Bewerberin Becker anrufen* stand drauf. Dahinter eine Telefonnummer. Mein Personalrat hatte mir gestern eine junge Frau empfohlen, die bei den Migranten eingesetzt werden könnte. Er kenne sie über eine Freundin seiner Frau. Frau Becker hätte das Erste Staatsexamen fürs Lehramt an Gymnasien. In Französisch und Englisch. Dass sei ja wohl kein Hindernis, hatte Gully meine Bedenken wie selbstverständlich beiseite gewischt, Sprache sei Sprache. Außerdem würden ja bereits Quereinsteiger im regulären Unterricht eingesetzt und Studenten verschiedene Arbeitsgemeinschaften am Nachmittag leiten.

Das Telefonat mit dieser Frau Becker war schnell erledigt. Ihre Stimme klang sympathisch. Ich bat sie, am Freitag um zehn in mein Büro zukommen.

In der Zwischenzeit war es kurz vor halb zwölf geworden. Als ich die Türklinke in die Hand nahm, klingelte mein Handy in der Hosentasche. Ich zog es heraus. Gräfin Matratza stand auf dem Display. Ich meldete mich.

„Hallöchen, lieber Doktor. Hier ist Hiltrud. Es tut mir so schrecklich leid. Wir müssen unser Tennis verschieben. Wie gern hätte ich mit Ihnen ein paar Bälle geschlagen und einen leckeren Cocktail auf der Clubterrasse genommen.

Aber ich bin heute Morgen so durcheinander. Fast hätte ich schon meinen Massagetermin im Salon VERWÖHN UND SCHÖN vergessen. Später muss ich meine Koffer packen. Ach, das wissen ja noch gar nicht, Herr Doktor. Morgen fliege ich zu einem Freund in die Karibik. Das Goldschätzchen hat mich für vier Wochen auf seine Yacht eingeladen. Ist das nicht toll? Sie sagen ja gar nichts, Herr Doktor? Sind Sie etwa enttäuscht? Na klar. Wäre ich auch an Ihrer Stelle. Wenn ich wieder in Mainz bin, melde ich mich. Dann unternehmen wir was Schönes. Versprochen. Jetzt muss ich aber los. Auf bald und Tschüssi."

Ich verfluchte die 200-Euro-Rechnung im Sternerestaurant am vergangenen Samstag. Das blaue Blut hatte mich wie eine Weihnachtsgans ausgenommen.

Glatte Fehlinvestition. Abhaken. Ruf dein Ohr an, Arthur. Ich nickte mir beifällig zu. Die Kleine ist nicht so anspruchsvoll. Die ist mit zwei Glas Rotwein und ein bisschen gegrilltem Fisch zufrieden. Nebenher erfahre ich das Neueste aus meinem Kollegium. Mit der Aussicht auf einen erhellenden und entspannten Abend wählte ich die Nummer, die ich auswendig kannte.

Mirko

Die Sonnenstrahlen tasteten sich durch die blinden Fensterscheiben in meiner Küche. Ich bereitete mich mit einem Glas Whisky auf mein Nachmittagsprogramm vor, studierte im Netz die aktuellsten Quoten, öffnete meinen Geldbeutel und zog ein paar Scheine heraus. Ich zählte Einhundert ab und steckte den Fünfziger, die beiden Zwanziger und den Zehner zurück. Heute liefen auf dem Centercourt in Bad Homburg die beiden Halbfinals der Damen. Die eine heiße Schnitte war an Nummer 3, die andere an 10 gesetzt. Im zweiten Spiel standen sich die Nummer 12 und die 1 gegenüber.

Aus der Ferne betrachtet waren das zwei klare Sachen. Wenig Risiko, schlechte Quote. Wenn ich richtig Kohle machen wollte, musste ich vor Ort auf eine Sensation setzen, schneller als die Livequote des Internetanbieters sein und meinen Tipp ein paar Sekunden vorher abgeben. Vor allem durfte ich mich nicht erwischen lassen.

In Koblenz hatte mich ein Aufpasser beim Live-Zocken ertappt und aus der Halle geworfen, als ich gerade auf Satzgewinn für so ein Schlitzauge wettete. Drei Grüne waren futsch. Lass dich hier nie wieder blicken, sonst kriegst du eine Anzeige, hatte mir der Typ hinterher gebrüllt. Und in Bad Homburg durfte mir das nicht noch einmal passieren. Der letzte Hunni war meine letzte Chance.

Mein Handy summte.

„Leppich ist tot", kreischte Angela sofort los.

„Wow, wow, was? Sag das bitte noch mal."

„Ja, Mirko. Ich hab grad gehört, dass Leppich tot im Rhein gefunden wurde. Was machen wir jetzt, Mirko? Unsere Kohle kriegen wir nie mehr. Und wenn die Bullen anfangen, in seinem Umfeld zu ermitteln, sind wir am Arsch."

„Angela, ganz ruhig bitte. Die Bullen müssen erst mal draufkommen, dass Leppich mit uns in Kontakt stand. Von den Geschäften wissen nur du und ich."

„Und natürlich John!", schrie Angela.

Sie hatte recht. John lieferte die Ware und trieb Außenstände ein. Er war ein Turm von einem Mann, fast zwei Meter groß. Wenn der bei einem säumigen Schuldner klingelte, war entweder sofort oder allerspätestens nach 24 Stunden Zahltag.

„John werde ich beruhigen können, meine Kleine. Lass das mal meine Sorge sein."

„Der hat uns doch in der Hand, Mirko. Wenn der auspackt, sind wir geliefert."

„Auf John können wir uns verlassen. Der hält dicht. Der ist Profi", sagte ich mit ruhiger Stimme, aber sicher war ich mir da nicht.

„Ich versuch es zu glauben. Aber ganz ehrlich, Mirko. Du musst mir versprechen, dass du diesen John im Auge behältst."

„Ja, mache ich, Schatz."

Dieses Versprechen würde ich nie einhalten können. John war eine Nummer zu groß für uns. Der verkehrte in anderen Kreisen. Dort, wo es richtig weh tun konnte.

„Sehen wir uns heute Abend, Mirko?"

Wow. Die Kleine hat Sehnsucht.

„Ja, vielleicht. Ab elf habe ich Zeit."

„Ab elf? So spät? Zockst du etwa wieder?"

Die drei Fragezeichen hörten sich wie ein einziger Vorwurf an. Dieses Ausfragen kotzte mich an. Überhaupt war mir die Kleine in letzter Zeit zu neugierig geworden. Sie wollte quasi über jeden meiner Schritte informiert werden. Wenn sie das nicht abstellte, würde ich sie in die Wüste schicken. Nicht sofort, später. Wenn die Geschäfte beendet waren.

„Was soll ich machen, Angela? Glaubst du, der Job im Handyladen finanziert mein Leben?"

„Ich habe Angst, dass die Bullen dich hochnehmen. Dann verschwindest du für Jahre im Knast."

„Das hört sich an, als ob du dir Sorgen um mich machst."

Angela schwieg.

„Okay, okay, Kleines. Ich bin so früh wie möglich bei dir. Deine Alten sind weg?"

„Ja, natürlich. Die schieben mal wieder Überstunden im Krankenhaus und kommen erst morgen früh nach Hause."

Ich beendete das Gespräch und steckte das Handy in meine linke Gesäßtasche. In der rechten piepste mein Geschäftshandy. John war dran.

„Hast du schon gehört, Alter? Euer Lehrer ist tot."

„Ja, ich weiß."

„Was machen wir jetzt, Alter? Am Freitag muss ich die nächste Lieferung zahlen. Die tausend Euro von Leppich fehlen."

„Mach dir keine Sorgen, John. Du kriegst dein Geld. Ich habe eine todsichere Sache am Laufen. Mit der Kohle kannst du die Ware bezahlen und Leppich einen Kranz mit goldener Schleife aufs Grab legen."

„Alter, wenn du mich verarschen willst, dann ..."

John musste den Satz nicht vervollständigen. Ich kannte ihn und seine besten Freunde.

„Du trägst Risiko, Alter. Ganz alleine. Morgen Abend will ich die Kohle sehen."

Wir verabredeten uns für achtzehn Uhr auf ein Treffen vor dem Klubhaus seines Fußballvereins. Ich griff zum Whiskyglas, trank es in einem Zug aus, stand auf und sah auf den betonierten Innenhof mit den Garagen und den Wellblechdächern. Im Übergang zum zweiten Innenhof ließ die tätowierte Glatze aus dem zweiten Stock seinen Rottweiler auf den Boden scheißen und schlenderte weiter. Für die Flucht aus diesem Loch brauchte ich mehr als zwei, drei todsichere Tipps, ich brauchte DEN ultimativen Tipp.

Brinkhus

Ich erwachte, den Krimi noch immer auf Seite 27 aufgeschlagen auf meiner Brust liegend, klappte das Buch zu und legte es neben die Stehlampe auf den Teppich. Die Wanduhr über der Kommode zeigte kurz vor sieben. Aus der Küche drang der Duft von Gulasch und Rotkohl. Hedwig bereitete das Abendessen vor. In einer guten halben Stunde würde sie mein Lieblingsgericht servieren. Zeit genug, um den Brief zu lesen. Hedwig musste nichts von dem Brief erfahren. Auf Briefe ohne Absender reagierte sie hysterisch. So wie damals, als ich mir mit der süßen Französin, die ich auf diesem Expertentreffen für pädagogische Führungskräfte in Straßburg kennen gelernt hatte, ein paar Briefe geschrieben hatte. Mit einem gleichzeitig unschuldigen und vorwurfsvollen „Ich kann doch nichts dafür, dass mir diese Frau Briefe schreibt. Wenn du genug Selbstbewusstsein hättest, würde dir das nichts ausmachen" hatte ich eine ernsthafte Ehekrise ausgelöst, die sich erst mit einigen teuren Geschenken und einem Opernbesuch in der Mailänder Scala beseitigen ließ, und den Kontakt mit der Französin abrupt beenden müssen.

Der Krimi mit dem langweiligen Plot konnte warten, nach zwanzig Seiten ahnte ich bereits das Ende. Ein typisches Geschenk meiner Tochter. Wenn ihr der eigene Vater wichtig wäre, hätte sie sich in der kleinen Buchhandlung in der Gaugasse beraten lassen und einen Fauser oder einen Ani empfohlen bekommen. Nicht, dass ich eigentlich alle davon kenne, aber sie hätte wenigstens da mal zeigen können, dass sie mich schätzt.

Ich erhob mich aus meinem alten Ohrensessel, begab mich zum Schreibtisch, öffnete die Schublade und holte den Umschlag heraus, den ich kurz vor Hedwigs Rückkehr vom Bridgespielen mit ihren Freundinnen aus dem Briefkasten gefischt und in der Schublade meines Schreibtischs versteckt hatte.

Herr Brinkhus stand da ganz einfach drauf. Grammatikalisch falsch, klein und mit krakeliger Handschrift geschrieben. Sehr wahrscheinlich gehörte sie dem anonymen Schreiber oder der Schreiberin des ersten Briefs, den die Empfangsdame im Foyer vor ein paar Wochen aus dem Briefkasten des Schulamts gezogen und in mein Büro gebracht hatte. In dem Brief wurde der Vorwurf erhoben, dass am Gymnasium am Rhein Noten getürkt würden und Lehrer unterrichteten, die gar keinen Hochschulabschluss besäßen. Im letzten Satz, so weit erinnere ich mich, war ich aufgefordert worden, endlich einzugreifen.

Eher gleichgültig hatte ich die drei Zeilen überflogen und den Brief wie all die anderen, die mich gelegentlich erreichten, sofort geschreddert. Lehrer, die ohne Hochschulabschluss unterrichteten, gab es, mit Ausnahme der Studenten, die ein paar Arbeitsgemeinschaften unterrichteten, in meinem Schulamtsbezirk definitiv nicht.

Dass am Gymnasium am Rhein Noten fingiert wurden, konnte ich mir gut vorstellen. Das geschah sicherlich nicht nur dort, aber ich weiß es nicht, und das ist auch gut so. Wahrscheinlich bangte der eine oder andere Lehrer um seinen Arbeitsplatz, nachdem die Schule in einer internen Rangliste der Abiturnoten auf dem letzten Platz gelandet war. Ein Pünktchen hier, ein Pünktchen dort, und schon waren ein paar mehr Abschlüsse vergeben. Gut für die Statistik, gut für das Image der Schule. Dem Rott würde das Ergebnis dieser Großzügigkeit gefallen, ohne dass der alte Humanist sie jemals anstoßen würde. Die Vorwürfe des Anonymus hätten präziser sein müssen, um meinen Assistenten mit Nachforschungen zu beauftragen.

Ich konnte doch unmöglich Klausur- und Abiturnoten eines Kollegiums mit über 90 Lehrerinnen und Lehrern überprüfen und alle Personalakten nach Unregelmäßigkeiten durchsehen lassen. Kopfschüttelnd ritzte ich mit dem silbernen Brieföffner, der am Rand des Schreibtischs lag, den Umschlag auf, zog ein weißes Blatt heraus und begann zu lesen *Deine Vergangenheit holt dich ein! Ich sage nur Stichwort: Freie Schule.*

Freie Schule? Ja, dort hatte ich meine Ausbildung absolviert. Das war 25, nein, über 30 Jahre her. Meine Hände zitterten leicht, als ich das Blatt in den Umschlag zurücksteckte und zum Fenster hinaus in den Garten blickte. Ein junger Mann aus Somalia bewässerte den verbrannten Rasen. Dreimal wöchentlich verdingte er sich bei uns und in den Nachbarvillen als Gärtner und verdiente sich ein paar Euro. Ich schlich zum Fenster, zog die weiße Gardine vor und stützte meine Hände auf die ausgezogene Schreibplatte des Sekretärs.

Beruhige dich, Friedhelm. Der alte Leppich hat die Vergangenheit mit ins Grab genommen.

Als ich die Hände zurückzog, hatten beide einen schwitzigen Abdruck hinterlassen.

Dieser, wie hieß er gleich, dieser Wrengler lebt in Südamerika. Der Einzige, der Genaueres wissen könnte, ist der junge Leppich. Falls sein Vater ihm etwas erzählt hat, dann könnte …

Ich weigerte mich den Gedanken zu Ende zu führen. An allem war die Finke Schuld. Wenn sie gegen Leppichs Beförderung zum Oberstudienrat nicht erfolgreich geklagt und die Stelle bekommen hätte, wäre der junge Leppich zufrieden gewesen. Ich hatte ihm die Stelle hoch und heilig versprochen. Vielleicht wollte sich er rächen? Ja, vielleicht. Was hätte ich machen sollen? Mir waren die Hände gebunden. Wenn sich Frauen bewarben, besetzten sie fast jede Stelle. Dafür war ich doch nicht verantwortlich. Meine rechte Hand flog auf das Erbstück meines Vaters. Ich hätte dem jungen Leppich meine Ohnmacht besser kommunizieren müssen. Gegen den Zeitgeist und die Frauenquote konnte ich nichts ausrichten.

Mein Blick fiel auf unsere Ahnengalerie auf der gegenüberliegenden Wand. Alles erfolgreiche Wissenschaftler und Unternehmer. Großbürgertum. Seit des Kaisers Zeiten.

Ich war der erste Beamte in der Familie. Und im Schulamt hängen geblieben. Von diesen Ökos ausgebremst. Falsches Parteibuch. Karriere vorbei. Ich lachte kurz auf und setzte mich auf einen der beiden Thonetstühle, die vor dem Couchtisch standen. Für Sekunden schloss ich die Augen. Es kann immer noch alles ans Licht kommen. Was passiert dann mit mir? Wenn es ganz krumm läuft, bin ich ruiniert. Die Presse wird sich auf mich und die Familie stürzen. Ich musste unbedingt meinen Schwiegersohn anrufen. Es dauerte lange, bis er sich meldete. Er habe jetzt keine Zeit, sei in einer wichtigen Besprechung, sagte er kurz angebunden, und versprach dann doch, am nächsten Morgen bei uns vorbeizukommen. Mein Handy klingelte. Die Gräfin war dran.

„Ich bin's, dein Schätzchen Hiltrud. Hast du über mein Angebot nachgedacht? Bestimmt sagst du JA. Ich weiß doch, du tust alles für deine Gräfin. Willst du sammeln oder packen?"

Packen hört sich nach Schweiß an, schoss mir durch den Kopf.

„Sammeln", antwortete ich leise.

„Dachte ich mir gleich, mein Schätzchen. Du bist so clever. Das Päckchenpacken überlässt du deinen kleinen Negern aus der Schule, oh Pardon, Farbige oder so muss man ja heute sagen. Wie süß diese Jungs sind. So authentisch. So unverdorben. Wenn ich aus der Karibik zurück bin, hast du bestimmt die zweitausend Euro im Club für mein rumänisches Waisenhaus gesammelt."

Ich wünschte der Gräfin einen schönen Urlaub und verdammte den One-Night-Stand mit meiner Zusage, ab sofort den Ersten Kassierer und Spendensammler in ihrem Verein *Solidarität mit den armen Völkern Europas* abzulösen.

Donnerstag, 25.08.

Tim

Es war kurz vor neun, als ich Gonsenheims 1a Wohnlage erreichte. Feine Gegend. Bungalows, Villen mit riesigen Fensterfronten, umgeben von hohen Tannen, die der Klimawandel vertrocknen ließ, niedrige Mauern, Gärten und Doppelgaragen, viele SUVs, ein paar Kleinwagen als Zweitautos für die Gattin. Ich parkte meinen Wagen vor der Garageneinfahrt, stieg aus und ging auf das zweistöckige weiße Gebäude mit Stuckverzierungen zu. Jugendstil vom Feinsten, aber drunter macht der Alte es ja auch nicht. Umgeben von hohen Tannen und Fichten lag die Villa so still wie eine Gruft.

Die einzigen Geräusche, die zu hören waren, Vogelgezwitscher. Ich legte einen Finger auf den silbernen Messingknopf an der Pforte, wartete das Summen ab, drückte das gusseiserne Gartentor auf und betrat den mit grauen Betonfliesen ausgelegten schmalen Weg, der zum Hauseingang führte. Leise fiel das schwere Tor hinter mir ins Schloss. Mein Schwiegervater begrüßte mich an der Tür, ein Tablett balancierend, auf dem zwei Kaffeetassen standen. Ich konnte ihm nicht ansehen, ob er sich freute, mich zu treffen.

„Hedwig lässt dich grüßen, Tim. Sie ist zum Joggen. Lass uns in den Garten gehen. Dort ist es angenehmer als drinnen."

Friedhelm stellte das Tablett auf das runde Marmortischchen, das vor zwei Gartenstühlen mit schwarz-grau karierten Auflagen stand. Wir setzten uns, tranken einen kleinen Schluck und stellten die Tassen auf das Tischchen. Mein Schwiegervater trug ein weißes Poloshirt und eine lange helle Stoffhose. Nach drei Wochen Kreuzfahrt durchs Mittelmeer sah er sehr gut erholt aus.

„Schön, dass du so schnell kommen konntest.“ Friedhelm lächelte etwas zu lange.

„Ich will nicht um den heißen Brei herumreden, Tim. Ich muss auch gleich ins Amt. Eva war beim Essen am Dienstag, das du ja kurzfristig wieder aus beruflichen Gründen ausfallen lassen musstest, mit den Nerven völlig fertig. Sie sagte, sie sehe dich viel zu selten. Wenn du nach Hause kämst, wärst du müde und würdest kaum mit ihr reden. Kurzum, Hedwig und ich machen uns Sorgen um eure Ehe.“

Der verbale Überfall traf mich unvorbereitet.

„Unsere Ehe ist sicher, Friedhelm. Manchmal muss ich Eva und Julia etwas vernachlässigen, was mir sehr leid tut. Es gibt Abende, da komme ich sehr spät aus der Redaktion und ...“

„Oder mit dieser Brünetten aus dem Hotel am Hauptbahnhof“, unterbrach mich mein Schwiegervater.

Mein Bein zuckte nervös, ich stieß an das Tischchen und die Tassen klapperten. Wie gelähmt starrte ich Friedhelm an und spürte, dass ich blass wurde.

„Du lässt mich bespitzeln?“

„Es war eher ein Zufall. Du gibst deine außereheliche Beziehung also zu, Tim?“

Ich zog es vor, nichts zu sagen. Friedhelm griff zu seiner Tasse und trank ein paar Schlucke. Seine stahlblauen Augen fixierten mich.

„Die Brünette lässt du ab sofort sausen. Verstanden?“

Ich schluckte ein paar Mal. Was ging Friedhelm mein Privatleben an? Ich würde Eva nie verlassen. Annika war eine Affäre aus der Mainzer Redaktion. Tolerant und anspruchslos. Wir vergnügten uns alle paar Wochen im Whirlpool und auf dem riesigen Wasserbett unseres Stammhotels und gingen nach einer Flasche Rotkäppchen Sekt getrennte Wege. Ich zu Eva, Annika zu ihrer Monika.

„Hast du mich verstanden, Tim?“

„Ja“, sagte ich leise und griff zu meinem Autoschlüssel in der Hosentasche.

„Einen Moment, bitte. Wir sind noch nicht fertig.“

Friedhelm beugte sich nach vorne. Seine Augen funkelten jetzt kalt.

„Du wirst mir bei einem Problem helfen!“

„Und wenn nicht? Wenn mir deine Probleme egal sind?“

Mein Schwiegervater grinste höhnisch.

„Du wirst mir helfen, Tim. Sonst erfährt Eva, dass du sie betrügst. Meine Tochter wird sich scheiden lassen. Sie kann mit Julia jederzeit bei uns einziehen. Für dich kann es finanziell eng werden. Erst recht, wenn euch eure Investoren den Geldhahn zudrehen und dich rausschmeißen.“

„Investoren? Woher weißt du, dass wir ...?“

„War nur eine Vermutung, Tim. Den meisten Tageszeitungen geht es schlecht.“

Alter Schuft. Welches Spiel treibst du gerade mit mir?

„Unsere Lage ist nicht aussichtslos, Friedhelm. Wir arbeiten intensiv an Neustrukturierungsmaßnahmen. Ich denke, dass erst im kommenden Jahr eine endgültige Entscheidung getroffen wird, ob man uns behält oder abstößt.“

Friedhelm sah leider nicht so aus, als ob er mir glaubte.

„Weiß Eva von der Krise eurer Zeitung?“

„Ich habe ein paar Andeutungen gemacht.“

„Lass es dabei bewenden, Tim. Details würden das Kind nur unnötig aufregen.“

Ich presste die Lippen zusammen und schwieg.

„Ich weiß nicht, ob du dir dem Ernst eurer Lage bewusst bist, Tim? Du hörst dich fast gleichgültig an.“

„Wenn es dich beruhigt, ich schlafe schlecht.“

Friedhelm lehnte sich in seinen Stuhl zurück, schlug die Beine übereinander und begann zu erzählen.

Ein paar Minuten später wusste ich, dass er ein anonymes Schreiben erhalten hatte, in dem stünde, dass im Gymnasium am Rhein Noten gefälscht würden und Kolleginnen und Kollegen ohne Abschluss unterrichteten. Besonders der erste Vorwurf sei ungeheuerlich. In seiner Funktion als Schulaufsichtsbeamter müsse er unbedingt erfahren, ob das stimme. Und überhaupt. Über diese Schule würde viel getratscht. Man höre so allerhand. Lehrer hätten mit Schülerinnen Affären, der Schulleiter würde bestimmten Kollegen viel zu viel durchgehen lassen.

„Wie kann ich dir helfen, Friedhelm? Soll ich Julia fragen? Die kann bestimmt einiges über die Notengebung erzählen. Und ihre Lehrer weiß sie auch sehr gut einzuschätzen", sagte ich und unterdrückte ein Lachen.

Friedhelm schüttelte heftig seinen braun gebrannten Kopf und trank seine Tasse aus.

„Das wird nicht ausreichen, Tim. Ich habe eine andere Idee. Dein MOEX könnte die Mainzer Schullandschaft einem, wie soll ich sagen, einem Stresstest unterziehen."

„Diese Idee hatte ich bereits schon mal, Friedhelm. Vor knapp anderthalb Jahren habe ich sie für unsere Frankfurter Ausgabe umsetzen lassen. Anhand der Websites haben wir das Angebot der Frankfurter Gymnasien unter die Lupe genommen und die Schulen mit Plus- und Minuspunkten bewertet. Ich erinnere mich noch genau an den Shitstorm, der über uns reinbrach. Ein Leser schrieb, eine geheime Organisation hätte die Macht über unsere Zeitung übernommen und wolle Frankfurter Schulen vernichten. Bei einem Schulleiter habe ich mich sogar persönlich entschuldigen müssen, weil er felsenfest davon überzeugt war, dass wir im Vergleich zu den Ergebnissen einer Schule aus seiner Nachbarschaft objektive Bewertungskriterien vernachlässigt und sein Gymnasium diskreditiert hätten."

Friedhelm zog die Augenbrauen hoch.

„So etwas darf natürlich nicht mehr vorkommen, Tim. Ihr braucht eine andere Konzeption für eure Recherchen."

Friedhelm schaute auf die leere Kaffeetasse.

„Hast du in deiner Zeitung keinen, der sich mit Schule auskennt?"

„Einen Journalisten aus dem MOEX?"

„Ja, genau. Ich würde gerne einen Fachmann in die Schule einschleusen."

„Dann muss es ja wirklich sehr brisant sein, was du ermitteln möchtest."

Mein Schwiegervater überhörte meinen leicht spöttischen Unterton und nickte mir schweigend zu. Ein paar Schweißperlen hatten sich auf seine Stirn gelegt. Mir fiel der Neue aus der Mainzer Lokalredaktion ein. Der Junge war doch ausgebildeter Lehrer und hatte bislang ganz vernünftige Artikel abgeliefert. Wie hieß der bloß gleich? Richtig, Nick Scholl hieß der.

„Und wenn etwas herauskommt, was von Brisanz ist, machen wir eine Exklusivstory draus. Und du hast deine Informationen, Friedhelm. So stellst du dir das doch vor?"

Friedhelm lächelte überlegen.

„So eine Enthüllungsstory kann euch und dir nur gut tun. Wichtig ist, dass die Recherchen Substanz haben und ich Klarheit bekomme und diesen Saustall ausmisten kann."

„Und wie kriege ich einen meiner Leute in diese Schule?"

Wahrscheinlich machte ich ein Gesicht mit Fragezeichen.

„Das Gymnasium am Rhein sucht nach dem Tod eines Kollegen händeringend einen Vertretungslehrer für Deutsch. Dein Mann oder deine Frau könnte also nächste Woche direkt dort mit acht Unterrichtsstunden anfangen."

Ich trank meinen Kaffe aus und zog meinen Autoschlüssel aus der Hosentasche.

Du alter Erpresser. Du lässt mir ja keine andere Wahl, dachte ich. Und gut vorbereitet bist du auch.

„Ich muss los, Friedhelm. Ich rufe dich an, wenn ich jemanden gefunden habe."

Auf der Fahrt nach Frankfurt wunderte ich mich über den Aufstand, den Friedhelm nach einem einzigen anonymen Schreiben veranstaltete. Waren die Vorwürfe wirklich so krass, dass sie einen Maulwurf in diesem Gymnasium rechtfertigten? Oder steckte hinter Friedhelms angeblicher Sorge um den Ruf einer Schule in seinem Schulamtsbezirk in Wirklichkeit nicht etwas anderes? Vielleicht die Angst seine sehr gut dotierte Aufsichtsfunktion zu verlieren? Egal, wie die Antwort auch lautete, Friedhelm hatte mich in der Hand. Ich saß in der Falle. Egal. Das bisschen Spaß würdest du Hund mir nicht verderben. Für die Treffen mit Annika würde ich eben nach Wiesbaden ausweichen.

In meinem Büro fuhr ich den PC hoch und überflog den Newsticker. *Chinesische Investoren greifen nach deutschen Boulevardblättern*, lautete die Meldung, die mich aufschreckte. Das sind ja tolle Aussichten. Die Amis fahren bei uns Rendite ein und verhökern uns dann an die Chinesen. In ein paar Jahren diktiert Xi Jinping die deutschen Schlagzeilen. Frustriert rief ich diesen Nick Scholl an, nicht, weil ich mir von ihm in irgendeiner Form die Rettung des MOEX versprach, sondern weil mein Schwiegervater dringend ruhig gestellt werden sollte.

Nick

Am Morgen des Tages, der vieles in meinem Leben änderte, verschlang ich eine Schale Müsli und sortierte für einen Vierzigzeiler in der Lokalausgabe des MOEX nebenbei Stichwörter wie *Schicksalsjahr der Natur, Pestizidverbot, Ökolandbau, EU-Agrarreform, Rote Liste, Lebensraumvernichtung vieler Arten* aus der gestrigen Jahreshauptversammlung der Vogelkundler, als Tim Henkel anrief und fragte, wie es mir gehe.

„Danke, Herr Henkel. Eigentlich geht es mir gut. Die Arbeit macht mir Spaß. Manchmal könnten es ein paar mehr Termine sein. Das Leben in Mainz ist teuer."

„Ja, Nick. Das weiß ich. Im Einstellungsgespräch haben Sie gesagt, dass Sie gerne zusätzlich an einer Schule arbeiten möchten, wenn irgendwo eine Stelle frei würde. Ich kenne den zuständigen Schulaufsichtsbeamten und der …"

Ich hob eine Augenbraue, nein, soviel Fürsorge eines Vorgesetzten …

Wenig später hatte ich erstaunlicherweise die Zusage für einen achtstündigen Vertretungsvertrag, zeitlich befristet auf ein halbes Jahr, an einem Gymnasium. Wie lange willst du dich noch selbst ausbeuten, Nick? Du bist bald 27. Du brauchst was Festes. Andere aus deinem Abijahrgang haben bereits einen festen, gut bezahlten Job und eine Familie gegründet.

„Was ist Nick? Sind Sie noch dran?"

„Ja, natürlich."

„Sie müssen nur JA sagen, Nick. Am kommenden Montag können Sie an ihrer neuen Schule direkt anfangen. Es handelt sich um das hiesige Gymnasium am Rhein, auch GaR genannt."

Ich überschlug kurz das Angebot, da blieben locker 800 Euro hängen. In den Herbst- und Weihnachtsferien musste ich mich selbstverständlich arbeitslos melden.

„Bekomme ich Bedenkzeit, Herr Henkel?"

„Ja, natürlich, Nick. Aber nur bis heute Nachmittag. Länger kann der Schulaufsichtsbeamte die Stelle nicht freihalten. Es gibt noch zwei weitere Interessenten. Solche Stellen sind sehr begehrt, aber wem sage ich das?"

Tim hörte sich ungeduldig an. Wahrscheinlich hatte er erwartet, dass ich sofort zusagen würde. Ich versprach, mich heute um vier zu melden.

Direkt nach dem Telefonat schaute ich auf die Website des Gymnasium am Rhein. Die Startseite war immerhin übersichtlich und informativ aufgebaut. Das musste zwar kein Kriterium für eine funktionierende Schule sein, denn alle Schulen, die ich kannte, stellten sich im Netz recht professionell vor und übertrafen sich gegenseitig mit Angeboten, die den jungen Menschen bis zum Abitur begleiteten.

Weiter unten las ich *Moral, Disziplin, Anstand und Ordnung, ein förderliches, leistungswilliges Lernklima sowie Respekt und Hilfsbereitschaft gegenüber allen Mitgliedern der Schulgemeinschaft sind die Maxime des GaR*. Dieser Satz beunruhigte mich. Eine Schule, die derartige Ansprüche erfüllte, kannte ich nicht. Auf den folgenden Seiten berief sich das GaR unter anderem auf seine humanistische Tradition und die christlichen Grundlagen für seinen Bildungs- und Erziehungsauftrag. Im aktuellen Schulprogramm wimmelte es von Kompetenzen für alle Jahrgangsstufen: Methoden-, Handlungs-, Urteils-, Entscheidungs-, Fach-, Lese-, Sozial-, Medien-, Berufsorientierungs-, Personal-, Sucht-, Gewaltpräventions-, Ernährungs-, Ökokompetenz und und und ... Wissenschaftler, aber die wenigsten Lehrer, versuchen seit Jahren die Schüler zu einem einzigen Kompetenzbündel zusammenzufassen. Die hitzigen Diskussionen mit Tröster, meinem Politikausbilder im Referendariat, kamen wieder hoch. Nach seiner Meinung müsse der Mensch in den

Jahren zwischen Kindergarten und Hochschule und später beim Gang zum Arbeitsmarkt und danach auch im Berufsleben ständig möglichst viele Kompetenzen anhäufen. Sonst würde er im Zeitalter von Industrie 4.0 ökonomisch untergehen. Für mich war diese Überzeugung inhuman. Typen wie Tröster reduzieren Menschen auf Verhaltensweisen, um sie für die Arbeitswelt fit zu machen, und vergessen, dass soziale Erfahrung und reflektiertes Wissen die Basis für permanent abrufbare Kompetenzen sind, die hinterfragbar bleiben müssen.

Der Schulleiter, ein gewisser Dr. Rott, wurde auf der nächsten Seite mit dem Wunsch zitiert, dass das Austauschprogramm mit China dazu beitrage, erfolgreiche und hoch motivierte Schüler mit einem herausragenden Abitur die Wissenschaftswelt erobern zu lassen.

Am Ende der Seite stand dann allerdings: *Aus geopolitischen Gründen ist das Austauschprogramm mit unserer Partnerschule in Wuhan auf unbestimmte Zeit ausgesetzt.* Der China-Hype war doch nicht etwa ausgesetzt worden, weil das GaR die umfänglich angepriesenen humanistischen Werte und Ideale nicht verraten wollte? Oder war die Schule von ganz, ganz oben zurückgepfiffen worden?

Ich scrollte weiter. Auf einem Foto des letzten Abiturjahrgangs lächelten adrette junge Männer und gestylte Teenagerinnen auf einem Gruppenfoto mit ihren Abiturzeugnissen in die Kamera. Mit fett gedruckten Buchstaben wurde um Spenden für den Abiball im Kurfürstlichen Schloss gebeten. Die Kosten in Höhe von 20 000 Euro könnten Eltern und Schüler nicht alleine stemmen. Dann sammelt mal schön, dachte ich. Unsere Abifeier anno 2007 begann bei einem Griechen, ging in einer Disco weiter und endete mit dem Rausschmiss aus einer Oben-ohne-Bar, weil zwei Chaoten aus meiner Klasse den Nutten großzügig Sekt spendierten, sie begrapschten, aber nicht genügend Kohle einstecken hatten, um den Mädels auf ihre Zimmer zu folgen. Seitdem waren Abiturfeiern in jugendgefährdenden Milieus verboten. Die Webpräsenz des GaR schloss mit Lobeshymnen der Ehemaligen. Einige fanden alles toll: die strengen, aber gerechten Lehrer, den lehrreichen und abwechslungsreichen Unterricht, die unvergesslichen Klassenfahrten, die moralische Integrität der Schule, die ihr weiteres Leben präge. Manche fühlten sich auf ewig mit dem GaR verbunden und gelobten lebenslanges Engagement für die Schule. Ich schenkte ihren Lobeshymnen soviel Glauben wie den meisten Bewertungsportalen im Netz. Eine ähnliche Lobeshymne hatte mich auf das angeblich beste Internat Deutschlands geschickt. Mein Vater war überzeugt gewesen, dass ich dort sehr gut aufgehoben wäre.

Ich rollte mit dem Bürostuhl von meinem Schreibtisch weg und schloss die Augen. Bilder, die ich besser vergessen würde, flackerten wieder auf. Die Demütigungen an der Tafel, das Gezeter der Lehrer, der Spott der Mitschüler, die Einsamkeit an den Wochenenden, das Geschrei auf den Fluren und in den Zimmern. Ich hielt mir verzweifelt die Ohren zu, legte dann die Hände auf die Tastatur und schlug solange wahllos drauf los, bis der Bildschirm schwarz wurde

Mirko

Durch das einzige Fenster meines kleinen Zimmers fiel ein milchiges Licht. Ich hatte jegliches Zeitgefühl verloren und sah mir dabei zu, wie ich in den leeren Hinterhof starrte. Leppich war nicht nur ein guter Kunde gewesen, nein, er hatte auch einen guten Unterricht gemacht. Bei Leppich war vieles anders. Er kramte immer die aktuellsten Aufsätze aus seinem verschlissenen Rucksack und spannte für uns den ganz großen Bogen. Von der Klimakatastrophe über die Völkerwanderung des 21. Jahrhunderts zur Gerechtigkeitsdebatte, von der Ernährung der Weltbevölkerung zur drohenden Ausrottung der Menschheit. Solche Themen eben, mit denen ich mich vorher nie ernsthaft beschäftigt hatte. Leppich brachte sie einfach spannend rüber. Sein Unterricht hatte was mit dem echten Leben zu tun. War kein totes Zeug wie Latein oder Griechisch, mit dem man sowieso nichts anfangen konnte. Wie oft hat er uns konkrete politische Forderungen erarbeiten lassen und cool seine eigene Meinung rüber gebracht. Politik dürfe sich nicht mehr nach den Wünschen der Reichen richten, die zum größten Teil im globalen Norden lebten. Weltweit müsse Gerechtigkeit hergestellt werden. Menschen müssten in ihren Heimatländern ein Auskommen finden. Gerechtigkeit, Solidarität und globale Anstrengungen gegen die Klimakatastrophe hat er gepredigt. Wenn da nicht bald was passiere, gehe die weltweite Völkerwanderung erst richtig los. Menschen, die nichts mehr zu verlieren hätten, würden sich auch nicht von Mauern und Wasser aufhalten lassen. Wenn sich Menschen in ihrer Existenz bedroht fühlten, würden Kriege folgen. Kriege um Wasser, Brot und Land. Kurzum: Es ginge ums Überleben der Menschheit.

Bei Leppich ging es nie eine Nummer kleiner, war vieles dramatisch. Aber genau das hat ihn mir so sympathisch gemacht. Der Typ war nie so detailverliebt und zerquatschte ein interessantes Thema wie bei anderen Lehrern oder ballerte uns mit Zahlenkolonnen zum Auswendiglernen voll. Wir sollten vernetzt denken lernen. Unser Handeln überprüfen, die Folgen bedenken, die wir uns und den anderen antun. Die Vielflieger und Fleischfresser hat er ganz besonders auf dem Kieker gehabt. Die seien Klima- und Regenwaldkiller.

Da haben einige in der Klasse schwer geschluckt. Ich habe an die Urlaube mancher Lehrer und die vielen Döner oder Burger gedacht, die wir in der Mittagspause in uns reinschaufeln. Natürlich hast du recht, Leppich. In meiner Lage muss es aber eine Nummer kleiner gehen. Ich muss meinen eigenen Arsch retten. Auch wegen dir. Warum hast du deine Schulden nicht bezahlt? Wäre für dich doch ein Leichtes gewesen. Dann hätte ich die nächste Lieferung ohne Stress bezahlen können. Jetzt zitterten meine Hände. Aus Angst. Aber nicht, weil die fucking Welt bald untergehen, sondern mir die Scheiß-Kohle für ein standesgemäßes Leben fehlen wird.

Na ja, wenigstens hat Leppich jetzt seine Ruhe. Ruhe hätte ich mir für mein Leben auch gerade gewünscht. Ich rückte den Stuhl aus der Sonne. Seit wenigen Stunden war ich fast pleite. Die Halbfinals in Bad Homburg hatten die Favoriten gewonnen. Mit der Quote und den dreihundert Euro Gewinn konnte ich die Schulden, die Leppich hinterlassen hatte, unmöglich bis morgen begleichen.

Meine Angela hatte jegliche finanzielle Unterstützung abgelehnt. Sie habe selbst kaum noch Kohle. Nein, ihre Eltern würden ihr nichts mehr leihen, seit sie ihre horrenden Handyschulden beglichen hatten.

Mein Vater forschte immer noch. Jedenfalls kam ich in seine Wohnung nicht mehr rein. Den Schlüssel hatte er mir abgenommen, nur weil ich aufgrund eines finanziellen Engpasses aus seiner üppigen Uhrensammlung eine Junghans Chronoscope mit Aligatorlederband für acht Hunnis über John vertickt hatte. Den Namen der Uhr werde ich nie mehr vergessen, so oft wie er ihn mir damals um die

Ohren gehauen hatte, als es raus kam. Gebrüllt hatte er wie ein Irrer. Aber mein Vater hatte sowieso nie Verständnis für mich und meine Sorgen aufbringen wollen. Er war auf Leistung geeicht. Genauer gesagt auf Erfolg. Menschen, die keinen Erfolg hatten, waren in seinen Augen nichts wert. Taugenichtse. Versager. Er schämte sich für mich. Ich riss für ihn eh nichts mehr.

Schnee von gestern, Mirko. Sieh zu, dass du wieder auf die Beine kommst.

Im Hof tauchte der Typ aus der Wohnung über mir in Joggingklamotten auf. Er hatte sich einen Palästinenserschal um den Hals gelegt. Machte der jetzt einen auf Freiheitskämpfer? Letzte Woche hatte der noch mit der Glatze von nebenan mit einer Dose Bier angestoßen. Seltsam. Ich hatte Durst. Auf dem Fußboden standen nur ausgetrunkene Bierflaschen, mein Kühlschrank war leer. Morgen Abend war Zahltag. Mit meinen letzten Grünen würde sich John sicherlich nicht zufrieden geben. Ich trat vom Fenster zurück.

Wo sind die blöden Hanteln? Irgendwo unter dem Schrank. Her damit. Zweimal zwanzig Kilo. Auf dem Rücken liegend fünfzehn Mal vierzig Kilo stoßen. Geht doch. Nach drei Durchgängen war mein Rücken bereits nass. Ich sprang auf und starrte mich im Spiegel über dem Waschbecken an. Mein Kopf glühte rot, die Arme zitterten, der Atem ging schwer, ich spürte das Beben in meinem Körper immer stärker werden. Vor mir stand der einzige Küchenstuhl. Ein Fußtritt genügte. Das Holz zersplitterte an der Tür.

Dr. Rott

Die Schwenke sah mir beim Morgen-Gruß meine Kopfschmerzen an, stellte kurz darauf kommentarlos das kleine graue Tablett mit einem Glas Wasser und einer Tablette auf meinen Schreibtisch und verließ mein Büro. Der gestrige Abend war nur halbwegs so gelaufen, wie ich ihn mir vorgestellt hatte. Das Ohr hatte nach dem zweiten Glas Chianti und einem Marsala Holbergs Auswahl für die erforderlichen Abordnungen bestätigt.

Ja, Bogutt, Kohlhaas, Eisenreiter, der Leierborzer mit seinen Ehrenämtern, sogar diese schwierige Nicole Rühmkopf-Dieterfeld, die seit kurzem in Scheidung lebt, und natürlich federführend die SGE meckerten ständig über meine Schule. Mal gefalle ihnen nicht der Stundenplan, mal zögen sie meinen Führungsstil ins Lächerliche, mal zweifelten sie die Objektivität meines Beförderungssystems an. In diesem Punkt, aber nur in diesem, hatten sie recht. Ich beförderte nur die Kolleginnen und Kollegen, von denen ich mir einen Nutzen für das GaR versprach. Aber das machten doch alle Schulleiter, die ich kannte. Wer sich dem Wohle seiner Schule verpflichtet fühlt, muss sich den einen oder anderen Bewertungspunkt im Beförderungsgutachten gerade rücken. Kollege Kohlhaas, so das Ohr, habe sich erst im letzten Schuljahr diesem Dunstkreis angeschlossen und sympathisiere offen mit Bogutt. Das passt. Kohlhaas und Bogutt sind Meister der Destruktion. Die haben überhaupt keine Ahnung, unter welchem Druck ich stehe, haben nie einer Schulaufsicht, geschweige denn einer Ministerin Rede und Antwort stehen müssen.

Mit einem *Behalte die Sechs im Auge* hatte ich das Ohr zu Hause abgesetzt. Das nächste Mal gebe es auf der Couch wieder einen Absacker, hatte es zum Abschied versprochen.

Heute Abend müsse sie Unterricht für nächste Woche vorbereiten.

Zuhause angekommen hatte ich den kühl gestellten Riesling alleine ausgetrunken. Noch mal servierst du mich nicht wie einen kleinen, dummen Jungen ab.

Ich schluckte die Tablette runter, trank das Glas Wasser aus und wandte mich der Trauerrede zu. Ich zählte die Blätter. Drei Seiten. Durchnummeriert. Gut. Sehr gut. Holberg hat für die Rede bestimmt wieder eine Nachtschicht eingelegt. Ich glaube nicht, dass es ihn belastet. Er lebt alleine. Ich nahm den Rotstift aus dem Köcher, legte Blatt 1 auf die Schreibunterlage und begann mit dem Lesen. Nach ein paar Sekunden brach ich ab. Was soll denn das, Holberg?

Liebe Schülerinnen und Schüler, liebe Lehrerinnen und Lehrer, liebe Mitarbeiterinnen und Mitarbeiter, liebe Ehemalige!

So gendergerecht würde ich es nicht formulieren. Ich nahm den Rotstift in die Hand, strich Überflüssiges, formulierte neu, und war zufrieden.

Liebe Trauergemeinde,

Ich las weiter.

Der Tod unseres Kollegen Jan Leppich hat uns alle sehr geschockt und tief getroffen. Wir sind heute hier um zu trauern, aber auch um zu gedenken.

Holberg, jetzt übertreibst du maßlos. Persönlich war ich weder sehr geschockt noch tief getroffen. Vielen in der Schule geht es nicht anders. Leppich hat uns genügend Ärger bereitet. Seine ewige Besserwisserei und seine Anträge haben fast jede Konferenz in die Länge gezogen. Er konnte ein richtiger Querulant sein. Jede übertriebene Anteilnahme wirkt unglaubwürdig und ist geheuchelt. Das Kollegium weiß, wie wir zueinander standen. Ich legte den Rotstift in meine rechte Hand, schaute auf die Topfpflanze, die unbedingt Wasser benötigte, und entschied mich für die Variante

der Tod unseres Kollegen Jan Leppich hat uns alle geschockt und getroffen. Wir sind hier versammelt, um seiner zu gedenken und um ihn zu trauern.

Das ist gut. Zur Todesursache sage ich lieber nichts. Damit würde ich unnötig Spekulationen nähren. Was schlägt Holberg vor?

Wir können es nicht fassen und sind verzweifelt, dass ein solch lebensfroher, engagierter Lehrer so abrupt aus dem Leben geschieden ist. Kollege Leppich hinterlässt eine große Lücke, die kaum zu schließen sein wird.

Na, na, na, Holberg. Jetzt trägst du unser angebliches Mitgefühl aber ganz ganz dick auf. Das geht auch einige Prozente weniger sentimental. Ich jedenfalls war nicht verzweifelt, als ich von Leppichs Tod erfuhr. Was soll die Heuchelei? Leppich ist tot. Punkt. Das Leben muss weitergehen. Lücke hin, Lücke her. Dieser Scholl wird ihn ersetzen. Das bisschen Deutsch bei den Migranten wird er hinkriegen.

Ich strich den kompletten Absatz mit dem Rotstift durch und schrieb

Wir sind traurig, dass unser Kollege so plötzlich aus dem Leben gerissen wurde. Jan Leppich hinterlässt eine menschliche und fachliche Lücke an unserer Schule.

Das reicht völlig aus. Was kommt denn jetzt noch?

Für ihn war es wichtig, dass sich in der Schule Menschen entfalten können und kein unnützes, langweiliges Zeug auswendig lernen müssen. Er wollte eine Schule schaffen, in der sich alle wohl fühlen können, in der keine Angst herrscht, sondern ein respektvolles Miteinander.

Was soll dieser sozialpädagogische Unsinn? Schule ohne Anstrengung? Händchenhalten? Stuhlkreis bilden? Die Gefühlswelt auf links drehen? Nein, danke! Die zwei Sozialarbeiterinnen, die mir der Brinkhus nach diversen Drogenfällen und zwei Selbstmordversuchen in der Oberstufe aufgedrückt hat, wären vor ein paar Jahren in meiner Schule unvorstellbar gewesen. Wir sind eine Bildungseinrichtung. Wie anders sollen die jungen Menschen in dieser Welt klar kommen? Leppich hätte besser seinen progressiv-dynamischen pädagogischen Firlefanz weggelassen und seine Schüler mehr gefordert.

Topleistungen müssen an meiner Schule das Ziel sein. Daran wird sich hoffentlich niemals etwas ändern, wenn ich auch manchmal denke, dass …

Ich beendete meine Befürchtungen zur Zukunft des Abiturs und schaute auf die Uhr. In einer halben Stunde würde der Neue kommen. Ich musste weiterkommen und strich den Absatz komplett. Was hat Holberg noch verzapft?

Wir erinnern uns an einen leidenschaftlichen Deutschlehrer, der die Schüler nicht nach ihren Deutschleistungen bewertete, sondern gerade leistungsschwächere Schüler förderte. Kollege Leppich war ein Lehrer, der alle Schülerinnen und Schüler packen und mitnehmen konnte.

Gut. Wegen mir. Kann man lassen. Bis auf das *Leidenschaftlich.* Das lasse ich mal weg. Leidenschaftlich hat sich Leppich höchstens in der Spielbank und bei den jungen Damen engagiert. Bei uns war er der Liebling der Schülerinnen. Jede konnte ihm ihr Herz ausschütten, besonders vor Versetzungskonferenzen. Dafür wurde er von seinen Schülerinnen angehimmelt. Von erfolgreicher Förderung der Leistungsschwachen weiß ich nichts. Woher hat Holberg diese Information? Dieses angebliche Engagement muss sachlicher rüberkommen, ohne das nervige Pathos.

Ich korrigierte, las zweimal drüber und lehnte mich kurz zurück. So kann es bleiben.

Wir erinnern uns an einen Deutschlehrer, der in seinem Unterricht versuchte, alle mitzunehmen. Auf die Förderung der Schwächsten legte er besonderen Wert.

Den Rest überflog ich. Holberg nannte Leppichs berufliche Stationen, bevor er als Quereinsteiger an unsere Schule kam. Nichts Besonderes, ein bisschen Selbstständigkeit in der EDV-Branche, grandios gescheitert, wie mir das Ohr bei einem Bierchen mal steckte, ein paar Jahre als Bank-IT-Fachmann. Wahrscheinlich war der Bursche rausgeflogen und hatte davon profitiert, dass wir händeringend Politik und Deutsch besetzen mussten. Leider viel zu früh gestorben. Die Aufzählung kann so bleiben. Jetzt kommen die *besonderen Leistungen*: Aufbau einer Schülerbibliothek, Theaterbesuche, Lesungen mit lokalen Schriftstellern, Schulpartnerschaft mit einer griechischen Schule. Meinetwegen. Interessiert eh nur die paar Schüler und Lehrer, die sich in Griechenland einmal im Schuljahr einen Lenz gemacht haben.

Abgehakt. Weiterlesen. Die Schlussworte gefielen mir.

Wir wollen jetzt Abschied nehmen von Jan Leppich. Uns bleibt die Erinnerung an die vielen Begegnungen und die angenehme Zusammenarbeit mit ihm. Kollege Leppich, vielen Dank für alles.

Ich strich nur das *angenehme* und fügte mit Rot einen Trauerspruch hinzu, den ich gestern Abend im Internet gefunden hatte.

Was man tief in seinem Herzen besitzt, kann man nicht durch den Tod verlieren.

Goethe passt immer.

Nick

Es war schwül. Mein T-Shirt klebte am Körper. Der Himmel hatte sich verfinstert, als ich mit der vollen Einkaufstasche nach Hause ging. Laut anhaltendes Hupen erschreckte mich. Ich zuckte zusammen, stoppte mitten auf der Straße, sah erst auf den gestikulierenden Fahrer in dem dunkelblauen Mercedes, dann auf die Fußgängerampel. Ich hatte die Welt um mich herum ausgeblendet und war bei ROT einfach weitergelaufen. Entschuldigend hob ich die freie Hand, ging weiter und wich auf dem Bürgersteig der Boppstraße parkenden Autos, klingelnden Radfahrern, mit Headsets verbundenen Müttern, die scheinbar Selbstgespräche führend Kinderwagen vor sich herschoben, und etlichen Oldies, Rollatoren zickzack schiebend oder am Stock gehend, aus. Sollte ich Tim Henkel zusagen? Oder doch lieber absagen? Oder mir was anderes außerhalb des Kosmos Schule suchen? Einen Job für den schnellen Euro? In Immobilien machen? Auf Versicherungsmakler umschulen? Wie Eddie, der gerade so das Abi bestanden hatte und auf dem letzten Klassentreffen prahlte, dass er in den letzten drei Jahren Geld zum Fressen verdient habe. Soll er mal weiter machen. Und glücklich dabei werden. Fürs Geld verdienen allein hatte ich nicht auf Lehramt studiert. Das Unterrichten machte mir Spaß. Zusammen mit den vielen Freiheiten und der selbstbestimmten Zeit war es der ideale Job für mich.

Der Vertretungsvertrag am GaR bot mir eine neue Chance. Vielleicht würde es zu meiner Schule werden? Vielleicht entschied ich mich irgendwann auch für was ganz anderes? Wenn ich meinem Vater Glauben schenkte, stand meiner Generation die Welt offen. Wir seien in die Wendezeit mit dem Wirtschaftsboom hineingeboren worden, hätten die beste Ausbildung von allen Nachkriegsgenerationen erhalten, könnten zwischen hoch dotierten Jobangeboten auswählen, wenn wir, und das mit einem Seitenhieb auf meine persönliche Situation, flexibel seien und nicht an einem Berufswunsch festklebten, und könnten die ganze Welt bereisen, die in seiner Jugend noch so klein gewesen sei. Mein Vater hatte gut reden. Mit einem saftigen Gehalt und quasi Unkündbarkeit im Rücken ließ sich relaxed von einem Kongress zum anderen durch die Welt jetten.

Erste Regentropfen fielen. Kurz darauf blitzte und donnerte es. Ich rannte los, vorbei an vermüllten Hauseingängen, 10-Euro-Friseurläden, Änderungsateliers, Waschsalons, Computerläden, Shisha Bars, Trödelläden, Kaffeehausketten und Döner- und Imbissläden. Bis ich meine Wohnung im fünften Stock, Altbau, natürlich ohne Aufzug, mit Blick in einen begrünten Hinterhof erreicht hatte, war ich klatschnass. Im Bad zog ich mich aus, warf meine Klamotten auf den Boden, setzte mich in die vorsintflutliche Badewanne und brauste mich kalt ab, weil das warme Wasser mal wieder nicht funktionierte.

Kaltes Wasser erinnerte mich immer wieder an diese Gang im Internat. Es fröstelte mich. Ich zog einen Bademantel an, setzte Teewasser auf und versank in meinem einzigen Sessel. 500 Euro Miete plus Nebenkosten waren für dieses Zwei-Zimmer-Loch gefühlter Mietwucher. Nach einem Glas heißen Tee stand meine Entscheidung fest: Ich werde Tim Henkel zusagen. Ohne Wenn und Aber. Erstens hatte ich kein lukrativeres Angebot. Zweitens brauchte ich die Kohle, um dieser Behausung zu entfliehen.

Angela

Ich lag auf meinem Bett und wollte nichts hören und sehen. Ob Mirko aus dem Schlamassel wieder heil herauskommt? Der Junge hat ja eine große Klappe, aber wenn er wirklich mal gefordert ist, zieht er den Schwanz ein. Vor den Sommerferien hätte er Leppich energisch zur Rede stellen und die Schulden bei ihm eintreiben müssen. Aber nein, stattdessen hat er sich von ihm hinhalten lassen. Teurer Urlaub. Finanzieller Engpass. So ein Quatsch. Diese Lehrer verdienen doch genug. Jetzt ist der Leppich tot. Die einen aus meiner Clique erzählen, er sei ertrunken, die anderen behaupten, es sei Selbstmord gewesen.

Leppich und Selbstmord? Kann ich überhaupt nicht glauben. Der Typ war immer gut drauf. Vollkommen von sich überzeugt. Wie der in seiner ersten Stunde bei uns reinkam. Im Muscle-Shirt, mit Jeans und Sandalen. Durchtrainiert. Braun gebrannt. Drei-Tage-Bart. Eigentlich Typ Sportlehrer. Bei dem ist Chillen angesagt, dachte ich. Seine erste Stunde bei uns vergesse ich nie. Er lächelte uns der Reihe nach an, musterte jeden Einzelnen, setzte sich auf das Lehrerpult, was vor ihm noch keiner gemacht hatte, ließ seine betont gespreizten Beine baumeln, wedelte mit einem dieser gelben Heftchen herum und fing an zu lesen. Leise, betont, deutlich. Die Stimme war verdammt angenehm, total sympathisch. Nach ein paar Sekunden war es absolut still, und das bei uns, einer Klasse, die bei allen anderen Lehrern als hoffnungslose Chaotentruppe verschrien war. Leppich las und las, hörte kommentarlos auf, als es unruhig wurde, legte das Heftchen irgendwann neben sich und fragte uns, was wir von dem Text hielten. Einfach so. Klar, unsere elenden Streber haben sich natürlich sofort gemeldet. Der Text sei toll. Die Sprache so authentisch. So packend. Wir kannten das immer gleiche inhaltsleere Geschwall und verfluchten diese arschkriechenden Opportunisten.

Leppich saß einfach da, lächelte weiter, hörte nur zu, sagte nichts, nickte ab und an.

Irgendwann hat er uns den Titel des Romans verraten: *Die Leiden des jungen Werther*. Never ever gehört.

Ist von Goethe. Sein Werther hat mir gut gefallen. Bis auf den dämlichen Selbstmord. Voll drüber, wegen einer unerfüllten Liebe muss man sich doch nicht umbringen. Egal. Ist nicht wirklich mein Thema. Die Kerle, die ich haben wollte, habe ich alle bekommen. Auch unseren Englischlehrer, den Fahrrad Klaus. Mit ein paar Treffen drüben im Rabengrund habe ich mir 11 Punkte bis ins Abi gesichert.

Hat er mir jedenfalls versprochen. Der Typ steht echt auf Abruf für mich bereit. Sei ihm auch geraten. Sonst kontaktiere ich mal seine Alte.

Die Finke macht mir richtig Sorgen. Die lässt mich mit vier Punkten verhungern, wenn ich jetzt nicht aktiv werde. Das kann fürs Abi knapp werden, ist mir zu riskant, geht gar nicht. Die Fotos müssen endlich zum Einsatz kommen.

Ich sprang aus dem Bett, öffnete auf meinem Handy, das auf dem Tisch lag, die Pics im Ordner *Loevenich und Finke.*

Die Serie von ihrem letzten Date war besonders gelungen. Gestochen scharf, die Bilder. Loevenich hinterm Steuer im SUV, Finke parkt ihren Zweisitzer, Finke steigt in den SUV. Schwarze Vorhänge werden vorgezogen. Und dann geht's los. Die nächsten Bilder sind verwackelt. Klar doch. Nach weniger als zwanzig Minuten steigt die Finke wieder aus. Super Fotos. Finke glüht der Kopf, Finke streift ihren weiten Rock glatt, Finke winkt Loevenich zu, Finke fährt mit ihrem Cabrio davon. Ausgerechnet die olle Finke. Macht im Unterricht eine auf supergenau und überkorrekt, labert von Leistungsbereitschaft und Selbstverantwortung.

Denken Sie an ihre moralische Integrität, meine Damen und Herren, ist ihr Lieblingsspruch. Der Alten glaube ich kein Wort. Mit einem CDU-Stadtrat verheiratet sein und bei Loevenich die Beine breit machen. Das wird richtig teuer für dich, du geile Kuh. Ein paar Hunderter musst du schon hinlegen. Und sechs Punkte fürs Abi solltest du mir auch garantieren, mindestens. Auch als Strafe dafür, dass du Mirko abgeschossen hat.

Tim

Sechster Stock. Sonnendurchflutetes Büro. Blick über die Skyline der Bankenmetropole. Als Redaktionsleiter *Lokales Frankfurt/Mainz* muss ich alles koordinieren, was die in der Region produzieren. Trage Verantwortung, was im MOEX steht. Unseren schleichenden Absturz bekomme ich irgendwann auch noch unter die Nase gerieben. Wir gaben doch unser Bestes: Leserumfragen, Talkrunden, Sonderangebote für neue Leser, Exklusivinterviews und Homestorys über die lokale Prominenz. Der Erfolg war bescheiden, sehr bescheiden.

Dann der Hoffnungsschimmer. Die Investoren hatten uns mit fresh money vorläufig vor dem Aus bewahrt. Aber die Gerüchteküche brodelte unentwegt weiter. Der MOEX müsse seine gegenwärtige Situation als einmalige Chance begreifen, die notwendigen Wachstums- und Investitionsstrategien zu beschleunigen und das digitale Geschäft zu stärken. Dann und nur dann könnten die Investoren eine Bestandsgarantie für die nächsten Jahre abgeben. Ich blieb skeptisch. Die Juli-Statistik log nicht. Minus 4 Prozent bei der Lokalausgabe, minus 3 Prozent bei den Abonnenten. Minus 28 Prozent bei den Anzeigen.

Mich fröstelte es, als ich mir die Konsequenzen ausmalte: Das Ende von aufwendigen Recherchen? Regionen, über die keiner mehr berichtet? Ausbreitung von Korruption, Bestechung und Karrieren, die sich auf Lügen und Fälschungen gründen?

Ich warf die Statistik auf den Schreibtisch. Es war doch kein Genosse gewesen, der entdeckte, dass die Parteifrau, die im Bundestag neben ihm saß, ihren Lebenslauf gefälscht hatte und trotz fehlender beruflicher Qualifikation jahrelang über Gesetze entschied, sondern Journalisten wie unser Herbert, der hartnäckige Recherchefuchs aus der Lokalredaktion. Leider hatte der Kollege vor ein paar Tagen gekündigt. Man munkelte, dass er bei einer renommierten überregionalen Tageszeitung unterkäme. Der hat wenigstens einen neuen Job. Wer würde mich denn einstellen, wenn hier alles zusammenbrach?

Mein Magen rumorte laut. Verflucht! Diese Ungewissheit macht mich am Ende noch krank. Instinktiv ballte ich meine Faust. Nein, Kapitulation kommt nicht in Frage.

Neue Popup-Nachricht: *China bejubelt seine Olympia-Helden in Rio.* Ich überflog die Meldung. Die chinesische Regierung verbreite in westlichen Medien wieder mal Jubeltexte, die Zeitungsartikeln ähnelten, aber in Wirklichkeit Anzeigen seien.

Sieh an, die Chinesen. Wieder mal. Und unsere Presse macht ihnen Platz. Bestimmt nicht uneigennützig. Lässt Xi Jinping seine sehr eigene Lesart des Weltgeschehens verbreiten. Und kassiert kräftig ab. Macht sich in deutschen Redaktionen wirklich niemand Gedanken über den Imageverlust glaubwürdigen, seriösen Journalismus? Wenn der MOEX, in einem zugegebenermaßen unwahrscheinlichen Fall, staatlich verfasste chinesische Heldenstorys veröffentlichen sollte, dann …, ja, was dann? Würden wir in unserer Situation nicht auch nach diesem Strohhalm greifen? Würde ich in einem solchen Falle aus ethisch-moralischen Gründen meinen Job in diesem Laden hinwerfen? Ich war froh, dass ich beide Fragen aktuell nicht beantworten musste.

Es war kurz vor vier. In meinem Kalender hatte ich *Anruf Nick Scholl* eingetragen. Hoffentlich würde ich ihn nicht überfordern. Er sollte unterrichten, als Freier arbeiten und, wenn es sich ergab, eine Exklusivstory über das GaR schreiben. Über die eigentlichen Hintergründe für das Zustandekommen seines Vertrags am GaR musste er nichts wissen.

Um Punkt vier läutete mein Handy. Nick war dran.

„Ich unterschreibe den Vertrag, Herr Henkel. Vielen Dank, dass Sie an mich gedacht haben", sagte er.

„Keine Ursache, Nick. Alle Formalien klären Sie am besten direkt mit dem Schulleiter. Ich werde Sie für morgen um zehn in seinem Büro anmelden. Ich wünsche Ihnen viel Glück am GaR."

Puh. Geschafft. Punkt 1 des Plans war erledigt. Der Junge hatte zugesagt. Für Punkt 2 *Informationen aus dem GaR für den MOEX besorgen* musste ich ihm Zeit lassen. In zwei, drei Wochen, wenn er sich am GaR etwas eingelebt hatte, würde ich ihn fragen, wie ihm der Unterricht gefalle und welche Erfahrungen er gesammelt habe. Ich wählte die Nummer meines Schwiegervaters und sagte ihm, ich hätte einen Freien gefunden, der auch Lehrer sein möchte.

Freitag, 26.08.

Nick

Ich fuhr mit der überfüllten Straßenbahn Richtung Schillerplatz, hielt mich an einer klebrigen Stange fest. Ein Junge mit Stöpseln in den Ohren aß einen ekelhaft riechenden Döner. Ein älterer Mann in einem viel zu engen schwarzen Anzug breitete die Arme aus und deklamierte, dass im September die Erde mit einem Planeten zusammenstoße und die Welt unterginge. Ein Typ mit viel Pomade im Haar und einem blauen Anzug las im MOEX und sagte laut „Was wollen diese Flüchtlinge aus Syrien und dem Sudan alle bei uns? Das Boot ist doch voll."

Niemand entgegnete ihm etwas. Am Hauptbahnhof flüchtete ich aus der Straßenbahn und lief zu Fuß weiter. Eine ältlich wirkende Frau in grauem Pulli, schwarzem Rock und abgelaufenen Sandalen schlich von einem Abfalleimer zum anderen, holte mit bloßen Händen Bierflaschen und Getränkedosen heraus und ließ sie in einer großen Einkaufstasche verschwinden.

Vor dem Fastnachtsbrunnen stand eine Touristengruppe mit auffallend vielen Stars & Stripes T-Shirts und belagerte das Symbol der Mainzer Lebensfreude. Einige von ihnen knieten, saßen auf dem Boden oder fotografierten rücklings liegend die über 200 Figuren. Fastnacht. Ich bezweifelte, dass Ausländer verstünden, dass Menschen freiwillig auf Kommando an sechs aufeinanderfolgenden Tagen kostümiert saufen, grölen, urinieren, kotzen und sich prügeln. Auf der Großen Langgasse spielte ein alter Mann auf einem Akkordeon und sang in einer traurigen Sprache, die ich nicht verstand. Ich blieb kurz stehen, warf ihm einen Euro in die Blechschachtel und passierte den Gutenbergplatz mit dem berühmtesten Mainzer. Nach

Jürgen Klopp und Ernst Neger. Oder ging die Reihenfolge umgekehrt? Der Erfinder ignorierte eine Gruppe Amerikaner, die hysterisch „He is the guy! - Crazy – Great" schrie und schaute über sie hinweg zum Staatstheater. Ich nahm die Abkürzung über Leichhof und Augustinergasse, erreichte die Rheinstraße und stand nach ein paar Schritten vor meinem neuen Arbeitsplatz.

Ich spürte mein Herz schlagen. Rechts von der mächtigen, gläsernen Eingangstür hingen zwei silberne Tafeln. Auf der einen stand *Schule gegen Rassismus,* auf der anderen *Schule für Toleranz,* darunter prangten in weißer Farbe vier Buchstaben: A.C.A.B. Davon abgesehen machte die Schule von außen einen gepflegten Eindruck. Es war ein recht moderner Bau, Typ sechziger Jahre, mit riesigen Fenstern und ohne herabhängende Jalousien in jedem Stockwerk. Die Außenfassade war grün und weiß angestrichen.

So ähnlich hatte mein Trierer Gymnasium ausgesehen. Innen war es seelenlos und öde gewesen. Ich hatte mir vorgenommen, dem GaR vorurteilsfrei zu begegnen, weil ich um die Bedeutung erster Eindrücke wusste. Sie prägen die persönliche Einstellung zu etwas Neuem und bestimmen die Gefühle, mit denen man dem Neuen begegnet.

Ich zog die massive Eingangstür auf, betrat die Schule und erschrak vor der Stille. Der marmorartige Steinboden im Eingangsbereich war frisch poliert. An den Stelltafeln hingen Schülerinformationen, Klassenfotos, Informationen zu Wettbewerben, Klassenausflügen und Auslandsaufenthalten.

Ein Kunststoffpfeil LEHRERZIMMER, der an einer vergilbten Wand hing, zeigte nach oben. Ich stieg eine breite Steintreppe hoch. Die ersten Schritte fielen mir schwer. Meine Beine fühlten sich wie nach einer Stunde Joggen durch den Gonsenheimer Wald an. Ich blieb stehen. Im Gebäude roch es nach dem typischen antiseptischen Putzmittel deutscher Schulen. Stufe für Stufe ging ich weiter. Der Handlauf war frisch poliert. Die Morgensonne beleuchtete ovale Fenster. Im ersten Stock fielen mir zwei Gänge auf, von denen links und rechts Klassenräume abgingen.

Eilige Schritte hallten durch das Gebäude. Ein Mann mit kurzen grauen Haaren, der auf seinen breiten Rücken einen knallgelben Rucksack gepackt hatte und eine schwarze Radlerhose trug, überholte mich grußlos. Er sah wie ein gealterter Fahrradkurier aus, der über die Mainzer Straßen hetzt, und eilte ins nächste Stockwerk.

Ich klopfte an einer Tür mit der Aufschrift SEKRETARIAT, betrat ohne ein *Herein* abzuwarten ein großes, lichtdurchflutetes Zimmer und sagte „Guten Morgen“. Eine Frau im fortgeschrittenen Alter, fahles, schmales Gesicht, graues Haar und graues Kostüm, saß hinter einem Schreibtisch an einem PC und sah mich fragend an. Sie erinnerte mich spontan an die *Grauen Herren* aus dem Film *Momo.*

„Mein Name ist Nick Scholl. Ich habe um zehn Uhr einen Termin bei Dr. Rott.“

„Ach, Sie sind der Neue.“

Die Frau musterte mich von oben bis unten und wandte sich wieder ihrem PC zu. Ich erwartete, dass etwas passieren würde, lehnte mich an den mächtigen braunen Tresen, der wie eine Mauer zwischen mir und der Sekretärin stand, und schaute mich um. Alle Wände waren grau gestrichen. An der linken Wand hing ein riesiger Terminkalender mit gelb unterlegten Schulferienterminen. Auf den Fensterbänken trauerten zwei verdörrte Wasserlilien vor sich hin. Rechts füllten graue Ordner mit Jahreszahlen von 2000 bis 2015 ein riesiges Regal.

Mit einem lauten Quietschen öffnete sich eine Tür. Ein großer, schwarzhaariger Mann im blauen Anzug, weißen

Hemd und einer hellgelb gestreiften Krawatte blieb auf der Türschwelle stehen. Sein Gesicht war blass, sein Kopf glich einem Quadrat. Drei Schmisse zogen sich über eine Backe. Der Mann stellte sich mit einem trägen „Dr. Rott" vor. Mit einer Handbewegung bat er mich in sein Büro. Er ging voraus. Ich folgte ihm und blieb hinter einem braunen Sessel stehen. Durch zwei Fenster gelangte viel Licht in das Zimmer. Der Raum war mindestens doppelt so groß wie das Sekretariat. Die Wände waren mit der Zeit gelb geworden. Die ehemals weißen Regale sahen aus, als wären sie vor Jahrzehnten aufgebaut worden. Bücher und Aktenordner standen so nebeneinander aufgereiht, dass sie alle exakt mit der Vorderkante des Regalbretts abschlossen. In einer Ecke welkte eine überdimensionierte Topfpflanze vor sich hin. Dr. Rott setzte sich auf einen monströsen schwarzen Ledersessel hinter einem Schreibtisch mit einer schwarzen Schreibunterlage und leeren Ablageschalen. Daneben stand ein kleiner Papierkorb.

„Nehmen Sie bitte Platz, Herr Scholl. Sie wollen also bei uns anfangen. Schön. Sehr schön", sagte er förmlich.

Ich setzte mich auf den braunen Sessel.

„Sie haben bereits Unterrichtserfahrungen gesammelt?"

„Ja, nach meinem Referendariat war ich an zwei Privatschulen und habe Kindern mit Migrationshintergrund Deutschunterricht erteilt."

„Schön. Sehr schön."

Er legte die Fingerspitzen aneinander und fixierte mich.

„Bei uns werden Sie in zwei Migrantenklassen eingesetzt und begleiten die Jugendlichen bis zu ihrer Abschlussprüfung. Am Montag ist Unterrichtsbeginn. Herr Holberg, mein Stellvertreter, wird Ihnen den Stundenplan geben. Er ist im Zimmer nebenan."

Die Stimme des Schulleiters klang unbeteiligt, fast tonlos. Ich konnte nicht heraushören, ob er sich über meine Anstellung am GaR freute.

„Ach ja, das hätte ich fast vergessen. Ihr Vertrag."

Der Schulleiter entnahm einem gelben Schnellhefter zwei Seiten und drückte sie mir in die Hand.

„Den Vertrag geben Sie bitte am Montag unterschrieben im Sekretariat ab. Ein Exemplar ist für Sie."

Dr. Rott verabschiedete mich. Ich ging mit einem leisen „Auf Wiedersehen" an der Sekretärin vorbei. Die Frau starrte auf ihren PC. Zurück auf dem Flur begegnete mir der vermeintliche Fahrradkurier. Er hatte sich umgezogen und trug einen blauen Trainingsanzug, der ihm viel zu groß war.

Der stellvertretende Schulleiter hauste in einem kleinen Zimmer mit abgestandener Luft, begrüßte mich freundlich mit einem festen Händedruck und stellte sich vor die Stundenplantafel. Der kleine, braun gebrannte Mann blinzelte mich mit zusammengekniffenen Augen an.

„Herr Dr. Rott hat mich bereits über Sie informiert. Sie werden, wie Sie sicher schon wissen, bei den Migranten eingesetzt."

Ich schätzte den Stellvertreter auf Anfang sechzig. Mit seinem bunt karierten Hemd, den blauen Shorts und den Sandalen hätte er eher in einen Liegestuhl an einem Südseestrand gepasst.

„Einen Moment bitte", sagte er, bückte sich zum Schreibtisch hinunter und tastete sich mit beiden Händen durch einen Haufen eng bedruckter DIN-A4-Blätter.

„Ich bin noch keine Stunde im Büro und schon meldet sich der Erste krank", meckerte er unvermittelt los. „Und dass für die ganze Woche", schimpfte er weiter. „Erkältet ist der Herr Kollege. Und das im Hochsommer. Unglaublich."

Der Stellvertreter kramte weiter und zog aus dem Durcheinander ein Blatt Papier hervor.

„Hier ist Ihr Stundenplan. MIG heißt Migrationsunterricht, Herr Scholl. Deutsch für Migranten."

Herr Holberg drückte mir das Blatt in meine ausgestreckte Hand. Ich überflog meinen Stundenplan und zählte acht Stunden MIG. Vier am Montag, vier am Donnerstag, jeweils 3. bis 6. Stunde.

„Die Hauptsache ist, Sie halten die Truppe bei der Stange", sagte Herr Holberg lächelnd. „Dieser Unterricht ist ein Modellversuch und wurde von der Ministerin persönlich initiiert. Er wird am Ende abschließend bewertet. Evaluieren nennt man das heute wohl."

Herr Holberg zog E V A L U I E R E N in die Länge und grinste dabei.

„Wenn die Ministerin mit den Prüfungsergebnissen zufrieden ist, können Sie vielleicht in den Folgekursen unterrichten."

Ich glaubte ihm kein Wort. Meine Erfahrungen an Privatschulen hatten mich eines Besseren gelehrt.

„Gibt es Bücher für diese Kurse?", fragte ich.

Der Stellvertreter zuckte mit den Schultern.

„Anzunehmen, aber da fragen Sie am besten Herrn Kramer. Der hat die Bibliothek unter sich. Herr Kramer ist aber erst am Montag wieder in der Schule."

Das bedeutet ein freies Wochenende, wenn die Redaktion keinen kurzfristigen Termin für mich hat, freute ich mich.

„Was ist mit den Schlüsseln für die Klassenräume?"

„Vertretungslehrer kriegen nur einen", antwortete Herr Holberg. „Den bekommen Sie gegen Unterschrift nur vom Hausmeister persönlich. Am ehesten finden Sie ihn in der ersten großen Pause in seinem Büro. Es ist links von der

Eingangstreppe. Wenn er dort nicht ist, bastelt er an seiner Ducati im Unterstand auf dem Schulhof."

Ich bedankte mich und wollte mich verabschieden, als Herr Holberg einen Finger zur Tafel streckte.

„Da ist noch eine klitzekleine Kleinigkeit, Herr Scholl. Für den Dienstag muss ich Sie um zwei Vertretungsstunden in der 6b bitten. Erste und zweite Stunde. Sie sind der Einzige, den ich dort einsetzen kann. Die anderen Kolleginnen und Kollegen, die in der Klasse planmäßig unterrichten, brauche ich für die Einschulung der Fünftklässler."

„Das werde ich hinkriegen", sagte ich selbstbewusst und erwartete, dass es nicht meine letzten Vertretungsstunden sein würden.

„Was soll ich in der Klasse unterrichten?"

„Eigentlich hat die Klasse bei Wolters Deutsch. Das können Sie an den ersten Schultagen aber vergessen. Machen Sie ein paar Kennenlernspielchen oder lassen Sie die Kleinen von ihren Urlaubserlebnissen berichten. Die erzählen Ihnen alles, was Sie hören wollen."

Der Stellvertreter lachte laut auf, als freue er sich über einen gelungenen Witz.

„Mir wird bestimmt was Passendes einfallen, Herr Holberg."

„Ja, bestimmt. Die Junglehrer werden heute ja perfekt auf das Leben in der Schule vorbereitet."

Herr Holberg lachte noch lauter und länger. Ich wollte raus aus diesem Mief und verabschiedete mich. Als ich im Türrahmen stand, rief mir der Stellvertreter hinterher „Die beiden Vertretungsstunden können Sie im Laufe des Schuljahres abfeiern. Bezahlt werden die Stunden leider nicht mehr. Das Schulamt hat kein Geld dafür."

Ich antwortete nicht, weil ich nicht den Eindruck erwecken wollte, dass ich Mehrarbeit ablehne, trat auf den menschenleeren Flur, eilte die Treppe hinab, am Getränkeautomaten vorbei und die Glastür hinaus. Auf der Straße schrubbte ein schwarz gelockter, muskulöser Mann in blauem T-Shirt, blauer Latzhose und roten Turnschuhen mit einer Bürste über die vier weißen Buchstaben an der Wand. Das konnte der Hausmeister sein.

„Hallo, ich heiße Nick Scholl. Sind Sie der Hausmeister?"

Der Mann legte die Bürste neben einen Eimer Wasser auf den Bürgersteig und musterte mich.

„Si, si."

„Ich bin der neue Vertretungslehrer und benötige einen Schlüssel für die Klassenräume. Herr Holberg sagte, dass ich den Schlüssel bei Ihnen bekommen könne."

„Si, si. Am Montage, erste Pause, ische binne in meine Büro. Heute ische habe Urlaube. Musse ische aber putzen. Wisse Sie, was das heiße?"

Der Hausmeister zeigte mit einer Hand auf die vier Buchstaben.

„Das ist der Titel eines sehr guten Films."

Der Hausmeister stierte mich fragend an. Ein Handy, das neben ihm auf dem Bürgersteig lag, vibrierte mehrmals. Er hob es auf, hielt es an sein Ohr, sagte kurz angebunden „Pronto" und steckte es in seine Latzhose.

„Schönen Tag noch", sagte ich und ließ den Mann stehen.

Auf dem Weg zum Bahnhof versuchte ich meine ersten Eindrücke zu sortieren. Dieser Holberg schien ein lustiger Vogel mit Hang zum Zynismus zu sein. Er machte einen zugänglichen Eindruck. Mit dem wollte ich klar kommen. Stundenplaner bekleiden an allen Schulen eine Schlüsselposition.

Aber diesen Dr. Rott? Den konnte ich überhaupt nicht einschätzen. Er wirkte unnahbar, wenig kommunikativ. Wahrscheinlich hatte er Wichtigeres zu tun als einen Vertretungslehrer in die Schule einzuweisen, entschuldigte ich ihn. Kurz vor der Bushaltestelle kam ich an dem alten Mann mit dem Akkordeon vorbei.

Er hatte aufgehört zu spielen und wurde von zwei Männern in glitzernden blauen Trainingsanzügen in einen Minivan mit rumänischen Kennzeichen verfrachtet.

Herr, erbarme dich.

Laura

Unser Sommerfest, das stets am letzten Freitag der großen Ferien auf unserer Schulwiese stattfand, war für mich Pflicht. Außerdem hoffte ich, endlich Näheres über Jans Tod zu erfahren. Bogutt hatte bei der Mucke angeblich nichts Neues rausgekriegt. Ich war nicht sicher, ob der eigenbrötlerische Kollege mir alles sagte, was er über Interna am GaR wusste.

Es war Viertel vor sechs, als ich den Eingang erreichte. Punkt sechs würde Dr. Rott seine Rede halten. Zeit genug für etwas Smalltalk mit den Kolleginnen und Kollegen, mit denen ich reden wollte. Ich drückte die quietschende, von Rost überzogene Eingangstür auf und drängte mich an der Gruppe Pensionäre vorbei, die am Bierstand Stellung bezogen hatte. Histler, der Ex-Abteilungsleiter, und Kruder, der ehemalige katholische Religionslehrer, gaben die Wortführer.

Wenn ich sie sah, wurde ich an den Skandal erinnert, der mittlerweile drei Jahre zurücklag. In den angrenzenden Holunderbüschen hatte eine Putzkolonne gefüllte Kondome entdeckt. Dieser Zerfall der Moral sei eine Ungeheuerlichkeit und eines humanistischen Gymnasiums unwürdig, hatte Kruder gewettert und strenge disziplinarische Maßnahmen gefordert. Dr. Rott hatte sich außerstande gesehen, die der Kopulation Verdächtigen zu identifizieren und zu bestrafen, weil das Corpus Delicti bereits entsorgt worden wäre. Auf seiner letzten Konferenz hatte Histler Dr. Rott vorgeworfen, das GaR missachte die Fundamente der christlich-abendländischen Wertegemeinschaft und kümmere sich viel zu viel um Islam und andere Konfessionen. Einige Kolleginnen und Kollegen hatten sich mit dem Pfaffen solidarisiert und einen Aufruf unterschrieben, der den gesellschaftlichen Werteverfall zugunsten einer falsch verstandenen Toleranz gegenüber allen Gruppen, die sich für Minderheiten halten und von indoktrinierten Medien hofiert werden, beklagte. Dr. Rott hatte die anhaltende Diskussion geschickt in den Fachbereich RELIGION verschoben. Ein kluger Schachzug, der unsere Gesamtkonferenzen verkürzte.

„Laura, ich bin hier", rief Kohlhaas mir vom Sektstand zu und winkte mich heran. Als Mitarbeiter des Flurfunks beantwortete er gerne die Fragen *Wer mit wem? Wo und wann? Wie lange und wie oft?*

Lange Zeit war er Vorsitzender einer zahlenmäßig starken Gewerkschaftsgruppe gewesen. Sie hatte sich aufgelöst, nachdem die meisten Mitglieder auf Beförderungsstellen und Führungspositionen in der Schule, im Schulamt und Ministerium verteilt worden waren. Vielleicht wusste Kohlhaas Neues über Jans Tod. Ich winkte ihm im Laufen zurück, grüßte mal hier, mal dort. Vor der Grillstation hatte sich eine lange Schlange gebildet. Zwei Referendare grillten alles weg, was ihnen auf den Rost gelegt wurde: Schweinebauch, Rindswürste, Spareribs für die Fleischfraktion, Sojafrikadellen, Auberginen- und Zucchinischeiben für die Vegetarier Tofustückchen für die Veganer, serviert auf Plastiktellern. Der Geruch von verbranntem Fleisch trieb mich weiter.

Endlich erreichte ich Kohlhaas. Er hatte sich in den Ferien einen weißen Ziegenbart wachsen lassen, der seinen runden Kopf länger aussehen ließ, trug seine ausgebeulten, löchrigen Jeans, eine kurzärmelige grüne Fleecejacke und dunkelgrüne Sandalen mit einem Eco-Label.

„Schrecklich diese Geschichte mit Leppich", sagte er und drückte mir ein volles Sektglas in die Hand. Wir prosteten uns zu und tranken beide einen kleinen Schluck.

„Weißt du Näheres?", fragte ich.

„Nein, Laura. Da muss ich dich enttäuschen. Zur Mainzer Staatsanwaltschaft habe ich keinen Kontakt. Wenn die ihre Ermittlungen abgeschlossen hat, steht es vielleicht in der Zeitung."

„Hast du mit der Mucke gesprochen?"

Kohlhaas grinste.

„Ja, sicherlich. Aber die rückt nichts raus. Weiß angeblich nur das, was die Medien gemeldet haben. Die muss doch ..."

Ein hoher Pfeifton ließ meinen Kollegen verstummen. Ich hielt mir beide Ohren zu. Dr. Rott klopfte zweimal auf das Mikrofon. Umständlich zog er einen Zettel aus der blauen Anzugjacke, die er bei allen schulischen Veranstaltungen trug, faltete ihn auseinander und begann abzulesen. Er sprach so schnell, als wolle er Unvermeidliches in Rekordzeit hinter sich bringen.

Wie auf jedem Sommerfest, an dem ich in meinen acht Jahren am GaR teilgenommen hatte, wünschte er Kollegium, Sekretariat und Hausmeister für das neue Schuljahr alles Gute, lobte den vorbildlichen Zusammenhalt der Schulgemeinde, die kooperative und nachhaltige Zusammenarbeit mit der Elternschaft und der Schülervertretung, bedankte sich beim Personalrat und dem Organisationsteam für die bewährte Vorbereitung und Durchführung und wünschte einen entspannten und unterhaltsamen Abend mit vielen anregenden Gesprächen. Das Kollegium applaudierte höflich. Außer Holberg eilten alle Mitglieder der Schulleitung auf Dr. Rott zu und bildeten einen Halbkreis um ihn herum. Die Alt-Thaler stand mittendrin. Sie hatte sich in den Ferien neu stylen lassen und ähnelte der ehemaligen Weinkönigin, die nie Ministerpräsidentin wurde.

„Was macht die Alt-Thaler in der Clique?", fragte ich.

„Sara wird kommissarische Abteilungsleiterin für den Fachbereich 3."

„Was? So schnell?"

Kohlhaas streckte seinen schmalen Hals wie ein Gockel vor und kam mir näher als mir lieb war.

„Die Kleine muss Kontakte bis weit nach oben haben."

Ich nickte beifällig und trank meinen Sekt aus.

„Du hast Leppich auf dem Gewissen", tönte eine Stimme sehr laut. Mein Gott, das war Bogutt. Ich drehte mich um. Bogutt wankte mit blauen Flipflops auf den Alten und die Clique zu. Er sah erbärmlich aus. Ein viel zu enges Hawaiihemd spannte über seinem Bauch, die Bermudashorts mit Überlänge hingen bis zu den Knien hinab. Einzelne pechschwarze Haarsträhnen hatten sich über sein eingefallenes Gesicht gelegt.

„Du bist Schuld. Du und deine Clique", lallte er und torkelte weiter.

Auf der Wiese wurde es totenstill. Kurz vor dem Schulleiter stoppte Bogutt, schwankte. Ich drückte dem verdutzten Kohlhaas mein Sektglas in die Hand und rannte los. Bogutt streckte unbeholfen beide Arme aus. Es sah aus, als wollte er dem Alten die Kehle zudrücken. Die Alt-Thaler schrie hysterisch „Hilfe! Hilfe!"

„Halt die Schnauze, du …", lallte Bogutt weiter.

Die Kollegin hielt sich mit einer Hand den Mund zu. Der Alte und die anderen aus der Clique blieben wie paralysiert stehen. Bevor Schlimmeres geschehen konnte, erreichte ich Bogutt, packte ihn an seinem rechten Arm und zog ihn Richtung Gartentür beiseite. Bogutt wehrte sich nicht.

„Wenn der einen getrunken hat, gerät der außer Kontrolle. Dieses Verhalten muss Konsequenzen haben", schimpfte die Mucke laut. Andere tuschelten, als ich mich mit Bogutt an ihnen vorbeischob. Viele Gesichter verrieten Ekel oder Spott.

„Ab nach Hause, Bogutt. Du hast genug für heute", befahl ich, als wir auf dem Lehrerparkplatz ankamen, und telefonierte nach einem Taxi.

Drinnen spielte die Musik vom Band *So ein Tag, so wunderschön wie heute, so ein Tag, der dürfte nie vergehn.*

Mirko

Ich hob mein leeres Glas in Richtung Theke. Der Kahlkopf mit dem schwarzem Vollbart nickte und zapfte das nächste Bier. Du altes Opfer, beschimpfte ich mich laut. Das Pärchen am Nachbartisch schaute erschrocken zu mir rüber.

Der Hipster mit dem Holzfällerhemd, dem lächerlichen Dschihadistenbart - warum trägt man so eine Scheiß-Matte eigentlich? - und dem zusammengebundenen Haarknäuel im Genick flüsterte der süßen Maus, die er fast ununterbrochen an ihrem prallen Hintern befingerte, kurz ins Ohr und zog sie zum nächsten freien Stehtisch. War sein Glück. Der Pisser soll bloß aufpassen.

Es brodelte in mir. John hatte natürlich nicht mit sich reden lassen. Er wollte Kohle sehen. Ohne Cash fällt die nächste Lieferung für dich aus, Mirko. Du bist draußen, mein Junge, hatte er mir dreckig ins Gesicht gelacht und mich aus dem Klubheim geworfen.

Der Kahlkopf schlurfte mit dem Bier heran, machte den nächsten Strich auf meinen Bierdeckel und stellte das Glas drauf.

„Mach mir die Rechnung! Und Tempo!“, blaffte ich.

Die Glatze nickte stumm und bewegte sich wie eine Schnecke zur Kasse. Ich trank das Bier fast in einem Zug aus und knallte das Glas auf den Deckel. Soll ich in diesem Scheißhandyladen versauern? Oder etwa einen Job suchen, in dem ich für irgendeinen Deppen jeden Tag acht Stunden abreißen muss? Nee, nee! Nicht mit mir. Die Drogen waren alle mal einträglicher. Da kannte ich mich aus. Auf irgendwelche Bildchen, die Angela angeblich geschossen hatte und mit denen sich Geld verdienen ließe, hatte ich keinen Bock. Hörte sich nach Erpressung an. War für mich Neuland. Zu risikoreich. Außerdem finanziell indiskutabel. Dreißig Prozent hatte sie mir vorhin am Telefon angeboten. Die spinnt wohl, die Kleine.

Wo bleibt dieser Lahmarsch mit der Rechnung? Mach hinne. Diese Weiber sind alle gleich. Zwei Jahre hatte ich das Biest ausgehalten, ihr jeden Wunsch erfüllt, sind nach Paris nur zum Frühstücken, in die angesagtesten Klubs von London wollte sie auch, ja, ich hatte mich sogar für eine Gondelfahrt durch Venedig breitschlagen lassen. Die kann mir gestohlen bleiben. Roberto war meine letzte Hoffnung. Vielleicht konnte der mir einen Vorschuss gewähren? Endlich kam die Glatze mit der Rechnung: 18 Euro für 6 Bier. Ich kramte zwei Zehneuroscheine aus meiner Hosentasche.

„Stimmt so. Das nächste Mal bewegst du deinen Hintern aber flotter.“

„Danke", brummte der Bärtige und schlappte zum Tresen zurück. Auf der Straße rief ich Roberto an. Für ein paar Minuten habe er Zeit. Wir verabredeten uns am Gutenbergplatz.

„Ciao, Alter", sagte eine Stimme hinter mir.

Ich drehte mich um. Roberto stand vor mir, stopfte die Reste eines Hamburgers in seinen Mund und wischte die übrig gebliebene Soße mit dem Handrücken ab. Ich schlug in seine ausgestreckte Hand ein. Robertos T-Shirt hing über einer durchlöcherten kurzen Jeans. Seine nackten Füße steckten in roten Sandalen. Er setzte sich neben mich.

„Du stinkst wie ein Kümmeltürke, Roberto."

„Denke du, Italiener immer fresse Spaghetti und trinke Rotwein?", lachte er.

„Und mache ganze Tage bambinos", ergänzte ich.

„Du sehe fertig aus, Mirko. Zuviel ficki, ficki?"

„Für die Weiber habe ich keine Zeit. Ich habe andere Sorgen."

Roberto hielt seinen Kopf an mein rechtes Ohr.

„Morgen nächste Lieferung, va bene? Kids warte nächste Woch."

„Alles paletti, Roberto. Du musst dir keine Sogen machen. Ich brauche aber einen kleinen Vorschuss für die Ware. Hast du noch ein bisschen Kleingeld?"

Ich setzte ein leises Lachen hinterher. Roberto schüttelte den Kopf.

„Könne nit helfe. Habe viele Euros in meine Ducati gestecke."

Roberto faltete die Hände wie zu einem Gebet.

„Montage brauche ich Stoff. Verstehe du? Geschäfte müsse laufe. Privatschule für meine Tochter immer teuer."

Der Spaghettifresser hielt seine Tochter für hochbegabt und hatte sie auf einem sündhaft teuren Privatgymnasium in Wiesbaden angemeldet.

„Beruhige dich, Roberto. Es war nur eine Frage. Natürlich kriege ich den Stoff. Alles wird gut."

Roberto wurde blass. Wenn Menschen in Not sind, verraten Gesichter und Gesten mehr als Worte. Er glaubte mir wahrscheinlich kein Wort.

„Du kannst dich auf mich verlassen. Ich komme am Sonntag mit der Ware vorbei. Nächste Woche kannst du mit dem Verkauf loslegen."

„Bete ich morgen in Dome, Mirko."

Und zünde viele Kerzen an, hätte ich am liebsten ergänzt. Roberto stand auf und schlenderte Richtung Marktplatz. Eine Gruppe Schlitzaugen blieb neben dem Gutenbergdenkmal stehen, aber am auffallendsten fand ich deren blonde Begleiterin mit ihrem knielangen beigen Kostüm und gleichfarbigen, extrem hohen Pumps. Wie die nur damit laufen konnte? Ist anscheinend die Dolmetscherin, und die Gruppe Asiaten, das sind bestimmt diese Chinesen von der Wirtschaftsdelegation. Machen für ein paar Tage auf Einladung der hiesigen Handelskammer die Landeshauptstadt unsicher. Ist ja grad der große Aufmacher in den Medien. Die schnuckelige Blonde hatte wohl einen Witz gemacht, jedenfalls begannen die meist feisten Enkel Maos in ihren Maßanzügen herzhaft zu lachen. Gehen die Chinesen weiterhin so auf Shoppingtour in Deutschland, werden wir uns wohl warm anziehen müssen. Als die mittlerweile besseren Kapitalisten werden sie mit einem Lächeln unsere Arbeitsplätze vernichten.

Samstag, 27.08.

Laura

Die zwei Tassen starken Kaffee zum Frühstück hatten nicht viel geholfen. Ich kauerte immer noch todmüde auf meinem Küchenstuhl und bekam Bogutts gestrigen Auftritt nicht aus dem Kopf. Wenn der so weitermacht, kündige ich ihm die Freundschaft. Nein. Natürlich nicht. Das geht nicht. Ich ärgerte mich über meinen Gedanken. Freunde lässt man nie im Stich, auch wenn sie ab und an nerven.

Ich musste zu Bogutt. Später. Wenn er wieder nüchtern war. Das Gelalle im Taxi, er habe die Führungsetage in der Hand und würde sie ans Messer liefern, hatte ich nicht ernst genommen. Wer kann schon in so einem Zustand einen klaren Gedanken fassen?

„Du unverbesserlicher Depp", schimpfte ich. Bogutt saß jetzt wahrscheinlich wie ein Häufchen Elend alleine zu Hause. Wie sehr hatte das Schicksal ihn in den letzten Jahren gebeutelt: Unfalltod seiner Frau, Vorwürfe seines einzigen Kindes, dass er den Unfall im Suff verursacht habe, darauf folgender Kontaktabbruch des Sohnes, der monatelangen Aufenthalt in der Klinik. Wenn Bogutt Pech hatte, würde die Schulleitung ihn womöglich nach dieser Drohung disziplinieren: Amtsarzttermin, Entziehungskur, Entlassung aus dem Schuldienst? Alles war möglich. Diese Demütigung würde Bogutt nicht verkraften.

Obwohl, das Prozedere war bestimmt mit viel Schreibkram und Stress für Dr. Rott mit der Schulaufsicht verbunden. Und Stress wollte unser Doktor bestimmt vermeiden. Die Chancen standen also nicht schlecht, dass Bogutts Aussetzer ohne weitreichende Konsequenzen blieb.

Mein Handy meldete sich. Dr. Rott wünschte einen „Guten Tag, Frau Kollegin" und fragte, wie meine Ferien gewesen wären.

„Schön. Sehr schön. Ich war auf Island."

Was wollte der Doktor von mir? Er hatte mich privat noch nie angerufen. Wollte er mit mir etwa über Bogutt sprechen?

„Oh, Island. Das ist eine spannende Insel."

Ich schwieg, weil er bestimmt keinen Reisebericht hören wollte.

„Der Grund meines Anrufs ist ein dienstlicher, Frau Kollegin. In den Ferien gab es einige personelle Veränderungen in der Schule. Ganz abgesehen von dem tragischen Tod des Kollegen Leppich. Unter anderem übernimmt Frau Alt-Thaler die kommissarische Leitung der Abteilung 3. Angesichts dieser neuen verantwortungsvollen Aufgabe kann sie unmöglich mit der Betreuung der Fremdsprachenbibliothek belastet werden."

Eine Pause entstand, als erwarte der Rott meine Reaktion.

„Ich denke, dass Sie eine geeignete Nachfolgerin sind und beauftrage Sie daher ab sofort mit dieser Aufgabe."

Bücher sortieren, Bücher ausgeben, Mahnungen schreiben. Und das alles wegen der Karriere von der Alt-Thaler. Der Frau Kollegin ist die Bibliothek wohl zu klein geworden.

„Ja, Herr Dr. Rott."

Mehr fiel mir nicht ein.

„Schön, das wäre es dann, Frau Kollegin. Schauen Sie bitte in den nächsten Tagen beim Kollegen Holberg vorbei. Der wird Sie über den Etat informieren, der Ihnen für die Neuanschaffung und die Umstrukturierung zur Verfügung steht."

„Welche Umstrukturierung?"

„Ach, stimmt, Frau Kollegin. Das können Sie ja noch nicht wissen. Frau Alt-Thaler hat mit der Neuorganisation der Bibliothek begonnen. Ich glaube, sie wollte den aktuellen Bestand mithilfe eines Computerprogramms einpflegen. Am besten fragen Sie die Kollegin selbst und vereinbaren mit ihr einen Übergabetermin."

„Ja, sicher, Herr Dr. Rott", antwortete ich matt.

Der Schulleiter verabschiedete sich, wünschte mir einen schönen Tag und legte auf. Meine rechte Hand umschloss das Handy und schleuderte es gegen die Wand. Es zerfiel in viele Einzelteile. Ich brauchte dringend frische Luft und machte mich zu Bogutts Wohnung auf.

Tim

Kündigung Nummer Zwei musste ich erst mal verdauen. Margot wechselte nach zwanzig Jahren MOEX die Seiten. Ein einziger Grund hatte ihr genügt: Ich suche in der Pressestelle der Stadt Mainz eine neue Herausforderung, weil der MOEX mittelfristig keine Zukunft mehr hat. Erst Herbert, jetzt Margot. Innerhalb von ein paar Tagen waren zwei engagierte, kritische Mitarbeiter gegangen. Zwei Journalisten, die das gesellschaftliche Leben in unserer Stadt hinterfragten und gewissen Leuten auch mal unbequeme Fragen stellten.

Viel zu lange hatten wir diese Lokalgrößen, ohne die eine Stadt angeblich nicht existieren konnte, hoch geschrieben, ihre Botschaften bis zum Erbrechen durchgekaut und vor unseren Lesern breitgetreten. Haben wir uns nicht viel zu oft den Großkopferten in Stadt und Land angedient, ihre politische Botschaft bis zum Erbrechen durchgekaut und vor unseren Lesern breitgetreten? Oder sind es nicht die Geschichten der sogenannten kleinen Leute, die unsere Aufmerksamkeit verlangen und uns berühren sollen? War das Alkoholproblem eines Bürgermeisters oder das Liebesleben eines Landrats einen Kommentar auf Seite 2 wert? Herbert hatte wiederholt angemahnt, dass wir endlich eine Zeitung für alle machen und aufhören sollten, den Lesern zu erklären, was das Beste für sie sei. Viele Menschen lebten unter anderen Bedingungen, die uns Journalisten oft sehr fremd seien.

Diesen Menschen fehle einfach das Geld, um sich vegetarisch zu ernähren, sie seien gezwungen, mit ihrer Dieselkarre zur Arbeit fahren, weil es in ihrem Dorf keinen vernünftigen ÖPNV mehr gebe, und dächten nicht in erster Linie an Umweltverschmutzung, Klimawandel und Integration von Ausländern. Kurzum, sie fühlten sich nicht von unseren Themen berührt, sondern bevormundet. Es sei doch kein Wunder, wenn Groll und Zorn entstünden und diese Menschen sich extremen Parteien zuwandten.

Wenn unser Aderlass anhielt, würde ich die Mainzer Seiten selbst oder mit Freien füllen müssen, Pressemitteilungen von Parteien und Vereinen abschreiben, Artikel nach Telefonanrufen anfertigen und zum langweiligen Chronisten werden.

Dann brächte der MOEX überhaupt keine eigene Texte mehr raus, die sich mit der Heimat seiner Leser auseinandersetzten. Wer las dann noch unsere Zeitung?

Mein Privathandy piepste. Eva war dran. Ich entschied, sie später zurückzurufen, drückte sie weg und schaltete das Handy aus, weil ich mir die Fortsetzung des morgendlichen Frühstücksdramas ersparen wollte. Eva hatte ihrer Tochter endlich mal dieses Abfeiern bis spät in die Nacht mit dieser dubiosen Angela verboten. Meine Frau wollte mir bestimmt vorjammern, dass Julia ihre Sachen gepackt habe und zu ihrer Freundin gezogen sei. Nichts Neues also. Kam alle paar Wochen vor. Ein oder zwei Tage später schlich sich Julia wieder in ihr Zimmer, weil sich die beiden verkracht hatten. Teeniegeschichten, die endeten, wenn Julia auszog. Nächstes Jahr im Juli würde es soweit sein. Dann wurde sie volljährig. Auf meinem elektronischen Kalender war der 27.08., 13.00 Uhr, rot unterlegt.

Jetzt war es elf. In zwei Stunden würde ich Annika treffen. Sie hatte uns ein Hotelzimmer in Wiesbaden gebucht. Mein Schwiegervater würde mir das bisschen Spaß, das mir in diesen Tagen blieb, nicht vermiesen.

Laura

Bogutt empfing mich in einem ausgebeulten blau-weißen Trainingsanzug, der ihm viel zu groß war, und trug Badelatschen. Er umarmte mich lange, sagte kein Wort und führte mich ins Wohnzimmer. Es sah noch chaotischer aus als bei meinem letzten Besuch. Der Fußboden war mit Kleidungsstücken, aufgeschlagenen Büchern und leeren und vollen Bierflaschen übersät. Es stank erbärmlich, ich öffnete das Fenster und ließ frische Luft hereinströmen, dann warf ich meinen Mantel über die Couch, räumte zwei verschwitzte Hemden von dem einzigen freien Sessel und setzte mich.

„Es nervt, wie du rumhängst. Und hör auf, so viel zu saufen, Bogutt. Davon wird Jan nicht mehr lebendig. Er ist tot. Verstehst du? Du musst dir deswegen keine Vorwürfe machen. Du bist nicht schuld an seinem Tod. Wir beide sind nicht schuld."

Bogutt hockte sich vor mir auf den Boden. Ich legte meine Hand für ein paar Augenblicke auf seine Schultern.

„Die Clique hat Leppich auf dem Gewissen", sagte Bogutt und schaute auf das riesige Regal mit Hunderten von Büchern.

„Mal langsam, Bogutt. Wir wissen beide, dass die Clique eine ausgeklügelte Personalpolitik betreibt. Die bringt doch aber niemand um, Bogutt, du überziehst völlig. Über die Ursache von Leppichs Tod wissen wir nichts. Und auf die Gerüchte, die sicher bald in Umlauf kommen, pfeife ich."

Bogutt warf beide Arme in die Luft.

„Wie naiv bist du denn, Laura? Hast du etwa vergessen, wie der Flurfunk sein Privatleben diskreditierte, an seinen pädagogischen Fähigkeiten zweifelte und auf Konferenzen über seine Wortmeldungen lästerte? Niemand, außer mir, ist ihm jemals zur Seite gesprungen. Leppich ist zum Mobbingopfer gemacht worden. Der war nicht so cool, wie er nach außen gewirkt hat. Kurz vor seinem Tod hat er angefangen, Crystal Meth zu sniefen."

Ich sprang auf und kniete mich neben Bogutt.

„Was? Das ist das Erste, was ich höre! Und du meinst, an diesem Zeug ist er gestorben?"

„Ich weiß es nicht. Aber wenn du lange in der Sonne liegst, zugedröhnt bist und dann schwimmen gehst, verträgt das nicht jedes Herz."

„Ich kann das alles nicht glauben, Bogutt. Das reimst du dir zusammen. Leppich hat höchstens mal einen Joint geraucht. Vor langer Zeit, meine ich."

Eine volle Bierflasche lag vor mir. Ich bückte mich, nahm die Flasche in die Hand, untersuchte das unbeschädigte Siegel und öffnete den Bügelverschluss.

„Da irrst du gewaltig, meine liebe Laura. Du hast in den letzten Monaten vieles nicht mitbekommen. Du hast ja kaum noch Kontakt mit ihm gehabt."

Bogutt hatte Recht. Aber es war Leppich gewesen, der sich zurückgezogen hatte.

„Wenn er genug geschluckt hatte, war er gut drauf und wurde gesprächig", redete Bogutt weiter.

Ich nahm einen langen Schluck aus der Flasche, doch Bogutt griff nach ihr und trank sie in einem Zug aus, stellte sie polternd auf den Boden zurück.

„Was hat er dir erzählt?"

„Nichts von dem, was du vielleicht vermutest. Von wegen Schulden, Spielsucht, Frauengeschichten, Affären mit Schülerinnen. Alles Quatsch. Alles Verleumdungen. Wahr ist, dass sich Leppich ein paar Mal nette Damen von einem Escort-Service bestellt und zu Hause Partys gefeiert hat. Das war alles."

Bogutts Zunge streichelte kurz seine aufgesprungenen Lippen.

„Woher weißt du das?"

Bogutt grinste.

„Du warst dabei?"

Er nickte.

„Jetzt komme mir bitte nicht mit der Moralnummer, Laura. Ich lebe solo und muss kein schlechtes Gewissen haben. Und Jans Frau war schon lange ausgezogen."

„Ihr Männer seid doch alle schwanzgesteuert", schleuderte ich ihm entgegen.

Bogutt ignorierte meinen Zorn. Nach einem ordinären Rülpser kippte sein Oberkörper leicht nach vorne.

„Nimm es mir nicht übel, Bogutt. Mit Mobbing alleine wirst du dem Alten nicht beikommen. Mobbing passiert ständig am GaR. Oder glaubst du, dass Brinkhus das bekümmert? Denke nur an die SGE. Die kriegt nie ihre Oberratstelle."

„Wahrscheinlich hast du recht, Laura. Ich kämpfe aber weiter. Das bin ich Jan schuldig. Irgendwann kriege ich die am Arsch."

„Ja, glaube mal dran, du unverbesserlicher Optimist."

Bogutt hatte genug geredet. Sein massiger Oberkörper glitt seitwärts auf den Boden. Mein Kollege schnarchte sofort los. Ich nahm die grüne Wolldecke von der Couch, deckte ihn zu und verließ die Wohnung. Auf dem Heimweg überraschte mich ein Wolkenbruch. Als ich unter der Dusche stand und zu weinen begann, wurde mir bewusst, dass Bogutt und Leppich die einzigen Menschen waren, mit denen ich Privates bereden konnte. Und Leppich war tot.

Weisheit ist eine Tugend des Alters,
und sie kommt wohl nur zu denen,
die in ihrer Jugend weder weise
waren noch besonnen.

Hannah Arendt
4.10.1906-4.10.1975
jüdische deutsch-amerikanische politische Theoretikerin und Publizistin

Sonntag, 28.08.

Mirko

Der Einstieg in einen entspannten Nachmittag hörte sich anders an.

„Wie, Alter? Du hast keine Lust mit den Fotos Geld zu machen?“, plärrte Angela los, als ich mich auf meinem Handy meldete. „Die Fotos sind doch geil. Mit denen können wir die Finke und den alten Sack bluten lassen. Die Finke zahlt bestimmt und rückt die sechs Punkte fürs Abi raus. Deren Alter ist in der CDU und will noch Karriere im Stadtrat machen. Und den Loevenich kriegen wir auch noch zum Zahlen, wenn der mir nicht sieben, acht Punkte gibt.“

Wie üblich folgte ein Schwall an Flüchen, Verwünschungen und Drohungen über Lehrer, die ungerechte Welt und ihre Eltern, die das Taschengeld nicht aufstocken wollten. Eigentlich konnte sie ständig alles und jeden verfluchen. Ich seufzte.

„Was ist jetzt, Mirko? Willst du es dir nicht doch noch mal überlegen?“

„Mal sehen. Erpressung war eigentlich noch nie mein Ding.“

„Wenn du nicht mitmachst, ziehe ich die Sache alleine durch. Ich will unbedingt das Abi haben.“

Angela war dumm. Sie würde das Abi nie schaffen. Da konnte sie so viele Bilder schießen, wie sie wollte. Aber sagen würde ich ihr das natürlich nicht.

Zum Glück legte sie sofort auf und belaberte mich nicht weiter, nachdem wir uns für den späten Abend bei *Fahrrad Klaus* verabredet hatten.

Ich würde aber nicht kommen, weil ich mein Ding zukünftig alleine durchzöge. Drogen ließen sich an den Schulen immer verticken. Ich musste eigentlich nur für regelmäßigen Nachschub sorgen und allzu große Zahlungsausfälle vermeiden.

Verdammt. Was machen die Spiele? Wenn's dort gut läuft, kriege ich doch noch die Kohle für John zusammen. Ich wischte mich auf dem Smartphone zu den Live-Wetten. Gerade noch rechtzeitig zum Endspiel. Hatte es bei dem ganzen Stress hier nicht geschafft, live dabei zu sein. Was? Schon Matchball? Und das Schlitzauge schlägt zum Sieg auf. Das gibt richtig Kohle, wenn die gewinnt. Mist, ich muss mich erst noch einloggen. Schlag den Ball ins Aus, Schlitzi. Bitte! Nein!

Die setzt ein Ass. Genau auf die Grundlinie. Scheiße! Die Kamera zoomt das Schlitzauge heran. Es weint, sinkt auf den Aschenplatz und bleibt rücklings liegen. Diese bescheuerte an 1 gesetzte Belgierin, diese Frittentante, steht wie blöd mit hängendem Schläger am Netz.

„Dumme Fotze!", schreie ich und stiere auf die Quote.

„15:1!! 1500 Euro Gewinn bei 100 Euro Einsatz!!", brülle ich wie ein Stier. Ich hab's verzockt, weil ich wegen Angelas Scheiß-Gelaber ein paar Minuten zu spät dran war. Ich hasse dich, dich und deine Scheiß-Erpresserei.

Montag, 29.08.

Nick

Der erste Arbeitstag am GaR erinnerte mich an meinen Start als Lehrer in einer Bonner Privatschule. Damals wie heute wusste ich nicht, was mich erwartete. Auf keinen Fall wollte ich einen Anpfiff fürs Zuspätkommen kassieren. Die Konferenz war damals bereits am Laufen gewesen, als ich ins Lehrerzimmer kam. Nach Konferenzschluss zitierte mich der Schulleiter nach vorne und verpasste mir einen Einlauf, der sich gewaschen hatte. Was ich mir einbilde. Mir fehle wohl die nötige Diensteinstellung, der Lehrerberuf sei schließlich eine Berufung, Disziplin und Pünktlichkeit müsse man den jungen Menschen vorleben. Tage danach sah ich, wie der Herr Schulleiter nach der zweiten großen Pause und mit einer Kollegin auf dem Beifahrersitz in seinem Porsche Cabrio vom Schulhof brauste. Hartnäckig hielt sich das Gerücht, dass die beiden mehr als gemischtes Doppelspielen auf dem Tennisplatz verband.

Heute öffnete ich kurz vor der Pausenbeginn die Glastür des GaR und stieg mit einer Tasche voll mit Büchern die Treppe hinauf. Die Tür zum Lehrerzimmer stand offen. Lautes Stimmengewirr drang auf den Flur. Ich atmete kräftig ein und aus und machte einen Schritt nach vorne.

„Wer sind Sie? Hier ist das Lehrerzimmer“, schimpfte ein sehr großer Mann mit weißem Hemd und schwarzen Jeans, der unvermittelt im Türrahmen stand. Dünne weiße Haare berührten seine Schultern. Seine schwarzen Augen betrachteten mich misstrauisch, sein Gesicht war von Falten durchfurcht. Aus seinen abgetretenen braunen Sandalen schauten gelbliche Fußnägel heraus. Ich sagte „Guten Morgen“ und stellte mich vor.

„Ach. Sie sind das.“

Seine Worte besaßen einen genervten Unterton.

„Mein Name ist Roland Gulliver. Ich bin der Personalratsvorsitzende. Sie können mich wie die anderen einfach Gully nennen. Wenn Sie ein Problem haben, kommen Sie zu mir. Sind Sie gewerkschaftlich organisiert?“

„Nein.“

„Das ist schlecht. In Zeiten von Beförderungsstau, fortschreitender Bürokratie und steigender Arbeitsbelastung müssen alle Arbeitnehmer solidarisch handeln. Nur starke Gewerkschaften nehmen unsere Interessen wahr und verhindern, dass wir ausgebeutet werden“, dozierte er.

Ich versprach über eine Mitgliedschaft nachzudenken.

„Melden Sie sich bei mir, wenn Sie sich entschieden haben. Für Aushilfslehrer gelten reduzierte Beitragssätze.“

Gulliver hörte sich an, als gefiele er sich in seinem Kasernenton. Seine Begrüßung hatte meine Entscheidung beschleunigt. Den Mitgliedsbeitrag würde ich mir sparen.

Der Personalratsvorsitzende drehte sich um und ging zu Dr. Rott. Als er mit dem Rücken vor dem Schulleiter stand, fiel mir auf, dass sein weißes Hemd halb aus der Hose hing und die schwarze Jeans am Po fast durchgewetzt war. Ungehindert durfte ich endlich das Lehrerzimmer betreten. Die Kolleginnen und Kollegen saßen an kleinen und großen Tischen und quatschten mit- und durcheinander. Niemand nahm von mir Notiz. Ich stellte mich vor ein freies Stück Wand, stellte die Tasche ab und sah mich um. In der Ecke hinter der Tür hatte ein junger Kollege die Beine auf den Tisch gelegt und ließ seine Finger mit atemberaubender Geschwindigkeit auf einer Switch tanzen. Die langen Haare hatte er zu einem Knoten zusammengebunden, der von einem Bleistift in Form gehalten wurde.

„Der alte Zocker ist ja immer noch da. Ich dachte, du wolltest nach den Ferien aussteigen und mit diesem Gaming-

Kram das ganz große Geld verdienen", begrüßte ihn lachend ein Kollege im weißen Trainingsanzug mit roten Streifen.

„Ja. Scheiße, Leierborzer. War nichts. Habe mir gleich zu Beginn der Ferien beim Mountainbiken in den Alpen die Hand gebrochen. Zum Glück war die Kündigung noch nicht offiziell und der Alte war froh, dass ich noch auf dem Markt war. Aufgeschoben ist nicht aufgehoben. Wenn meine Pfote wieder tipptopp ist, bin ich weg."

„Werd das nie kapieren, was ihr jungen Leute an diesem Gedaddel findet. eSports, da sag ich iiihSports."

„Du solltest deine Kids auch so trainieren, schafft Schnelligkeit und Antizipationsfähigkeit. Du als Löw 2.0 ..."

„Die Wahrheit liegt immer auf dem Rasen."

„Und da liegt sie gut. Was lernt ihr Trainer eigentlich? Die Formel 1 hält sich mittlerweile eigene Simulatorenfahrerteams, das solltest du auch überlegen, simuliere die Spielzüge online."

Leierborzer rollte die Augen.

„Du wirst dich noch wundern, Leierborzer. In zehn bis fünfzehn Jahren hat deine Kickerei sich erledigt. Ihr habt doch heute schon Nachwuchsprobleme. Die Kids heute sind die letzte Generation, die sich von dir über den Platz scheuchen lässt. Innovation ist das Zauberwort."

Leierborzer schüttelte den Kopf.

„Völker, hört die Signale!" lachte es aus dem Hintergrund blechern.

Auf den ersten Blick wirkte das Lehrerzimmer hell und freundlich. Die Möbel waren aus Buchenholz. Auf einer Seite standen wandhohe Regale, vollgestopft mit Büchern und grauen und schwarzen Ordnern, in einem Schrank reihten sich die Klassenbücher aneinander, gefolgt von den privaten Schließfächern mit Briefschlitzen und einem verschlossenen Sideboard.

In der Ecke wurden zwei Kopierer von vier jungen Kolleginnen belagert. Die Größte mit blau gefärbten Haaren war im Kreis der hell- und dunkelbraunen Ponys eine Exotin. Zwei von ihnen legten wie im Akkord ein Blatt nach dem anderen auf die Glasplatten der Kopierer, deckten sie mit dem Deckel ab, zogen die Kopien aus dem Ausgabefach. Die beiden anderen lochten und hefteten sie in DIN-A-4 Ordner ab.

Neben ihnen saß ein Kollege mit rotem Hinterkopf und einer kreisförmigen Tonsur auf einem blauen Drehstuhl vor einem der drei Computerarbeitsplätze und traktierte die Tastatur.

An einer langen Fensterfront befanden sich ein Kühlschrank, eine Spülmaschine, ein Herd mit zwei Kochplatten und zwei Tische mit Kaffeemaschine und Mikrowelle. Mit dem Pausengong füllte sich schlagartig das Lehrerzimmer. Alle Stühle waren in Sekunden besetzt. Die Kaffeemaschine war schnell belegt. Gully hatte sich die Poleposition gesichert und machte eine Fair-Trade-Tasse voll.

„Puh, die Brühe schmeckt ja fürchterlich. Wer hat die denn aufgesetzt?“, schimpfte Gully.

„Das ist normaler Kaffee aus dem Supermarkt, Gully. Der Bio-Kaffee ist leider ausgegangen. Für morgen besorge ich euch neuen“, flötete eine sehr junge Kollegin im sehr kurzen giftgrünen Rock.

„Lass dir aber dieses Mal ´ne Quittung geben. Sonst musst du den Kaffee wieder selbst bezahlen“, sagte Gully und schüttete den Kaffee in das Spülbecken.

„Du spinnst wohl, Eisenreiter. Ich bin doch nicht Schuld daran, dass der Leppich tot ist. Das Schulamt hat entschieden, dass ich die Oberratstelle kriege“, ereiferte sich eine Kollegin mit rotblondem Zopf.

„Ich gehe nicht in die 9b. Die kann mich nicht leiden. Das habe ich dem Holberg mehrmals gesagt“, schimpfte ein hellblonder Kollege mit schwulstigen Lippen.

„Drei Pausenaufsichten. Das geht gar nicht. Ich habe zwei kaputte Bandscheiben. Mein Arzt hat mir das lange Stehen ausdrücklich verboten. Wann kapiert das der Holberg endlich?“, polterte eine Kollegin mit dem Dutt.

„Papierstau. Mist. Wo ist der Hausmeister?“, klagte die Kollegin mit den blau gefärbten Haaren.

„Heute um eins tagt außerplanmäßig die Anti-Rassismus-AG. Es ist sehr wichtig. Ich habe gerade den Aushang gemacht“, rief eine lange, dünne, schwarzhaarige Kollegin sehr laut.

„Rassisten wirst du mit deiner AG nicht vertreiben“, wandte sich der Typ mit den schwulstigen Lippen an die Kollegin und grinste.

Die Kollegin ignorierte ihn und stellte sich in die Reihe der Kaffeetrinker.

„Um halb zwei ist Klima-AG. Bitte kommt alle, die gewählt sind. Wir müssen das Konzept für die nächste Konferenz erstellen. Ich schreibe gleich noch eine Rundmail“, rief ein groß gewachsener Kollege mit blondierten Haaren.

„Kümmere dich lieber um die Glascontainer und die Abfalleimer auf dem Schulhof, Charles“, schimpfte der Kollege mit der Tonsur und starrte dabei weiter auf den nun flackernden Bildschirm.

„Für den Müll in der Schule ist Roberto zuständig“, entgegnete Charles.

Ein paar Kolleginnen und Kollegen nickten stumm, die meisten unterhielten sich weiter. Neben der Fensterfront entdeckte ich einen Fünfertisch mit vier Kollegen und einem freien Stuhl. Vielleicht konnte ich mit denen ins Gespräch kommen. Ich ließ meine Tasche stehen, zwängte mich an den Tischgruppen vorbei und begrüßte die Kollegen mit einem freundlichen „Guten Morgen“. Weiter kam ich nicht.

„Das ist mein Tisch und mein Stuhl", herrschte mich eine Männerstimme von hinten an. Ich drehte mich um. Ein hagerer Kollege im grauen Schlabberpulli sah mich missmutig an. Eine Hakennase dominierte sein schmales Gesicht.

„Ich sitze seit fünfunddreißig Jahren auf diesem Platz. Und werde die nächsten 361 Tage bis zu meiner Pensionierung hier sitzen bleiben, junger Mann. Nach meinem Abgang können Sie wegen mir meinen Platz übernehmen. Wenn Sie dann noch am GaR sind."

Die vier Kollegen, alles Mittelalter, mit beigen und braunen Anzügen von der Stange, lachten. Der Kollege setzte sich. Ich ging zu meinem Platz vor der freien Wand zurück und stellte mich neben einen dunkelhaarigen Kollegen mit Wuschelfrisur. Er sah jünger aus als ich, war etwas größer und grinste mich an. Sein blaues Hemd und seine blaue Jeans waren aufgetragen. In seiner linken Hand hielt er die Plastiktüte eines Discounters.

„Countdown. Fertigmachen zum Domestizieren. Gleich geht's wieder in die Manege", sagte er in meine Richtung, als er auf seine Uhr geschaut hatte, und kicherte.

Ich blickte auf seine Plastiktüte. Erst jetzt fiel mir auf, dass ihr roter Henkel mit dicken Klebestreifen verstärkt war.

„Zweite Wahl", bemerkte er grinsend. „Ich brauche keine Schultasche mehr. Im Februar mache ich meine Prüfung. Und dann ist Schluss."

„Bekommen Sie keine Stelle am GaR?", fragte ich.

„Eine Beamtenstelle meinst du? Nein, ich habe Germanistik und Politikwissenschaften studiert. Als Vornote kriege ich eine Drei. Besser wird es nicht werden, haben mir die Ausbilder und der Schulleiter angedroht. Was soll ich mit einer Drei und dieser Fächerkombination anfangen? Vielleicht bekäme ich einen Vertretungsvertrag oder könnte für ein Almosen in einer Privatschule anfangen? Nein, nicht mit mir. Ich haue ab. Weg aus Deutschland. Bei den Schwarzen und den Scheichs malochen genug Deutsche, deren Kinder in die Schule gehen müssen. An einer *Deutschen Schule* kriege ich wenigstens die Kohle, die ich verdiene."

Der Typ schickte ein blechernes Lachen hinterher und verließ das Lehrerzimmer. Der Junge ist ja wirklich gut drauf. Malt sich eine gut bezahlte Zukunft im Ausland aus. Finde ich mutig. Macht auch nicht jeder.

„Von welchem Verlag kommen Sie denn? Cornelsen oder Klett?", bellte eine Männerstimme.

Ich erkannte sofort den Kollegen vom Freitag mit den kurzen grauen Haaren, der seinen korpulenten Körper wieder in einen blauen Trainingsanzug gezwängt hatte, und mich von Kopf bis Fuß musterte.

„Ich brauche ein neues Englischbuch."

Seine flackernden Augen blieben an meiner dicken schwarzen Tasche hängen.

„Habt ihr was im Angebot? Krieg ich Rabatt für ein Prüfexemplar?", fragte er weiter.

Ich erklärte das Missverständnis auf und stellte mich vor.

„Angenehm, Ullrich, Fachleiter SPORT. Und nebenher unterrichte ich auch Englisch. Aber nur, wenn Not am Mann ist", zwinkerte er.

Der Kollege wünschte mir viel Glück für meine ersten Stunden. Pünktlich mit dem Gongschlag schwärmte die Horde Lehrer zu ihren Klassen aus. Ich nahm das Klassenbuch aus dem Fach und folgte ihr als Letzter. Der Klassenraum Nr. 8 der Migranten lag laut Stundenplan im dritten Stock. Auf der ersten Treppe kam ein Kollege im braunen Anzug und einer schwarzen Aktentasche unter dem Arm auf mich zu. Sein linkes Auge und sein rechter Mundwinkel hingen ein wenig herab.

„Erster Schultag?“, fragte er.

„Ja, mein Name ist Nick Scholl.“

„Angenehm, Kramer. Ihren Namen habe ich schon gehört. Sie unterrichten in den Migrantenklassen.“

„Sieht man mir das an?“

„Ja. Sie sehen frisch und unverbraucht aus, Herr Kollege. Passen Sie auf, dass diese Kerle nicht wieder den Klassenraum versauen.“

Mut machen hört sich anders an, dachte ich.

„Herr Holberg sagte mir, dass Sie die Bücher verwalten.“

Ich sagte *verwalten*, weil *unter sich haben* nach militärischer Über- und Unterordnung klang.

„Ja, das stimmt. Öffnungszeiten sind dienstags und donnerstags. Jeweils in der zweiten großen Pause. Heute ist Montag.“

Kramer ließ mich stehen. Der hagere Kollege im Schlabberpulli, der mich vorhin verscheucht hatte, hielt mich an meinem rechten Arm fest.

„Seien Sie auf der Hut, wenn Sie zu den Migranten rein gehen.“

Ich befreite meinen Arm mit einem sanften Ruck.

„Vor den Sommerferien hat die Polizei zwei von denen aus dem Unterricht in Handschellen abgeführt und angeblich direkt zum Flughafen verfrachtet. Das nenne ich mal konsequentes Handeln. Die Merkel hat uns viel zu viele von denen beschert. Mir ist unerklärlich, wie Leppich mit diesen Typen klar kommen konnte.“

Bevor ich etwas erwidern konnte, eilte der Kollege davon. Seine aggressiven, abfälligen Äußerungen ärgerten mich. Ich stapfte die Treppe weiter, wurde von einigen lärmenden Schülerinnen und Schülern, schätzungsweise fünfte, sechste Klasse, angerempelt und überholt. Leise fluchte ich ihnen hinterher. Die Migranten würden hoffentlich disziplinierter sein.

Als ich im dritten Stock ankam, stand am Ende des Gangs eine einzige Klassentür offen. Niemand war zu sehen. Es roch muffig. Der Teppichboden war mit braunen Flecken übersät. War ich überhaupt im richtigen Stockwerk gelandet? Um sicher zu gehen, holte ich den Stundenplan aus meiner Jackentasche. *Raum 8, 3. Stock* stand auf dem Zettel. Irritiert ging ich weiter. Auf zwei grauen Türen prangte die Aufschrift PUTZRAUM. Auf die nächste Tür war mit weißer Farbe eine Acht gemalt worden.

Ich zog die Tür auf und betrat den Raum. Sofort blendete mich grelles Sonnenlicht. Reflexhaft hielt ich kurz eine Hand über meine zusammengekniffenen Augen und schaute auf zwei riesige Fenster ohne Vorhang. Stühle und Bänke waren auf dieser Seite des Raumes komplett leer. Ein gemurmeltes „Guten Morgen" schallte mir entgegen. Mein Kopf wandte sich nach rechts. Hell- und dunkelhäutige junge Menschen saßen an ein, zwei, drei, vier, fünf Zweiertischen.

Ich erwiderte das *Guten Morgen* und legte meine Tasche auf das Lehrerpult. Dahinter hing eine grüne Tafel. Zwei weiße Kreidestückchen und ein trockener Schwamm lagen in der Ablage. Ich schrieb *Nick Scholl* an und stellte mich vor die Klasse.

„Ist das immer euer Klassenraum?"

„Nein. Raum kaputt, hat Lehrer vorhin gesagt. So kaputt wie Herr Leppich", antwortete ein schmächtiger Junge aus der ersten Reihe.

„Ahmed meint, dass unser Klassenraum renoviert wird und Herr Leppich tot ist", ergänzte sein dunkelhäutiger Nachbar mit traurigen Augen.

In den nächsten Minuten erfuhr ich, dass Leppich ein guter Lehrer gewesen war, bei dem sie viel gelernt hatten.

Ich überprüfte die Anwesenheit. Vier Jugendliche fehlten. Sie seien krank, sagte Ahmed ungefragt. Ich erzählte etwas über meine Ausbildung und meinen Unterricht an einer Privatschule, anschließend stellten sich die Migranten mit ihren Namen, ihrem Alter und ihren Herkunftsländern vor. Die jungen Leute, zwischen fünfzehn und siebzehn Jahre, kamen aus Afghanistan, Syrien und dem Sudan, waren alle unbegleitet nach Deutschland gekommen und lebten in verschiedenen betreuten Wohngruppen über die Stadt verteilt. In der zweiten Stunde wollte ich mit meinen mitgebrachten Büchern ein paar Leseübungen machen, um die Sprachkenntnisse der Klasse einschätzen zu lernen.

„Herr Leppich hat uns immer ein Spiel zum Vokabellernen oder für die Grammatik mitgebracht. Wir haben mit unserem Buch gearbeitet, viel geredet, gelesen und etwas geschrieben", sagte ein Junge, der Adil hieß. Andere Jungen nickten. Adil holte ein Buch aus seiner Stofftasche und gab es mir in die Hand.

„Wir waren auf Seite 55. Das Perfekt war noch nicht dran."

Sein Deutsch war etwas holprig, aber gut zu verstehen. Ich bedankte mich, öffnete das Buch und überflog das Inhaltsverzeichnis. Das Lehrbuch war anspruchsvoll. Ob die Jungs den Stoff alle bewältigten könnten?

Der Rest der Zeit verging wie im Fluge. Wir schafften fast den kompletten Grammatikteil PERFEKT. In den letzten Minuten ließ ich die jungen Leute eine frei gewählte Geschichte erzählen. Ein paar berichteten über ihre Heimat, von ihren Eltern und Geschwistern, die sie zurücklassen mussten. Sie wünschten sich Frieden und waren froh, dass sie in Sicherheit leben durften. Andere hofften, dass sie bald ihren Schulabschluss machten, eine Ausbildung beginnen könnten oder mit Jobs Geld für sich und ihre Familie in der Heimat verdienten.

Nach Unterrichtsschluss begegnete mir auf dem Flur der Kollege mit der Hakennase. Er hielt einen Stapel Hefte in der Hand.

„Kleines Diktat. Damit die gleich wissen, wo der Hammer hängt", sagte er böse. „Und wie war es es bei Ihnen?"

„Gut. Sehr gut sogar. Der Unterricht hat super Spaß gemacht. Die jungen Leute sind topmotiviert."

Die Hakennase betrachtete mich wie einen Außerirdischen und schlurfte weiter. Ich brauchte unbedingt frische Luft und ging auf den Schulhof.

Angela

Der Montagvormittag zog sich wie Kaugummi. Zwei Stunden Englisch, zwei Stunden Französisch. Und zum Abschluss zwei Stunden Geschichte bei Loevenich. Der Herr Doktor langweilte uns mit einem Vortrag über die Römerzeit. Irgendwie aber ein krasser Typ. Hager und abgemagert sah er aus. Und jetzt noch dieser Ziegenbart. Strange. Und erst sein Outfit. Sowas von oberpeinlich. Speckige und abgewetzte, viel zu weite Jeans, undefinierbares graues Baumwollhemd, und dann diese Sandalen mit Klettverschluss.

Nach ein paar Minuten hatte ich so gar keine Lust mehr zuzuhören, geschweige denn etwas mitzuschreiben. Geschichte war nicht so mein Ding. Ich brauchte halt diese blöden sieben Punkte. Der Rest war mir egal, endlich Abi und weg. Irgendwo internationale BWL studieren. In Paris, London oder sonst wo. Hauptsache raus von zu Hause. Endlich alleine etwas aufbauen. Ohne die Kohle der Eltern mit ihren ständigen Vorschriften. Und ohne Mirko. Der hatte sich eben nun mal in die Scheiße geritten. Sollte er doch sehen, wie er da wieder rauskam. Der Feigling hatte sich verpisst, seit Sonntagabend war er nicht mehr zu erreichen, kein Handy, nichts. Wahrscheinlich hatte er die Kohle für John nicht auftreiben können und war abgetaucht.

Loevenich schwafelte immer weiter. Ich schaute auf mein Handy, das unter der Bank lag, und ließ es in meinen Rucksack gleiten. Immer noch dreißig Minuten, dann war ich endlich erlöst. Gleich gab es wieder ein Arbeitsblatt mit irgendwelchen bescheuerten Fragen.

Leppich hatte oft einen Stick ins Smartboard gesteckt und Präsentationen und Filmchen ablaufen lassen. Viel schreiben mussten wir nie bei dem. Der hat uns immer viel diskutieren lassen. Ich hatte immer so getan, als ob ich interessiert zuhören würde, ab und an eine ach so kluge Frage gestellt und für die Klausur alles einfach auswendig gelernt. Hat für neun Punkte immer easy gereicht. Loevenich hatte endlich aufgehört zu reden, hielt einen Haufen Arbeitsblätter wie eine bescheuerte Trophäe in die Höhe und startete seine Runde Austeilen. Von den neuen Medien hatte der nicht den Hauch einer Ahnung. Ob der überhaupt ein Smartphone bedienen konnte? Wortlos legte er ein Arbeitsblatt auf meinen Tisch und ging weiter. Leise surrte mein Smartphone im Rucksack. Ich drehte mich um. Loevenich erklärte dem Blödmann am Fenster die Aufgabe. Mit einer Hand holte ich das Smartphone heraus, schielte auf das Display und las

Ereignis
15 Uhr Nagelstudio
16 Uhr Fitnessstudio
17 Uhr Andy

Ah ja, der Andy. Der will mir Mathe erklären. Hätte ich echt fast voll vergessen.

„Angela, was fällt Ihnen denn zu der ersten Aufgabe ein?"

Ich zuckte zusammen. Was? Boah, nerv nicht, der Loevenich nimmt mich tatsächlich dran. Ich ließ mein Smartphone zurück in den Rucksack gleiten und schaute nach oben.

Loevenich stand direkt vor mir, ich roch den schlechten Atem und echt, ich dachte erst, er wolle mich mit diesem kalten Blick aus seinen blauen Augen töten. Voll gruselig.

Alter, was willst du?

„Gibt es etwa Wichtigeres als meinen Unterricht, Angela?“

Der blöde Streber hinter mir lachte laut los. Penner. Klar gibt es was Wichtigeres, Millionen Sachen, aber was soll's. Ich gab ein gelangweiltes „Nein, natürlich nicht“ von mir.

„Gut. Dann legen Sie mal los. Wie würden Sie die erste Aufgabe lösen?“

Mein Mund wurde trocken. Was für 'ne Aufgabe?

„Angela. Sprechen Sie nicht mehr mit mir?“

Ich starrte auf das Blatt, wusste überhaupt nicht, um was ging.

„Warum nehmen Sie nicht jemand anderen dran, Herr Loevenich?“, presste ich heraus.

Loevenich grinste höhnisch, ging ans Lehrerpult zurück und erklärte die Aufgabe. Ich überflog das Arbeitsblatt zweimal und schrieb zu allen fünf Aufgaben zur Sicherheit ein paar Stichwörter. Als es gongte, stürmte ich als Erste aus der Klasse, rannte über den Schulhof zur Bushaltestelle auf der Rheinstraße. Ich war megawütend. Loevenich hatte mich doch echt vor der Klasse bloß gestellt. Das hatte noch kein Lehrer gewagt. Wenn das so weiterging, konnte ich meine sieben Punkte abschreiben. Ich wählte Mirkos Nummer. Die Sprachbox sprang an.

Verdammt. Wenn der sich nicht mehr meldet, muss ich mich eben mit Julia treffen. Die würde mir bestimmt weiterhelfen, schließlich braucht die immer Kohle, und zwar nicht zu knapp.

Holberg

Die Luft stand in meinem Büro. Ich öffnete die Tür, weil mein einziges Fenster seit gestern klemmte. Roberto würde es hoffentlich vor meiner Pensionierung reparieren.

Auf meiner Tafel zog ich ein Schildchen *Zenker* von der 9 in die 5. Ein paar Eltern hatten sich in den Ferien beim Alten beschwert, dass ihre Kinder in Zenkers Deutschunterricht zu wenig lernen würden. Zuviel Geschwafel, zu wenig Konkretes. Außerdem fehle er zu oft, was ich bestätigen musste.

Kollegin Schuler würde seine Stunden in der 9 übernehmen. Sie war jung, ehrgeizig und ein pädagogisches Naturtalent, das ich in jede Klasse stecken konnte. Ich entfernte ein Schildchen *Schuler* aus dem Förderkurs für die 6 und drückte es auf die zwei freien Stunden in der 9. Die Förderkurse Französisch und Legasthenie würden dann wieder in diesem Halbjahr entfallen. Es klopfte zweimal an der Wand. Ich ging zum Alten rüber. Sein Gesicht versprach mir zusätzliche Arbeit.

„Ich wage es kaum auszusprechen, Herr Holberg. Aber Brinkhus schickt uns einen Kollegen zurück. Wir müssen den Tränkl wieder nehmen."

Der Alte schaute mich an, als erwarte er schon meinen Wutausbruch.

„Aber, der Kollege …", setzte ich an und schlug mit einer Hand gegen die Wand.

„Beruhigen Sie sich, Herr Holberg", unterbrach mich der Alte. „Ich habe mir auch gewünscht, dass Tränkl nach seiner Abordnung in die Lehrplankommission GESCHICHTE im Ministerium verbleibt. Aber die Frau Minister hat anders entschieden. Brinkhus sagte mir, dass Tränkl zwar ein kompetenter Mann sei, aber nicht, wie drückte er sich aus, sozialverträglich gearbeitet habe."

Meine Hand schlug ein zweites Mal vehement gegen die Wand.

„Das wundert uns doch nicht, Herr Dr. Rott. Tränkl ist und bleibt ein Egomane."

Gerne hätte ich den Alten noch gefragt, warum er sich alles von Brinkhus unwidersprochen diktieren ließ, und ihn daran erinnert, dass wir immer die Problemfälle übernehmen müssten, die wenigsten Beförderungsstellen bekämen, uns auffallend viele fähige Kolleginnen und Kollegen nach kurzer Zeit verließen und wir die behalten müssten, die kein anderes Kollegium haben wollte. Es war zwecklos. Dr. Rott war kein Kämpfer. Ihm fehlte der Mut und die Kraft zur Gegenrede.

„Wie soll das jetzt weitergehen, Herr Dr. Rott? Wo soll ich den Tränkl einbauen? Mein Stundenplan steht."

Der Alte kam hinter seinem Schreibtisch hervor, tätschelte kurz meinen Arm, was er noch nie getan hatte, und stellte sich ans Fenster. Die Sonne leuchtete fast vollständig sein Gesicht aus. Es sah aus, als sehne er sich nach einem anderen Ort.

„Ich weiß, Herr Holberg. Es tut mir leid. Brinkhus sagte mir, dass das Ministerium für Tränkl nach einer anderen Verwendung in einem neuen Aufgabenbereich suche. Zur Zeit sei aber keine Stelle frei. Wir müssen ihn als Abteilungsleiter zwischenparken."

„Abteilungsleiter? Wieso soll Tränkl auf eine A15-Stelle rücken?"

„Tränkl ist im Ministerium befördert worden", antwortete der Alte mit mehrmaligem Kopfschütteln.

„Und die Abteilungsleiterstelle für unseren Fachbereich 2 ? Was wird aus der? Die sollte doch mit Frau Konrad besetzt werden, Herr Dr. Rott."

„Das Schulamt wird das Verfahren stoppen. Frau Konrad kann sich ja später wieder bewerben. Sie ist ja noch jung."

In diesem Fall musste ich Dr. Rott Recht geben. Ich hatte über fünfundzwanzig Jahre auf meine erste Beförderung warten müssen.

„Was ist mit Tränkls achtzehn Stunden, die er zu halten hat? Wo soll ich ihn unterbringen?"

„Bauen Sie ihn irgendwo ein. Auf keinen Fall darf er eine einzige Stunde Geschichte bekommen. Sonst laufen die Eltern wegen seiner immensen Fehlzeiten wieder Sturm. Soviel ich weiß, hat Tränkl Französisch-Fakultas."

Der Alte ging zu dem Topf mit der Lilie, knipste mit einer Hand ein paar vertrocknete Blätter ab, ließ sie in den Papierkorb fallen und setzte sich wieder an seinen Schreibtisch.

„Ja, das stimmt."

Ich wunderte mich über die Detailkenntnisse des Alten. Der wusste also bestimmt schon länger, dass Tränkl zurückkäme.

„Geben Sie ihm viele Stunden Förderunterricht Französisch in kleinen Gruppen. Wenn die ausfallen, ist es nicht so schlimm. Außerdem kommt Förderunterricht in der 9 bei den Eltern immer gut an."

„Ich kümmere mich drum, Herr Dr. Rott."

Im Weggehen fiel mir diese Frau Becker wieder ein.

„Was ist übrigens mit der Dame, die uns Gully empfohlen hat?"

„Sie meinen Frau Becker?"

„Ja."

„Die kommt in Ihren Karteikasten. Man weiß ja nie, ob wir sie doch noch verwenden können."

Ich verließ sein Büro, beauftragte die Schwenke, den Durst der Lilie zu stillen, und ging in mein Kabuff.

Von seiner Schule hat der Alte wirklich wenig bis gar keine Ahnung. Den Förderunterricht für die 9 hatte ich wegen fehlender Lehrerstunden bereits im vergangenen

Schuljahr streichen müssen. Ich schrieb zehn Schildchen *Tränkl* und hängte sie in die Lücken des Nachmittagsunterrichts, verteilt auf alle fünf Unterrichtstage. Die restlichen acht Schildchen beschriftete ich mit *Tränkl/Legasthenie*. Wer Französisch unterrichtet, kann auch unsere Legastheniker fördern.

Laura

Auf dem Weg zur Pausenaufsicht sah ich die SGE. Sie war so weiß im Gesicht wie ihr Schlabberrock und ihre Haare und lief grußlos nickend an mir vorüber. Wahrscheinlich war sie noch enttäuscht, dass sie vor den Ferien nicht befördert worden war. Ich konnte ihren Frust nachempfinden. Wenn es bei der Stellenbesetzung ausschließlich um Qualifikation und Berufserfahrung gegangen wäre, hätte sie die besten Chancen haben müssen. Sie hatte Mathematik, Englisch und Geografie in Mainz und Oxford studiert, fünf Jahre an einer Londoner Privatschule gearbeitet, war über 15 Jahre am GaR und hatte sich zwei Jahre lang im Ministerium in einer Englischlehrplan-Kommission engagiert.

Im Kollegium war sie beliebt, fehlte nur, wenn ihr kleiner Sohn krank war, wurde von ihren Schülern sehr geschätzt, weil sie ihren Unterricht stets akribisch vorbereitete und mit aktuellen wissenschaftlich erprobten Methoden gestaltete.

Eigentlich war sie für eine Funktionsstelle prädestiniert. Vielleicht hatte sie es sich mit den drei Männern aus der Führungsriege verscherzt? Vielleicht mochten die keine alleinerziehenden Frauen, die ohne Partner klar kamen, und

Karriere machen wollten? Vor der letzten Treppe zum Hof bat mich Dr. Rott an das Flurfenster und deutete auf einen jungen Mann, der verloren neben der Raucherecke stand. Er war groß und schlank und hatte blonde Haare.

„Er heißt Nick Scholl. Kümmern Sie sich bitte um ihn. Der Kollege ist neu an unserer Schule“, sagte er und ging zu seinem obligatorischen Schwätzchen mit unserem Hausmeister. Als ich den Schulhof betrat, war Nick Scholl verschwunden. Zurück im Lehrerzimmer schaute ich auf den Stundenplan. Sein Unterricht in der MIG2 endete nach der sechsten Stunde.

Ich machte mich auf den Weg in der 6a. Die Knirpse waren fürs Lektürelesen viel zu müde. Ich ließ sie von ihren Ferien erzählen und ein paar Konversationsübungen machen. Zweimaliges Gongen erlöste mich und die Klasse.

Im Lehrerzimmer grüßte Nick Scholl mit einem leisen „Hallo“. Er legte die Tasche auf den Tisch, zog einen Kugelschreiber heraus, schlug das Klassenbuch auf und begann zu schreiben. Ich beobachtete ihn eine Weile. Der Kollege sah erschöpft aus. Der Unterricht in den Migrantenklassen strengte ihn bestimmt an. Vielleicht wäre er froh, mit mir reden zu können. Als er seine Eintragungen beendet hatte, legte er das Klassenbuch in das Fach MIG2 zurück.

„Hey, ich bin Laura. Herr Dr. Rott hat mich gebeten, dich in den ersten Wochen am GaR zu unterstützen.“

Ich streckte ihm meine Hand entgegen. Sein Händedruck war fest. Er lächelte kurz.

„Hallo, ich heiße Nick Scholl.“

„Wir können uns doch duzen, oder?“

„Ja, natürlich.“

„Gehen wir gemeinsam in die Kantine?“

„Ja, gerne.“

In der Kantine reihten wir uns in die Schlange vor der Essensausgabe ein, bestellten uns beide das vegane Menü

Reis mit Gemüse der Saison, gemischter Salat, zahlten und setzten uns nebeneinander an einen freien Tisch. Gegenüber saßen die Alt-Thaler, der Kramer und die Mucke.

Es dauerte nicht lange, bis ich ihre neugierigen Blicke spürte, und entschied, besser nur Unverfängliches zu sagen.

Schweigend aßen wir den labbrigen Reis und das zerkochte Gemüse und legten das Besteck auf die leeren Teller.

„Mein Vorgänger in den Migrantenklassen muss ein guter Lehrer gewesen sein. Die Schüler haben mir heute nur Positives über den verstorbenen Kollegen Leppich berichtet."

„Ja", sagte ich. „Jan war ein engagierter Lehrer."

Mehr wollte ich über Jan nicht preisgeben. Meine Erfahrungen hatten mich gelehrt, mit persönlichen Einschätzungen und Urteilen gegenüber mir fremden Menschen zurückhaltend zu sein.

Am Nachbartisch stand die Alt-Thaler als Erste auf, nahm ihren Teller in die Hand und säuselte uns einen „Einen schönen Tag" zu. Ich nickte schweigend, Nick bewegte seine Lippen zu einem kaum hörbaren „Danke" und stocherte weiter in seinem Essen herum. Der Junge kam mir vor, als sei er mit seinen Gedanken völlig woanders.

Ab und an lächelte er mich an. Nick war bestimmt keiner dieser schneidigen Angeber, die so oft eingestellt wurden. In diesen wenigen Minuten war er mir sympathisch geworden.

„Wir könnten uns heute Abend um sieben an den Treppen am Fort Malakoff auf ein Glas Wein treffen", schlug ich vor, nachdem wir unsere Tabletts mit Teller und Besteck in die Geschirrablage geschoben hatten und uns am Kantinenausgang gegenüberstanden. Nick schaute mich lange an, dann endlich sagte er „Gerne, sehr gerne."

Nick

Ich war zehn Minuten zu früh, weil ich nicht unpünktlich sein wollte, blieb neben den Treppenstufen stehen, auf denen sich alle trafen, die gesehen werden wollten, ließ den träge fließenden Rhein, schwitzende Jogger und verliebte Pärchen vorüberziehen.

„Hallo, Nick", sagte eine weibliche Stimme hinter mir. Ich zuckte zusammen und wandte mich um. Laura stand vor mir. Sie strahlte mich an.

„Hallo, Laura."

Mir fiel auf, dass sie etwas größer als ich war. Ihr dunkelbrauner Ponny bedeckte die halbe Stirn. Ihr Gesicht war fast rund und makellos, nur ihren Augen hatte sie ein dezentes Make-up verpasst. Ich schätzte sie ein paar Jahre älter war als mich.

„Trinken wir einen Wein?", fragte sie.

„Ja, gerne."

Laura ging zum Weinstand voraus. In ihrem grünen T-Shirt und den schwarzen Shorts sah sie sehr sexy aus. Um ihre schmale Hüfte hatte sie einen blauen Pullover gebunden. Wir entschieden uns für zwei Weinschorlen, fanden schließlich einen ruhigen Platz auf den Holztreppen und stießen miteinander an. Sie lächelte, ich war ganz fasziniert von ihren großen grünen Augen, die im Dämmerlicht schimmerten.

Ein junges Pärchen, beide mit Stöpsel im Ohr, setzte sich dicht neben Laura. Ihre Oberkörper und Füße bewegten sich rhythmisch. Laura rückte näher an mich heran. Sie duftete unaufdringlich, angenehm nach Lavendel und Bergamotte. Der Duft gefiel mir, sehr sogar.

„Sitzt du oft auf diesen Treppen?", fragte ich.

„Ja. Immer dann, wenn ich entspannen möchte."

Laura lächelte mich an.

„Dann lass uns damit beginnen, entspannen wir", sagte ich zwinkernd.

Wir stießen ein zweites Mal miteinander an und nippten an unseren Gläsern.

„Warum bist ausgerechnet du meine Mentorin geworden?"

„Dr. Rott denkt wohl, dass ich genügend Erfahrung mit jungen Kolleginnen und Kollegen gesammelt habe."

Eine leichte Röte überzog ihr Gesicht. Verlegen lächelte ich und suchte nach etwas anderem, das ich von ihr erfragen könnte.

„Lass uns nicht von der Schule reden. Erzähle etwas Spannendes aus deinem Leben, Nick", sagte Laura in mein Suchen hinein.

Spontan fiel mir nichts Unverfängliches ein, was ich einem fremden Menschen hätte erzählen wollen.

„Also einen Krimi kann ich dir leider nicht erzählen. Viel Spannendes ist in meinem Leben nicht passiert", schwindelte ich.

Laura blickte mich trotzdem erwartungsvoll an. Ihr Erröten war inzwischen wieder ihrer leicht naturbraunen Gesichtsfarbe gewichen.

Ich berichtete über meine Rucksackurlaube in Thailand und Vietnam, schwärmte von der tollen Landschaft, der asiatischen Gastfreundschaft, der sehr guten Küche und vergaß den Überfall an einem Strand in der Nähe von Ho Chi Minh City, der mich Klamotten und viele Dollars gekostet hatte.

Wahrscheinlich verklärt sich in unserer Erinnerung vieles Schlechte zu einer unbedeutenden Episode. Laura ließ mich reden und hörte nur zu. Als ich mich nicht weiter erinnern wollte, sagte sie, dass sie lange keine Zeit und kein Geld für Urlaube gehabt hätte. Während des Studiums sei sie ab und an mit Freundinnen zum Zelten nach Frankreich gefahren oder habe jobben müssen, um ihren Lebensunterhalt zu verdienen. Mit dem Ersparten aus dem Lehrergehalt habe sie sich vor fünf Jahren eine kleine Wohnung in Mainz gekauft. In letzter Zeit gönne sie sich den einen oder anderen Wander- oder Badeurlaub in Europa.

Mir fiel auf, dass Laura immer nur von Freundinnen sprach. Männer schienen in ihrem Leben nicht vorzukommen. Nachdem wir ausgetrunken hatten, stellten wir unsere leeren Gläser zurück auf die Theke des Weinstandes.

„Lass uns noch ein Stück gehen", sagte Laura und deutete flussabwärts.

Wir spazierten eine Weile schweigend am Rheinufer entlang, das leider voll von Menschen war. Lauras T-Shirt verrutschte ständig. Meine Augen schielten ständig auf ihre wunderschön geformten, zarten, unbedeckten Schultern.

„Was hast du vor dem GaR gemacht?", fragte sie, als sie es bemerkte, und grinste.

Die Frage passte grade gar nicht zu meinen Gedanken. Doch bevor ich antworten konnte, bimmelte ihr Handy. Sie entschuldigte sich, trat ein Stück zur Seite, kehrte mir dann den Rücken zu und presste ihr Handy ans Ohr. Ich schlenderte ein Stück weiter. Kurz darauf holte sie mich ein.

„Es tut mir schrecklich leid, Nick, aber ich muss nach Hause. Wir sehen uns dann morgen in der Schule."

Ich spürte ein Stechen in der Magengegend. Laura sah verärgert aus. Wir verabschiedeten uns. Ich wünschte ihr einen guten Nachhauseweg und sah ihr solange nach, bis sie auf den Treppenaufgang zur Rheingoldhalle abbog.

Laura

Als ich wieder zu Hause war, ärgerte ich mich über Bogutt und mein ewiges Mitgefühl. Bogutt hatte SOS gefunkt. Es ginge ihm schlecht, hatte er am Handy gelallt und wie ein kleines Kind gejammert, ich möge sofort zu ihm kommen. Ich Idiot hatte Nick stehenlassen, war mit einem Taxi sofort zu ihm gefahren, hatte Bogutt stöhnend auf der Couch liegend vorgefunden, ihm eine Schmerztablette eingeflößt, im Wohnzimmer seine Kotze aufgewischt, die leeren Flaschen vom Fußboden eingesammelt, in den Mülleimer geworfen und war nach Hause gelaufen.

Zur Beruhigung trank ich ein Glas Riesling. Nick gefiel mir. Er war attraktiv und zurückhaltend. Morgen würde ich ihn fragen, ob er mit mir einen Kaffee trinken wolle.

Und wenn er absagte? Was dann? Bogutt ständig beizustehen, hatte ich keine Lust. Bei allem Verständnis für seine Trauer wollte ich mich nicht ständig von seinen Aussetzern und Exzessen runterziehen lassen. Ich trank meinen Wein aus und ging ins Badezimmer. Im Spiegel sah ich, wie an beiden Wangen dicke Tränen herunterliefen.

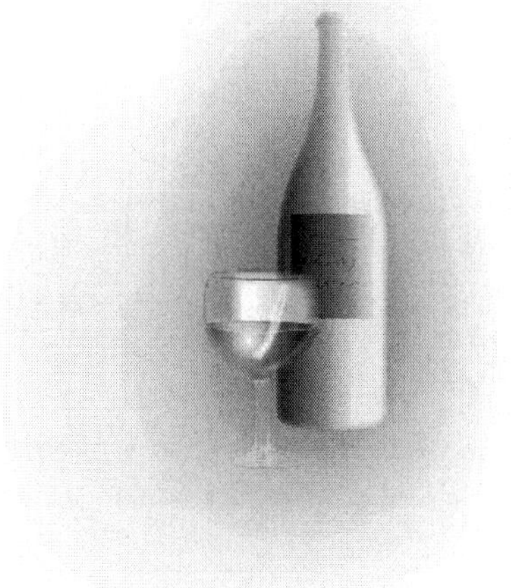

Dienstag, 30.08.

Nick

Am nächsten Tag ging ich mit Herzklopfen in die Schule. Ich hoffte, dass ich Laura wiedersehen und mit ihr sprechen würde. Im Lehrerzimmer herrschte Pausen-Tohuwabohu.

„Verfluchte Maschine! Warum funktioniert das Ding nicht? Wie soll ich die Anwesenheit eintragen? Spätestens heute Nachmittag will die Alt-Thaler die Anwesenheit haben“, echauffierte sich ein Kollege vor einem der PCs sitzend.

Eine kleine, junge Frau in weißer Bluse, blauen Markenjeans und hellblauen Sneakers, die hinter ihm stand, bekam einen roten Kopf.

„Ich erwarte Sie Punkt eins in meinem Büro, Herr Eisenreiter!“

Der Kollege drehte sich um. Sein roter Kopf wurde blass. Die junge Kollegin stürmte aus dem Lehrerzimmer.

„Eisenreiter! Antreten zum Rapport bei der Abteilungsleiterin Alt-Thaler!“, krähte der Typ mit der Plastiktüte blechern laut und lang gezogen.

Eine Kollegin in einem gelben Kleid mit riesigen Sommerblüten balancierte auf weißen Stöckelschuhen mit zwei Händen ein Tablett mit Marmorkuchenscheiben und stellte es auf den großen, runden Tisch.

„Ist vom Kollegen Hermann. Der hatte in den Ferien seinen Fünfzigsten“, bemerkte sie. Sofort wurde sie von heraneilenden Kolleginnen und Kollegen umringt. Als sie auf ihre Plätze zurückgingen, war das Tablett bis auf ein paar verlassene Krümel leer.

„Ob ihr nun esst oder trinkt oder was ihr auch tut, das tut alles zu Gottes Ehre“, sagte die blecherne, dieses Mal dramatisch klingende Stimme, schlürfte ans Kuchentablett, schob mit den Fingern die Krümel zusammen und steckte sie in den Mund.

Die sehr junge Referendarin öffnete einen schwarzen Aktenkoffer, der neben ihr auf dem Boden stand, holte eine große weiße Packung heraus, ging mit ihr zur Dose mit der Aufschrift BIO und schüttete vorsichtig Kaffeebohnen hinein. Ein zufriedenes Lächeln huschte kurz über ihr Gesicht, als sie mit ihrem Aktenkoffer und der leeren Verpackung in der Hand die Tür des Lehrerzimmers hinter sich zuzog.

Am Nachbartisch ereiferte sich Gully über den Anruf eines Vaters, der ihm wütend mitgeteilt habe, er möge seine Matheaufgaben zukünftig leserlich kopieren. Ihm sei als erfahrener Pädagoge bestimmt bekannt, dass eine angemessene Schriftgröße unabdingbare Voraussetzung für erfolgreiches Lernen sei.

„Ich habe diese Sonderwünsche satt. Ab morgen lasse ich die 5 alles vom Smartboard abschreiben. Dann können die schreiben, wie sie wollen", wetterte er.

Ich zog eine Kopiervorlage aus meiner Aktentasche, ging zu dem freien Kopierer und las PAPIERSTAU. Im zweiten Kopierer fehlte das Papier. Bevor ich mich aufregen konnte, roch ich Lavendel und Bergamotte. Laura stand neben mir. Ihre grünen Augen strahlten. Der eng anliegende, orangefarbene Minirock betonte ihre Figur.

„Sehen wir uns gegen drei auf einen Kaffee im Domcafé?", fragte sie und beugte sich dabei zu mir hinüber.

„Ja, klar. Gerne."

„Ich freue mich, dich zu sehen."

„Ich auch", brachte ich heraus.

Laura lächelte mich an und gesellte sich zu einer Gruppe Kolleginnen, die über den streikenden Kaffeeautomaten schimpften.

„Kopieren Sie oder sind Sie am Glotzen, junger Mann?"

Eine ältere Kollegin in mausgrauem Schneiderkostüm, erinnerte mich an meine beiden Vertretungsstunden. Ich entschuldigte mich, beseitigte den Papierstau, zog dreißig Kopien für die 6b, steckte sie in meine Aktentasche und machte mich auf den Weg zum Hausmeister. An dessen Tür hing ein schwarz-weiß-roter Aufkleber des AC Milan. Darunter stand auf einem nachlässig abgerissenen weißen Zettel, der mit einem schief abgeschnittenen Streifen Tesa auf der grauen Tür befestigt war *Bin kleich zurick*. Das kann ja heiter werden.

Ohne Türschlüssel ging ich zum Raum der 6b in den zweiten Stock. Eine Horde Jungen und Mädchen tobte vor der Tür. Ich bat den Kollegen mit den auffällig blondierten Haaren, der gerade vorbeikam, den Raum aufzuschließen.

„Klar, mache ich. Übrigens, ich bin der Charles. Kannst gerne mal in die Katakombe auf ein Helles kommen."

Katakombe? Diese Kneipe kannte ich gar nicht, klang spannend.

Charles schloss die Tür auf. Die Schülerinnen und Schüler stürmten in das Klassenzimmer. Ich folgte ihnen und wurde sofort von einigen umringt.

„Wo ist Herr Wolters? Ist der wieder krank? Sind Sie auch so streng wie der? Sind Sie unser neuer Deutschlehrer? Kommen Sie jetzt immer?", kreischten sie durcheinander.

Ich ging zum nächsten Fenster und riss es weit auf. Die Luft war zum Schneiden. Bevor ich den Schülern antworten konnte, warf ein extrem dürrer Junge einen unbesetzten Tisch vor dem Lehrerpult um und setzte sich an einen Einzeltisch in der letzten Reihe. Ein pausbackiger, etwas rundlicher Schüler stellte wortlos den umgeworfenen Tisch auf. Das Gekreische war ohrenbetäubend. Ein Mädchen mit einem langen schwarzen Zopf saß alleine an einem Gruppentisch und hielt sich die Ohren zu. Ich schwitzte, bevor ich ein einziges Wort gesagt hatte. Es dauerte eine gefühlte Ewigkeit, bis alle auf ihren Stühlen saßen und ich die Klasse mit ermahnenden Worten einigermaßen zur Ruhe gebracht hatte. Aus den Augenwinkeln sah ich, dass sich die Tür für ein paar Sekunden einen Spaltbreit öffnete. Das Kerlchen aus der letzten Reihe rief „Hau ab. Tür zu!" Der Pausbackige schlug sich mit einer Hand an den Kopf und machte den Scheibenwischer. Das Mädchen mit dem Zopf weinte. „Heulsuse, Heulsuse" schrien ein paar Jungs. Ein dunkelhaariges Mädchen forderte mich auf, endlich durchzugreifen. Bei diesem Lärm könne kein Unterricht stattfinden. Die Kleine hatte Recht. Ich fühlte mich hilflos.

Der Dürre vom Einzeltisch stand auf und versuchte mit einem Filzstift ein Mädchen, das in seiner Nähe saß, im Gesicht anzumalen. Wütend trat es ihm gegen das Schienbein. „Aua, Aua" kreischend setzte sich der Junge auf seinen Platz zurück. Ich unterdrückte ein Lachen, lief auf den Quälgeist zu und ermahnte ihn sehr laut, ab sofort sitzen zu bleiben. Andernfalls würde ich ihn zum Rektor schicken und seine Eltern informieren. Der Junge schaute mich irritiert an, streckte die Zunge heraus und legte seinen Kopf auf die Bank. Es wurde mucksmäuschenstill.

Der Pausbackige erklärte mir leise, dass dieser Bekloppte, wie er sich ausdrückte, bereits die Androhung eines Schulverweises erhalten habe. Ich sagte der Klasse, dass ich nur für heute ihr Vertretungslehrer sei und dass Herr Wolters nächste Woche bestimmt wieder kommen werde. „Schade", riefen einige. Ich begann mit dem Unterricht, den ich mir vorgenommen hatte.

„Was habt ihr denn in den Ferien gemacht? Erzählt doch mal. Wer von euch möchte anfangen?"

Ein Junge mit Pickelgesicht plapperte ungefragt los und berichtete von einem Segeltörn und einem Clubaufenthalt in Tunesien. Ich ließ ihn reden, bis er nichts mehr zu erzählen wusste. Andere berichteten von Urlauben in Wohnmobilen, auf Campingplätzen und Flugreisen nach Dubai und Badeurlauben in Ägypten. Ausnahmslos waren alle Urlaube *supertoll* und *supergeil*. Das Mädchen mit dem Zopf weinte weiter und sah unter sich.

Nach den mündlichen Berichten erteilte ich der Klasse den Auftrag, ihre Urlaubserlebnisse ihrem besten Freund oder ihrer besten Freundin in einem Brief mitzuteilen. Der Junge aus der letzten Reihe holte in Zeitlupe ein Heft aus einer Plastiktüte, schlug es auf und begann zu schreiben. Als ich eine Viertelstunde später von Tisch zu Tisch ging und die Briefe überflog, wurde ich von vielen gut formulierten, ausführlichen und fast fehlerfreien Ausarbeitungen überrascht. Die Nervensäge bedeckte sein geschlossenes Heft mit beiden Händen und drehte seinen Kopf zum Fenster. Ich ging zu dem allein sitzenden Mädchen weiter. Seine Augen waren gerötet. Die Hände lagen verkrampft auf dem Tisch neben dem aufgeschlagenen Heft. Das Mädchen hatte nur wenig geschrieben.

Meine Eltern haben kein Geld, um in Urlaub zu fahren. Ich war in den Ferien zu Hause. Wissen Sie, warum Herr Leppich gestorben ist?

Ich musste schlucken und suchte vergeblich nach einer Antwort. Viele Schülerinnen und Schüler lasen freiwillig ihre Briefe vor. In der zweiten Stunde teilte ich die kopierten Arbeitsblätter mit Rechtschreibübungen aus und ließ sie in Partnerarbeit lösen. Der Lärm hielt sich in Grenzen.

Als es zur Pause klingelte, fielen ein paar Stühle um, die Klasse stürmte lärmend aus dem Raum, der Junge aus der letzten Reihe ging als Letzter mit gesenktem Kopf an mir vorüber und knallte die Tür zu. Das Mädchen mit dem Zopf packte sehr langsam Heft und Stift in seinen Ranzen.

„Wie heißt du eigentlich?“, fragte ich.

„Saskia“, sagte das Mädchen leise schluchzend.

„Du bist immer noch traurig, Saskia?“

„Ja, Herr Leppich war mein Lieblingslehrer. Er ist tot und kommt nicht mehr, hat mir meine Freundin erzählt. Stimmt das überhaupt?“

Ich erschrak und ärgerte mich, dass mir niemand gesagt hatte, dass Leppich auch in dieser Klasse unterrichtet hatte.

„Ja, Saskia, das ist wahr. Ich bin auch sehr traurig, dass dein Lieblingslehrer gestorben ist.“

Das Mädchen wischte sich mit einer Hand die Tränen aus dem Gesicht und verließ den Klassenraum. Ich atmete tief durch und hoffte inständig, dass ein einfühlsamer Kollege mit der Klasse über Leppichs Tod reden würde.

Im Lehrerzimmer setzte ich mich abseits an einen freien Fensterplatz. Einer der beiden Kollegen Duck oder Meuser, ich konnte sie partout nicht auseinanderhalten, war nicht zu überhören. Seine schwulstigen Lippen zitterten wie ein Aal.

„Die eine Hälfte der 9c hat rumgenölt, weil die Ferien vorbei seien, die andere hat alles vergessen. Beim Thema Erörterung haben die mich angeglotzt, als rede ich chinesisch. Dazu noch der ADHSler. Der treibt mich noch in den Wahnsinn. Heute hat er sich unter den Tisch gesetzt und sich die Ohren zugehalten.“ - „Musst halt für Ruhe sorgen, Duck“, lachte Eisenreiter vom Nachbartisch herüber. - „Deine 8 ist aber auch nicht besser, Eisenreiter. Die geht mir genauso auf den Geist. Allen voran dieser Niklas. Ist ständig am Explodieren, wenn die Dinge nicht so laufen, wie er sich das vorstellt“, schimpfte Duck. - „Der ist hochbegabt. Den muss man mit Extraaufgaben füttern, damit er beschäftigt ist, Duck. Dann hält er auch Ruhe. Bei mir jedenfalls“, setzte Eisenreiter nach.

Die Kollegin mit den blau gefärbten Haaren, die heute eine kakifarbene Bluse und einen blauen Jeansrock trug, ereiferte sich sichtlich.

„Habt ihr eigentlich keine anderen Probleme? Ich muss jetzt in die 6b und den Schülern sagen, dass Kollege Leppich tot ist und sie einen neuen Lehrer bekommen.“

„Das ist doch die Sache vom Religionslehrer“, äußerte Eisenreiter lapidar und biss herzhaft in eine Banane.

Ich hielt die Stimmung nicht mehr aus, schnappte meine Aktentasche, stand auf, öffnete im Rausgehen mein Fach und erschrak vor dem grünen Zettel. Die Frage darauf war unmissverständlich, mit akkurater Handschrift formuliert: *Was war gerade in der 6b los, Herr Scholl? Gruß Dr. Rott*

Schule ist jenes Exil,
in dem der Erwachsene
das Kind solange hält,
bis es imstande ist,
in der Erwachsenenwelt
zu leben,
ohne zu stören.

Maria Montessori
1870-1952
italienische Reformpädagogin und Philosophin

Angela

Ich zündete eine Kippe an, öffnete das Fenster und stierte auf den Pool. Seit meine letzte Geburtstagsparty in Abwesenheit meiner Alten außer Kontrolle geraten war, hatten sie das Wasser abgelassen. Der ganze Tag war verdorben, meine Stimmung auf dem Nullpunkt. Gestern der Loevenich. Heute die Finke. Die beiden hatten sich bestimmt abgesprochen. Das konnte kein Zufall sein. Diese arrogante, geile Ziege. Angela, wollen Sie uns nicht mal Ihre Lösung präsentieren? Kommen Sie doch bitte mal vor. Mit dem Gesicht zur Klasse können Sie viel besser die freie Rede üben. Was fällt der eigentlich ein? Macht mich vor diesen Idioten lächerlich und grinst noch dazu so gehässig. Natürlich haben die Deppen gelacht, als ich mir vor der Klasse einen abgestottert habe. Das werd' ich mir merken. Das wird teuer werden, du alte Kuh. Von dir kriege ich meine 6 Punkte in Deutsch. Ganz bestimmt. Der Leppich wusste meine Leistung viel besser einzuschätzen. Einmal habe ich bei dem sogar zehn Punkte für ein Referat bekommen. Es ging um diesen merkwürdigen Richter und seinen Henker oder war es der Besuch dieser komischen reichen Dame. Ist jetzt auch egal. Mir hat Leppich wenigstens Mut gemacht und mehrmals betont, ich sei keine schlechte Schülerin. Mit dem als Deutschlehrer müsste ich nicht um das Abi bangen.

Ich inhalierte die letzten Züge, schnippte den Stummel zum Fenster hinaus und setzte mich an meinen Schreibtisch. Woran war dieser Leppich bloß gestorben? War er etwa schwer krank gewesen? Wenn ja, hatte er diese Krankheit gut vor uns versteckt. Obwohl. Wenn ich mich recht entsinne, hatte sich Leppich vor den Sommerferien verändert. Er lachte nur noch selten. Und wenn er es tat, wirkte es nicht echt. Einmal vergaß er sogar sein Lektüreheftchen zu Hause, ein anderes Mal seinen Stick mit allen Unterrichtsmaterialien und unseren Noten. Ich habe mir damals nichts weiter dabei gedacht.

Viele Lehrer waren kurz vor den Ferien müde, hatten keine Lust mehr auf Unterricht und duellierten sich regelrecht um die Belegung der wenigen Medienwagen und der wenigen Räume mit Smartboards. Wenn wir Glück hatten, gab es eine recht interessante Doku zu sehen. Ganz ehrlich, da macht man lieber Unterricht als sich zum x-ten Male einen Till Schweiger Film oder *Ziemlich beste Freunde* anzusehen. Ja genau, das war der letzte Film, den uns Leppich gezeigt hatte. Der hat uns fast die ganze Zeit über alleine im Raum sitzen lassen. Das war völlig untypisch für ihn. Vielleicht war es ihm damals schon schlecht gegangen. Aber so jung muss man sich doch nicht von dieser Welt verabschieden. Ich griff zum Handy und wählte erneut Mirkos Nummer. Wieder nur Sprachbox. Wenn er sich bis zu Leppichs Beerdigung nicht meldete, würde ich ihm den Laufpass geben.

Nick

Der Domplatz war voll von Einheimischen und Touristengruppen. Wir saßen im Domcafé, tranken Cappuccino und aßen ein Stück Erdbeerkuchen. Laura berichtete ziemlich ungehalten von ihrem neuen Job als Verwalterin der Fremdsprachenbibliothek und einem unausgereiften Computerprogramm, das ihr die Alt-Thaler mit der Bemerkung überlassen habe, sie, Laura, sei ja wohl technikaffin genug, um diese kleine Herausforderung ohne Einarbeitung zu meistern. Holberg hatte ihr mitgeteilt, dass die Stadt zur Zeit kein Geld für ein neues Bibliotheksprogramm habe. Sicherlich käme sie auch ohne EDV und mit der Loseblattsammlung klar. Ich erzählte Laura von meinen beiden Vertretungsstunden und dem grünen Zettel, den ich in meinem Fach gefunden hatte. Laura kannte den auffälligen Schüler. Er heiße Linus, sei ein richtiges Sprachtalent, wenn er denn mal rede. Soviel sie wüsste, gäbe es in der Familie einige Probleme. Aber das seien nur Gerüchte.

„Hast du den Klassenlehrer mal auf diese Gerüchte angesprochen?"

„Kramer? Natürlich. Der meint, dass der Junge am GaR nichts verloren habe. Ich habe Linus im letzten Zeugnis in Englisch eine Drei gegeben, weil er durchweg gute Klassenarbeiten schreibt. Mit dieser Drei ist Linus versetzt worden. Seitdem beteiligt sich der Junge ab und an im Unterricht und Kramer grüßt mich nicht mehr."

Laura lächelte gequält.

„Kramer ist doch dieser Bücherwart?"

„Ja, Bücherwart und Abteilungsleiter. Dr. Rott schätzt ihn sehr. Kramer ist bienenfleißig. Wenn er nicht unterrichtet, sitzt er in seiner Bibliothek. Fürs mündliche Abi erstellt er alle Prüfungstermine."

„Ein Mutmacher ist der aber nicht", fügte ich an und berichtete über meine erste Begegnung mit Kramer.

Laura bestellte eine zweite Tasse Cappuccino und erinnerte sich an ihre Rolle als meine Mentorin. Im Schnelldurchlauf erklärte sie mir die Rottsche Farbbelehrung. Farben symbolisierten die Hierarchie des GaR. Dr. Rott meine, dass ohne Hierarchie keine Schule auskäme.

Anhand der Farbbelehrung erschließe sich jedem die Relevanz der Mitteilungen. Das Sekretariat verwende blaues Papier, die Abteilungsleiter gelbes, der Stellvertretende Schulleiter rotes, der Schulleiter teile sich auf grünem Papier mit. Grün sei nach Rottscher Diktion die Farbe aller Farben und erfordere höchste Aufmerksamkeit. Bei Grün sei unverzüglich Rücksprache mit dem Schulleiter zu nehmen. Nur Pausenaufsichten hätten aus versicherungsrechtlichen Gründen Vorrang vor dem Termin beim Schulleiter. Die Farben Rot und Gelb hätten zwei Doppelstunden Zeit.

„Was soll ich jetzt machen, Laura? Ich hätte mich doch sofort beim Schulleiter melden müssen."

Laura aß den letzten Bissen ihres Kuchens, legte die Gabel auf den Teller und tupfte mit der Serviette ihren Mund ab.

„Du gehst am Donnerstag zu Dr. Rott, sagst ihm, dass du die Bedeutung des grünen Zettels nicht kanntest und erklärst ihm, wie engagiert die Klasse mitgearbeitet hat. Das wird ihn zufriedenstellen. Lass die Details, die du mir erzählt hast, einfach weg. Dr. Rott verträgt keine Lehrerklagen über Schüler."

„Hat sich denn diese Farbbelehrung überhaupt bewährt?", fragte ich.

„Am GaR ganz bestimmt. Sie sollte sogar Vorbild für andere Schulen werden. Die Ministerin hat Dr. Rott ausdrücklich für dieses kreative Führungsinstrument in einem persönlichen Schreiben ans Kollegium gedankt."

„Und was ist daraus geworden?"

„Nichts. Die Rottsche Farbbelehrung hat keine Nachahmer gefunden. Wir halten die Exklusivrechte."

Laura lächelte versonnen. Die Bedienung mit dem russischen Akzent und den wasserstoffblonden Haaren brachte ihr die zweite Tasse. Laura riss die Zuckertüte auf, ließ den braunen Inhalt in ihre Tasse rieseln und rührte den Cappuccino mit einem Löffel um.

„An was denkst du gerade, Laura?“

„Ich überlege viel zu oft in den letzten Monaten, ob ich am GaR wirklich pensioniert werden möchte. Oder ob mich nicht etwas Neues, etwas völlig Anderes mehr reizen würde?“

Laura nippte an ihrem Cappuccino.

„Unterricht halten, Bücherlisten anlegen und Etats verwalten füllen dich nicht aus. Oder?“

„Ich möchte wieder frei sein, Nick. So wie damals.“

„Wie lange liegt das Damals zurück, wenn ich fragen darf?“

„Für mich eine gefühlte Ewigkeit.“

Laura wischte sich mit einer Serviette einige Tränen aus dem Gesicht und schaute lange zum Dom hinüber.

„Lass dich vom Schulleiter bitte nicht beeindrucken, Nick. Der studiert jeden Neuen am GaR. Für den bist du erst einmal nur ein Vertretungslehrer, der austauschbar ist. Wenn er dich nicht mehr beschäftigen will, findet er einen Grund, dich loszuwerden. “

„So wie den Typ mit der blechernen Stimme und der Plastiktüte“, sagte ich.

„Ja. Der Typ heißt Jörg. Nachdem er seine Vornote weiß, spielt er ungeniert den Clown und provoziert gerne.“

„Jedem das Seine“, entfuhr es mir leise.

„Sicher. Nur, der Spruch stammt von den Nazis und stand auf dem Eingangstor zum KZ Buchenwald“, ergänzte Laura und trank ihren Cappuccino aus. Ich schwieg, das hatte ich gar nicht bedacht. Wie leicht doch heute Sätze aus dem Zusammenhang gerissen werden.

Laura lehnte sich zurück.

„Eine Sache noch, Nick. Mit Holberg musst du dich gut stellen. Der diktiert allen Neuen einen ersten Stundenplan, den sie akzeptieren sollten. Wenn du nicht ständig an diesem Plan rumnörgelst, wird er besser. Mein erster Stundenplan war eine einzige Katastrophe. Zehn Klassen in Englisch hat mir Holberg gegeben. 24 Stunden, quer über Unter-, Mittel- und Oberstufe verteilt. Mit 4 Freistunden."

„Das ist doch viel zu viel, Laura. Erst recht für eine Anfängerin."

„Im darauffolgenden Schuljahr hatte ich Unterricht in acht Klassen."

„Hast du dich nicht gewehrt, Laura?"

„Nein. Ich habe mich nicht getraut."

„Und der Personalrat? Hat der nichts dazu gesagt? Gully macht so einen kämpferischen Eindruck."

Ein langes Lächeln legte sich auf Lauras Gesicht.

„Gully? Ach der. Der meinte, ich hätte sofort zu ihm kommen müssen. Er hätte diese Ungerechtigkeit sofort aus der Welt geschafft. Jetzt sei es zu spät. In Zukunft müsse ich besser auf mich aufpassen."

Laura pikte mit der Gabel die letzten Krümel ihrer Erdbeertorte auf.

„Das war alles? Mehr hat er nicht für dich getan?"

„Nein! In der Zwischenzeit habe ich gelernt, mich selbst zu wehren. Hat auch lange genug gedauert."

„Wie lange bist du jetzt am GaR, Laura?"

„Acht Jahre."

„Acht Jahre? Das ist eine lange Zeit. Fühlst du dich wohl am GaR?"

„Geht so."

Mehr sagte sie nicht. Laura schaute lange zum Eingang des Doms rüber, vor dem eine Gruppe kleiner Mädchen und Jungs von einer jungen Frau in Zweierreihen aufgestellt werden sollte.

„Acht Jahre habe ich noch nie an einem Ort gelebt. Ich würde mich gerne irgendwo wohlfühlen und mich niederlassen. Vielleicht finde ich mal einen Ort, der sich wie Heimat anfühlt", sagte ich nach einer Pause.

„Wo bist du groß geworden, Nick?"

„In Trier."

„Oh, Trier. Das ist eine schöne Stadt. Wie lange hast du dort denn gelebt?"

„Meine ersten zehn Lebensjahre habe ich dort verbracht, später mein Abi gemacht und an der Uni studiert. Insgesamt waren es, glaube ich, sechzehn Jahre."

„Und du bist in all diesen Jahren dort nie heimisch geworden?"

„Ich hatte ein Zuhause, Laura. Ein Dach über den Kopf, lange Zeit, ein sehr luxuriöses sogar. Außenstehende würden sicherlich behaupten, dass es mir an fast nichts gefehlt hat."

„Ich höre ein großes Aber, Nick."

„Manche Erinnerungen fühlen sich wie große Enttäuschungen an", sagte ich nach kurzem Schweigen.

„Mir haben die Menschen gefehlt, denen ich vertrauen konnte, die mich mochten und mich nicht im Stich ließen."

Noch immer präsente Bilder drängten sich vor meine Augen. Der tobende Vater, die kofferpackende Mutter, mein hilfloses, vergebliches Betteln und Weinen, sie möge uns nicht verlassen.

„Lass uns bitte von was anderem reden."

Laura nickte und schaute nervös auf ihre Armbanduhr.

„Ich muss los, Nick. Tests korrigieren."

Natürlich war das eine spontane Ausrede, dessen war ich sicher, orderte die Rechnung und zahlte für uns beide. Mit unserer Vergangenheit wussten wir in Anwesenheit des anderen leider nicht umzugehen. Noch nicht.

Wir verabschiedeten uns mit einer kurzen Umarmung. Laura lief zum Einkaufszentrum *Am Brand*. Ich machte mich auf den Weg zur Haltestelle *Schillerplatz*. Vor dem Fastnachtsbrunnen entlockte ein verwahrlost aussehender Mann mit Vollbart und Schottenrock seinem Dudelsack schrille, falsche Töne. Kein Passant blieb stehen, bis zwei kräftige, uniformierte Männer mit der Aufschrift *Ordnungsamt* erschienen und den Mann kontrollierten. Der angebliche oder tatsächliche Schotte packte seinen Dudelsack ein und lief in die nahe gelegene Eisdiele. Direkt neben dem Brunnen parkte ein 7er BMW mit getönten Scheiben. Achtlos gingen die Männer vom Ordnungsamt an dem Fahrzeug vorbei. Eine junge Frau in einem grünen T-Shirt und ausgefransten Jeans kam mir mit einem Pappschild um den Hals entgegen. Im Vorbeigehen las ich *Suche Arbeit, spreche Deutsch,* Fran*zösisch, Englisch, Spanisch.*

Am liebsten hätte ich ihr hinterher gerufen, melde dich am GaR. Diese Schule kann frisches Blut dringend gebrauchen.

Mittwoch, 31.08.

Brinkhus

Es war fünf Minuten nach neun. Ich hatte Tanner für neun in mein Büro bestellt. Auf diese Emporkömmlinge war kein Verlass. Diese Typen hatten nur das eigene Fortkommen und ihre Karriere im Blick, unbrauchbar, wenn es darum ging, in Bereiche vorzudringen, die mehr Gehirn und persönliche Flexibilität als das Befolgen von Dienstvorschriften erforderten. Die hätten mir früher allenfalls die Dienstpost bringen dürfen. Heute bewarben sie sich nach zwei, drei Jahren Schuldienst auf Assistentenstellen, weil sie sich nicht mehr mit Pubertierenden abgeben wollten, und, wenn ich ihren Bewerbungsschreiben glaubte, über herausragende, vielfältige Kompetenzen jeglicher Art verfügten. Er strebe in naher Zukunft eine Führungsposition an, hatte Tanner im Einstellungsgespräch offen bekundet. Gerne würde er an exponierter Stelle seine Beratungskompetenz, seine Innovationskompetenz, seine soziale Kompetenz, seine Kommunikationsfähigkeitskompetenz, seine interkulturelle Kompetenz und was-weiß-ich-alles zur innovativen, nachhaltigen Weiterentwicklung unseres Schulsystems einbringen.

Gestern hatte ich Tanners Protokoll der letzten Schulleiterdienstversammlung gelesen. Es war mit Fehlern gespickt. Ich hatte zehn Orthografie- und fünf Zeichensetzungsfehler rot markiert und unter seinen Entwurf *An Ihrer Dudenrechtschreibkompetenz und Interpunktionskompetenz müssen Sie noch arbeiten* geschrieben.

Auf meiner Wanduhr war es zehn nach neun, als Tanner auf die offene Tür meines Büro zuschlenderte. Mein Assistent trug ein gelbes Kurzarmhemd und eine dunkelblaue Stoffhose. Als er vor mir stand, bemerkte ich einen markanten hellen Fleck unter dem schwarzen Hosengürtel. Nackte Füße steckten in ungeputzten braunen Halbschuhen. In den Ferien hatte er sich einen dieser neumodischen Haarschnitte, Sidecut oder so ein unsäglicher Anglizismus, verpassen lassen.

Tanner sah müde und blass aus. Er hatte sich länger als drei Tage nicht mehr rasiert. Wenn er die nächste Stufe der Beförderungstreppe erklimmen wollte, musste er dringend an seiner Außendarstellungskompetenz arbeiten. Mit einem leisen Seufzen sank Tanner auf den Stuhl vor meinem Schreibtisch, nachdem er die Tür geschlossen und wir uns begrüßt hatten. Ich blickte demonstrativ lange auf meine Armbanduhr.

„Wir waren um neun verabredet, Herr Tanner."

„Die Nacht war kurz, Herr Brinkhus. Die Kleine bekommt ihren ersten Zahn."

„Was steht auf der Agenda, Herr Tanner?", ignorierte ich seine Bemerkung.

„Die Beschwerden über das Gymnasium am Rhein aus dem letzten Schuljahr und die ersten neuen aus diesem Schuljahr."

„Lehrer haben sich bislang nicht beschwert?"

Tanner schüttelte seinen eierförmigen Kopf.

„Für Lehrer ist der Kummerkasten, wie Sie immer sagen, ja nicht konzipiert worden. Lehrer müssen sich doch mit Beschwerden auf dem Dienstweg an Sie wenden."

Ich überging Tanners respektlose Belehrung.

„Welche Kritik haben die Eltern und Schüler vorgetragen?"

„Die meisten regen sich über ungerechte Noten auf, beschweren sich über Unterrichtsausfall und schlecht vorbereitete Lehrer. Der Rest verteilt sich auf zu hohe Leistungsanforderungen und Vertretungsstunden, in denen nichts gelernt würde."

Der Rott kriegt seinen Laden einfach nicht in den Griff. Die Ministerin würde lästige Nachfragen stellen, wenn ihr der Beschwerdekatalog zu Ohren käme.

Tanner gähnte lange.

„Gut. Da müssen wir natürlich handeln. Sie legen mir bis morgen die Beschwerden, sortiert nach Datum, Dringlichkeit und Thematik vor."

Die Mundwinkeln meines Assis zuckten kurz.

„Anschließend weise ich Dr. Rott an, die nötigen Mitarbeiter- und Elterngespräche zu führen und mir in vier Wochen schriftlich Bericht zu erstatten."

Ich war überzeugt, dass sich viele Vorwürfe als haltlos erweisen würden. Manche Eltern gerieten bereits in Panik, wenn drei, vier Stunden in Deutsch oder Mathe ausfielen. In meiner Schulzeit war ich in der kompletten Mittelstufe mit dreißig Jungs in einem engen Klassenraum eingepfercht worden. Wenn ein Lehrer krank war, gab es oft wochenlang keinen Vertretungsunterricht, was uns nicht daran hinderte, uns selbst zu organisieren und den Abschluss zu schaffen.

„Sind wir fertig, Herr Tanner?"

„Ja, fast. Da ist noch der Tod dieses Lehrers. Leppich, Jan Leppich. Er hat am GaR gearbeitet."

Tanner lächelte vielsagend.

„Sicherlich haben Sie bereits von dem tragischen Unglück gehört, Herr Brinkhus."

„Ist das der Lehrer, der tot aus dem Rhein geborgen wurde?"

Ich stellte mich ahnungslos. Vielleicht wusste Tanner von mir unbekannten Details.

„Ja, genau der."

„Stimmt. Jetzt erinnere ich mich. Dr. Rott hat mir per Mail kurz davon berichtet."

Mein Assi schob seinen Eierkopf mit dem spitzen Kinn nach vorne.

„Es gibt Gerüchte, dass der verstorbene Kollege in einschlägigen Mainzer Kreisen verkehrt hat und sein Tod vielleicht damit in Zusammenhang steht."

Mein lieber Tanner. Du verfügst ja auch über eine Gerüchteverunglimpfungskompetenz. Ich lachte kurz auf. Tanner blickte mich irritiert an.

„Einschlägige Kreise? Wen oder was meinen Sie, Herr Tanner? War Leppich schwul, hat er Drogen genommen?"

Tanner wiegte seinen Kopf hin und her.

„Er soll gespielt haben, habe ich gehört, Herr Brinkhus. Legal in der Spielbank Wiesbaden und illegal im Frankfurter Bahnhofsviertel. Stellen Sie sich das einmal vor! Das ist doch kein Vorbild für unsere Schüler. Und Schulden in fünfstelliger Höhe soll er auch angehäuft haben."

„Wer sagt das?"

„Ich pflege bestimmte Kontakte, Herr Brinkhus. Die sind sehr zuverlässig. Ich denke, das Gymnasium am Rhein ..., ich meine, diese Schule ..." Tanners Hände kreisten über meinem Schreibtisch, als suchten sie nach den passenden Worten.

„Ich kümmere mich drum, Herr Tanner. Ich werde Dr. Rott persönlich auf Leppich ansprechen."

Tanner nickte und ließ seine Hände auf den Schoß sinken. In der Causa Leppich wollte ich mir von niemanden dazwischenfunken lassen, der nicht mehr wusste als ich.

„Dann machen wir Schluss für heute, Herr Tanner. Wie gesagt, die Aufstellung erwarte ich morgen."

„Selbstverständlich, Herr Brinkhus."

Tanner stand auf und schlich zur Tür.

„Einen Augenblick, bitte, Herr Tanner. Ich habe Ihren Protokollentwurf gelesen. Er strotzte voller Fehler."

Mein Assistent drehte sich um und lächelte unschuldig.

„Ja, ich weiß. Mein Rechtschreibprogramm hat versagt. Ich muss es unbedingt updaten."

Als Tanner außer Sichtweite war, schredderte ich diese Zumutung von Protokoll. Morgen würde Tanners

Beschwerdeaufstellung seinem Protokoll folgen. Wie verrückt war ich denn, jeder Beschwerde und jedem Hinweis, der im Kummerkasten lag, nachzugehen? Dr. Rott war froh, wenn er ein Jahr vor seiner Pensionierung in Ruhe gelassen wurde. Und ich war glücklich, wenn die Causa Leppich ohne Kollateralschaden zu Ende ginge.

Julia

Mama war mal wieder nicht zu Hause, als ich von der Beerdigung zurückkehrte. Wahrscheinlich war sie im Beautysalon, bei der Maniküre oder in der Verwöhnmassage. Schönheit konservieren. Für wen? Für Tim? Lief mit dem überhaupt was im Bett? Vielleicht hat Mama ja einen Lover? Von mir aus gern. Kann sie haben. Ich zog meine schwarzen Klamotten aus, warf sie in meinem Zimmer auf den Boden, lief ins Wohnzimmer, legte mich auf Mamas neueste Errungenschaft, irgendein zartes Möbelchen mit dem Namen chaiselongue oder sowas Französisches und schaute durch die bodentiefen Fenster in den fast wolkenlosen blauen Himmel.

Irgendwo da oben schwebst du auf deiner Wolke, Leppich. Hoffentlich bist du glücklich. Dein Schulleiter hat vielleicht ein Zeug geschwallt. Du seist ein engagierter, bei allen Schülern beliebter Lehrer gewesen, den die gesamte Schulgemeinde vermisse und der eine große Lücke hinterlasse. Seine ganze Rede klang wie irgendwo geklaut und zurechtgebogen. Ich glaube dem Typen sowieso kein einziges Wort. Alles Gesabbel. Der hat dich bestimmt für einen ganzen anderen Menschen gehalten. Jetzt bist du tot. Abgesehen von dem Gesülze hätte ihm die Beerdigung gefallen. Charles hat klasse gesungen. *Wenn du gehst, kracht der Himmel ein und meine Sonne hört auf zu scheinen*. So ein Text fällt nur Lindenberg ein. Viele haben angefangen zu weinen. Ich auch.

Und ich musste schon wieder heulen. Schluchzend stand ich auf und ging zur Hausbar. Zum Glück hatte mein Stiefvater vergessen, den Schlüssel abzuziehen. Ich goss Scotch in ein Whiskyglas, versank in einem schwarzen Ledersessel und trank es in zwei schnellen Schlucken leer.

Das Leben kann so schnell zu Ende sein. Und ich sitze hier und verplempere meine Zeit mit dieser verfickten Schule. Und mit einem Stiefvater, der mich abnervt. Boah, dieser Tim muss weg. Ständig macht er mich an. Ich soll das, ich soll jenes, blabla. Dabei hat er mir gar nichts zu sagen.

Ich schenkte mir an der Bar nach, machte das Glas aber diesmal fast randvoll.

Nächstes Jahr kannst du mich mal, Tim. Egal, was Mama sagt. Dann haue ich ins Ausland ab. Irgendwohin. Weit weg. Wie die Angela. Vorhin auf der Beerdigung hat sie mich gefragt, ob wir uns heute Abend treffen könnten. Angela war ganz schön nervös, kenne ich so gar nicht von ihr. Ist doch eher immer die Taffe. Sie hätte eine Idee, wie wir leicht Geld verdienen könnten. Hörte sich schon mal verlockend an. Muss nur schauen, dass ich bis dahin Ausgang kriege.

Ich versprach mich bei ihr zu melden.

Wenn Tim nicht da ist, kann ich Mama immer was vom Pferd erzählen. Mir wird schon was einfallen. Klausurrelevante Vorbereitungen, klingt gut und zieht immer. So etwas in der Art halt. Dann kann ich bis um zehn abhauen.

Nach ein paar Schlucken schmeckte mir das Zeug nicht mehr. Ich stellte das Glas auf den Boden und gähnte, wurde irgendwie müde.

Mädchen, bleib wach. Wenn Mama nach Hause kommt und dich mit dem Glas sieht, gibt es richtig Stress.

Den restlichen Scotch schüttete ich in der Küche in den Ausguss, stellte das Glas in die Spülmaschine und war froh, als ich in meinem Bett lag. Eine gute Stunde später wachte ich mit einem Brummschädel auf. Klasse.

Mein Handy summte.

Angela? Was ist denn jetzt schon wieder?

Ich drückte die grüne Taste.

„Was gibt es, Schätzchen?"

„Mirko ist tot."

Angela weinte. Ich war geschockt, aber das Geheule nervte mich. Den Typ hatte sie doch schon lange abgeschrieben.

„Wie ist das passiert?"

„Mirkos Mutter hat mich gerade angerufen. Sie hat es von den Bullen. Ein Passant hat ihn heute früh auf dem Parkplatz vor dem *Alten Postlager* am Bahnhof gefunden. Mirko lag übel zugerichtet tot im Gebüsch."

Angela weinte weiter.

„Hey, beruhige dich, Mäuschen. Wir treffen uns doch später,oder?"

„Ja, um sieben bei *Fahrrad Klaus*."

„Okay. Wenn es nicht klappt, melde ich mich."

Unsere Haustür öffnete sich quietschend.

Zu blöd, Mama war zurück.

„Meine Mutter ist im Anmarsch. Ich muss Schluss machen, Angela."

Ich legte auf und hoffte, dass sie nichts riechen würde.

„Hast du etwa getrunken, Julia?", fragte sie und nahm mich kurz in den Arm.

„Ja, ein bisschen. Die Beerdigung war so schrecklich."

„Es muss ja schrecklich für euch sein, diesen tollen Lehrer zu verlieren. Ist deine Freundin Angela auch so traurig?"

„Ja, sehr, Mama."

Mama lieferte mir eine prima Vorlage.

„Kann ich heute noch kurz zu ihr gehen? Angela möchte nicht den ganzen Abend alleine sein."

„Ja, sicherlich. Das kann ich gut verstehen. Denke aber daran, dass morgen früh um sechs dein Wecker klingelt."

„Versprochen, Mama. Punkt halb elf bin wieder zurück."

Mama war eine richtige Naive. Sie nahm mir jedes Versprechen ab, ließ sich nicht nur von den meisten Männern verarschen, sondern auch von ihrer eigenen Tochter. So wie sie wollte ich nie werden.

Angela

Bei *Fahrrad Klaus* war tote Hose. Ich war der einzige Gast. Winzige Sonnenstrahlen drangen durch die kleinen Kippfenster. Die Musik war aus, die Küche geschlossen. „Anlage kaputt, Chef krank", sagte der südländisch aussehende Junge, als er mir die Weinschorle brachte und ich einen veganen Burger bestellte wollte. Ich kannte den Typen von irgendwoher. Meine Finger flogen über den Holztisch, berührten abwechselnd das Glas, die leere Zigarettenschachtel und das Display meines Handys.

Es war zehn nach sieben. Ungeduldig schaute ich auf die weiß getünchten Wände, an denen alle Räder, vom Dreirad bis zum Mountainbike, hingen, die Fahrrad Klaus jemals besessen hatte. Wo blieb Julia? Die wollte doch Bescheid geben, wenn sie um sieben nicht da ist. Hoffentlich zickt Julias Alte nicht wieder rum und lässt sie nicht weg. Die Arme hat es schwer zu Hause. Meine Alten machen nie Stress. Die sind viel zu sehr mit sich und ihrem Krankenhaus beschäftigt und kümmern sich einen Scheiß um Schule und meine Clique. Für die ist wichtig, dass es in der Schule läuft. Lang her, dass sie mal eine Klausur von mir sehen wollten. Am Ende der 10 war es das letzte Mal. Die Vier in Deutsch hatte sie beruhigt und mich in die Oberstufe versetzt. Hatte ich allein Mirko zu verdanken, der mich fast seine komplette Erörterung abschreiben ließ. Ich trank die Weinschorle aus und sah wieder aufs Handy. Um acht musste ich weiter. Mirkos Mutter wollte mich sprechen. Vielleicht wusste sie mehr über seinen Tod. Vielleicht hatte Mirko ihr doch mehr über uns erzählt, als er mir immer gesagt hatte? Und die Alte hat's den Bullen gesteckt? Dann sind die bald hinter mir her und suchen mich bestimmt auch zu Hause. Nein, das darf nicht passieren. Ich muss unbedingt rauskriegen, was Mirkos Mutter wirklich weiß. Zum x-Male blickte ich zur Tür. Der schwere schwarze Vorhang, der sie verbarg, wurde nicht zur Seite geschoben. Über ihm flackerte ununterbrochen eine der beiden Lampen mit roten Glühbirnen, die das Lieblingsstück von Fahrrad Klaus anstrahlten. Wenn unser Lehrer ein paar Weizen intus hatte, tönte er großmäulig, wie er in irgendwelchen Sommerferien alle Etappen einer Tour de France mit diesem Fahrrad ohne Doping, nur mit drei Liter Wasser am Tag, einigen Müsliriegeln und einem Kilo Bananen nachgefahren sei. Bei der Wampe, die Fahrrad Klaus heute vor sich hertrug, konnte ich mir das nicht vorstellen.

„Noch Weinschorle?“, fragte die Bedienung.

Ich drehte mich zur Seite. Der Junge sah süß aus.

„Ja. Bring mir noch eine.“

Der Junge schlappte in zu großen Turnschuhen zur Theke zurück. Ich blickte ihm nach und seufzte laut.

„Mirko ist noch nicht unter der Erde, und du bist wieder auf Suche“, neckte Julia.

„Da bist du ja endlich!“

Ich sprang auf. Wir umarmten uns.

„Quatsch nicht dumm rum. Was soll ich mit dem Bubi?“

Julia setzte sich. Sie sah verärgert aus.

„Sorry, dass ich zu spät komme. Mein Stiefvater kam früher als sonst nach Hause. Er wollte unbedingt wissen, was es in der Schule Neues gibt. Ob ich was über Leppich wüsste? Was er für ein Lehrer gewesen sei? Ob er gute Noten verteilt hätte? Ob es irgendwelche Gerüchte über ihn gebe? Ob er Alkoholiker war? So etwas halt. Echt strange. Mein Stiefvater hat mich noch nie groß nach der Schule gefragt.“

„Wirklich? Über was unterhaltet ihr euch überhaupt zu Hause? Dein Stiefvater arbeitet doch bei der Zeitung. Der hat doch bestimmt auch mal was Spannendes zu erzählen.“

„Kein Plan. Wenn der mal was vom MOEX erzählt, höre ich meistens weg. Mit dem Typ will ich nichts zu tun haben.“

Julia zeigte ihrem abwesenden Stiefvater den Mittelfinger.

„Vielleicht weiß der MOEX mehr über Leppich als in der Schule erzählt wird? Überleg doch mal, und dein Stiefvater will dich nur ausfragen?“

„Kann er versuchen. Dem erzähle ich bestimmt nichts. Übrigens sagen ein paar Jungs aus der Klasse vom Fahrrad Klaus, dass Leppich durch einen stinknormalen Badeunfall gestorben sein soll.“

„Der Weinschorle, bitte.“

Der Junge stellte das Glas auf den Tisch.

„Für mich auch eine“, sagte Julia.

„Ja, gerne.“

„Du bist doch auch am GaR?“, fragte meine Freundin.

„Ich bin in MIG-Klasse. Bei Herr Scholl.“

„Und wie ist der so?“, fragte ich.

„Gute Lehrer. Herr Leppich noch besser. Weil immer korrekt.“

„Ja, der Herr Leppich war ein sehr guter Lehrer", sagte ich.

Der Junge kehrte zur Theke zurück und mischte Julias Schorle mit extra viel Wein und wenig Wasser.

„Das ist einer von den Asylis, die in den Pausen immer neben dem Glascontainer stehen", sagte Julia.

„Ah, genau. Daher kenn ich den."

„Jetzt sag aber mal, Angela. Was ist los? Warum wolltest du mich sprechen?"

„Mirko hat mit ein paar Leuten abgehangen, die alles andere als gut für ihn waren. Wenn die wissen, dass ich mit ihm befreundet war, dann, weiß auch nicht, dann wollen die vielleicht was von mir."

„Wtf *, wieso?"

Julia starrte mich mit weit aufgerissenen Augen an.

„Weil Mirko bei diesen Leuten Schulden hatte, mein Schatz. Mehr musst du nicht wissen. Will dich ja nicht mit meinen Problemen belasten."

Der Asyli brachte Julias Weinschorle, sagte „Prost" und strahlte meine Freundin lange an.

„Pass auf, Julia, der Typ will was von dir", lästerte ich.

„Pah, keine Sorge. Mit den Flüchtlingen können sich die Schlampen abgeben. Ich nicht."

Julia nahm ein paar kleine Schlucke Schorle hintereinander.

„Lenk nicht ab, Angela. Deine Probs. Kann ich dir helfen?"

Ich wartete ein paar Sekunden, obwohl ich meine Antwort lange wusste.

„Hey, es geht echt nur um einen einzigen Gefallen, Süße. Du musst mich bei dir verstecken, wenn ich mal kurzfristig anrufen sollte."

„Hä, verstecken? Bei mir? Wie stellste dir das denn vor? Wie soll ich das meiner Mum beibringen?"

---

* *What The Fuck* für Leute des gepflegten Asterisks

„Du bist meine Freundin, Julia."

Ich ließ sie bewusst einen Moment zappeln.

„Ihr habt doch ein Wochenendhaus in Stromberg. Dort oben im Wald."

„Du meinst im Schindeldorf."

„Ja, genau. Ich erinnere mich gut an deine Hammer-Party im letzten Sommer. War ja noch richtig nett, nachdem Mirko und ich den halben Hunsrück abgefahren hatten, weil das Navi das Schindeldorf nicht kannte. Dort findet mich sicher niemand. Im Notfall nur, wahrscheinlich passiert eh nichts, besorg ich mir ein Auto, und du gibst mir den Schlüssel von der Hütte. Du weißt doch bestimmt, wo der Schlüssel bei euch zu Hause hängt."

„Ja, aber …"

„Aber, aber. Bist du meine Freundin oder nicht? Best buddies ever, oder?"

„Sicher. Natürlich helfe ich dir, wenn du echt in Gefahr bist."

Alte, dir muss man ja auch fast alles aus der Nase ziehen.

„Danke, echt, hast was gut bei mir. Aber ich verlasse mich drauf. Als Dankeschön kannst du mit einsteigen. Zusätzliche Kohle können wir beide eh immer gut gebrauchen."

Julia war noch nicht ganz überzeugt, das sah ich ihr an. Eine Weinschorle später hatte ich ihr zumindest das Wichtigste von der Zufallsbegegnung erzählt, die mich auf die Idee gebracht hatte. Sie wusste jetzt von dem dunkelbraunen Van da am Rande vom Gonsenheimer Wald, der mit dem Aufkleber *Michael, Monika und Maurice-Plagegeister an Bord* mir so bekannt vorgekommen war, wie ich geguckt hatte, als die Karre hin und her zu schwanken begann, vom ewig langen Warten, bis das Gewackel aufhörte, die Tür aufsprang, von meinen großen Augen, als die Finke da raus spaziert kam, ihr komisches geblümtes Kleid glatt gestrichen und dem Loevenich ein Küsschen auf den Mund gedrückt hatte, und dann einfach mit ihrem Auto, das sie ein paar Meter weiter hinter einer Baumreihe geparkt hatte, weggefahren war. Echt, krass, einfach so. Und natürlich von meinen Handyfotos, die ich aus dem Versteck hinter einem Baum geschossen hatte.

„Spooky!! Was willst du mit den Fotos jetzt machen?"

Julia, echt, wie naiv bist DU denn?

„Die Fotos sind unsere Gelddruckmaschine und sichern unser Abi. Was glaubst du, wie schnell die Finke und der Loevenich zahlen, wenn wir ihnen die Fotos zeigen. Die sind beide verheiratet. Die Alte vom Loevenich ist ein hohes Tier bei einer Bank, der Alte von der Finke sitzt im Stadtparlament und will mal was in der Politik werden. Einen Skandal können die nicht gebrauchen, glaub's mir."

Julia schaute mich lange sprachlos an.

„Und wenn alles rauskommt? Wenn die nicht zahlen wollen? Was dann, dann ist doch unser Abi am Arsch und alles andere auch?"

„Da geht nichts schief, Julia. Glaube es mir. Todsicher, unser Jackpot."

Ich hielt meine Schorle hoch, grinste. Meine Freundin zögerte, bis sie mit mir anstieß.

Donnerstag, 01.09.

Dr. Rott

Mein Telefon klingelte. Ich hob ab.

„Herr Brinkhus ist am Apparat, Herr Dr. Rott“, sagte die Schwenke.

„Stellen Sie durch.“

Brinkhus hielt sich nicht lange mit Höflichkeiten auf.

„Die Frau Minister wird ihre Schule besuchen, Herr Dr. Rott. Sie möchte sich vor Ort ein eigenes Bild von ihrer Modellschule machen.“

„Ja. Schön. Natürlich. Gerne“, presste ich heraus. Das fehlt noch.

„Das Ministerium wird Sie zeitnah über den genauen Besuchstermin informieren, Herr Dr. Rott. Wenn Sie Bedarf an unserem Mentoring haben, melden Sie sich. Mein Mitarbeiter Tanner unterstützt Sie selbstverständlich bei der Vorbereitung des Besuchs der Ministerin.“

„Danke“, sagte ich und entschied, dass ich diesen Tanner kein einziges Mal freiwillig kontaktieren würde. Ich mochte keine aufstrebenden, oftmals eingebildeten HiWi-Typen.

„Im Vorfeld des Besuchs können Sie gerne auf meine Expertise anlässlich der hochkarätig besetzten Fachtagung über die Neuausrichtung unserer Gymnasien zurückgreifen. Solch kompetente Menschen habe ich selten getroffen. Schade, dass Sie an der Veranstaltung nicht teilnehmen konnten. Kollege Tanner sagte mir, dass Sie kurzfristig absagen mussten.“

Verdammter Zuträger. Genau der richtige Mann für Brinkhus. „Ich hatte mir den Magen verdorben, Herr Brinkhus. Ein schlimmes Virus“, schwindelte ich und dachte wehmütig an den herrlichen Strand von Hac Sa Beach bei Macau und meinen verspäteten Rückflug.

„Das tut mir leid, Herr Dr. Rott. In den Herbstferien wird die Thematik aber fortgeführt. Ich trage Sie am besten gleich mal in die Teilnehmerliste ein."

„Danke", antwortete ich leise und verfluchte diesen Tanner mitsamt seinem scheinheiligen Chef.

„Dieser exzellente Motivationsstratege wird wieder referieren. Ein hervorragender Keynote Speaker, kommt aus dem Triathlon, ein zäher, junger Mann, mit absolutem Erfolgswillen. Seine Philosophie kam absolut glaubhaft rüber. Berufliche und sportliche Niederlagen sowie private Enttäuschungen hätten ihn nur stärker gemacht. Von seinen Erfahrungen können wir alle profitieren. Sie sind ja ein alter Hase, Herr Dr. Rott, aber unsere ambitionierten Nachwuchsführungskräfte können fundierte Unterstützung bei der Motivation ihrer Mitarbeiter gut gebrauchen. In Zukunft werden sie sich viel stärker mit Menschenführung, Mitarbeitergesprächen und Personallenkungsmaßnahmen beschäftigen müssen. Ich gebe meine Expertise gleich in die Post, damit Sie zeitnah meine Ergebnisse in Ihren Schulentwicklungsprozess einbeziehen können."

„Danke, Herr Brinkhus."

Auf ein leeres Blatt schrieb ich *Gesamtkonferenz Frühjahr 2017. TOP 1: Schule 4.0. Referentin: Frau Alt-Thaler,* soweit die dann noch bei uns ist.

„Eine Sache habe ich noch, Herr Dr. Rott. Beauftragen Sie bitte einen kompetenten Kollegen oder eine kompetente Kollegin eine Unterrichtsstunde vor der Ministerin zu halten. Ich dachte an eine Stunde aus dem Modellversuch."

„Das ist eine sehr gute Idee, Herr Brinkhus. Ich kümmere mich drum."

Ich sehnte das Ende des Gesprächs herbei. Brinkhus räusperte sich.

„Wie hat denn übrigens Ihre Schulgemeinde den Tod des Kollegen Leppich verkraftet?"

„Der Alltag hat den tragischen Tod des Kollegen verdrängt. Herr Leppich ist, soweit ich weiß, kein Thema mehr im Kollegium. Und die Schüler vergessen eh sehr schnell."

Brinkhus verabschiedete sich. Ich legte den Hörer auf. Mein Blick fiel auf das gerahmte Foto meines Vorgängers, das neben dem Fenster hing.

Der ewig braun gebrannte Schwerenöter hatte sich nie, soweit ich wusste, mit dem Unfalltod eines Kollegen oder einer Kollegin befassen müssen. Er hatte in den goldenen Zeiten das GaR mit harter Hand durchregiert und mir eine Schule hinterlassen, in der wirklich nur die Besten das Reifezeugnis ausgehändigt bekamen.

Mit einer Hand klopfte ich an die Wand. Ich hatte entschieden, dass Holberg zusammen mit der Alt-Thaler den Besuch der Ministerin vorbereitete. In seinem Büro blieb es still. Ich stand auf und öffnete die Tür zum Sekretariat.

„Wo ist Herr Holberg?"

„Ich weiß es nicht, Herr Doktor. Ich habe ihn heute Morgen noch gar nicht gesehen. Tut mir leid", entschuldigte sich die Schwenke.

„Das sind ja ganz neue Sitten", sagte ich vor mich hin.

Die schlimmste Herrschaft ist die der Gewohnheit

Publilius Syrus
römischer Mimen-Autor
im 1. Jahrhundert v. Chr.

Nick

Vor mir lief ein Pausenfilm ab, der sich mit jedem Tag, den ich am GaR unterrichtete, nur in Nuancen unterschied. In der Zwischenzeit kannte ich viele Kolleginnen und Kollegen vom Sehen, hatte mich wenigen, die mir sympathisch erschienen, vorgestellt, auf Nachfrage ihre Namen erfahren und war einigermaßen entsetzt, weil sie sich häufig über die Unzulänglichkeiten ihrer Schüler aus der vergangenen oder der nächsten Unterrichtsstunde mokierten und mich niemand nach meiner beruflichen Vergangenheit, meiner Ausbildung oder *Wie geht es Ihnen denn bei uns?* fragte. Neulinge werden wohl am GaR von den Platzhirschen erst nach einer gewissen Präsenz- und Bewährungszeit in die geschlossenen Reihen aufgenommen und als vollwertiges Mitglied akzeptiert.

Heute saß ich alleine an meinem Tisch. Laura hatte Hofaufsicht.

„Wo ist mein Ordner? Den habe ich vorhin auf den Tisch gelegt. Jetzt ist er weg. Da sind alle Arbeitsblätter für die nächsten Wochen drin", jammerte die sehr junge Kollegin mit dem heute knallroten Mini, kniete sich, schaute unter den Tisch, stand auf, stieß sich ihren Kopf an der Tischkante und hetzte zum Kaffeeautomaten.

„Safety first", rief die Plastiktüte von seinem Stammplatz an der Wand und hielt einen Stick hoch.

„Weißt du, wer den Ordner weggenommen hat? Du stehst doch hier die ganze Zeit rum", fragte die Kollegin mit einer Kaffeetasse in der Hand verzweifelt.

„Audi, vide, tace, si tu vis vivere pace", antwortete die blecherne Stimme, diesmal ohne sein obligatorisches Lachen.

Die Kollegin blickte verdutzt drein.

„Zum Mitschreiben, verehrte Kollegin: Höre, sieh und schweige, wenn du in Frieden leben willst."

Ein älterer Kollege mit Holzfällerhemd und brauner Cordhose, der alleine am Fenster saß, blätterte abwechselnd in einem Buch oder schaute sich das Geschehen wie ein Unbeteiligter an, verzog kurz sein blasses Gesicht, drückte sich eine Tablette aus einem Blister und schluckte sie mit einem Glas Wasser, das vor ihm stand, hinunter.

Die Kollegin mit den blau gefärbten Haaren war am Nachbartisch in die TAZ vertieft, bis sie die Zeitung auf den Tisch warf und „Eine Schande ist das!" schrie. Kollege Welke, der einen grünen Apfel zermalmte, näselte mit halbvollem Mund „Was meinst du, Nicole? Wo ist Schande?"

„Die Franzosen bauen eine vier Meter hohe Mauer auf ihrer Seite des Eurotunnels. Das geht doch nicht. So kann man nicht mit diesen armen Menschen umgehen! Die hausen unter freiem Himmel. Viele schlafen auf nacktem Boden."

Welke kaute ungerührt weiter, bis er den Apfel verschlungen hatte, und erwiderte „Die Franzosen tun das einzig Richtige: Take back control of their borders!"

„Du bist ein richtiger Arsch!", tobte die Kollegin.

„Nein, mein Schatz", sagte Welke lächelnd. „Ich bin ein Menschenfreund. Deshalb sage ich, dass diese armen Kreaturen zu Hause bleiben sollen."

Bis zum Gong, der die zweite große Pause beendete, schluchzte die junge Referendarin. Niemand tröstete sie. Mit geröteten Augen wankte sie aus dem Lehrerzimmer. Stühle wurden gerückt, Kaffeetassen in das Spülbecken gestellt, Handys, Smartphones, Aktentaschen und Rucksäcke gegriffen. Ich trottete dem abgemagert aussehenden Kollegen mit der Hakennase und Eisenreiter hinterher, die über die Konferenz um vierzehn Uhr debattierten.

„Natürlich muss sich die Schule in Sachen *Neue Medien* weiterentwickeln. Aber glaubst du, der Alte macht das freiwillig?", fragte Eisenreiter. „Der kriegt Druck von ganz oben, ist froh, dass die Alt-Thaler brav ihren Vortrag hält. Oder kennst du sonst jemanden am GaR, der Innovatives und Nachhaltiges produziert?"

Die Hakennase lachte höhnisch. An den nächsten Treppenaufgängen trennten sich ihre Wege. Ich lief geradeaus weiter, direkt in die Arme des Schulleiters. Mein Gott, der grüne Zettel. Den hatte ich ganz vergessen. Ich wollte mich doch heute beim Schulleiter melden.

Dr. Rott lächelte mich aufgesetzt freundlich an.

„Gut, dass ich Sie treffe, Herr Scholl. Wir haben da ein kleines Problem. Im nächsten Monat besucht die Frau Minister unsere Schule und möchte eine Stunde in der Flüchtlings... , äh, Migrantenklasse sehen. Ich habe gehört, dass Sie gut mit diesen Schülern zurechtkommen. Deshalb haben wir gedacht, dass Sie diese Stunde für die Ministerin halten könnten. Das geht doch in Ordnung für Sie?"

Ich blieb sprachlos.

„Schön. Danke, Herr Scholl. Wenn die Stunde gut verläuft, bekommen Sie ein Plus mit Sternchen für Ihre erste dienstliche Beurteilung."

Dr. Rott nickte mehrmals. Sein Gesicht sah aus, als könne ich mich auf sein Versprechen verlassen. Ich machte einen Schritt zurück. Meine Erfahrungen mit Vorgesetzten hatten mich etwas anderes gelehrt.

„Ich habe noch eine Bitte, Herr Scholl. Herr Brinkhus hätte dafür gerne eine Unterrichtsplanung. Sie kennen das ja aus Ihrem Referendariat. Machen Sie sich um Gottes Willen nicht zu viel Arbeit. Ein paar Sätze über Ihre Unterrichtsplanung, den Leistungsstand der Klasse und die Biografie der Schüler reichen völlig aus. Vielleicht greifen Sie ein besonderes Ereignis aus dem Leben der jungen Leute auf. Folter in libyschen Lagern, Flucht übers Mittelmeer mit dem Schlauchboot, Seenotrettung. Halt so etwas. Die Frau Minister mag es melodramatisch. Hauptsache, die Geschichte geht gut aus."

„Danke. Ich werde in meiner Planung darauf achten, Herr Dr. Rott."

Ich nickte und ging weiter. Der Kelch war an mir vorübergegangen. Dr. Rott hatte den grünen Zettel vergessen.

„Eines noch, Herr Scholl", sagte er in meinem Rücken.

Ich blieb stehen und drehte mich mit Herzklopfen um. Dr. Rott hielt einen grünen Zettel in seiner linken Hand.

„Richtig. Sie waren in der 6b, Herr Scholl. Auch wenn es nur zwei Vertretungsstunden waren, achten Sie bitte darauf, dass Sie die Schüler im Griff behalten. Disziplinlosigkeiten können wir am GaR nicht dulden."

Der Schulleiter ließ mich wie einen begossenen Pudel zurück. Als ich die 10 zum zweiten Mal in drei Wochen als Vertretungslehrer betreten musste, brüllte ich ein „Ruhe, ich will nichts mehr hören" in den mucksmäuschenstillen Klassenraum.

Bogutt

Heute war wieder Konferenz. Die siebenundzwanzig Grad Celsius auf meinem Balkonthermometer ermunterten mich, mit dem Rad ins GaR zu fahren. Ich schlängelte mich an Baugruben und Absperrungen vorbei, umkurvte zugeparkte Fahrradwege, erreichte unversehrt die Schule und kettete mein gebrauchtes Mountainbike an den halb verrosteten Fahrradständer neben dem Lehrerparkplatz, der mit in die Jahre gekommenen Mittelklassewagen, asiatischen Kleinwagen, Cabriolets und einigen SUVs belegt war. Seit kurzem war es in Mode gekommen, mit den Spritfressern vom Eigenheim im Grünen in die Schule zu fahren. Ich warf meinen Minibag über die Schulter, lief zum Hintereingang an den parkenden Autos vorbei und las Neues und Bekanntes auf den Heckscheiben *Wir fahren mit Elch, Michael, Monika und Maurice - Plagegeister an Bord, Freiheit für Deutschland, Che Guevara for ever, Make Europe Great Again, Rettet den Wald.* Hinter dem auffallend weiß glänzenden Mercedes des Alten aus der W124 Reihe blieb ich kurz stehen. Solch einen dekadenten Schlitten hätte ich nie fahren wollen. Auf der Heckscheibe klebte ein neuer Aufkleber *Atomkraft, ja bitte!* Komisch. Bis vor den Ferien hatte sich der Alte mit Tibet solidarisiert. Die Chinesen hatten ihn doch nicht …? Nein, das konnte ich mir bei bestem Willen nicht vorstellen. Obwohl …, bei veränderter politischer Großwetterlage würde der Alte mit einer von ihm ausgewählten Delegation bestimmt wieder seine chinesische Partnerschule besuchen.

In einer Minute war Konferenzbeginn. Ich betrat den riesigen Raum mit den kahlen Wänden, der sonst nur für das Schreiben von Klausuren genutzt wurde. Der Geräuschpegel war so hoch wie in manchen Unterstufenklassen. Alle Tische waren platzsparend hintereinander aufgebaut. Die erste Reihe direkt vor der Schulleitung war wie immer unbesetzt. Die zweite Reihe gehörte Kollege Hardy, einem Schnösel von Ausbilder, kaum vier Jahre im Schuldienst, der regelmäßig den Unterricht der Plastiktüte niedermachte und ihr die Eignung für den Lehrerberuf absprach. Ich suchte nach einem Plätzchen, auf dem ich ungestört die Abgründe des abgedrehten Kommissars Brenner verfolgen konnte. Nur wenige konnten wie Wolf

Haas so spannend, kritisch, witzig und satirisch zugleich schreiben. Dieser Haas hätte zu jeder Konferenz eine geistreiche Persiflage hinbekommen. Stoff genug gab es ja bei jeder dieser Zwangsveranstaltungen.

Kollege Kohlhaas rief aus der letzten Reihe meinen Namen und deutete auf einen freien Stuhl neben sich. Ich winkte ihm zu, lief durch den schmalen Mittelgang und setzte mich.

„Habe gerade für die Herbstferien gebucht, bevor es zu spät ist und die Lehrer uns alle Schnäppchen wegnehmen", sagte er lachend und hielt sein Smartphone hoch.

„Du bedienst wirklich jedes Klischee über den Lehrerberuf, Kohlhaas. Segelst du wieder auf den Weltmeeren, um mit Mastercard und Cuba Libre fremde Kulturen und Völker kennenzulernen?"

Kohlhaas grinste.

„In zwei Wochen Herbstferien kommt man leider nicht weit. Mehr, als vor Nizza ein bisschen durchs Mittelmeer zu schippern, ist nicht drin, Bogutt."

„Muss ich dich jetzt bedauern, Kollege?"

„Bedauere dich selbst, Bogutt. Du siehst richtig Scheiße aus. Nimm dir ein Beispiel am Leierborzer. Der sieht immer wie das blühende Leben aus."

Ich blickte in Richtung des angesprochenen Kollegen. Kein Wunder, wenn ich mehr Zeit auf dem Trainingsplatz mit meiner Fußballjugend verbrachte, als mich mit schulischen Dingen zu beschäftigen.

„Achim, auch wieder mal da. Bist du jetzt eigentlich hauptamtlicher Trainer?", frotzelte ich.

„Der wird doch nicht so blöd sein, seine Privilegien aufzugeben. Außerdem hat Deutschland schon genug schlechte Trainer, auch außerhalb der Bundesliga", lachte Jörg blechern und schwenkte seine Tüte.

„Du kannst ja nicht mal einen Ball von einer Billardkugel unterscheiden", grantelte Leierborzer im breitesten Fränkisch und lehnte sich beleidigt in seinem Stuhl zurück.

Vor der Schulleitung sich bückend fuhr die Alt-Thaler ihren Laptop hoch. Es dauerte ein paar Sekunden, bevor auf der Leinwand ein fett gedrucktes **Schule 4.0, nachhaltig und innovativ, von Sara Alt-Thaler** erschien. Der Alte bimmelte mit seinem Glöckchen, stand auf, begrüßte die Damen und Herren und trug monoton neue Verordnungen und Erlasse vor. Die zerknitterte schwarze Anzugjacke und das graue Hemd waren ihm in den letzten Monaten zu eng geworden. Die lange, geblümte Krawatte, die um seinen dicken roten Hals gebunden war, wirkte wie eine Hundeleine. Die fusseligen schwarzen Haare waren heute gewaschen.

Ich schlug Kapitel 10 in *Das ewige Leben*, das zum Glück kein Mensch hatte, auf und las weiter. Alle Verordnungen und Erlasse waren seit Tagen im Netz veröffentlicht, wurden zusätzlich in einem roten Ordner für Erlasse und in einem lila Ordner für Verordnungen abgeheftet und mussten am Monatsende auf einer Liste mit Namenskürzeln abgezeichnet werden. Die Liste wurde von Kramer auf Vollständigkeit kontrolliert.

Leppich, Laura und ich hatten in der Vergangenheit wiederholt gelbe Zettel ins Fach gelegt bekommen, weil wir im vorauseilenden Gehorsam für alle Monate des jeweiligen Schuljahres unterschrieben hatten. Kramer nahm seine Kontrollfunktion so ernst, wie sie ein pedantischer Abteilungsleiter nehmen muss, wies uns wiederholt nachdrücklich auf unsere Dienstpflichten hin und kündigte an, dass er uns bei weiteren Verstößen beim Alten melden müsse. Weil wir auf überflüssige Konversation mit ihm keine Lust hatten, unterschrieb Laura exakt am Ende eines jeden Monats für mich mit. Seitdem hatten weder sie noch ich einen gelben Zettel im Fach vorgefunden. Kramer dachte bestimmt, dass seine Autorität uns zu pflichtbewussten Beamten erzogen hätte.

Der Alte beendete seinen Monolog und erteilte der Alt-Thaler das Wort. Für das angekündigte Impulsreferat hatte sie eine weiße Bluse, einen dunkelblauen Blazer und einen blauen Rock angezogen und trug hochhackige weiße Schuhe. Mit einem dunkelblauen Hütchen auf dem Kopf hätte sie wie eine der Lufthansa-Schönheiten ausgesehen, die mir bei meinem letzten Flug nach Teneriffa ein paar passende Drinks serviert hatten.

Die Alt-Thaler war noch blasser als sonst und räusperte sich einige Male. Ich schaute auf die Uhr. Es war bereits halb drei. Ich hatte sechs Stunden Unterricht hinter mir.

Die Luft in der Aula war zum Erbrechen. Meine Augen klappten zu, ich wachte wieder auf, fiel in den Sekundenschlaf, wachte wieder auf.

„Wir brauchen die KI. Die KI macht unsere Schule fit für die Zukunft. Ohne die KI werden unsere Kinder …“, sagte die Alt-Thaler aus weiter Ferne.

Ich schreckte auf, als Kohlhaas gegen meinen Ellenbogen stieß und meinen Haas vor mich hinlegte.

„Aufwachen, Bogutt. Die Alt-Thaler ist bei den Chinesen angekommen.“

„Oh, ist sie endlich weg …“, murmelte ich und schaute nach vorne. Die Alt-Thaler war immer noch da und inzwischen rot im Gesicht.

„Wir müssen endlich größer denken, die Herausforderungen der Zukunft annehmen. Andere Länder sind uns weit voraus. Wir werden abgehängt, wenn wir unsere Anforderungen nicht nach oben korrigieren. In Zukunft müssen wir maximale Leistung von den Schülern erwarten.

Dafür ist neben dem Ausbau unserer schulinternen digitalen Infrastruktur permanente Kontrolle unabdingbar."

Beim Wort *Kontrolle* überschlug sich fast ihre Stimme.

„Nach den vielen englischen Studien, die ich gelesen habe, bin ich von den Schuljacken mit eingenähten Chips überzeugt. Sie garantieren, dass kein Schüler mehr schwänzen wird."

Einige Kolleginnen und Kollegen lachten spöttisch. Dr. Rott bimmelte mit seinem Glöckchen. Die Alt-Thaler fuhr unbeeindruckt fort.

„Diese Chips sichern die Ortung aller Schüler auf dem Schulgelände. Und in den Klassenräumen tragen die Schüler die epochalen EEG-Stirnbänder, die ihre Gehirnaktivitäten messen. Wir Lehrer können auf einer App die durchschnittliche Aufmerksamkeitsspanne eines jeden Schülers verfolgen. An den Stirnbändern sind farbige Lämpchen befestigt. Rot signalisiert *Vor-sich-hin-dösen,* grün *maximale Aufmerksamkeit,* blau ist das Symbol für den *Durchschnittsschüler,* der mal wacht, mal schläft, sich zwischendurch beteiligt."

„Bei manchen von uns ist der Unterricht so langweilig, da kann ich jeden Schüler gut verstehen, wenn er döst", flüsterte ich Kohlhaas zu.

„Das Problem kenne ich zum Glück nicht, Bogutt. Wer keinen Wert auf meinen Fitness-Circle legt, reicht ein Attest ein und bleibt zu Hause."

„Über die Farben lässt sich diskutieren", holte die Alt-Thaler aus.

„Bei der Farbgebung gibt es zahlreiche Variationen. Die ersten Versuche und ihre Ergebnisse in China sind vielversprechend. Die Aufmerksamkeitsspanne hat sich signifikant erhöht. Die Klausurnoten haben sich verbessert. Das wollen wir doch alle zum Wohle unserer Schüler, oder?"

Leises Stöhnen breitete sich im Raum aus. Holberg stand auf, ging zu einem Fenster, riss es auf und hielt seinen Kopf kurz nach draußen. Die Alt-Thaler schaute ihm irritiert nach.

„Der Wind steht ungünstig. Der Gestank will wieder mal nicht abziehen", sagte er demonstrativ laut.

Die blecherne Stimme blökte „Von dir kann sich jeder Diktator eine Scheibe abschneiden."

„Sind Sie still und stören Sie nicht den Vortrag", rief der Alte ihm zu.

Die Alt-Thaler nickte dankbar zurück.

„Ich appelliere eindringlich an Sie, liebes Kollegium. Wir brauchen dringend eine performance evaluation. Unsere gesamte Schulgemeinde muss ihr Leistungspotenzial vollständig ausschöpfen. Nur so können wir im globalen Wettbewerb und im Wettbewerb der städtischen Gymnasien bestehen."

Die Alt-Thaler atmete nach diesem Satz tief ein und aus. Auf der Leinwand endete die Präsentation mit einem ICH DANKE IHNEN FÜR IHRE AUFMERKSAMKEIT. Die Hausspitze klatschte lange, im Kollegium wurde es unruhig. Die Alt-Thaler trat hinter den Laptop und wartete auf die erste Wortmeldung.

„Hört sich doch vernünftig an, was die Alt-Thaler sagt", sagte die Mucke zur SGE. „Auf der Basis von zuverlässigen Daten kann man viel besser die Leistungsfähigkeit der Schülerinnen und Schüler einschätzen und sie viel gezielter fördern."

Die SGE gähnte lange.

„Die Erkenntnisse sind nicht neu, Frau Kollegin. Die habe ich schon vor einem Jahr in diversen Fachzeitschriften gelesen. Übrigens auf Englisch, Französisch und Spanisch."

Ich sah die SGE zum ersten Mal, seit sie am GaR war, überlegen lächeln.

Als Hardy mit der *Ich hab da mal eine Frage*-Manie aufstand, klingelte der Alte mit dem Glöckchen, schaute demonstrativ auf seine Armbanduhr und erhob sich von seinem Stuhl.

„Ich bedanke mich bei Frau Alt-Thaler für ihre visionären Vorschläge, die einer breiten Diskussion bedürfen. Meine Damen und Herren, die Materie ist zu vielschichtig, als dass wir sie in den wenigen Minuten, die uns zur Verfügung stehen, wie soll ich sagen, durchdringen können. Ich schlage vor, dass Herr Kramer als Verantwortlicher für den Arbeitskreis Schule 4.0 diese Vorschläge diskutieren lässt und wir uns in absehbarer Zeit an einem geeigneten Ort, vielleicht an einem Pädagogischen Tag, mit ihnen intensiv auseinandersetzen. Herr Kramer, eruieren Sie bitte, ob wir Fachleute gewinnen können, die uns als Moderator und Experte zur Verfügung stehen. Die Führungsakademie wird uns da sicherlich weiterhelfen."

„Ich kann mich auch darum kümmern, Herr Dr. Rott", rief Hardy beflissen.

Gerd, der Hüter aller Daten, insistierte „Aus Datenschutzgründen melde ich grundsätzliche Bedenken an, ob diese Maßnahmen nicht gegen einschlägige Gesetze verstoßen."

„Heute nicht, Herr Kollege. Später. Ich gebe Ihnen noch genügend Raum für Ihre Bedenken", beruhigte ihn der Alte.

„Ich schließe hiermit die Konferenz. Für das Protokoll", der Alte schaute wieder auf seine Uhr, „es ist jetzt 15:13 Uhr."

Viele Kolleginnen und Kollegen sprangen auf, schnappten sich ihre Schultaschen, Rucksäcke und Handtaschen und drängten nach draußen. Die anderen lehnten sich auf ihren Stühlen zurück, schwiegen vor sich hin oder sprachen mit ihren Nachbarn. Vorne redete Kramer auf die Alt-Thaler ein. Dr. Rott winkte sich Holberg heran und drohte ihm lächelnd mit dem Zeigefinger. Fahrrad Klaus setzte sich seinen blauen Helm auf, nahm sein Smartphone aus dem Rucksack und befestigte es am Helm.

„Wie viele?", fragte ich.

„Heute Morgen waren es fünf. Alles Radspurparker. Habe die Fotos gleich ans Ordnungsamt weitergeleitet. Bis ich zu Hause bin, sind mindestens fünf dazu gekommen. Diese Wichser von Autofahrer", brüllte Fahrrad Klaus los und stürzte aus dem Raum.

Freitag, 02.09.

Angela

Welke legte seine abgewetzte Tasche auf das Pult, näselte ein „Guten Morgen", schlug das Mathebuch auf, blätterte einige Male vor und zurück und erzählte was von Binomialverteilung und Bernoulli-Kette. Wenn ich von dem Kram wenigstens etwas kapierte, ließe sich am Roulettetisch vielleicht Kohle verdienen. Ach, es war sowieso zwecklos. Lass den Welke labern. Tue so, als ob du zuhörst. Ich war hundemüde, kaum geschlafen die Nacht. Der Besuch bei Mirkos Mutter hatte mich total aufgewühlt und fertig gemacht. Ihr Weinen und ihre Verzweiflung bekam ich einfach nicht mehr aus dem Kopf. Die war voll fix und fertig gewesen und hatte bereits einiges gesoffen, als ich bei ihr ankam. Mega Fahne. War ja auch ein Schock, der einzige Sohn, da muss man ja erst mal fertig werden mit.

Und Mirkos Alter ist wohl auf dem Rückflug aus New York. Na ja, irgendwann hat sich seine Mum dann bisschen beruhigt und erzählt von der Polizei, dass die alles Mögliche wissen wollten, private Kontakte von Mirko, sein Einkommen, seinen Job. Erst da sei ihr klar geworden, wie wenig sie über ihren eigenen Sohn wusste. Klar, ich hätte ihr mal erklären können, warum Mirko keinen Kontakt suchte. Er schämte sich und verachtete sich, weil er die beruflichen Ansprüche seines Vaters nicht erfüllen konnte und seine Mutter mit einem Suffkopp in einer heruntergekommenen Bude hauste. Ich war froh gewesen, als ich mich verabschieden konnte, musste Mirkos Mutter aber meine Handynummer hinterlassen, weil die Alte wegen der Beerdigung und den Bullen mit mir Kontakt halten wollte.

„Träumen Sie, Angela?", fragte mich eine näselnde Stimme.

„Nein, ja, ich war in Gedanken, Herr Welke. Entschuldigung."

„Kleine Hilfestellung für Sie, Angela: Die Bernoulli-Kette ist kein Schmuckstück."

Welke freute sich über seinen vermeintlichen Scherz und erzählte weiter. Ich schlug mein Heft auf, schrieb genervt etwas mir völlig Unverständliches von der Tafel ab und dachte an den kleinen schwarzen Koffer, den mir Mirkos Mutter in einem lichten Moment zum Abschied mit den Worten „Den soll ich dir geben, wenn ihm mal etwas passiert" in die Hand gedrückt und den ich zu Hause sofort aufgebrochen hatte. Solange die Umstände von Mirkos Tod nicht aufgeklärt waren, musste der samt Inhalt unbedingt an einem sicheren Ort verschwinden.

„So, meine Herrschaften. Dann lassen Sie uns noch ein paar Übungsaufgaben rechnen. Wer möchte uns das Experiment mit den Kugeln noch mal an der Tafel erklären?", näselte Welke.

In der Klasse blieb es totenstill. Ich wartete darauf, dass Welke mich aufrufen würde. Seine Augen wanderten wie die eines Raubvogels auf Beutefang durch die Reihen. Zielstrebig ging er auf die zwei Streber am Fenster zu. Ich klappte mein Heft zu.

„Angelaaa. Ich glaube, dass Sie uns weiterhelfen können", näselte Welke und zeigte mit seinem dürren Zeigefinger solange auf mich, bis ich mit feuchten Handflächen an der Tafel stand. Meine Demütigung dauerte eine gefühlte Ewigkeit.

„Setzen Sie sich, Angela. Und träumen Sie weiter."

Nach dem Pausengong schlich ich auf den Schulhof, versteckte mich, weil ich die dummen Sprüche der Klassenkameraden nicht ertragen wollte, hinter einer großen Hecke und zündete mir eine Kippe an. Ich war wie betäubt. Hektisch sog ich an der Zigarette, blies den Rauch Richtung Rheinstraße und wünschte, dass ich den schwarzen Koffer mit den Drogen nur geträumt hätte. Aber nein, der war real. Die beiden Sportstunden bei Fahrrad Klaus schenkte ich mir. Für sein Circletraining hatte ich meine Tage. Am Montag würde ich mich schriftlich entschuldigen. Für was war ich denn volljährig?

Julia

Um acht klingelte mein Wecker. Ich checkte Whatsapp, Snapchat, Instagram und hörte die neue Sprachnachricht von Angela ab. Ich sollte später checken, ob die Finke im Unterricht anders drauf sei als sonst. Vorgestern habe sie die Finke von einer Telefonzelle aus angerufen und ihr mit verstellter Stimme gedroht, die Fotos an geeigneter Stelle zu veröffentlichen, wenn in Zukunft nur eine einzige Deutsch-HÜ, die sie zurückgebe, unter fünf Punkten sei. Die Finke müsse schnell kapieren, dass sie es ernst meine. Andernfalls wollte meine Freundin ein paar besonders gelungene Fotos ans Mitteilungsbrett pinnen.

Ich stand auf, wusch mich und zwängte mich in meine Klamotten. Ich hatte ein ungutes Gefühl bei dieser Sache. Was wäre, wenn die Finke direkt zu den Bullen liefe?

Hatte die wirklich soviel Schiss vor einem Skandal, dass unsere ahnungslose Klasse von ihrer Angst profitierte? Mehr als vier, maximal fünf Punkte hatten Angela und ich noch nie bei der Finke bekommen. Wenn die einen guten Tag hat, könnten schon mal sechs Punkte rausspringen. Aber Angela? Die war viel zu blöd, irgend etwas Sinnvolles in Deutsch hinzuschreiben.

Ich setzte mich an den Frühstückstisch, würgte das öde Nutellatoast mit dem Kaffee runter, den mir Mama gekocht hatte, und genoss die Stille. Mama war schon im Yogakurs. Tim in der Zeitung. Keiner stellte dämliche Fragen. Welche Fächer hast du heute? Wann schreibt ihr die erste Klausur? Wen triffst du am Wochenende?

Ich ließ das Glas Nutella, Teller und Tasse für unsere Polin auf dem Tisch stehen. Die wurde mit zwanzig Euro für die Stunde eh viel zu gut bezahlt. Zwanzig Euro bekam ich fürs ganze Wochenende. Ich schnappte meinen Rucksack, musste mich aufs Fahrrad hocken, weil dieser Looser von nebenan den Porsche seines Vaters gestern auf der B9 geklatscht hatte, fuhr in die Schule und kettete mein Rad neben dem geilen Elektroteil vom Fahrrad Klaus an.

„Alles klar, Julia? Gut geschlafen?", fragte er grinsend. Unser Sport- und Englischlehrer war gut drauf und sah extrem entspannt aus. Wahrscheinlich hatte er in seiner Kneipe gestern Abend gut verdient.

„Ja, sehr gut", log ich.

Fahrrad Klaus hob eine Hand und schlenderte Richtung Sporthalle. Als ich drei Minuten nach dem Klingelzeichen in unseren Klassenraum kam, pinselte Welke bereits bizarr anmutende Formeln an die Tafel, die Streber aus den ersten beiden Reihen schrieben wie Grundschulkinder brav alles ab. Ich sagte „Guten Morgen" und setzte mich auf meinen Stammplatz ans Fenster. Seit ich am GaR war, saß ich immer alleine. Welke ignorierte mich und laberte Unverständliches. Auch diese Doppelstunde war endlich irgendwann vorüber. In der Pause stellte ich mich zu ein paar 13ern in die Raucherecke, obwohl ich nicht rauchte. Von den Jungs waren einige scharf auf mich. Vielleicht ließ sich fürs Wochenende mal was klar machen. Ich hatte keine Lust mit Angelas Clique immer am Rheinufer rumzuhocken oder Bei *Fahrrad Klaus* mir vegane Burger reinzuwürgen. Die beiden super netten und super scharf aussehenden Jungs glotzten heute an mir vorbei, den Mageren mit der Brille daneben stellte ich mir lieber nicht nackt im Bett vor. Ja, dann eben nicht, ihr Deppen. Mit dem Gongschlag machte ich mich auf den Weg zurück in die Klasse.

Die Finke begrüßte uns und schlug das Lektüreheft auf. Sie sah nicht aus, als ob sie sauer oder angespannt war. Die Stunde verlief wie alle anderen auch. Die Finke erzählte, fragte uns aus, die Streber antworteten, wir anderen langweilten uns, warteten auf die richtige Lösung, schrieben auf, was wir uns gemerkt hatten oder an der Tafel stand. In knapp zehn Monaten war alles vorbei. Endlich. Dann war ich erlöst. Ich war frei. Keine Schule. Keine Nachhilfe. Warum wollte Mama nicht wahrhaben, dass mein Verstand für das Gymi nicht geschaffen war? Offensichtlich, und das war für mich das Schlimmste, war es ihr völlig egal, wie ich mich mit knapp ausreichenden und mangelhaften Leistungen in vielen Fächern fühlte.

Die Finke verabschiedete uns mit der obligatorischen Hausaufgabe ins Wochenende, verstaute das Lektüreheftchen in ihre Handtasche und stolzierte davon. Ich schrieb Angela *Die Finke war wie immer. Die ist kein bisschen verunsichert.* Sekunden darauf kam die Antwort *Mist! Wir müssen andere Saiten aufziehen.*

Nick

Seit gestern brütete ich über die verordnete Vorführstunde für die Ministerin. Der Schulleiter hatte mir heute Morgen von der Schulsekretärin telefonisch ausrichten lassen, dass diese Stunde am übernächsten Donnerstag zu halten sei. Er erwarte meinen Entwurf in zweifacher Ausfertigung, eine sei für die Ministerin, die andere für ihn, am kommenden Montag.

Als Thema hatte ich für mich den *Einsatz verschiedener reflexiver Kommunikationsstrategien innerhalb und außerhalb von Schule und Betrieb zur Erlangung eines demokratischen Bewusstseins* gewählt. Jetzt galt es, das Thema auf die Jugendlichen runterzubrechen.

Mein Handy klingelte. Laura war dran. Sie fragte, ob wir uns morgen sehen könnten.

„Warum nicht heute?", fragte ich zurück.

Der Entwurf konnte warten.

Ein paar Sekunden hörte ich nur das leise Rauschen in der Leitung.

„Ja, gut. Warum eigentlich nicht. Ich kenne einen leckeren Griechen hinter den Unikliniken."

Wir verabredeten uns für acht. Als ich unter der Dusche stand, hatte ich die Ministerin und Brinkhus vergessen.

Wir können Kindern vergeben,
dass sie Angst haben vor
der Dunkelheit.
Eine echte Tragödie wird es,
wenn sie als Erwachsene
Angst haben vor
dem Tageslicht.

Platon ca. 428 - 348 v.Chr.
griechischer Philosoph

Laura

Wir saßen an einem Zweiertisch im Biergarten, der von einer hohen weißen Mauer umgeben war. Nick betrachtete sich die Wände, auf denen fleißige Hände irgendwann Fischerboote, Windmühlen, Sandstrände und eine alte Kapelle gepinselt hatten.

„Postkartenidylle. Ohne Touristen. Mykonos könnte so schön sein", brummelte er.

„Nach Griechenland würde ich auch gern mal reisen", sagte ich vor mich hin.

Ich spürte, dass ich errötete. In diesem Moment dachte ich an einen Urlaub mit diesem Mann, den ich noch kaum kannte. Wirklich verlockend.

„Du warst schon dort?"

„Ja. Für ein paar Stunden. Bin vor den Touristenmassen geflohen."

„Warst du kein Tourist?"

Nick lachte mich an.

„Nein, ich war Rucksackreisender."

„Wo ist der Unterschied, Nick?"

„Pauschaltouristen erhalten von Reiseleitern stundenweisen Ausgang aus ihren Hotelburgen, werden in durchnummerierten Bussen zu toten Steinen verfrachtet, kriegen von radebrechenden einheimischen Hobbyhistorikern ein paar Brocken Historie erzählt, die sie beim traditionellen Mittagessen mit Folkloretanz in einer Eingeborenentaverne spätestens nach dem Abschlussouzo vergessen haben."

„Sag bloß", sagte ich mit einem Lachen. „Und du verbringst deinen Urlaub völlig anders? So richtig alternativ?"

„Klar doch", lachte Nick zurück. „Ich bereite mich auf jede Reise mit jeder Menge schlauer Bücher vor, wohne ausschließlich in inhabergeführten Privatzimmern mit Gemeinschaftsdusche und Toilette auf dem Gang, bekomme bei Sirtakimusik vom Band, getoastetes Weißbrot, abgepackte Marmelade und Butter und eine Tasse löslichen Kaffee zum Frühstück, schippere mit überfüllten Fähren von Insel zu Insel, suche nach den vom aktuellsten Reiseführer angepriesenen, menschenleeren Badestränden und wundere mich nach einem langen Fußmarsch mit Gepäck und Navi über nackt badende Landsleute, die mit Wohnmobilen angereist sind, und ihr Revier mit Deutschlandfähnchen abgesteckt haben."

Wir mussten beide herzhaft lachen, die Bedienung, die Speisekarte in der Hand, blickte uns fragend an. Wir blätterten durch die verlockend klingenden Gerichte und bestellten als Vorspeise gebackene Auberginen, eingelegte Meeresfrüchte, Weinblätter und mit Spinat gefüllte Blätterteigtaschen, als Hauptspeise gebratene Sardinen und Pangasiusfilet und zwei Gläser Athos. Bis das Essen serviert wurde, ließ mich Nick kaum zu Wort kommen, erzählte von seiner Arbeit als freier Journalist beim MOEX, seinen Joggingrunden und vom Lesen. Heftig, wie schafft der Junge das alles? Er scheint doch über mehr Energie zu verfügen, als ich dachte. Und er hat Träume, lebt zum Glück eben nicht für seine Arbeit, wie so viele.

„Ich versetze mich gerne in andere Welten, Laura. Das habe ich schon als kleiner Junge getan. Mit Jonathan Swift, Huckleberry Finn, Julius Verne und Karl May bin ich sozusagen groß geworden. Deren Bücher habe ich regelrecht verschlungen. Ich bin damals sozusagen schon viel gereist", lachte er.

„Ich habe früher nur wenig gelesen. Ein paar Kinderbücher, das war alles", musste ich eingestehen. „Lesen hat mir einfach keinen Spaß gemacht. Auf dem Gymnasium habe ich nur gelesen, weil ich lesen musste. Die klassische Schullektüre eben."

Die Wirtin servierte die beiden Vorspeisenteller und den Wein und wünschte uns „kalh orexh". Endlich konnten wir miteinander anstoßen. Nicks wache Augen strahlten mich an. Für einen kurzen Moment meinte ich zu spüren, wie das Wasser der Wellen um meine Füße herumspielte und ich mit Nick in den warmen, weichen griechischen Sand fiel.

„Was ist eigentlich mit diesem älteren Lehrer," unterbrach Nick meine Gedanken, „der in den Pausen fast immer alleine sitzt, die Leute beobachtet und in immer anderen Romanen liest. Neulich hat er in diesem ganzen Pausenwirrwarr sogar ein paar Seiten von diesem großartigen Roger Willemsen gelesen. *Die Enden der Welt* hieß das anspruchsvolle Buch. Mehr als klassische Reiselektüre. Die Enden als Metaphern für Liebe und Begehren."

Ich spürte, wie ich rot wurde, und brauchte einen Moment, um seinen Gedanken zu folgen.

„Du meinst bestimmt Bogutt. Der ist eine Institution am GaR. Ist schon lange bei uns. Über dreißig Jahre."

Nick war mir doch noch zu fremd; ich wollte nicht zu viel über Bogutt preisgeben.

„Das Kollegium nennt ihn doch nur Bogutt?"

Nick schob seinen leeren Vorspeisenteller zur Seite, legte Gabel und Messer auf die Serviette und schaute mich erwartungsvoll an.

„Bogutt hasst seinen Vornamen. Seine Eltern haben ihn Adolf getauft."

„O ha! Das ist wirklich eine Hypothek fürs Leben."

„Allerdings, Nick. Deshalb lässt er sich nur mit *Bogutt* oder *Herr Bogutt* anreden."

Die Bedienung brachte unsere Hauptspeisen und wünschte uns wieder auf griechisch „Guten Appetit".

Eine Zeit lang aßen wir stumm unseren Fisch.

„Schmeckt dir das Essen, Nick?"

„Auf Naxos hat es nach Freiheit geschmeckt. Hier schmeckt es nach Erinnerungen. Nach Sonne, Baden, Wandern."

Nick tunkte mit etwas Weißbrot die Soße auf und schob die Scheibe in seinen Mund.

„Sommergefühle kann man nicht aufwärmen, Laura. Gefühle muss man ausleben."

Nick schaute mich kurz sehr traurig an.

„Man muss sie ausleben KÖNNEN", ergänzte er.

Dann tue es doch!, dachte ich und hätte am liebsten geweint. Aber vielleicht hatte er ja recht, wir sollten es nicht zu schnell zulassen, uns zu öffnen.

Zum Dessert schlug ich Nick eine Portion Galaktobureko mit zwei Gabeln vor. Dieses Blätterteigtaschen gefüllt mit Vanillegrießcreme, Wildbeersauce, Vanilleeis und Sahne seien ein Gedicht, schwärmte ich Nick vor. Er lächelte und rief nach der Wirtin. Da war es wieder, dieses Strahlen in seinen Augen und ich fühlte mich wieder wie ein verliebter Teenager. Nick teilte das letzte Stück Blätterteigtasche mit der Gabel, legte es auf den Löffel und führte ihn dann vorsichtig in meinen geöffneten Mund. Wow. Gerne hätte ich mich von ihm weiter füttern lassen. Für einen langen Moment hielt ich seine Hand fest, hätte sie gern gestreichelt. Nick lächelte mich wie ein schüchterner, verliebter Junge an. Schluss jetzt, ich schlug vor zu zahlen.

Mit der Rechnung kam der obligatorische Ouzo. Nick lud mich ein, zahlte und fragte die Bedienung, ob sie uns ein Taxi bestellen könne. Die junge Frau lächelte vielsagend. Jamas! Wir tranken den Ouzo in einem Zug aus. Ich bekam plötzlich Lust, die folgende Nacht nicht alleine zu verbringen. Es wäre doch schön ... Ich lächelte.

Das Taxi brachte uns in wenigen Minuten zu meiner Wohnung. Nick zahlte wieder. Wir stiegen aus. Ich ergriff

Nicks Hand und drückte sie sanft. Wortlos gingen wir auf die schwarze Eingangstür zu. Als wir vor meiner Wohnung standen, ließ Nick kurz meine Hand los. Ich sperrte die Tür auf, zog ihn in den Flur, schloss hinter uns ab und wollte ins Wohnzimmer vorausgehen. Nick aber legte von hinten seine Hände um meine Hüfte, ließ sie unter meine Bluse gleiten, zärtlich nach oben wandern, schob sie über meine nackten Brüste, massierte sie erst sanft, dann immer wilder. Ich bäumte mich auf, atmete schwer, gab mich meiner Lust hin. Mein ganzer Körper stand unter Hochspannung. Nick wusste ganz genau, wie man diese Spannung noch steigerte. Wir liebten uns erst auf dem Teppich in meinem Wohnzimmer, dann, gleich darauf in meinem riesigen Doppelbett. Nick war so erfahren, wie ich es mir gewünscht hatte, eher sogar mehr. Vor Erschöpfung schwer atmend lagen wir schließlich nebeneinander auf dem zerwühlten Bett, ich stand vorsichtig auf, holte eine Flasche Champagner aus dem Kühlschrank, nahm zwei Gläser aus dem Wandschrank, lächelte Nick an und glitt wieder neben ihn auf das Bett. Entspannt ließ ich den Korken knallen und schenkte solange ein, bis die Gläser überliefen und der Sekt sich über die Bettdecke ergoss. Abwechselnd küssten wir uns und tranken, bis die Flasche leer war. Ich fühlte mich unendlich glücklich. Nicks Hände verloren sich zärtlich in meinen Haaren. Ich hätte stundenlang so liegen bleiben können.

„Der griechische Wein hat dir gut getan“, sagte ich lächelnd, küsste Nick auf die Lippen, kuschelte mich erst an ihn, drehte mich dann auf den Bauch. Nick streichelte solange meinen Rücken, bis ich einschlief.

Als ich aufwachte und auf die Uhr schaute, war es kurz vor halb vier. Meine Hand tastete ins Leere. Ich richtete mich auf, blickte auf die leere Betthälfte, rief vergeblich nach Nick, stand auf und schlich in den Flur. Seine Klamotten lagen nicht mehr auf dem Boden. Hatte ich die letzten Stunden nur geträumt? Ich ging ins Bad, ins Wohnzimmer, in die Küche. Kein Nick. Nirgendwo. Keine winzige Nachricht. Nick war einfach abgehauen. Mistkerl! Verdammter! Ach, die Typen sind doch alle gleich.

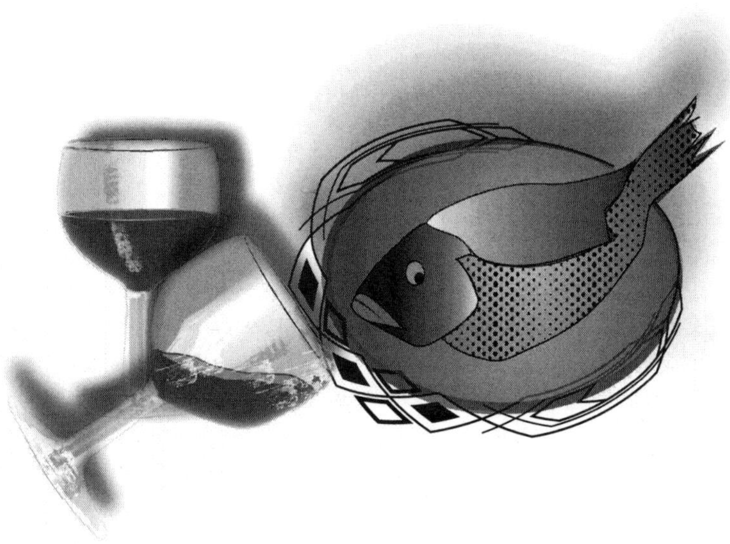

Samstag, 03.09.

Nick

Draußen zwitscherten die Vögel, die ersten Autos hupten, aus der Nachbarwohnung drang Heavy Metal. Ich wälzte mich in meinem Bett, fror, obwohl lauwarme Luft durch das offene Fenster wehte, warf ein paar homöopathische Pillen ein, weil meine Tabletten ausgegangen waren, zog die dünne Bettdecke bis zum Kopf, wollte schlafen und wusste, dass es nicht gelingen würde.

Was bist du für ein Versager, Nick? Hast tollen Sex mit einer tollen Frau, schläfst ein paar Stunden in ihrem Bett, wachst auf, sammelst deine verstreuten Klamotten ein, ziehst dich an, schleichst dich wie ein Dieb aus der Wohnung, läufst nach Hause und stellst dich unter die Dusche. Mensch, Nick. Du hast Laura verletzt! Sie wird enttäuscht und wütend auf dich sein. Wenn du Pech hast, wechselt sie kein Wort mehr mit dir. Willst du das? Willst du nie glücklich sein?

Wie oft bist du in deinem Leben geflüchtet, wenn du mit einer Frau geschlafen hast? Dreimal, viermal?

Ich erinnerte mich an Michele, an Kim, an Lena. Alle drei wollten mehr als einen One-Night-Stand. Sie wollten mich, Nick, kennen lernen. Wir fuhren zusammen Rad, gingen schwimmen, ins Kino, quatschten, hatten Spaß, planten gemeinsame Urlaube. Mit Lena kaufte ich Interrailtickets, studierte Fahrpläne, packte Rucksäcke. Am Tag der Abfahrt nahm ich die SIM-Karte aus meinem Handy, wollte nicht mehr erreichbar sein, setzte mich alleine in meinen klapprigen VW, fuhr in die Bretagne, ans Mittelmeer, in die Pyrenäen zum Wandern, zeltete einsam, verausgabte mich körperlich und fand trotzdem keine Ruhe. Ich suhlte mich permanent im Selbstmitleid. Am Ende der

Semesterferien fuhr ich zurück, voller Angst und letztlich zu feige, Lena in die Augen zu schauen und zu meiner Entscheidung zu stehen. Wenn sie klingelte, machte ich nicht auf, ging ihr auf dem Campus aus dem Weg und war froh, als sie im nächsten Semester die Uni wechselte. Aber Laura würde wegen mir nicht das GaR verlassen. Mir graute es vor nächster Woche. Dieses Mal hatte ich eine berufliche Verpflichtung, konnte mich nicht einfach in mein Auto setzen und abhauen. Dieses Mal musste ich mich stellen, nicht nur ihr, sondern auch mir, endlich. Lauf nicht länger weg, mach dir nicht immer alles kaputt, nur weil es dir leichter erscheint. Ich drückte die Beine durch, bis ich die schmerzhafte Anspannung spürte und schrie „Du elender Feigling!"

Julia

Ich hatte mich gerade mit Conny zum Chillen und mehr am Rheinufer verabredet, als Angela anrief.

„Ich brauche den Schlüssel von eurer Hütte in diesem Dorf da oben. Und zwar dringend."

„Du meinst von unserem Ferienhaus im Schindeldorf."

„Von was sonst. Egal. Wann kann ich ihn mir abholen?"

Angela hörte sich gehetzt an.

„Im Moment ist es ganz schlecht. Mama ist am Kochen. Wir essen gleich alle zusammen. Wir können uns vielleicht um zwei am Bolzplatz treffen. Dann ist Mama beim Tennisspielen und Tim fährt in die Zeitung."

„Früher geht es nicht?"

„Nein. Aber sag mal, was ist eigentlich los mit dir? Warum hast du es so eilig, diesen blöden Schlüssel zu bekommen? Bist auf der Flucht?"

Einige Sekunden hörte ich Angela heftig atmen.

„Ich brauche das Wochenende für mich alleine. Mann, Julia. Muss mal einfach ein paar Dinge, die mir im Kopf hängen, für mich klären, den Kopf frei kriegen. Du musst dir echt keine Sorgen machen. Am Montag kriegst du den Schlüssel zurück."

Ich spürte sofort, dass sie mich anlog.

„Irgendwann erzählst du mir dann aber alles."

„Ja, bestimmt", sagte Angela leise, sie fühlte sich ertappt.

„Gut. Wir treffen uns dann um zwei am Bolzplatz."

„Danke, Julia, echt."

Aus der Küche rief Mama „Das Essen ist fertig."

„Ich muss gleich Schluss machen, Angela. Ganz kurz noch. Wie geht es mit den Fotos weiter?"

„Ich warte den Montag ab. Wenn die Finke nicht spurt, hängen wir die Fotos ans Mitteilungsbrett. Dann startet Plan B."

„Und das heißt?"

„Rachefeldzug. Wir kriegen zwar keine Kohle, dafür sind die Finke und der Loevenich blamiert bis auf die Knochen und müssen bestimmt die Schule verlassen."

Angela klang wieder sehr selbstbewusst.

„Wenn nur eine einzige HÜ unter 5 Punkten ist, drücke ich dir am Montag in der ersten Pause zwei Fotos in die Hand, du entschuldigst dich bei Fahrrad Klaus kurz vor Ende der vierten Stunde, deine Tage, Klo, was weiß ich, und pinnst die Bilder ans Brett."

„Warum soll ich die Bilder dort aufhängen? Warum machst du es nicht selbst?"

„Weil ich beim Loevenich in der dritten und vierten Stunde Geschichte habe, mein Dummerchen. Ich kann da schlecht rausgehen. Dass du die Bilder aufgehängt hast, wird keiner vermuten."

„Tim, Julia, das Essen wird kalt. Wo bleibt ihr denn?“, rief meine Mutter bereits zum zweiten Mal.

Ich verabschiedete mich hastig von Angela. Als ich in die Küche kam, hatte ich keinen Hunger mehr und mir war schlecht, ich rannte ins Bad.

Sonntag, 04.09.

Tim

Ich bedankte mich bei meinem Schwiegervater für die Informationen, versprach ihm meine Hilfe und legte auf. Friedhelm war einer dieser Mainzer Phänomene, die ein dichtes Netz an Zuträgern über die Stadt gespannt hatten. In der Regel wusste er vor dem MOEX über hochaktuelle oder brisante Ereignisse Bescheid, die wir, wenn überhaupt, erst später recherchieren konnten.

Wenn ich mit meinem Leitartikel fertig war, musste ich unbedingt mit Nick telefonieren. Vielleicht hatte er am GaR zwischenzeitlich den einen oder anderen Kontakt geknüpft, der ihm und mir etwas verraten konnte. Das GaR hatte quasi seine zweite Leiche, erst dieser Lehrer, jetzt der Ex-Schüler, der tot am Bahnhof gefunden worden war. Friedhelm wusste, dass die Polizei von einem Gewaltverbrechen ausging, ausgelöst von Auseinandersetzungen in der Drogenszene. Leppich und der Tote vom Bahnhof, der Mirko heiße, seien häufig miteinander gesehen worden. Dies könne doch kein Zufall sein, hatte mein Schwiegervater behauptet. Da müsse doch ein Zusammenhang bestehen.

Ging es da eher um Friedhelm oder die Schule? Und wenn um ihn, was könnte es sein? Was Strafbares, das von einem Mitbewerber bei seinen Jobs in der Wirtschaft und im Schulamt entdeckt worden war? War Friedhelm etwa erpressbar geworden? Wer auf der Karriereleiter so weit nach oben geklettert ist, geht oft über Leichen. Warum sollte mein Schwiegervater anders als andere Aufsteiger sein? Friedhelm traute ich einige Schweinereien zu. So wie der Hedwig behandelt! Und zu Eva ist er auch nur nett, weil sie Julia geboren hat. Ein Stammhalter wäre ihm natürlich lieber gewesen, hatte er mir mal zur fortgeschrittenen Stunde auf der Fete zu Hedwigs Fünfzigstem verraten. Aber momentan hatte ich größere Sorgen. Die August-Zahlen waren auch nach der x-ten Durchsicht nicht besser wurden. Aus der Verlegerfamilie wurde kolportiert, dass unsere Kapitalgeber aus Übersee bald beschließen würden, innovative Kostenreduzierungen unverzüglich auf den Weg zu bringen. Der Schnösel von Juniorchef habe wirklich gesagt, dass Kostensenkungen Spaß machen könnten, wenn Anreizsysteme eingeführt würden, die die Mitarbeiter dafür belohnten, dass sie Einsparungsvorschläge selbst entwürfen und der Verlegerfamilie vorstellten. Diese verfluchten BWLer und ihr Zynismus. In Wahrheit bedeutete das doch nicht anderes, als dass sich meine Leute selbst abschaffen sollten.

Um die Zukunftssorgen kurzfristig aus meinem Kopf zu vertreiben, konzentrierte ich mich nach einem Espresso auf meinen Kommentar *Schrecken ohne Ende: Landebahn Nordwest - Fünf Jahre danach*, der morgen erscheinen sollte. Was war damals von den Großkopferten aus Politik und Wirtschaft nicht alles an salbungsvollen Worten aus den Mikrofonen in die Welt hinausposaunt worden: Die neue Landebahn sei ein Gewinn für den Flughafen, die Region und Deutschland, ein Garant für die Mobilität der Menschen und die Exportnation Deutschland, der Jobmotor Hessens. Die Flugbewegungen könnten um 50%, die Zahl der Arbeitsplätze auf 100 000 gesteigert werden. Einziger Wermutstropfen, so Fraport und der Verkehrsminister unisono, sei das vom hessischen Verwaltungsgerichtshof verhängte Nachtflugverbot zwischen dreiundzwanzig Uhr und fünf Uhr morgens.

Und heute? Wie sieht es fünf Jahre später aus? Gewerkschaften beklagen die hohe Zahl an Leiharbeitern und das nicht eingehaltene Versprechen der 100 000 Arbeitsplätze, die Anwohner beklagen den Lärm ab fünf Uhr morgens und ihre Schlafstörungen, Mediziner verweisen auf mögliche negative Auswirkungen auf das Lernen der Kinder und das erhöhte Risiko an Depressionen und Herz-Kreislaufbeschwerden zu erkranken. Fraport sagt, die Erwartungen hätten sich erfüllt, die Betriebsabläufe seien reibungsloser geworden, die Pünktlichkeit habe sich gesteigert, für weitere Schallschutzmaßnahmen sei viel Geld investiert worden. Der grüne Wirtschaftsminister lobt sich für die Schaffung von Lärmpausen und Lärmobergrenzen und kündigt eine Bedarfsprüfung für Terminal 3 an, muss in Wirklichkeit aber hilflos zusehen, dass Fraport nach geltendem Baurecht das Terminal bauen wird. Ausbaugegner rufen zur 50. Mahnwache und zur nächsten Montagsdemo im Terminal 1 auf. Diese Demo war der Aufhänger für meinen Kommentar.

Eine Stunde später war er fertig. Er würde polarisieren. Widerspruch auslösen. Egal. Jeder Shitstorm steigert den Absatz.

Nick

Tim klang am Telefon gerade sehr angespannt. Zwei Todesfälle gäbe es rund um das GaR. Neben Leppich sei ein Ex-Schüler namens Mirko gestorben. Wahrscheinlich sei dieser das Opfer eines Gewaltverbrechens geworden. Vielleicht könne ich am GaR einen journalistischen Blick auf die beiden Fälle werfen und einen möglichen Zusammenhang zwischen den beiden Opfern eruieren. Natürlich wisse er, dass man mit Anschuldigungen und Verdächtigungen vorsichtig umgehen müsse. Vielleicht sei alles nur ein dummer Zufall, ein Gerücht und an der ganzen Sache nichts dran. Wenn dem so sei, solle ich seine Bitte einfach vergessen.

Ich hatte mit dem Versprechen aufgelegt, mich umzuhören, und schob den Entwurf für die Ministerin zur Seite. Mir war kalt geworden. So kalt, wie es mir wurde, wenn mir eigene Versprechen unangenehm waren. Was wollte dieser Tim eigentlich von mir? Ich sollte mich um Menschen kümmern, deren Namen ich bis vor Kurzem nie gehört hatte.

Ich verließ den Schreibtisch und setzte mich in meinen Sessel in der Nähe des Fensters. Aber warum sagt Tim Henkel mir nicht die Wahrheit? Ich soll recherchieren, um dem MOEX zu helfen, ganz klar; ich soll eine Exklusivstory schreiben. Das steckt doch in Wahrheit hinter dem Anruf. Keine Bitte, das klang doch eher wie ein Auftrag. Muss ich mich dafür hergeben?

Ich war ja eigentlich Lehrer und kein verdeckter Ermittler. Wen hätte ich überhaupt in der Schule fragen können? Wer würde mit mir reden? Außer Laura, vielleicht noch Bogutt, fiel mir niemand ein. Und Laura fiel fürs Erste aus. Vielleicht für immer. Ich schloss die Augen. Die Sonnenstrahlen wärmten mich. Dieser verflixte Entwurf für die Ministerin. Wieder so ein Sammelsurium pädagogischer Schlagwörter und Analysen, um Dritte zu überzeugen, dass man guten Unterricht halten kann.

Wie in meinem Examen. Wochenlang hatte ich mit meinen Schülern das Video *Rassismus in Deutschland* produziert. Was hat es letztendlich gebracht? Nichts. Endnote: Voll befriedigend. Reicht niemals für eine Festanstellung im Schuldienst.

Ich war grandios gescheitert. Rassismus im Alltag? In der Schule? In den Institutionen? Junger Mann, da überziehen sie ja wohl etwas. Das sind bedauernswerte Einzelfälle. Indoktrinieren Sie Ihre Schüler nicht, hatte mir der Herr Prüfungsvorsitzende hinterher gerufen, als ich ohne Gruß den Prüfungsraum mit meinem Zeugnis fluchtartig verließ.

„Und schon wieder lasse ich mich verarschen, nur weil der Schulleiter sich bei der Frau Minister profilieren will", brüllte ich los, nahm den Papierhaufen und knallte ihn auf den Boden. Die Seiten verteilten sich kreuz und quer. Ich ging an den Kühlschrank, holte eine Flasche Bier heraus und trank sie im Stehen aus. Was für ein irrer Tag. Stress in der Schule. Unausgesprochener, obskurer Auftrag für den MOEX. Kein Anruf von Laura. Und ich war natürlich zu feige, mich bei ihr zu melden.

Montag, 05.09.

Julia

Angela begrüßte mich unter der schattigen Linde am Rande der Wiese mit einem Gesicht wie eine saure Zitrone.

„Die Finke hat die HÜ zurückgegeben. Ich habe 4 Punkte kassiert, fünf andere lagen ebenfalls unterm Strich. Die Kuh hat nichts kapiert. Die nimmt meine Fotos und meine Aufforderung einfach nicht ernst."

Meine Freundin zog den Umschlag mit den Fotos und mit einem Dankeschön den Schlüssel des Ferienhauses aus ihrem Backpack und drückte mir beides in die Hand.

„Bis später. Wir sehen uns in der zweiten Pause."

Ich verstaute Umschlag und Schlüssel in meine Schulmappe. Taschengelderhöhung ade. Meine Enttäuschung hielt sich in Grenzen. Ich würde das Abi auch ohne eine geglückte Erpressung schaffen. Aber Angela? Nee, die verkackt eh die Schule. Soll die doch ihren geilen Body professionell vermarkten. Influencer scheffeln mit ein bisschen Glück doch richtig viel Kohle. Das kann doch nicht so schwer sein. Ein paar Tutorials wie frau ihren Body richtig trainiert, Schmink- und Modetipps, im Netz ein paar Produkte hochhalten und von den Firmen fette Knete dafür einstreichen. Braucht man weder Ausbildung noch Studium für. Echt, genau das Richtige für Angela. Cool auftreten und rumlabern kann sie ja. In einer ruhigen Stunde werde ich mit ihr mal drüber reden.

Fahrrad Klaus war müde vom Wochenende und teilte uns ein paar alte Ausgaben der TIMES aus. Wir sollten uns einen Artikel aussuchen, ihn mit dem Nachbarn besprechen, den Inhalt zusammenfassen und mündlich vortragen. Bis die letzte Zweiergruppe drankam, war die Doppelstunde bestimmt vorbei.

Zehn Minuten vor Ende der vierten Stunde jammerte ich etwas von meinen Tagen und Toilette. Fahrrad Klaus ließ mich gähnend verschwinden. Den Umschlag hatte ich schon vor Stundenbeginn unter meinem extraweiten Pullover versteckt. Auf dem Weg in den Eingangsbereich begegnete ich keiner Menschenseele. Kurz darauf hingen die beiden Farbfotos von zwei sich küssenden und umarmenden Lehrern an der Mitteilungstafel. Auf einem der Fotos trug Loevenich, wie peinlich, nur eine ausgebeulte weiße Unterhose.

Ich ging in die Klasse zurück und wartete auf den Pausengong. Fahrrad Klaus schloss wie immer überpünktlich. Ich folgte als Letzte meinen Klassenkameraden auf ihrem Weg zum Eingangsbereich, von dem ein schmaler Gang in den Schulhof abging. Ein paar Nervbolzen aus der Unterstufe stürmten an mir vorbei. Sie würden als Erste an der Tafel stehen bleiben, rumschreien, ihre Handys und Smartphones zücken und die Fotos nach Hause und sonst wohin im Netz schicken. Wenige Sekunden später, bevor irgendeine Aufsicht die Bilder abreißen würde, hätte das GaR seinen Skandal, Angela endlich ihre Rachegelüste gestillt. Und ich könnte auf zwei neue Lehrer in Deutsch und Mathe hoffen. Vielleicht würde der alte Bogutt den Loevenich beerben. Der war zwar streng, aber kein Menschenschinder. Noch ein paar Stufen, dann würde ich ein vorgetäuschtes *Unglaublich, das gibt es doch gar nicht* vor mich hinsagen, kurz stehen bleiben und mich am Schülerauflauf vorbei zum Schulhof durchschlagen. Ein paar Stufen noch und mein Schülerleben war endlich ein anderes geworden. Eine Stufe noch und … Fuck, das gibt's doch nicht. Ich sah und hörte nur den üblichen herumschreienden, tobenden Schülerstrom.

Kein einziger Schüler verharrte vor der Mitteilungstafel. Kein Stau hatte sich gebildet, keine Meute fotografierender

Schüler war zu sehen. Im Vorbeilaufen blickte ich irritiert auf die Tafel. Die beiden Fotos waren verschwunden, die zwei grünen Pinnnadeln einsam in die Tafel gedrückt. Wtf*, was lief hier schief?

Angela paffte alleine in der Raucherecke. Sie war leichenblass. Ich zog mein Handy aus der Gesäßtasche und schrieb ihr sicherheitshalber eine Nachricht.

Wer war das? Was machen wir jetzt?

Kurz darauf kam ihre Antwort.

Keine Ahnung. Ist mir auch egal. Am besten schmeiße ich die Schule.

Nick

Als ich vor Unterrichtsbeginn wie üblich den Vertretungsplan vor dem Lehrerzimmer studierte und hoffte, meinen Namen nicht lesen zu müssen, erschrak ich. Laura wurde heute in der ersten und zweiten Stunde von Frau Mucke, in der dritten und vierten von Herrn Welke vertreten. War Laura krank? Oder hatte sie einen anderen Termin, von dem sie mir nichts erzählt hatte? Spätestens morgen würde ich sie endlich anrufen und ihr vorschlagen, dass wir uns bald träfen. Es wurde Zeit, dass ich ihr mein Verhalten erklärte. Und wenn sie mich abwies? Wenn sie mir absagte? Wenn sie mich in Zukunft ignorierte? Dann würde ich die Fluchtoption ziehen. Zum Halbjahreswechsel könnte ich aus dem GaR aussteigen. Und Laura vergessen. Nein, das ging dieses Mal nicht so einfach. Ich hatte mich verliebt.

Die MIG1 lenkte mich für neunzig Minuten von meinem privaten Gefühlsleben ab. Die Doppelstunde verging wie

---

* *What The Fuck* für Leute des gepflegten Asterisks

im Flug. Die Klasse las und diskutierte anhand eines kleinen Zeitungsartikels über die weltweit geschätzte Pünktlichkeit der Deutschen, die vielen Migranten ein Gräuel war, stolperte durch die ungeliebten Grammatikübungen und einen kleinen Rechtschreibtest. Endlich klingelte es zur zweiten großen Pause. Ich verabschiedete mich von der Klasse, packte meine Unterlagen ein, nahm meine Tasche in die Hand und ging zur Pausenaufsicht direkt auf den Schulhof. Eine Dienstanweisung des Schulleiters, die mir Laura gesteckt hatte, untersagte, dass die aufsichtführenden Lehrer einen Umweg über das Lehrerzimmer machten. Es sei nicht zu viel verlangt, wenn sie ihre Taschen, Rucksäcke und Plastiktüten, wie Laura mit Verweis auf diesen Jörg süffisant bemerkte, auf den Pausenhof mitnähmen. Kollege Welke habe ausgerechnet, dass durch Umwege der Lehrerinnen und Lehrer pro Schuljahr 2400 Minuten Unterrichtszeit verloren gingen. 40 Stunden, in denen die Schüler nichts lernten. Diese vertane Zeit könne sich das GaR nicht leisten. Nachdem die Verstöße gegen diese Dienstanweisung zunähmen, würde Dr. Rott persönlich, man munkelte besonders bei notorischen Gesetzesbrechern und neuen Kolleginnen und Kollegen, deren Einhaltung kontrollieren.

Ich stellte mich auf meinen Platz nahe der Mülltonnen und der Raucherecke, weil ich von dort aus den besten Überblick über das Geschehen auf dem Schulhof hatte. Kollege Eisenreiter war wieder nicht zur Aufsicht erschienen. Er entschuldigte sich nie, wenn er fehlte.

Wie immer standen die meisten Schülerinnen und Schüler in Grüppchen zusammen. Viele tippten mit flinken Fingern auf dem Display ihrer Smartphones, lächelten sie an oder hatten sich Headsets aufgesetzt und wippten synchron mit ihren Sneakers. Die deutschen Schüler waren deutlich in der Überzahl. Meine Migranten bildeten eine Gruppe für sich. Sie tranken Cola. Viele schwiegen sich an. Abseits unter der großen Linde standen fünf jüngere Mädchen, wahrscheinlich Unter- oder Mittelstufe, dicht beieinander. Sie trugen braune und grüne Maxikleider mit Hosen darunter und Kopftücher. Gestikulierend redeten sie miteinander. Zwei dieser Mädchen beugten sich über ihre Smartphones, lachten, schauten wie ertappt nach links und rechts und hielten ihre Hände vor den Mund.

Kurz vor Pausenende machte ich mich auf den Weg in Richtung Eingang und lief an einer Gruppe Oberstufenschüler vorbei. Sie schimpften über die Mucke und den Welke, die ihnen in Vertretungsstunden Hausaufgaben gegeben und sie von der Tafel hatten abschreiben lassen. Am Rande des Schulhofs scharten sich an den Holunderbüschen ein paar ältere Schüler um den Hausmeister und redeten auf ihn ein. Mehrmals hob er entschuldigend beide Arme, als würde er sich ergeben wollen. Ein Babyface mit kurz geschorenen Haaren und langen Koteletten stellte sich vor ihn und griff nach einem seiner beiden Arme. Der Hausmeister wich ihm aus und stieß ihm so heftig vor die Brust, dass der Junge nach hinten fiel und von zwei Mitschülern aufgefangen werden musste. Kollege Ullrich kam angelaufen und legte einen Arm auf die Schulter des Babyface.

Der Hausmeister verschwand eilig in einem Seiteneingang. Die Schülergruppe löste sich auf. Kollege Ullrich zog sein Handy aus dem Rucksack, tippte lange auf die Tastatur und rannte zum Hofausgang. Was war denn da gerade los gewesen?

Ich machte mich auf den Weg zur MIG2. Als ich auf den Seiteneingang zulief, spiegelte ich mich im Glas der Eingangstür. Dr. Rott tauchte wie aus dem Nichts hinter mir auf. Erschrocken drehte ich mich um und grüßte ihn. Der

Schulleiter schaute sichtlich zufrieden auf meine Tasche und ließ mich und die Schülerinnen und Schüler mit nickenden Kopfbewegungen vorüberziehen. Als ich weiterging, kam mir Kollege Eisenreiter entgegen. Er schwenkte einen grünen Zettel durch die Luft.

„Welches Schwein hat mich verpfiffen? Ich musste doch ein wichtiges Elterngespräch in der Pause führen!", schrie er, riss die Sekretariatstür auf und brüllte „Wo ist Dr. Rott? Ich will ihn sofort sprechen!" Das Türschlagen hallte durch den ersten Stock.

Die MIG2 arbeitete super mit. Wir waren mit zwei Lektionen fertig geworden. Zur Belohnung entließ ich die jungen Leute fünf Minuten vor Unterrichtsschluss in die Mittagspause, ging ins Lehrerzimmer, trug auf dem PC die Anwesenheit und Unterrichtsinhalte der zweiten Schulwoche nach.

Kramer hatte mich am vergangenen Donnerstag auf dem Flur angehalten und mich angewiesen, ich müsse die Anwesenheit der Schüler doppelt eintragen, einmal ins Klassenbuch, einmal in die EDV. Schließlich könne das Programm abstürzen und das GaR gegenüber der Schulaufsicht nicht belegen, wer wann im Unterricht gefehlt hätte und welche Unterrichtsinhalte vermittelt worden seien. Mein Klassenbuch weise für die erste und zweite Schulwoche insgesamt drei Lücken in der Rubrik *Unterrichtsinhalt* auf, außerdem sei die Anwesenheit unvollständig erfasst. Er habe sich alles notiert und würde die Bemerkung erst streichen, wenn die Lücken gefüllt seien. Ihm persönlich sei egal, was dort stehe. Die Hauptsache sei, ich würde meiner Pflicht nachkommen.

Ich stellte das Klassenbuch in das vorgesehene Fach, blätterte mich wie ein pflichtbewusster Beamter durch den Erlass-Ordner, der auf dem großen, runden Tisch lag, und hinterließ mein Namenskürzel für den Monat August. Kollege

Eisenreiter las sich auf seinem Stammplatz durch einen Stapel Papiere und schrie auf einmal „Diese verdammte Schwuchtel. Hat die mir doch für morgen an meinem freien Tag zwei Stunden Vertretung in der 10 reingewürgt."

Ich klappte den Ordner zu, ging aus Gewohnheit zu meinem Fach und öffnete es. Ein gelber Zettel fiel mir entgegen. Sie hatten mich erwischt. Ein Schauer lief über meinen Rücken.

Kommen Sie um 13:15 Uhr in mein Büro. Die Angelegenheit verträgt ausnahmsweise keinen Aufschub. Alt-Thaler

Ich schaute auf meine Uhr. Es war zehn Minuten nach eins. Ich hatte mit der kommissarischen Abteilungsleiterin außer einem *Guten Tag,* als Laura mich ihr im Lehrerzimmer vorstellte, noch nie ein Wort gewechselt.

Heute Morgen hatte die junge Frau wenige Schritte vor mir die Eingangstür erreicht, sie aufgezogen, mich stumm angeblickt und die Tür vor mir ins Schloss fallen lassen. Offenbar grüßte sie nur Menschen, die für sie wichtig waren oder wichtig werden konnten.

Ich hatte keine Idee, was die Alt-Thaler von mir wollte. Punkt 13:15 Uhr stand ich vor ihrem grauen Schreibtisch. Die junge Frau thronte auf einem pinkfarbenen Bürosessel. Sie sah angespannt aus. Das Rouge auf ihren Wangen gab ihrem glatten Gesicht einen Touch Farbe. Ihre langen blonden Haare waren nicht mehr offen, sondern hochgesteckt. Vor ihr lagen ein aufgeklapptes Notebook und ein Handy. Ihr Büro war sehr spartanisch möbliert. Außer einem Metallregal mit Büchern und Aktenordnern waren die Wände kahl.

„Nehmen Sie bitte Platz, Herr Scholl."

Der Tonfall gefiel mir nicht. Ich setzte mich auf einen hellen Plastikstuhl. Mein Puls schlug schneller, als ich es mir wünschte. „Ah ja", sagte sie leise, ohne mich anzusehen. Ihr Blick bewegte sich hektisch auf dem Notebook hin und her.

„Wie sind denn Ihre ersten Unterrichtseindrücke, Herr Scholl?"

Die Frage klang förmlich. Ich spekulierte, was die Abteilungsleiterin hören wollte und entschied mich für die Variante „Die Schüler sind nett und sehr motiviert. Ich bin zufrieden."

Die Alt-Thaler lächelte und zog kurz ihre gezupften Augenbrauen hoch.

„Wirklich? Der verstorbene Kollege Leppich hat oft laut los geschimpft, wenn er von den Migranten kam."

Ich schwieg, weil ich nicht wusste, auf was die Abteilungsleiterin hinauswollte.

„Sie sind wohl ein pädagogisches Naturtalent, das ein Händchen für diese Schüler hat, Herr Scholl."

Die Abteilungsleiterin warf mir einen abschätzigen Blick zu. Ihre Augen waren kühl und blau.

„Sie können mir ruhig die Wahrheit sagen, wenn Sie mit diesem Klientel nicht klarkommen. Wir verstehen, wenn Sie Zeit zur Einarbeitung brauchen. Jeder von uns hat einmal ganz unten angefangen."

Ich wollte, dass dieses Gespräch ein schnelles Ende nahm, und setzte mich auf die Stuhlkante. Diese Frau sagte bestimmt nicht die Wahrheit. Wenn man so jung so weit auf der Karriereleiter aufgestiegen war, konnte man unmöglich ganz unten angefangen haben. Sie war der Typ Mensch, der sich im Stillen fragt, wie er am wenigsten seine Karriere kontaminiert.

Die junge Frau nahm ihr Handy in die Hand, ließ ihre schlanken Finger über die Tastatur gleiten, schaute auf das Display, lächelte kurz und schaute mich wieder an.

„Dann ist ja alles gut, Herr Scholl. Es freut mich, wenn Sie sich so schnell bei uns einarbeiten und eine gute Beziehung zu ihren Schülerinnen und Schülern aufbauen.

Sie wissen, dass wir diesen Klassen am Ende des Schuljahres einiges abverlangen müssen. Die MIG-Klassen müssen jeweils zweistündige Abschlussprüfungen in Deutsch, Sozialkunde und Mathematik ablegen. Dazu kommt eine mündliche Prüfung in Deutsch. Nur die Besten werden im darauffolgenden Schuljahr in die Unter- oder die Mittelstufe eingruppiert werden, Herr Scholl. Wenn diese Schülerinnen und Schüler später das GaR mit einem möglichst guten Abschluss verlassen, sollen sie in Ausbildung kommen oder sogar studieren."

„Ja, ich weiß, Frau Alt-Thaler."

Ihre Botschaft war angekommen. Die Alt-Thaler erwartete gute und sehr gute Prüfungsergebnisse. Und für diese Ergebnisse war ich verantwortlich.

„Sie müssen wissen", die Abteilungsleiterin rückte auf ihrem Stuhl ein Stück nach vorne, „dass das Ministerium die Mittel für diesen Modellversuch zunächst nur für ein weiteres Jahr genehmigt hat. Ob er verlängert wird, hängt in erster Linie von den Prüfungsergebnissen der Teilnehmer ab."

Ich schwitzte nicht nur wegen der Mittagssonne, die das Büro aufgeheizt hatte. Die Abteilungsleiterin blickte wieder kurz auf ihr Notebook.

„Wenn Sie keine Fragen haben, Herr Scholl, würde ich unser Gespräch an dieser Stelle gerne beenden. Sie können mich jederzeit ansprechen, wenn irgendwelche Probleme auftauchen sollten. Aber sind ja bereits ein Profi."

Es klang nicht wie ein Lob. Die Alt-Thaler stand auf und begleitete mich zur Tür.

„Übrigens, Herr Scholl, der Unterricht am GaR beginnt um Punkt acht und endet am Vormittag um Punkt ein Uhr. Hat Ihnen Laura das nicht gesagt?"

„Doch, doch, aber …"

„Schon gut, Herr Scholl. Schließen Sie in Zukunft einfach pünktlich Ihren Unterricht, und der Fauxpas ist vergessen. Lassen Sie nie die Zügel schleifen. Diese Moslems …"

Die Abteilungsleiterin führte den Gedanken nicht weiter aus und sah auf ihre Armbanduhr mit einem überdimensionierten Zifferblatt.

„Jetzt muss ich aber los. Dr. Rott hasst Unpünktlichkeit."

Und ich hasse dich, sprach ich zu mir, verließ ihr Büro und das Schulgebäude, nahm den kürzesten Weg hinüber zum Rheinufer, setzte mich auf die Treppenstufen vor dem Fort Malakoff und starrte in das langsam vorbeifließende Gewässer. Panta-rhei. Alles fließt. Ja, der Heraklit und die alten Griechen. Man sollte sich viel öfter an sie erinnern und sich mit ihren Lehren und Weisheiten beschäftigen. Zum ersten Mal zweifelte ich, ob ich mit dem Vertretungsvertrag die richtige Entscheidung getroffen hatte. Würde ich mich unter den Menschen am GaR jemals wohlfühlen können? Oder war dies nur eine Zwischenstation auf dem Weg zu einem anderen Ort, vielleicht zu einem anderen und besseren Leben, von dem ich heute noch nichts ahnte. Jemand räusperte sich neben mir. Es war Bogutt. Er trug wieder seine schreckliche braune Cordhose und sein beiges Kurzarmhemd.

„Herzlich willkommen am GaR. Ich heiße Bogutt und bin nach Leierborzer der unbeliebteste Mathelehrer am GaR", sagte er lachend und streckte mir seine Hand hin. Sie sah so zerbrechlich aus, dass ich mich für einen schlaffen Händedruck entschied.

Mathelehrer waren mir per se unsympathisch. In meiner Schulzeit hatte ich in Mathe nie mehr als 7 Punkte bekommen.

„Ich bin der Nick Scholl."

„Ja, ich weiß. Du bist der Nick, der bei den Migranten unterrichtet. Die Flüchtlinge mögen dich. Haben sie mir gestern in einer Vertretungsstunde gesagt. Du würdest viel mit ihnen reden."

„Ja, der Kontakt mit diesen jungen Menschen ist mir wichtig."

„Diese Sorte Lehrer brauchen wir, Nick."

Ich dankte dem Kollegen für das Kompliment.

„Hat sie dich eingenordet?"

„Sie meinen Frau Alt-Thaler?"

„Ja, natürlich. Ich habe dein Gesicht gesehen, als du aus ihrem Zimmer kamst. Du sahst wie jemand auf der Flucht aus. Da dachte ich mir, dass du vielleicht ein paar aufmunternde Worte gebrauchen könntest."

„Danke, Herr Bogutt."

„Lass das Herr weg, Nick. Bogutt reicht aus."

Ich erzählte Bogutt kurz vom Gespräch bei der Alt-Thaler.

„Mach dir nicht so viel daraus, Nick. Die Alt-Thaler tickt halt so. Wenn man ihr und anderen am GaR glauben will, sind wir ein humanistisches Gymnasium, an dem sich alle Lehrer hehren Zielen und hohen Ansprüchen unterwerfen müssen."

Bogutt betonte *hehren* und *hohen.* Es hörte sich ironisch an.

„Arbeitest du eigentlich nur am GaR? Oder machst du noch was anderes?"

„Muss ich ja wohl", antwortete ich zögerlich. „Von dem Vertretungsvertrag kann ich nicht leben. Ich gebe noch Nachhilfeunterricht in einem Bildungswerk. Deutsch und Sozialkunde für Berufsschüler", log ich, weil ich mich nicht als Journalist outen wollte.

„Qualifizierte Nachhilfe könnte am GaR mancher Schüler gut gebrauchen. Aber viele Eltern haben dafür kein Geld. Sie haben mit sich selbst genug zu tun und kämpfen wirtschaftlich ums Überleben. Unsere Schule wird diese Defizite nie vollständig reparieren können. Chancengleichheit ist doch nur eine Mär."

„Sie sprechen wie ein Handwerker, Herr Bogutt."

„Ist doch kein Wunder, Nick. Die Schule ist ein einziger Reparaturbetrieb geworden."

„Und trotzdem schaffen die meisten das Abi?"

„Natürlich. Weil wir Lehrer, ich nehme mich nicht aus, sie schonen und ihnen die nötigen Punkte oft großzügig hinterherwerfen."

„Sie haben ein negatives Bild von Lehrern und Schülern."

„Nein, es ist ein realistisches. Ich bin lange genug in diesem Laden. Wir haben junge Menschen vor uns sitzen, die Goethe mit ö schreiben, aber die Gesetze der Marktwirtschaft auswendig rauf und runter beten können. Wer von denen beschäftigt sich ernsthaft mit Literatur, mit Kunst, mit der eigenen Kultur und Geschichte, mit Philosophie?"

„Das habe ich früher auch nicht gemacht", sagte ich verschämt.

„Viele wollen nach dem Abi BWL studieren, später Wohnungen und Versicherungen makeln oder an die Börse gehen. Kohle verdienen ist denen wichtiger als sich anstrengende Gedanken über die Welt zu machen", fuhr er fort.

„Meinen Sie wirklich, die Jugend ist so oberflächlich?"

„Ja, Nick. Wir können euch das aber eigentlich nicht vorwerfen. Es sind doch wir Alte, die dafür ganz alleine die Verantwortung tragen. Was leben wir euch denn vor?"

Zwei Mädchen in weißen Tops, mit blitzenden Kristallsteinen im Bauchnabel und pinkfarbenen und grellgelben Shorts, liefen an uns vorbei und grüßten Bogutt freundlich. Mein Kollege nickte ihnen zu und schaute ihren langen Beinen kurz hinterher.

„Die beiden Hübschen habe ich seit drei Jahren in meinem Unterricht. Was meinst du, Nick? Was wollen die wohl werden?"

Ich zog meine Schultern hoch.

„Ärztin? Juristin? BWLerin?“

Bogutt lächelte.

„Du liegst völlig falsch, Nick. Die eine will Mannequin in Paris werden, die andere eine Boutique auf der Zeil aufmachen.“

„Aber, Herr Bogutt. Das sind doch nur Teenieträume. Kann man die wirklich so ernst nehmen?“

Bogutt sah mich befremdet an. Seine müden Augen blickten auf seine Armbanduhr.

„Ich muss los, Nick. Die Kunst-AG wartet.“

„Ich komme mit. Ich habe meine Tasche im Lehrerzimmer vergessen“, sagte ich und stand auf.

Bogutt erhob sich stöhnend und legte eine Hand kurz auf den Bauch.

Als wir auf das GaR zuliefen, sahen wir den Hausmeister mit einem Wassereimer und einer Bürste in der Hand. Er fluchte laut auf italienisch und schrubbte auf einem langen weißen Schriftzug herum. Aus der Ferne lasen wir COPS + LEHRER = BASTARDE.

Dienstag, 06.09.

Laura

Ich war immer noch sauer auf Nick. Haut einfach ab und meldet sich nicht mehr. Drei Tage hätte er Zeit gehabt anzurufen. Am Montag hat mich ein Migräneanfall erwischt. Zum ersten Mal, seit ich am GaR bin, musste ich mich bei Holberg krank melden. Nein, so lasse ich mich von keinem Mann behandeln. Ich bin keine Frau für einen One-Night-Stand, das habe ich nun wirklich nicht nötig. Grade Nick, der auf eine ganz besondere Art anders erschien. Es quälte mich, nicht verstehen zu können, warum er so gehandelt hatte. Zögerlich griff ich zum Handy und wählte Nicks Nummer. Er meldete sich sofort.

„Hier ist Laura."

„Entschuldigung", flüsterte er nach einem kurzen Schweigen.

„Was ist los mit dir, Nick? Ich bin ziemlich traurig und enttäuscht, dass du einfach ohne ein einziges Wort abgehauen bist und dann noch nicht mal etwas von dir hören lässt."

„Lass uns das nicht am Telefon bereden, bitte."

Nick hörte sich an, als ob er ein verdammt schlechtes Gewissen habe.

„Na gut. Passt dir heute Abend? Acht Uhr?"

„Ja."

„Komm zu mir. Ich koche uns ein paar Nudeln und du bringst den Wein mit."

„Gerne."

Nick klang erleichtert. Wir legten beide auf. Ich war gespannt, was er zu sagen hatte. Hoffentlich einiges mehr als ein paar hohle Ausreden, die wie Entschuldigungen klangen, in Wirklichkeit aber schlechtes Gewissen, Untreue und Beziehungsangst verbargen. Damit durfte mir kein Mann mehr kommen. Nick musste endlich mit der Wahrheit rausrücken. Verdammt Nick, enttäusch mich nicht, bitte.

Nick

Ich schwitzte nicht wegen der Schwüle, die über Mainz lag, sondern aus Angst Laura wiederzusehen. Ich erwartete ihre Vorwürfe, die mit großer Wahrscheinlichkeit berechtigt waren, und peinliche Fragen, deren ehrliche Antworten ich vielleicht schuldig blieb.

Bevor ich in das dicht bebaute Wohngebiet in Bahnhofsnähe abbog, stoppte ich vor dem Zebrastreifen, war kurz versucht, mein Handy aus der Hosentasche zu ziehen, Laura anzurufen und mit irgendeiner gelogenen Entschuldigung den Termin abzusagen. Nein, das sieht dir ähnlich, du Feigling, schimpfte eine Stimme in mir und zog mich weiter. Viel zu oft hatte mich eine andere Stimme mit scheinbarer Allmacht verführt, vor jedem Konflikt zu fliehen. Du musst dich trauen, Nick. Sonst geht jede deiner Beziehungen in die Brüche, sprach ich mir Mut zu.

Punkt acht klingelte ich an der Tür des Mehrfamilienhauses. Über den Klingeln bemerkte ich eine Überwachungskamera. Es knackte hörbar, dann summte es. Ich stieß die Tür auf, bestieg den Aufzug und drückte auf die 4 . Geräuschlos glitt der Aufzug nach oben. Als Laura die Wohnungstür öffnete, schaute ich in ein Gesicht ohne erkennbare Emotionen. Ich drückte ihr mechanisch eine Flasche Riesling in die Hand, folgte Laura in die Küche und setzte mich auf einen Hocker neben dem

Herd. Laura stellte die Flasche in den Kühlschrank, ging zu der Arbeitsfläche neben dem Herd, zupfte, wusch und schleuderte Feldsalat, hackte eine Schalotte klein, schnitt die Pilze, briet sie mit Butter in einer Pfanne an und stellte das Nudelwasser auf. Ich kam mir wie der schweigende Zuschauer eines Fußballspiels vor, der langweiliges Mittelfeldgeplänkel satt hatte und wartete, dass etwas Entscheidendes vor den Toren passierte.

„Du kannst gut kochen", durchbrach ich die Stille.

Laura blickte nur kurz von ihrer Arbeit auf.

„Ich hoffe, es schmeckt. In letzter Zeit koche ich nur noch selten. Für mich alleine nie. Früher hat immer meine Oma für mich gekocht."

„Deine Großmutter hat für dich gekocht? Und nicht deine Mutter?"

Laura holte zwei Pastateller aus dem Küchenschrank und stellte sie neben den Servietten, dem Besteck und zwei Weingläsern auf den Bistrotisch.

„Ich bin Vollwaise. Meine Eltern sind bei einem Verkehrsunfall ums Leben gekommen, als ich zwölf war."

„Das tut mir leid."

„Mir auch."

Laura sah mich mit großen traurigen Augen an.

„Meine Großeltern in Berlin haben mich großgezogen."

„In Berlin? Das war bestimmt eine spannende Zeit?"

„Ja und nein," sagte sie.

Ich scheute mich nachzufragen. Als die beiden Teller mit den Nudeln und der Pilzsoße und die Salatschalen mit dem Feldsalat auf dem Tisch standen, stießen wir mit dem mittlerweile gut gekühlten Riesling an. Ich bedankte mich für die Einladung und das Essen.

„Alles schmeckt wirklich sehr lecker, Laura", sagte ich nach ein paar Gabeln Spaghetti.

„Danke, Nick. Du kannst dir aber denken, dass ich dich nicht nur einfach so zum Spaß zu Pasta und etwas Salat eingeladen habe."

Laura schaute mir erwartungsvoll direkt ins Gesicht.

„Sicher. Klar. Na ja. Ich weiß. Ich bin dir eine Erklärung schuldig."

Wir legten beide fast gleichzeitig unser Besteck in den Teller.

„Ich konnte nicht anders, Laura. Es tut mir wirklich sehr leid."

Lauras Finger bespielten langsam die weiße Tischdecke.

„Ist das etwa alles, was du zu sagen hast, Nick? Das ist so was von lahm. Du bist nach so einer Nacht einfach abgehauen. Ich bin doch kein Teenie mehr. Ich bin eine erwachsene Frau, die auf die Antwort eines erwachsenen Mannes wartet."

Ich antwortete mit zwei Sätzen, die ich mir für diesen Vorwurf bereits zurecht gelegt hatte.

„Ich kann keine feste Beziehung eingehen, Laura. Mit mir kannst du nicht glücklich werden."

Sofort bereute ich das Gesagte. Niiick! Willst du wieder aufgeben? Wieder mit einer Ausrede flüchten? Ja, willst du wieder eine wunderbare Frau aufgeben und wie ein Idiot dastehen, schalt mich meine innere Stimme.

„Nein, Nick. Das ist mir zu banal. So einfach geht das nicht. Du kriegst mich nicht auf diese Weise los."

Ein Anflug eines Lächelns legte sich auf ihr Gesicht.

„Warum meinst du, dass du beziehungsunfähig bist? Was ist mit dir? Was verschweigst du mir?"

Ich nahm das Weinglas in die Hand, trank es in ein paar Zügen aus und versuchte so, Zeit für eine Antwort zu gewinnen, eine Antwort, der ich nicht mehr ausweichen durfte.

„Ich weiß nicht, wie ich es dir sagen soll, Laura. Ich kann“, wieder musste ich eine Pause machen, „Menschen einfach nicht mehr vertrauen.“

Ich stellte das Glas auf den Tisch zurück, musste ein paar Mal schlucken, schämte mich aber loszuheulen.

Laura legte ihre Hand auf meinen Arm und ließ sie lange liegen. Ich spürte ihre Wärme.

„Vertrauen kann man nicht erzwingen, Nick. Vertrauen entwickelt sich. Es muss wachsen.“

„Ich kenne diese Erfahrung nicht, Laura. Leider. Diese fünf Jahre im Internat hängen mir, glaube ich, ein Leben lang nach.“

Verblasste Bilder liefen wie ein Stummfilm vor meinen Augen ab. Die Clique, die meine Bücher und Hefte versteckte und mich in meinem Zimmer einschloss, der Hausmeister, der mich befreite und aufforderte, ich solle mich endlich wehren. Mich fröstelte es auf einmal. Die schweren Schritte waren wieder da, dann dieses grässliche Lachen.

„Mit dieser Erfahrung bist du nicht alleine, Nick“, riss mich Laura aus dem Grauen. „Wer in der Schule war, kann schlimme Geschichten erzählen. Sie machen uns aber nicht automatisch beziehungsunfähig.“

Ich starrte das leere Weinglas an und drehte es gedankenlos in meiner Hand hin und her.

„Ich hatte damals keinen Erwachsenen, mit dem ich reden konnte, Laura.“

„Keine Mutter, keinen Vater?“

„Nein. Niemand. Mein Vater war EU-Beamter und oft auf Reisen. Ich glaube, meine Mutter hat das Alleinsein nicht verkraftet. Jedenfalls ist sie depressiv geworden, war einige Monate in der Psychiatrie. Als sie rauskam, ist sie bald, ich war gerade zehn geworden, zu ihrem Lover nach Südfrankreich gezogen. Ich habe sie danach nie mehr gesehen. Ab und an hat sie mir einen Brief ins Internat geschickt, erzählte von ihrem tollen Alltag, vom Shoppen, Essen gehen, Segeln auf dem Mittelmeer. Kein einziges Mal hat sie richtig gefragt, wie es mir geht."

„Das glaube ich nicht, Nick."

„Doch. Es ist wahr. Eigentlich habe ich meine Mutter nie kennen gelernt."

„Weißt du, wie es ihr heute geht?"

„Sie ist tot, gestorben als ich kurz vorm Abi stand, hab grad für die Matheklausur gebüffelt. Eine SMS von meinem Vater, mehr war da nicht, nur diese simple SMS. *Deine Mama ist tot*. Ich habe nicht mal richtig geweint, nur ein paar Tränen aus dem Gesicht gewischt und dann weiter Mathe gebüffelt. Irgendwann später hat mir mein Vater dann erzählt, dass meine Mutter beim Tauchen im Mittelmeer verunglückt ist und ihre Asche im Mittelmeer verstreut wurde. Mehr nicht, ganz lapidar, bürokratisch."

„Oh Gott, das ist ja schrecklich, Nick. Wie hast du das alles bloß verkraftet?"

Laura war seit langem der erste Mensch, der sich für meine Vergangenheit interessierte. Ich fragte mich, warum ich soviel Privates einem Menschen erzählt hatte, den ich kaum kannte.

„Ja, es waren schlimme Jahre. Mein Vater hatte keine Zeit und wohl eher auch keine Lust, sich um mich zu kümmern. Meine Großeltern waren dafür viel zu krank und zu alt. Also hieß es für mich: ab in ein Internat am Bodensee. Genug Geld hatte mein Vater ja, und einmal im Jahr während der großen Ferien durfte ich ihn dann sehen."

Ich stockte. Lange, eigentlich nie, hatte ich mit einer solchen Gefühlswallung darüber reden können. Jetzt wollte ich die Tränen nicht mehr zurückhalten.

„Du musst wirklich nicht weitererzählen, wenn du nicht möchtest, Nick."

Ich schenkte mir das nächste Glas nach und nahmen einen langen Schluck.

„Es geht schon. Wenn ich Tommy nicht kennen gelernt hätte, wäre ich untergegangen. Er hat mich gerettet. Wenn die anderen Playstation zockten, Musik hörten und rauchten, lernten wir zusammen und wetteiferten um den Titel des Klassenbesten. Ich war der Bessere. Ab der Siebten trainierten wir gemeinsam unter Anleitung eines ehemaligen Amateurboxers das Boxen. Mit jedem Kilo Gewichtszunahme wurden wir mutiger. Nachdem sich die Clique mit dem Großmaul als Anführer wieder mal zusammengerottet und mich unter die kalte Dusche gestellt hatte, habe ich nicht lange gefackelt. Ich kann dieses Knacken noch heute hören. Die Nase brach mit einem kleinen, hässlichen Geräusch, so, als hätte ich auf einen Ast getreten. Erschrocken darüber schämte ich mich für meine Brutalität nur solange, bis der Hausmeister mir wortlos seine Hand auf die Schulter legte, den Krankenwagen rief und dem Rektor sagte, dass ich in Notwehr gehandelt hätte. Im Internat hat mir seitdem niemand mehr auch nur ein Haar gekrümmt."

Laura rückte mit ihrem Stuhl ein paar Zentimeter zurück und blickte mich fragend an.

„Hast du mit diesem Tommy heute noch Kontakt?"

„Nein. Tommy wurde nach der Acht urplötzlich von seinen Eltern abgeholt und in ein Internat in die Schweiz gebracht. Ich konnte mich gerade noch von ihm verabschieden und noch seine neue Adresse aufschreiben. Das nächste Schuljahr über schrieb ich Tommy zwei oder drei lange Briefe, aber die blieben unbeantwortet. Ich habe dann nie wieder etwas von ihm gehört."

„Bist du denn bis zum Abi im Internat geblieben?"

„Nein, zum Glück nicht. Nachdem mein Vater wieder geheiratet hat, durfte ich in unsere Villa an die Mosel, in der Nähe von Trier, zurückziehen. In Trier habe ich auch mein Abi gemacht und dann dort studiert. Tja, und jetzt bin ich in Mainz gelandet."

„Zum Glück, Nick", sagte Laura leise, stand von ihrem Stuhl auf und stellte sich hinter mich. Zärtlich begann sie meine Schultern zu massieren. Als sie dann spürte, wie sich mein Körper langsam entspannte, küsste sie mich auf den Nacken.

Welch schöne und unerwartete Wendung der Abend nahm. Schließlich umarmten, küssten und liebten wir uns, bis die Straßenlaterne erste schmale Lichtstrahlen auf die Couch warf.

Tim

Ich war endlich erlöst und knallte mein Handy auf den Stapel Zeitungen. Die säuselnde Fistelstimme hatte mein Ohr und meine Nerven viel zu lange strapaziert. Mit einem „Wir hören bald wieder voneinander" hatte sich der jüngste Spross der Verlegerfamilie verabschiedet.

Ausgerechnet dieser Typ droht mir. Hat den MOEX vielleicht fünfmal von innen gesehen und watscht mich ab, als hätte ich gestern meinen ersten Kommentar für den MOEX geschrieben. Macht mir Vorwürfe, weil mein Kommentar zur Landebahn Nord-West den Herren aus dem Fraportvorstand und dem Herrn Wirtschaftsminister sauer aufgestoßen sei. Eine feine Gesellschaft, die sich in erster Linie den Anlegern verpflichtet fühlt. Und der Herr Sohn schlägt sich einfach auf deren Seite.

Ich müsse meinen Unmut schon ein bisschen zügeln, meine Worte ein wenig diplomatischer abwägen, auch wenn es ein Kommentar gewesen sei, hatte der Herr Sohn losgeschimpft.

Als Lokalzeitung müssten wir mit der nötigen Sensibilität die Interessen und Belange der gesamten Region vertreten und könnten uns, bei aller Wertschätzung meiner unbestrittenen Verdienste für den MOEX, nicht einseitig auf eine Seite schlagen. Ich sei doch lange genug im Geschäft und müsse wissen, welche Eigendynamik gewisse Worte entfalteten. Glaube ich denn ernsthaft, dass der Herr MP oder die Fraport uns in absehbarer Zeit ein Interview gewähren würden? Der Tragweite meines Kommentars hätte ich mir angesichts der angespannten Lage des MOEX bewusst sein müssen.

Als ich hoffte, dass der Herr Sohn mit seiner Strafpredigt zum Ende käme, überschlug sich fast seine Fistelstimme.

Er und sein Vater seien von mir maßlos enttäuscht. Ich könne mir gar nicht vorstellen, wie das alles den Herrn Papa aufgeregt habe, als beim Frühstück, erst der Herr Vorstand, dann das Ministerbüro angerufen und geklagt hätten, dass solche Kommentare lokal und global agierende Unternehmen, Kapitalanleger, potenzielle Investoren und, nicht zu vergessen, die zigtausenden Arbeitnehmer erschrecken und verärgern könnten. Seinem Vater sei nichts anderes übrig geblieben, als sich auf der Stelle zu entschuldigen, obwohl er meinen Kommentar überhaupt noch nicht gelesen hatte. Später, nach der Lektüre, sei der Herr Papa vollends in Rage geraten und hätte eine Hausangestellte nach seinen Herztabletten rufen müssen.

Wenn ihm etwas passiere, dann Gnade mir Gott, hatte der Herr Sohn gefaucht. Ich sei mir wohl nicht zu schade, mir die zweifelhaften Argumente indoktrinierter Ausbaugegner und Anwohner, die sich grundsätzlich von Fluglärm gestört fühlten, zu eigen zu machen? Er hoffe inständig für mich, dass ich meine Lektion gelernt hätte. In Zukunft gingen alle meine Kommentare über seinen Schreibtisch.

Es war kurz vor sechs geworden. Eva und Julia konnte ich nach diesem Desaster so früh noch nicht ertragen. Ich rief Annika an. Ja, sie habe Zeit. Sie sei seit drei Tagen solo, hätte sozusagen sturmfreie Bude. Monika sei ausgezogen, weil sie sich in einen Mann, Annika wiederholte es dreimal, verliebt habe.

Mittwoch, 07.09.

Bogutt

Jetzt war ich schon seit über dreißig Jahren in diesem Laden und regte mich immer noch auf. Es war aber auch wirklich kaum zum Aushalten. Wie in fast jeder Pause klopfte es an der Tür, pflichtbewusst sprang meist ein Frischling von seinem Stuhl auf. Heute war es die sehr junge Referendarin, die die Tür öffnete und sich dann kurz darauf an Kohlhaas wandte.

„Eine Schülerin möchte Sie sprechen, Herr Kohlhaas."

Der Kollege blieb wie immer stoisch sitzen. Heute biss er ein großes Stück Apfel ab.

„Die kann warten. Du siehst doch, dass ich frühstücke, mein Schätzchen."

Die Referendarin bekam eine rote Birne und vertröstete die Schülerin auf das Ende der Pause.

Ich saß in meiner Ecke, kaute auf einer Banane herum und hörte dem Gequassel zu wie jemand, den die Jammerorgie, die sich seit Pausenbeginn vor mir abspielte, nichts mehr anging.

„In der 7 haben nur zwölf von dreiundzwanzig die Hausaufgaben gemacht. Scheint sie gar nicht zu interessieren, dass die Herrschaften jedes Mal eine Sechs kassieren. Das ist Leistungsverweigerung."

„Richtig so. Da bin ich ganz bei Ihnen, Herr Leierborzer", sagte Kohlhaas und nickte brav.

„Das hätte mir mal mit meinen Jungs im Training passieren müssen, Leistungsverweigerung, in der Kabine bleiben; auf Medizinbällen hätte ich sie bäuchlings über den Platz rutschen lassen", echauffierte sich Leierborzer.

„Das sind ja nationalsozialistische Nationalmannschaftsmethoden", grölte es blechern lachend von der Wand.

„Was der Löw kann, kann ich allemal", pampte ein beleidigter Leierborzer zurück.

Meine Brust schnürte sich plötzlich zusammen, ich mochte dem unsinnigen Gefasel des Kollegiums kaum mehr folgen. Reg dich nicht auf, Bogutt. Die Warnung kam zu spät. Der bohrende Schmerz kam zurück. Ich schraubte meine Wasserflasche auf, drückte eine Tablette aus dem vor mir liegenden Blister und spülte sie mit etwas Wasser runter. Kurz darauf griff ich meine Schultasche, passierte die Mucke, roch Schweiß- und Knoblauchgeruch, öffnete das große Flurfenster und atmete tief ein. Auf dem Schulhof war die Hölle los. So laut war es sonst nur vor den Ferien und der Zeugnisausgabe.

„Dahinten sind die Bullen, Herr Bogutt", rief ein Schüler aus meinem Englischkurs hinauf.

„Polizei? Wo ist die Polizei?", rief die Mucke und rannte an mir vorbei.

„Dieser Besuch wird den Alten freuen", lachte die Rühmkopf-Dieterfeld.

Schritt für Schritt stieg ich langsam die Treppenstufen hinab, lief durch die Eingangshalle und erreichte den Schulhof.

„Was ist hier los?", fragte ich einen Schüler, der auf mich zukam.

„Ganz dahinten, auf der Wiese, sind die Bullen. Ich glaube, die wollen was vom Hausmeister."

Ich drängte mich durch die Schülermassen. Weit kam ich nicht. Eine Gruppe Oberstufenschüler hatte sich wie ein Riegel in Zweierreihe kreisförmig um zwei Polizisten und Roberto gruppiert. Die komplette erste Reihe hatte ihre Arme ineinandergehakt. Die beiden Polizisten redeten abwechselnd auf Roberto ein. Ich war zu weit entfernt, um etwas zu verstehen, schob solange Schüler zur Seite, die nicht weichen wollten, bis ich direkt hinter der Menschenabsperrung stand. Roberto schüttelte heftig seinen feuerrot gewordenen Kopf, rief laut mehrmals „Mama Mia", faltete beide Hände und hob sie in die Höhe. Der größere der Polizisten packte den Hausmeister unterm Arm.

„Platz machen. Auseinander", befahl der Polizist, der direkt vor einem Muskelpaket aus der Oberstufe stand. Der Schüler spukte auf die Wiese, wich wie in Zeitlupe zur Seite. Widerwillig bildeten einige weitere Mitschüler eine schmale Gasse. Ich spürte eine Spannung, die bei einer falschen Bewegung, einem falschen Wort in Gewalt umschlagen konnte.

Die Polizisten nutzten die Lücke, zogen Roberto wie ein Tier zur Schlachtbank Richtung Lehrerparkplatz. Mehr war nicht zu sehen. Das hohe Gebüsch verdeckte die Sicht auf den Parkplatz. Fahrrad Klaus schrie von weit her zweimal „Bullenstaat" und „Faschoschweine". Es dauerte keine zwei Sekunden, bis die Oberstufe wie von Sinnen zehnmal, nein, bestimmt zwanzigmal „Bullenstaat" und "Faschoschweine" skandierte. In der Eingangstür zum Schulgebäude standen in einer Reihe der Alte, Holberg, Kramer und die Alt-Thaler. Von weitem sahen sie aus wie die kläglichen Reste einer geschlagenen Armee, die vergeblich auf das Signal zum Rückzug wartete.

Angela

Das Heft mit den Matheaufgaben, die ich eh nie verstehen würde, verschwand im Rucksack, und dieser landete gekonnt auf meinen Schuhen im Kleiderschrank. Dann nahm ich das Handy und checkte meine Mails. Von

Julia hatte ich seit Montag nur eine einzige Nachricht erhalten. Wenn wir uns das nächste Mal träfen, könnte sie mir einen Tipp geben, wie ich in ein paar Monaten reich sein könnte, und hatte dann noch was von einer Karriere als Influencerin gefaselt. Die Kleine spinnt wohl. Ich mach doch nicht so einen Seelenstrip und auf best buddy with everybody oder solch dämliche Tutorials, wie ich mich schminke und was ich dafür nehme. Nein, meine Geschäftsidee ist rentabler und beschert viel schneller fette Kohle. Wenn es mit der Finke nichts wird, mache ich mit dem Zeug aus dem Koffer meine Geschäfte. Aber nicht hier. Mainz ist mir zu heiß. Mit dem John möchte ich nichts zu tun haben. Der hat wahrscheinlich auch den Mirko auf dem Gewissen. Vor John haben sie alle Schiss. Auch Mirko. Sonst hätte er das Zeug bestimmt hier vertickt. Vielleicht geht was in Kaiserslautern, da unten sind genug Freaks, da werde ich mal den Franco aus meiner alten Clique aktivieren. Der studiert doch dort an der Uni. Die Studenten können das Zeug gut gebrauchen. Bei dem Stress, den die haben. Ich musste grinsen. Das Zeug ist doch absolut in. Das nehmen doch nicht nur Junkies und Studenten. Das ist doch was für die da oben, die Politik-Heinis und die ganzen Manager, die mit ihrem Stress nicht klar kommen. Selbst mancher Lehrer könnte es gut gebrauchen.

Ich zappte gelangweilt durch die Fernsehkanäle, auf einem Lokalsender ließ mich ein Bericht elektrisiert auffahren. Eine junge Reporterin erzählte

„... der Drogenfund im Schindeldorf. Heute Morgen hat der Hund einer Spaziergängerin in der Nähe der Schutzhütte Hexenhäuschen beim Schnüffeln im Unterholz einen Koffer gefunden. Die Frau hat den Koffer, in dem eine große Menge an Crystal Meth Tabletten versteckt waren, der sofort verständigten Polizei übergeben. Die Polizei rätselt noch über die Herkunft des Koffers und hat weitere Ermittlungen eingeleitet. Wie ich …"

Wie paralysiert drückte ich den Fernseher aus.

„Scheiiiiße", schrie ich und heulte vor Wut los.

Nick

Der Anruf aus der Lokalredaktion erreichte mich um kurz vor fünf, als ich über Grammatikübungsaufgaben für meine MIG Klassen brütete.

„Um 18:30 Uhr gibt es heute von der Landeszentrale einen Vortrag im Kronberger Hof. Ein Buch wird vorgestellt. Moment mal, wie heißt es, ja, richtig, *Netzwerk des Todes*", sagte Kollege Kirsch aus der Lokalredaktion Mainz.

„Ich wäre gerne selbst hingegangen, Nick, habe aber total verschwitzt, dass meine Frau für heute Abend zwei Karten für ein Sinfoniekonzert im Kurhaus Wiesbaden gekauft hat."

Der Kollege klang nicht so, als ob er sich auf das Konzert freuen würde, wollte wahrscheinlich eher einen Ehekrach vermeiden.

„Ich weiß, es ist sehr kurzfristig. Kannst du dennoch für mich einspringen? Vielleicht interessiert dich ja auch das Thema? Auf dem Veranstaltungshinweis steht, dass es um tiefe Einblicke in die Machenschaften deutscher Behörden, Politiker und Waffenunternehmen gehe. Klingt spannend. Findest du nicht auch?"

Ich sagte spontan zu. Vielleicht würde mich Laura begleiten. Die Aufgaben für die MIGs könnte ich morgen früh noch vorbereiten. Den Lehrersport würde ich heute sausen lassen.

Um Viertel nach sechs betrat ich den Vortragsraum ohne Laura, weil ich vergessen hatte, dass sie mittwochs immer zum Yogakurs ging, und scannte die Masse Mensch wie jede mir unbekannte Schulklasse. Dem Aussehen nach zu urteilen, bestand das Publikum aus Linken, Friedensbewegten und Oberstudienräten mit Friedenstaubensticker. Ich war bestimmt der Jüngste im Raum und kam mir wie auf einem Alt-68er Nostalgietreffen vor. Ein älterer Herr mit einem auffallend bohnenförmigen Kopf, langen weißen Koteletten und grauem Kinnbart ergriff nach einer kurzen Vorstellung durch einen zappeligen Mitarbeiter der Landeszentrale für politische Bildung das Mikrofon und begann mit sonorer Stimme das erste Kapitel seines Buches vorzulesen. Als er es gerade beendet hatte, öffnete sich die am Boden schleifende Eingangstür.

Eine Frau mit blau gefärbten Haaren betrat den Raum. Es war die Kollegin Nicole Rühmkopf-Dieterfeld. In einer weiten grünen Hose, ich glaube, die Teile heißen Aladin- oder Haremshosen, einem bunt gemusterten Poncho und grauen Ballerinas war sie ein Farbtupfer unter den Blauhemden-, Cordhosen-, Jeans- und Birkenstockträgern. Meine Augen verfolgten sie, bis sie sich auf einen freien Platz in der letzten Reihe gesetzt hatte. Wegen mir konnte sie dort verharren, bis die Veranstaltung zu Ende und ich gegangen war. Auf gar keinen Fall wollte ich der als Plaudertasche verraten, dass ich aus beruflichen Gründen hier war.

Der Vortrag verging wie im Fluge. Nach einer knappen Dreiviertelstunde hatte ich genug Notizen für meinen Artikel. Ich wusste, was ich bislang nur geahnt hatte, dass die deutsche Waffenindustrie ohne Unterstützung von hochkarätigen politischen Freunden und mafiösen Banden im In- und Ausland niemals zehntausende illegaler Pistolen in die Krisengebiete Mittel- und Lateinamerikas hätte liefern können.

Ich sah mich zur letzten Reihe um. Die Rühmkopf-Dieterfeld redete ununterbrochen auf ihren grauhaarigen

Sitznachbarn mit Makepeace Sweatshirt ein. Schwätz ruhig weiter. Ich mach mich aus dem Staub. Weit kam ich nicht. Kurz vor dem Seitenausgang erwischte mich ihre rauchige Stimme.

„Hallo Herr Kollege! Was machen Sie denn hier?"

Ich drehte mich um, tat überrascht und setzte ein Lächeln auf.

Vor dem Kronberger Hof nötigte mich die Kollegin in ein Weinlokal. Der Vortrag war schnell vergessen. Nach dem ersten Schoppen wusste ich, dass die Rühmkopf-Dieterfeld ihre Heimatstadt Mainz über alles liebte, und besonders die Altstadt mit ihren schnuckeligen Kneipen so toll fand. Sie zählte in einem Affenzahn Lokalnamen auf, die ich noch nie gehört hatte. Eine Katakombe war nicht dabei. Nach dem zweiten Schoppen bot sie mir wie verständlich das DU an.

Wegen mir, dachte ich. Dann nenne ich dich eben in Zukunft Nicole. Vielleicht kannst du mir noch nützlich werden.

„Ich heiße Nick", sagte ich.

Wir stießen mit den Schoppengläsern an. Nicole quasselte wie ein Wasserfall weiter. Nach einem weiteren Schoppen hatte ich unter anderem erfahren, dass dieser verrückte Bogutt mal in einer Irrenanstalt gewesen sei, der schmierige Holberg es mit Männern und Frauen treibe, die alten weißen Männern in der Schulleitung keine erfahrenen Kolleginnen schätzten, sondern auf das junge Gemüse setzten, das kaum Unterrichtserfahrung besäße. Solche Ungerechtigkeiten dürften sich die Frauen nicht mehr gefallen lassen.

„Natürlich. Das geht gar nicht, Nicole."

Nicole trank ihr Glas aus, legte eine Hand auf meinen Oberschenkel und streichelte mit ihrer Zunge kurz die dunkelrot geschminkten Lippen. Ich fragte nach Leppich.

Leppich, überlegte sie kurz, sei ein Sonderling gewesen. Der hing immer mit Bogutt zusammen. Genaueres habe sie über ihn nie erfahren. Leider. Kurz vor den Ferien sei er nicht mehr so aus sich herausgegangen, habe sich eher zurückgezogen, aber vielleicht täusche das auch nur.

„Vielleicht hat ihn etwas bedrückt?", fragte ich.

„Weiß nich", sagte Nicole und trank den Rest Schorle aus. „Ist jetzt auch egal. Was interessiert uns der Leppich? Lass uns lieber zahlen und gehen."

Ihre Hand fuhr ein paar Mal streichelnd über meinen Oberschenkel. Dann fragte sie mich, ob ich sie nicht nach Hause begleiten wolle. Sie hätte zwar keine Briefmarkensammlung zum Betrachten, aber eine gut sortierte Hausbar und eine große Spielwiese mit ein paar Spielsachen und so, flüsterte sie mir ins Ohr. Ihrem Gesicht entnahm ich, dass mein entschiedenes „Nein. Ich muss morgen früh raus" sie kränkte.

Kurz vor ein Uhr trennten sich unsere Wege am Taxistand in der Nähe des Theaters. Nicole stieg wortlos in einen weißen Mercedes. Ich lief zum Ausnüchtern den langen Weg nach Hause. Unterwegs schickte ich Laura eine Gute-Nacht-SMS, die unbeantwortet blieb. Laura schlief sicherlich fest. Die Glückliche. Eine Eilmeldung poppte auf meinem Handy auf. Clinton bezichtigte Trump der Unfähigkeit, amerikanischer Präsident zu werden. Auch wenn sie sicherlich recht hat, ob das aber reicht, ihn zu verhindern? Genug für heute Nacht. Ich schaltete gähnend das Handy aus und steckte es in meine Gesäßtasche zurück.

Zuhause war ich leider wieder hellwach. Der Auftrag Leppich blieb mir rätselhaft. Mit meinem bisschen Wissen und Nicoles Gelaber, dem ich keinen Glauben schenkte, ließen sich doch keine Storys für den MOEX machen. Ein Aufmacher musste schon mit einer gehörigen Prise mehr

Sex and Crime aus dem GaR garniert werden. Aber, und das war meine wichtigste Frage, wer lieferte mir dieses Insiderwissen? Laura? Nein! Die auf keinen Fall. Laura hätte intensive Fragen nach Leppich vielleicht falsch interpretiert und sich von mir ausgenutzt gefühlt, wenn Brisantes, das sie mir eventuell verraten hätte, an die Öffentlichkeit gelangt wäre. Wegen Leppich wollte ich Laura auf keinen Fall verlieren. Blieb als Informant eigentlich nur Bogutt übrig. Der hatte mit Leppich doch den besten Kontakt gehabt. Ja, richtig. Bogutt war der Einzige, der mir Näheres über Leppich verraten konnte. Wenn er denn wollte.

Donnerstag, 08.09.

Nick

Am nächsten Morgen auf dem Weg zum GaR hoffte ich, dass niemand jemals herausfinden würde, welchen Auftrag ich an diesem Ort eigentlich erledigen musste. Es fühlte sich falsch an, dass ich Menschen ausfragen sollte, und die Vertretungsstelle wahrscheinlich nur bekommen hatte, weil ein Mensch gestorben war und Tim den verantwortlichen Mann vom Schulamt kannte. Seine Bitte, ich solle genauer hinschauen, was im GaR passiere, machte mir ein schlechtes Gewissen. Wenn ich zufällig etwas herausbekäme, okay.

Eigentlich passten Schule, Lehrer und Spitzel für mich nicht zusammen. Wenn ich sähe, dass Schule und mein neuer Auftrag in die falsche Richtung liefen, würde ich zum Halbjahresende am GaR aussteigen.

Im Lehrerzimmer holte ich das Klassenbuch der MIG1, setzte mich auf einen freien Stuhl an einem leeren Tisch, weil ich keine Lust auf Small Talk hatte, und hörte mit an, wie Bogutt dem übernächtigt aussehenden Kollegen Roeder um halb acht morgens, für meine Ohren ein wenig zu laut, über Moral in der Gesellschaft, kritisches Hinterfragen der Verhältnisse, Einfühlungsvermögen in andere Menschen, Selbstreflexion und Demokratiebewusstsein der Jugend aufklärte. Roeder gähnte lange.

Welke entfuhr ein genervtes „Dieser Bogutt“, Gully nickte zustimmend, Eisenreiter schälte sich wortlos einen Apfel, Nicole schaute demonstrativ lang an mir vorbei und blätterte sich weiter durch die BRIGITTE.

„Da bohre ich oft ein ganz dickes Brett, wenn ich bei den jungen Leuten diese Themen anschneide“, sagte Bogutt resignierend.

„Moral ist für viele Jugendliche nur von Belang, wenn sie sich in materiellen Werten auszahlt. Was meinst du, Roeder?"

„Kann sein", antwortete Roeder müde und trank süßes Zeug aus einer Dose.

„Den jungen Menschen ist aber kein Vorwurf zu machen", fuhr Bogutt mit erhobener Stimme weiter und blickte zu Welke und Gully.

„An wem oder was sollen sie sich heute orientieren? An dir? An mir? An ihren Eltern? Etwa an der Politik? Oder am Papst?"

Roeder lachte laut.

„Der war gut, Bogutt. Ausgerechnet die katholische Kirche soll eine moralische Instanz sein. Auch wenn der neue Papst die Todesstrafe geächtet hat", sagte er, trank die Dose aus, drückte sie zusammen und legte sie auf den Tisch.

„Die jungen Leute sind zu bedauern, Roeder. Ihr Wissen richtet sich danach aus, was der Lehrplan gerade als nützliche Fertigkeit formuliert. Wir sind ein Ort zum Lernen des Lernens geworden, bei dem das reine Lernen Inhalt ist, es also keinen Inhalt mehr hat."

„Jetzt macht du es aber arg kompliziert, Bogutt."

„Nein, Roeder. Ich spreche nur grundsätzliche Dinge an, die in einer Konferenz mal auf die Agenda gehörten. Ich denke da zum Beispiel an unsere Rolle, die wir in Zukunft einnehmen sollen."

„Rolle der Lehrer? Habe ich noch nie drüber nachgedacht", sagte Roeder verdutzt.

„Mir kann es egal sein, Roeder, ob wir Lehrer zu sogenannten Lernbegleitern, zu Anhängseln von Arbeitsblättern oder Computerprogrammen werden. Ich habe es bald geschafft. Aber du bist noch vergleichsweise jung, Roeder. Dich muss das doch interessieren!"

Das Gongen setzte Bogutts Monolog ein jähes Ende. Roeder stand auf und legte eine Hand auf Bogutts Schulter.

„Lass es gut sein für den Moment, Bogutt. Mich erwartet gleich Erdkunde in der Acht. Die Kids sind froh, wenn sie mal wieder eine halbe Stunde nach ihren Lieblingsurlaubsorten surfen dürfen."

Ich folgte dem Tross von Akten- und Umhängetaschen, Rucksäcken und einer einzigen Plastiktüte, der vor mir das Lehrerzimmer verließ. Lieber hätte ich mit Bogutt über das wiederkehrende Versagen moralischer Instanzen in unserer Gesellschaft diskutiert. Im Vorbeigehen sagte ich „Hallo, Bogutt."

Der Kollege nickte mir zu. Er sah noch blasser aus als in den letzten Tagen.

Bei meinen MIGs schrieb ich die Frage für die Doppelstunde an die Tafel *Wie verhalte ich mich in einem Vorstellungsgespräch?* und wandte mich zur Klasse. Niemand meldete sich, niemand sagte ein Wort, auch nicht die beiden unzertrennlichen schwatzhaften Syrer aus der vorletzten Reihe.

„Was ist los mit euch?", fragte ich vorwurfsvoll.

Ahmed, ein kräftiger, junger Mann mit gelbem T-Shirt, grünen Shorts und blau-weißer Baseballmütze auf dem Kopf, nahm seine langen Beine vom Tisch und meldete sich.

„Herr Scholl, der Ali ist tot. Ist gestern Abend von Brücke gesprungen und ertrunken. Sagen die aus seiner Unterkunft."

Ich legte die Kreide auf den Tisch. Die jungen Leute starrten abwechselnd zu Ahmed und mir. Es brach aus ihnen heraus, einige fingen zu weinen an. Einer der Syrer stand auf und trat einen Stuhl in die Ecke. Andere erzählten vom Krieg in ihrer Heimat und dem täglichen Kampf ums Überleben. Viele hatten Angehörige verloren oder Verwandte, die gefoltert worden waren.

In der zweiten Stunde ertrug ich das Grauen nicht mehr, beendete den Unterricht, schickte die schockierten Jugendlichen vorzeitig in die Pause, ging zum Sekretariat und fragte nach Dr. Rott. Dr. Rott hätte einen externen Termin. Er komme erst morgen wieder in die Schule, sagte Frau Schwenke ohne aufzublicken und schrieb auf ihrem PC weiter. Ins Lehrerzimmer wollte ich auf keinen Fall zurück.

Pausengeschwätz und Selbstmord eines Migranten passten nicht zusammen. Dem war es egal gewesen, ob er in seiner Heimat in die Luft flog, auf der Flucht absoff oder in erträumter Freiheit und Sicherheit von einer deutschen Brücke sprang. Ich fuhr mit dem Bus zum Bahnhof und lief den Rest nach Hause, trank eine Flasche Bier aus dem Kühlschrank fast auf ex und machte den Fernseher an. Eine Tochter von Boris Becker lief in einem Glitzerkleid über einen Laufsteg und sinnierte über ihre Karriere als Modell.

„Ein guter Schulabschluss ist aber genauso wichtig", grinste sie in die Kamera.

Diesen Satz hätte sich dein Vater mal zu Herzen nehmen müssen, lachte ich und zappte weiter. Die Fischer trällerte „Ich bin bereit". Ich auch, aber nicht für dich. Ich drückte auf TON AUS, beraubte damit der peinlichen Schlagerkönigin ihrer Stimme und holte mir aus dem Kühlschrank die nächste Flasche Bier.

Dr. Rott

Wenn ich nur an diese Blamage denke … Meine Hand schlug neben der Kaffeetasse auf. BULLENSTAAT und FASCHOSCHWEINE hatte die Oberstufe wie irr geschrien. Angestachelt von Fahrrad Klaus. Der will wohl, dass meine Schule im Chaos versinkt. Verdammte linke Ratte. Warst mal mein Vorzeigelinker. Hab dich immer verteidigt, wenn du verbal mit deinen Maoisten-Parolen Schüler und Eltern erschreckt hast. Konntest doch immer machen, was du wolltest. Hab sogar gebilligt, dass du deine Kneipe betreiben kannst. Undankbarer Scheißkerl! Holberg hatte ihn sofort auf die Liste der Abordnungen fürs kommende Halbjahr gesetzt.

Die Unterschriftenmappe kam an die Reihe. Ich überflog Kramers mehrseitige Zahlenkolonnen über bestellte und abgeschriebene Schulbücher. Das passt zu dir, Kramer. Mit deinen Büchern bist du verheiratet. Deine Statistik stimmt bis aufs letzte angeschaffte und aussortierte Exemplar. Mein Namenszeichen flog auf das letzte Blatt.

Durch die angelehnte Tür hörte ich draußen im Büro den Neuen nach mir fragen. Die Schwenke ließ ihn abblitzen. Sie wusste, dass ich nicht gestört werden wollte, wenn die Mappe dran war. Ich blätterte weiter. Ach ja. Sieh an. Die nächste Statistik von der Alt-Thaler. Musste gar nichts mehr einfordern. Das Mädchen hat schnell gelernt. Was schreibt es denn über die letzten Wochen? *Die Durchschnittspunktzahl in den Klausuren der Mittel- und Oberstufe ist in fast allen Fächern gestiegen. Besonders stechen die Punktzahlen in den 11er Kursen hervor. Das selbstorganisierte Lernen, das in diesen Kursen zur Probe eingeführt wurde, hat sich offenbar bereits bewährt.* Kann ja auch nicht anders sein. Ist ja auch von dir, mein Mädchen. Vielleicht gibt es auch eine andere Erklärung. Vielleicht haben einige Herrschaften nach der letzten Notenstatistik ihre Bewertungskriterien überdacht. Egal wie. Kann dem GaR nur recht sein. Ich las weiter. Das Fach Mathe war rot unterstrichen. Wundert mich nicht. In den Fächern unterrichten ja auch Bogutt, Leierborzer und Loevenich. Das sind richtige Knochen. Eigentlich wäre mal ein Personalgespräch mit denen fällig. Was soll's. Ich gehe nächstes Jahr. Dann bin ich diesen Laden los. Dann kommen andere dran. Mit ganz anderen Vorstellungen von Personalführung. Die lassen alles fünfmal mit dem Personalrat und dem Kollegium ausdiskutieren, weil sie Angst haben, eine Entscheidung zu treffen. Mein Telefon klingelte. Brinkhus war dran. Das war der Einzige, den mir die Schwenke immer durchstellen musste.

„Herr Dr. Rott, was ist los bei Ihnen? Erst der tote Lehrer, dann der tote Ex-Schüler und jetzt der verhaftete Hausmeister. Das wird der Ministerin gar nicht gefallen. Ich befürchte, dass sich ihr Büro bald bei Ihnen meldet und ein paar unangenehme Fragen stellen wird. Lassen Sie sich ein paar gute Antworten einfallen, Herr Dr. Rott, damit wir Sie aus der Schusslinie kriegen."

Du meinst, du willst deinen Arsch retten. Hast wohl immer noch nicht deine Ambitionen aufgegeben, vor deiner Pensionierung ins Ministerium hochzufallen. Hoffentlich hast du nach der Wahl immer noch das richtige Parteibuch. So wie ich damals. Ein halbes Jahr vor meiner Ernennung zum Schulleiter war ich zu den Wahlsiegern gewechselt.

Brinkhus beendete das Gespräch abrupt mit „Alles Gute. Ich melde mich in den nächsten Tagen wieder."

Hoffentlich nicht. Ich legte den Hörer auf. Was will der Brinkhus denn von mir? Abgesehen von den missliebigen Zwischenfällen ist es um mein GaR doch gar nicht so schlecht bestellt. Leicht ansteigende Schülerzahlen, bessere Notendurchschnitte, kleinere Klassen. Muss sich natürlich erst wieder rumsprechen. Unsere Konkurrenz setzt andere Schwerpunkte: Theater spielen, bisschen Musik machen, für Olympia trainieren lassen. Die Anmeldezahlen geben ihnen natürlich recht. Die steigen Jahr für Jahr. Wer liest heute noch Homer, Platon, Ovid und Cicero? Wenn es nach manchen Eltern ginge, würden auch Kant, Schiller und Goethe von der Literaturliste in der Oberstufe verschwinden.

Ein bisschen mehr Wirtschaft täte unseren Kindern sehr gut, Herr Dr. Rott. Wie sollen sie sich sonst in der Welt zurechtfinden?, hatte ein Vater erst kürzlich auf einem Elternabend gefordert.

Ich presste meine Hände hinter dem Nacken zusammen und schaute auf den geheimnisvollen Homer an der Wand. So hatte der sich die Welt nicht vorgestellt.

Vor ein paar Jahren hielten in den Aufnahmegespräche die Eltern humanistische Bildung für ein Bildungsgut an sich, forderten für ihre Kinder eine umfassende Menschenbildung und zählten überdurchschnittlich viele Absolventen des GaR später zur Bildungselite. Heute musste ich mir in Aufnahmegesprächen von Eltern anhören, dass Latein und Alt-Griechisch Foltersprachen seien und ständiges Vokabel- und Formellernen wertvolle Lebenszeit koste. Welche Argumente blieben mir denn? Man solle den geisteswissenschaftlichen Hintergrund unserer Kultur nicht vergessen. Schule vermittele nicht bloße Informationen, ihre Aufgabe sei es, die Kinder zu lehren, selbst zu lernen und zu denken.

Wenn ich Tugenden wie Verantwortung des Handelns und Respekt vor der Würde des Menschen nannte, die Bedeutung der Charakterbildung, der Neugierde, der Toleranz und der Humanitas betonte, bedankten sich viele Eltern für meine *wirklich informativen Ausführungen* und versprachen, den Übergang auf mein Gymnasium noch einmal mit ihren Kindern zu beratschlagen.

Das schrille Klingeln des Telefons schreckte mich auf. Ich hob ab. „Das Ministerbüro ist am Apparat, Herr Dr. Rott“, sagte die Schwenke.

Tim

Schlacht eins war geschlagen. Frühstücksgezeter überstanden. Ich war froh, in meinem Büro zu sitzen. Über zwei, drei Überstunden würde ich mich heute nicht beschweren. Diese Julia raubt mir noch die letzten Nerven. Wieso muss diese pubertierende Nervensäge immer so unverschämt laut sein? Kreischt bereits morgens los und schlägt nachts die Türen, wenn sie viel zu spät nach Hause kommt und endlich in ihr Zimmer geht. Eva toleriert das alles. Scheißsolidarität unter Frauen. An meine Befindlichkeiten denkt keine der beiden Damen. Na Dankeschön. Lange halte ich das nicht mehr aus. Seit gestern gab es nur ein Thema: Die asoziale Schule, auf die Julia wieder mal keine Lust hatte. Völlig aufgelöst hatte sie Eva und mir ein Handyfoto ihrer Freundin Angela unter die Nase gehalten.

„Hier. Guckt mal. Das ist unser Hausmeister, wie er von den Bullen in Handschellen verhaftet und abgeführt wird. Angela hat mir geschrieben, die Jungs aus der Oberstufe hätten auf dem Schulhof wie gestört Bullenschweine und was mit Faschismus geschrien. Sogar Fäuste wären geflogen. Ein paar ganz Durchgeknallte aus der Oberstufe hätten versucht, den Hausmeister zu befreien. Und mit diesen Gestörten soll ich bis zum Abi jeden Tag zusammensitzen?"

Ich fand allerdings, dass die Durchgeknallten sehr gut zu meiner Stieftochter passten. Meine vorsichtig nachgeschobene Frage, warum der Hausmeister überhaupt verhaftet worden war, konnte Julia nicht beantworten. Das sei ihr auch scheißegal, hatte sie mich angemotzt und auf ihr Handy gestarrt.

Ich überließ Eva die Überzeugungsarbeit, ihrer Tochter klarzumachen, dass es trotz aller Bedenken besser sei, das Abi doch am GaR zu machen und nicht ein paar Monate vorher wegen einer Lappalie wie eines verhafteten Hausmeisters und ein paar randalierender Oberstufenschüler die Schule abzubrechen, und setzte mich nach nur einer einzigen Tasse Kaffee schnellstmöglich ins Auto.

Allmählich schlug mein Puls wieder einigermaßen normal. Müllers Entwurf über das Klima lag vor mir. Diese Story wollte er unbedingt schreiben. Der Umweltkram war sein Steckenpferd. In dieser Thematik kannte er sich wirklich gut aus. Ich nahm meinen Rotstift in die Hand und las seinen Text. Absatz für Absatz. Müller konnte es auf den Punkt bringen: Erwärmung der Ozeane, Anstieg des Meeresspiegels, hoher Kohlendioxidgehalt der Atmosphäre, Versauerung der Meere, Verlust des Grönland-Eises, Verschwinden von Gletschern und Schnee, deutlicher Temperaturanstieg in Deutschland, Zunahme von Hitzetagen und des Risikos von Hochwassern, steigender Meeresspiegel an den deutschen Küsten, Bedrohung einheimischer Tierarten, verheerende Folgen für Flora und Fauna, zunehmende Gefahr von Waldbränden. Ist ja schrecklich, richtig apokalyptisch, was der Müller da schreibt.

So genau habe ich mir den Klimawandel eigentlich noch nie eingestanden. Mit diesen ganzen Details. Die richtige Katastrophe steht uns ja dann anscheinend noch bevor. Wie werden unsere Kinder, unsere Enkel mit dieser Zukunft klar kommen? Julia und ihre Freundinnen kennen doch nur Partyspaß, In-den-Tag-Hineinleben, wollen am liebsten nach dem Abi mit VisaCard durch die Welt jetten. Irgendwann kapieren die, dass sie ihren Hedonismus beerdigen und ihr Leben grundsätzlich verändern müssen. Gibt für diese Generation ein böses Erwachen.

Hoffentlich muss ich das nicht mehr erleben. Könnte gut sein, dass die uns ein paar ganz unangenehme Fragen stellen. Von wegen unserer Verantwortung für die Katastrophe, unserem gedankenlosen Ressourcenverbrauch auf Kosten zukünftiger Generationen.

Mein Kompliment, Müller. Du hast wirklich den richtigen Ton getroffen. Dein Text passt super zu dem Hitzesommer. Die Wetterfrösche in Offenbach sagen, dass wir sogar vor dem wärmsten Jahr seit den Wetteraufzeichnungen stünden. Ich las den Artikel zum zweiten Mal. Die Leute genießen den Hochsommer. Gehen schwimmen. Grillen. Feiern. Fahren in den Urlaub. Und dann kommt der MOEX mit diesem Szenario. Geht das gut? Wollen die Leute das wirklich lesen? Müller hat ja bestimmt recht. Kommt mir aber alles sehr einseitig vor. Neulich habe ich gelesen, dass bestimmte Unsicherheitsfaktoren alle Ergebnisse der Klimaforschung durchziehen. Viele Vorhersagen blieben nebulös. Hat der Müller wohl vergessen? Oder wollte er es mit Absicht nicht schreiben? Müller, das geht so nicht. Wenn wir das veröffentlichen, toben sich gewisse Herrschaften wieder auf unserer Facebook-Seite aus. Die ganz Durchgeknallten verfassen eine Online-Petition für Müllers Entlassung. Und der Herr Verlegersohn fragt mich am Telefon, warum ich diesen Artikel nicht verhindert habe. Ich wüsste doch, wie empfindlich die Leute geworden seien. Immer mehr rasteten immer schneller aus, wenn sie mit Meinungen konfrontiert seien, die ihnen nicht passten. Wie viele Leser sollen wir denn noch verlieren, mein lieber Tim Henkel?

Ich legte Müllers Artikel zur Seite. Würde mit ihm morgen mal drüber reden. Tut mir leid, Müller. Ich habe momentan genug am Hals. Beruflich und privat. Der Eklat nach meinem Kommentar zum Flughafen reicht mir.

Nee, Müller! Schreib mir lieber was über die nächste Klima-Demo, die den Berufsverkehr in der gesamten Stadt lahm legt oder so was, oder leg mir ein Interview mit der

Eder auf den Tisch. Da kriegen die GRÜNEN wenigstens ihr Fett ab. Für beides mache ich dir eine ganze Lokalseite frei. Wegen mir auch mit Kommentar. Aber so ganz ohne aktuellen Anlass? Nee, Müller. Sorry, sorry.

Enttäuschungen sollte man verbrennen und nicht einbalsamieren.

Mark Twain 1835 - 1910
US - amerikanischer Schriftsteller und Satiriker

Freitag, 09.09.

Julia

Angela fehlte jetzt den zweiten Tag hintereinander. So oft ich sie anrief, meldete sich nur die Sprachbox. Wie oft bat ich sie vergeblich um Rückruf? Hoffentlich hat sie sich nichts angetan. Wahrscheinlich war sie ja mit irgendeinem ihrer Typen unterwegs, der sich leicht ausnehmen ließ und den sie nach ein paar Wochen abstoßen konnte, wenn er zu langweilig, also zu bürgerlich, wie sie es nannte, geworden war. Mit Mirko hatte sie es erstaunlich lange ausgehalten. Der Typ hatte immer Kohle und spendierte ihr ein paar Kurztrips quer durch Europa. So einen hatte ich bislang leider nicht gefunden. Mama wäre sicherlich auf die Barrikaden gegangen, wenn ich mit irgendeinem Typen aus dem *Fahrrad Klaus* aufgetaucht wäre. Klar, diese Jungs sind doch kein Umgang für mich. Müsste was Solides suchen, hätte sie wieder genölt. Findest du denn keinen netten jungen Mann, mit dem du mal Tennis spielen kannst oder in ein Konzert gehst. Ja, ja, diese öden Tennisspieler hatten es Mama angetan, bevor sie diesen Tim kennen gelernt hatte. Echt zum Kotzen waren diese Typen. Zum Glück hatte sie nur zwei regelmäßig mit nach Hause gebracht. Einer von denen sollte dann mein Vater sein. Als ich aufs Gymnasium kam, hat er sich zum Glück verabschiedet. Tourt durch die Welt und überweist mir zum Geburtstag fünf grüne Scheinchen. Macht er aber leider nur solange, bis ich achtzehn werde. Und ob Tim überhaupt für uns sorgen kann? Seine Zeitung läuft ja wohl auch nicht so prall. Wenn der arbeitslos wird, dann muss Mama ja arbeiten gehen. Wie soll die denn eine Stelle bekommen? Bürokauffrau hat sie ja mal gelernt, aber das ist schon ewig her. Mama hat die Digitalisierung doch völlig verpennt, die kann kaum einen Computer anschalten.

Ein lauter Knall riss mich aus meinen Gedanken, mein Kopf flog ruckartig nach oben. Ich schaute zu Bogutt. Er ließ gerade einen zweiten Heftordner auf das Pult fallen.

„Aufwachen, meine Herrschaften! Ihre letzte HÜ hat mich eine Flasche Roten gekostet."

Die Streber in der ersten Reihe lachten wie immer, mein Vordermann sank in sich zusammen. Hefte austeilen, Bogutt ließ mit seinem üblichen Pokerface schließlich mein Heft mit der Englisch-Hausaufgabe auf den Tisch fallen. Ich öffnete es mit feuchten Händen. Puh, acht Punkte. Geil, echt Glück gehabt. Einen Punkt mehr als sonst bei Bogutt. Nach dem Verteilen der Hefte hielt Bogutt eine seiner bekannten Ansprachen. Mit seiner hässlichen Cordhose und dem ewig verschwitzten grauen Hemd sah er wieder mal einfach nur zum Davonlaufen aus. Heute warnte er uns wieder mal vor dem Internet. Klar, wir hätten das Lesen verlernt, hockten zu viel am PC und surften querbeet von einer obskuren Seite zur anderen. Und am Ende dann das Drama: Die Menschen könnten nicht mehr mitdenken, bla bla, wir würden viel zu vielen Seiten im Netz vertrauen, jeden Mist unkritisch übernehmen. Jo, is klar, und wenn diese Entwicklung anhielte, dann verfügten nur noch wenige über das wahre Wissen und könnten uns manipulieren. Und die würden dann entscheiden, was richtig und falsch sei. Blödsinn, ich weiß immer noch, was und wie ich was tue.

Unsere Aufgabe sei es, die Wahrheit zu erkennen. Sie sei das Fundament, auf dem man sich verständige. Nur dieser Wahrheit könne man vertrauen, nicht der subjektiven Wahrheit, von der in diesen Tagen so viele sprächen. Wahrheit beanspruche allgemeine Gültigkeit, die Wahrheit erkenne man, Meinung bilde man sich, sie sei wandelbar. Bullshit, das braucht doch keiner mehr. Endlich zweimal

Gongen. Schluss. Ich packte meinen Rucksack und lachte über die Streber, die vor zu Bogutt eilten.

„Ich habe da mal eine Frage, Herr Bogutt. Können Sie uns bitte noch einmal den Unterschied zwischen Wahrheit, Wissen, Information und Meinung erklären?"

Bäh, dieser rothaarige Oberstreber. Aber Bogutt lächelte nur milde und dozierte weiter. Unser Englischlehrer gefiel sich in seiner Rolle als Weltenerklärer. Diese Streber hörten Bogutt wie Jünger ihrem Jesus zu. Nichts für mich, ich ängstigte mich mehr vor der nächsten HÜ bei der Finke.

Dr. Rott

Ich war auf dem Weg in mein Büro, als mir Holberg im Flur mit einer Zeitung zuwinkte.

„Herr Dr. Rott. Haben Sie schon gelesen?", rief er laut und fuchtelte mit dem Blatt herum.

„Nein, Herr Holberg. Dafür habe ich doch Sie."

Mein Stellvertreter folgte mir wortlos in mein Büro. Ich setzte mich hinter meinen Schreibtisch, Holberg blieb stehen und faltete den MOEX auseinander. Wieder dieses Schmierblatt. Seine Augen wanderten auf der Zeitung hin und her.

„Ah ja, hier steht es. Im Lokalteil. Fettgedruckt. Hören Sie, Herr Dr. Rott.

Drogendealer ermordet - Migrant begeht Selbstmord - Das GaR gerät in den Fokus der Ermittlungen

Der Tod des jungen Mannes, dessen Leiche am 31. August im Gebüsch nahe des Alten Postlagers gefunden wurde, geht wahrscheinlich auf eine Auseinandersetzung in der Mainzer Drogenszene zurück. Der Tote soll in den vergangenen Jahren Mainzer

Schulen regelmäßig mit Drogen versorgt haben. Nach Informationen unserer Zeitung war das GaR ein Hauptumschlagplatz des Drogenhandels. Der Tat dringend verdächtig ist ein polizeibekannter Mainzer. Nach dem Mann wird unter Hochdruck gefahndet. Die Polizei Mainz geht außerdem Hinweisen nach, dass die Tat mit dem Selbstmord eines Migranten zusammenhänge. Der Migrant habe seit über einem Jahr einen Vorbereitungskurs an einem Mainzer Gymnasium besucht und habe sich am Mittwoch vor zahlreichen Zeugen von der Theodor-Heuss-Brücke in den Rhein gestürzt. Der junge Mann sei sofort untergegangen. Der Leichnam wurde gestern Abend von Anglern am Rheinufer bei Budenheim gefunden."

„Wer hat das geschrieben, Herr Holberg?"

„Schneider heißt der Mann."

„Schneider? Den kenne ich, der ist beim MOEX unter anderem für die Sensationen und diese Yellow Press Lügen zuständig. Was hat der bloß gegen uns? Andere Schulen lobt er für jede pädagogische Staffage über den grünen Klee. Überall macht dieser Schneider Fotos und schmiert ein paar Zeilen hin. Im neuen Schuljahr schon viermal. Ich kann es nicht mehr lesen: Altstadtgymnasium macht Projektwoche zum Klimawandel, Domgymnasium besucht KZ Osthofen, Ingelheim diskutiert über die Dritte Welt, Bingen engagiert sich gegen Fremdenfeindlichkeit. Und was ist mit uns? Wir machen einfach gute Schule. Scheint niemanden zu interessieren."

„Sie sollten mal mit dem Redakteur über diesen Schneider reden, Herr Dr. Rott."

„Mit dem Redakteur? Von dem lasse ich mich nicht mit einer seichten Entschuldigung abspeisen. Ich rufe gleich den Verleger an. Mit dem spiele ich Golf."

Holberg las in der Zeitung weiter.

„Das können wir uns nicht gefallen lassen, Herr Holberg. Wie stehen wir mit diesen Schlagzeilen in der Öffentlichkeit da? Klar ist nur, dass diese Berichterstattung uns im nächsten Schuljahr eine Menge an Anmeldungen kosten kann."

„Das befürchte ich auch, Herr Dr. Rott. Der Artikel ist aber noch nicht zu Ende. Ich darf zitieren:

Nach dem Tod des Drogendealers und der Verhaftung des Hausmeisters am GaR am vergangenen Mittwoch ist das der dritte Skandal, der innerhalb weniger Tage mit dem einst renommierten humanistischen Mainzer Gymnasium in Verbindung gebracht wurde. Die Ermittlungen der Polizei dauern an."

Mein Stellvertreter ließ die Zeitung sinken.

„Das ist eine bodenlose Frechheit. Wir sind nicht *einst* renommiert. Wir sind schlicht DAS humanistische Gymnasium in Mainz."

Warum schmunzelte Holberg kurz? Das ist dreist.

„Steht auch etwas über mich drin?"

Mein Stellvertreter zog die Zeitung nahe an sein Gesicht.

„Ja. Aber nur ganz kurz. Ich zitiere wieder:

Weder das Schulamt noch die Schulleitung des GaR waren gestern für eine Stellungnahme zu erreichen."

„Das gibt es doch nicht. Das ist eine Unverschämtheit. Ich war bis 15 Uhr im Haus gewesen. Mich hat niemand angerufen."

„Nein. Mit Verlaub, Herr Dr. Rott. Sie waren bis 14:30 Uhr im Haus. Genau um diese Zeit sind wir uns im Flur begegnet. Ich war auf dem Weg in mein Büro. Vertretungspläne erstellen. Sie waren auf dem Weg zum Parkplatz. Sie hatten einen Außer-Haus-Termin."

Stimmt. Holberg vergisst wirklich nichts. Sein Gedächtnis hätte ich gerne.

„Ich musste ins Ministerium. Sie wissen schon, der Modellversuch."

„Ja, Herr Dr. Rott. Der Modellversuch."

Ich drehte mich zum Fenster, weil ich rot wurde. Der Staatssekretär hatte mir gestern quasi eine halbe Stunde Audienz gewährt und mir zu verstehen gegeben, dass unter den gegebenen Umständen der Modellversuch zum kommenden Halbjahr auslaufe.

„Mir fällt gerade ein, Herr Dr. Rott, dass die Schwenke mir heute Morgen sagte, dass ein Journalist Sie gestern noch sprechen wollte. Nachdem Sie ihr aber die Anweisung gegeben hätten, nicht mehr mit der Presse zu reden, hätte sie den Journalisten abgewimmelt und ihn an Brinkhus verwiesen."

Mein Gott, aber doch nicht Brinkhus ... Schwenke ... Schwenke ..., denk doch mal nach Mädchen ...

Ich schwitzte.

„Ganz ehrlich, Herr Dr. Rott. Wir müssen für positive Schlagzeilen sorgen."

„Und wie?"

„Ich weiß es nicht. Und, auch ehrlich gesagt, es ist auch nicht meine Aufgabe, dies zu wissen."

Holberg legte mit einem Stirnrunzeln die Zeitung auf den Schreibtisch und verließ eilig mein Büro. Ich entsorgte das Schmierblatt mit einem schnellen Handgriff im Papierkorb und griff genervt zum Telefonhörer.

Du kannst von dem,
was du nicht fühlst,
nicht reden.

Samstag, 10.09.

Laura

Endlich Wochenende. Keine Korrekturen auf dem Schreibtisch. Durchatmen. Das GaR aus dem Kopf kriegen. Auf andere Gedanken kommen. Die letzten Tage waren hart gewesen. Aufgeregte Schüler in den Klassen. Gedrückte Stimmung im Lehrerzimmer und beim Mittagessen in der Kantine. Gerüchte, Verdächtigungen, unbewiesene Behauptungen. Die Mucke und die Rühmkopf-Dieterfeld liefen zur Hochform auf. Widerlich, diese Quatschtanten. Die Schulleitung war abgetaucht. Termine beim Alten wurden nur noch in dringenden Fällen über die Schwenke vergeben. Holbergs Gesicht verriet, dass man ihn besser nicht ansprach. Kramer verzog sich in seine Bibliothek. Die Alt-Thaler hing ständig an ihrem Smartphone, fürchtete wahrscheinlich, dass die Vorkommnisse ihre Karriere behinderten. Soll die Kuh ruhig ein bisschen zittern.

Ich freute mich auf jede gemeinsame Stunde mit Nick. Wenn es unsere Arbeit und sein Job beim MOEX zuließen, verbrachten wir viel gemeinsame Zeit. Nick war seit unserer Aussprache viel lockerer und zugänglicher geworden, wenngleich er sich immer mal wieder in sein Schneckenhaus zurückzog und wir an manchen Tagen nur ein paar Worte im Lehrerzimmer miteinander wechselten.

Gestern hatte ich ihm einen Ausflug nach Wiesbaden vorgeschlagen.

Nick hatte sich sichtlich darüber gefreut. In Wiesbaden sei er noch nie gewesen. Über die Stadt wisse er kaum etwas. Ein schönes Kurhaus mit einer Spielbank, in der Dostojewski seinen letzten Goldrubel verzockt habe, ein paar heiße Quellen aus der Römerzeit gäbe es dort wohl. Er sei sehr gespannt, was ich ihm noch zeigen und erzählen könne.

Räumlich betrachtet, berichtete ich ihm heute Morgen auf der Fahrt ins Nerotal, trenne nur der Rhein die beiden Städte. Angeblich, so die landläufige Meinung, lebten links und rechts des Rheins gänzlich unterschiedliche Menschen. Im Kollegium erzählten die eingefleischten Mainzer, dass der verschlossene, hochnäsige Wiesbadener alles Fremde auf Distanz hielte, während der leutselige, herzliche, weltoffene Mainzer alles Fremde umarme. Schwarz-Weiß-Denken. Geeignet für langweilige Fastnacht-Witzchen.

An dieser Stelle schwieg ich eine Weile, weil ich mich schämte. Kein Witz waren nämlich meine Erfahrungen mit einem Wiesbadener. Der feine Herr war charmant, sehr attraktiv, verwitwet. Und Vater eines meiner ersten Schüler am GaR. Großzügig lud er mich zum Ente-Essen im *Nassauer Hof* ein. Solche Einladungen soll man als Lehrerin ja eigentlich nie annehmen. Aber ich war solo und suchte Gesellschaft.

Gerne hätte ich Horst wiedergesehen. Und dann das! Zuhause fand ich einen Briefumschlag mit drei grünen Scheinen in meiner Handtasche und eine Karte mit der fast flehentlichen Bitte die Versetzung seines Sohnes zu unterstützen. Was für ein Schock. Ich hatte Angst, in der Schule ein Wort darüber zu verlieren, schickte umgehend das Geld zurück und gab dem Schüler die nötigen Punkte für die Versetzung. Horst hat sich nie mehr gemeldet. Zu meinem Glück musste ich seinen Sohn nie mehr unterrichten.

Kurz vor neun parkte ich meinen Mini unterhalb des Viadukts der Nerobergbahn. Wir zahlten an einem Fahrkartenautomaten, waren die ersten und einzigen Fahrgäste und ließen uns von einem freundlichen Angestellten der ESWE in blauer Uniform in eine Kabine einschließen. Nick drehte sich abwechselnd zur Talstation, die sich Meter um Meter entfernte, zum sich langsam aufbauenden

Stadtpanorama und in den Wald mit seinem alten, mächtigen Baumbestand.

„Wirklich schön hier. Habe ich mir so nicht vorgestellt", sagte er und schaute mich verliebt an. Ich küsste ihn, holte mein Smartphone aus meinem Rucksack und las ihm aus einer Stadtführer-App vor, dass die Nerobergbahn die älteste und einzige mit Wasserballast betriebene Drahtseil-Zahnstangen-Bahn Deutschlands sei, die seit rund 125 Jahren störungsfrei exakt 438,5 Meter zurücklege und dabei eine Steigung bewältige, die bis zu 26 % betrage.

„Danke, Frau Reiseleiterin. Ich bin gespannt, was ich heute noch mit Ihnen erleben werde."

Nick lächelte vielsagend. Ich knuffte ihn in die Hüfte. Als uns der Angestellte wieder die Kabinentür öffnete, nahm Nick den Picknickkorb mit der Flasche Wein und den Sandwiches in die Hand, klemmte sich die Decke unter den Arm und schlang meinen Arm solange um seine Hüfte, bis wir am Ausgang waren. Eine Weile hörten wir noch das Getöse des Wassers, das in den Wagen für die Talfahrt gepumpt wurde.

„Man kann sich in der Bahn in 26-prozentiger Schräglage das Ja-Wort geben, Nick", sagte ich wie unbeabsichtigt, bevor wir runter zum Löwenplatz abbogen.

„War das ein Heiratsantrag? Ich dachte immer, der Mann müsse ihn aussprechen", entgegnete Nick und küsste mich lange. Arm in Arm gingen wir ein Stück weiter.

„Das ist ja traumhaft hier oben. Solche riesigen Eichen habe ich noch nie gesehen, Laura."

„Das sind Altaneichen. Die sind über 500 Jahre alt."

„Wirklich? Ich bin begeistert. Aber …"

Nick stockte mit einem Lachen.

„Dein überbordendes Wissen am frühen Morgen macht mich hungrig. Lass uns mal lieber die Decke ausbreiten und das Picknick eröffnen."

„Sofort. Aber erst musst du die Aussicht am Löwenplatz gesehen haben, Nick. Die ist wirklich einmalig.“

Die überquellenden Papierkörbe mit leeren Bier- und Weinflaschen und Plastikabfällen sowie den Aufkleber *Radikale Eintracht Anhänger* ignorierend, blickten wir zwischen den beiden Steinlöwen stehend auf den unter uns liegenden Weinberg, die vom satten Grün eingerahmten Villen im Nerotal, die zahlreichen Kirchen, die sich über Wiesbaden verteilten, und die wenigen Hochhäuser abseits der Innenstadt. In der Ferne, im Mainzer Industriegebiet, rauchten ein paar Schornsteine. Noch weiter entfernt ragte das ZDF auf dem Lerchenberg heraus. Am Horizont war Rheinhessen und weit hinten der Odenwald zu sehen.

„Warum bin ich hier noch nie gewesen, Laura?“

„Weil du mich erst jetzt kennen gelernt hast, mein Schatz.“

Am liebsten hätte ich meine Stadtführer-App *Wiesbaden für Neulinge* wieder geöffnet und Nick von dem 1934 im Bauhausstil errichteten denkmalgeschützten Opelbad erzählt oder von der Griechischen Kapelle mit ihren fünf vergoldeten Zwiebelkuppeln, die Mitte des 19. Jahrhunderts als Grabkirche für die sterblichen Überreste der aus St. Petersburg stammenden Gattin Herzog Adolfs, einer Großfürstin, und ihres Kindes erbaut worden war. Nick drängte aber zum Picknicken. Vorbei am Ehrenmal für im Ersten Weltkrieg Gefallene stiegen wir zu dem runden Nerobergtempel hinauf, der mittlerweile vom gleißenden Morgenlicht angestrahlt wurde. Unter einer der Eichen breitete Nick die Decke aus und öffnete den Picknickkorb. Ich schloss die Stadtführer-App und legte mein Smartphone ins Gras. Nach einem Glas Weißwein und einem Sandwich, umgeben von summenden Bienen, drehte sich Nick mit geschlossenen Augen auf den Rücken. Er sah wirklich verdammt attraktiv aus. Ich lächelte und beobachtete ihn, wie er entspannt da lag und die Stille genoss, bis ein lärmendes Flugzeug tief über uns zog. Unten in der Stadt begannen Glocken zu läuten. Ein zweites Flugzeug folgte, kurz darauf ein drittes, noch lauteres.

„Verstehst du jetzt, dass ich mich manchmal nach absoluter Ruhe sehne, Laura? Ruhe, Stille, Idylle, Ursprünglichkeit. Das brauche ich. Ich will nicht in diesen Fliegern sitzen, die mich irgendwo bringen, wo mich Menschenmassen aufregen. Ich will mich nicht von Sehenswürdigkeiten antreiben lassen. Ich will mein eigenes Tempo gehen."

„Wie bist du nach Griechenland gekommen, Nick? Etwa zu Fuß."

Nick lächelte.

„Früher per Anhalter und Fähre. Heute fahre ich erst mit Bus oder Zug, nehme dann die Fähre. Manchmal bin ich zwei, drei Tage unterwegs. Ich will reisen und nicht Urlaub machen. Deshalb reise ich allein und fast ohne Gepäck. Gepäck ist unnötiger Ballast."

Darüber hatte ich noch nie nachgedacht.

Ich trank mein Glas aus und stellte es in den Picknickkorb zurück.

„Reisen oder Urlaub machen. Wo ist da der Unterschied, Nick?"

„Urlaub ist geplant. Man wird von A nach B transportiert, hat alles zu Hause gebucht, lebt wie zu Hause. Reisen bedeutet mehr. Viel mehr. Durch Reisen verändert man sich. Wer Angst davor hat, sollte Urlaub machen und sich erholen."

„Nimmst du mich mal mit auf eine Reise? Oder möchtest du immer alleine unterwegs sein?", fragte ich lachend und erschrak dann über meine Direktheit.

Nick schaute mich lange an und blickte auf die leere Weinflasche.

„Wir kennen uns noch nicht, Laura. Ich weiß nicht, ob du diese Art von Reisen vertragen kannst. Fußreisen sind anstrengend. Irgendwann spürst du jeden Stein, der sich durch deine abgelaufene Sohle drückt. Nach ein paar Tagen spürst du deinen ganzen Körper."

„Du traust mir wohl nichts zu", antwortete ich etwas beleidigt.

„Sorry, Laura. Ich wollte dich nicht kränken. Aber auf Reisen muss man sich einhundert Prozent aufeinander verlassen können."

Nick legte sich auf mich und küsste mich wieder lange. Ich ließ ihn gewähren, obwohl er mir in diesem Moment wie ein Fremder erschien, der seinen Weg alleine gehen will und in dessen Leben kein Platz für mich ist.

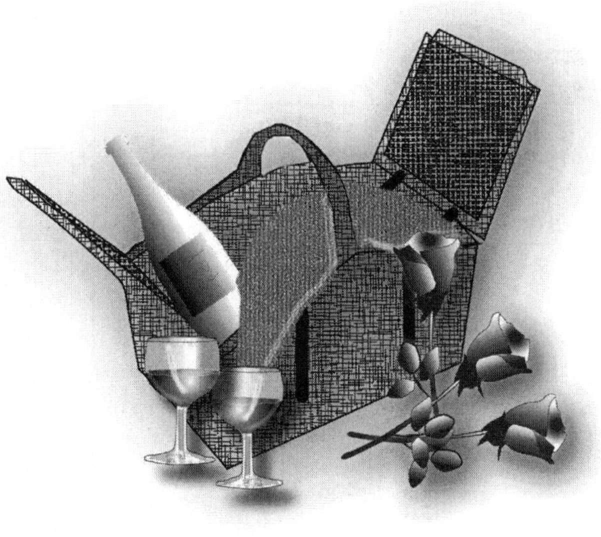

Montag, 12.09.

Nick

Nach den wenigen Arbeitstagen am GaR erschrak ich, wie schnell mich der Alltag bereits beherrschte. Sechs Uhr aufstehen, frühstücken, mit dem Rad in die Schule, zweimal wöchentlich vier Stunden Unterricht halten, abends als freier Journalist irgendwelche Veranstaltungen abklappern und schließlich Texte in die Redaktion mailen.

Als ich ins Lehrerzimmer kam, steckten einige Kolleginnen und Kollegen ihre Köpfe Richtung Schwarzes Brett. Ich stellte mich zu ihnen und überflog den Aushang. Ein Unternehmen, das ich nicht kannte, informierte über eine kostenlose Fortbildung in den Herbstferien zum Unterrichtseinsatz von White- und Smartboards. Unter dem Infoblatt hing eine Anmeldeliste.

„Jan steht ja immer noch drauf", sagte eine heisere Männerstimme hinter mir. Ich drehte mich um. Bogutt sah abgespannt aus.

„Du meinst Leppich?"

„Ja. Natürlich."

Steilvorlage. Jetzt kann ich etwas über Leppich erfahren. Aber was frage ich? Auf die Schnelle fiel mir nur „Leppich war bestimmt ein engagierter Lehrer, wenn er freiwillig Fortbildung in den Ferien machen wollte?" ein.

„Ich will es mal so ausdrücken, Nick. Jan mochte seine Schüler und seinen Unterricht. Aber bitte mit Buch und Tafel. Die Digitalisierung, die iPads, Clouds, Laptops, und wie der ganze Kram heißt, waren für ihn ein notwendiges Übel. Wie alle Kolleginnen und Kollegen, die nicht kurz vor der Pensionierung stehen, musste er sich in dieses Zeug einarbeiten."

In der Zwischenzeit standen wir alleine vor der Tafel. Duck und Meuser schauten von ihren Stammplätzen zu uns rüber.

„An der Digitalisierung führt kein Weg vorbei. Niemand wird sie aufhalten. Wenn man auf diesen Zug nicht aufspringt, bleibt man am Bahnsteig wie ein Reisender ohne Fahrkarte zurück. Das eigene Leben kann dann sehr einsam werden", wandte ich vorsichtig ein.

„Einsam?", fragte Bogutt spöttisch. „Jan war nie einsam. Der war in der realen Welt unterwegs. Und wie. Jan liebte das Leben."

Duck und Meuser grinsten sich einen ab. Die beiden Schweiger wussten bestimmt mehr als sie mir jemals preisgeben würden.

Bogutt nahm einen Kugelschreiber aus seiner Jackentasche, strich den Namen LEPPICH auf der Liste zweimal durch und steckte ihn zurück.

„Übrigens, und das nur am Rande, mein lieber Nick, hat die Schule im vergangenen Jahr von dieser Firma Software und ein paar Geräte geschenkt bekommen. Natürlich ohne wirtschaftliches Interesse, wie sie betont hat. Komisch nur, dass sich die Hälfte des Kollegiums zertifizieren lässt und die Schule sich zwei Jahre lang verpflichten muss, diese Geräte mit dazugehöriger Software in den Unterricht zu integrieren."

Bogutt verzog das Gesicht.

„Was sagst du jetzt dazu, Nick?"

„Indoktrinieren Sie nicht den Neuen, Herr Bogutt", riefen Duck und Meuser fast zeitgleich uns zu uns rüber. „Solange das GaR so schlecht ausgestattet ist, kann es doch jede Unterstützung gut gebrauchen. Wir finden überhaupt nichts Verwerfliches dabei."

Boguttts Mundwinkel zuckten hin und her.

„Das glaube ich jetzt aber nicht, Duck und Meuser. Schon mal was von Datenschutz und Datenmissbrauch gehört? Ich hätte gern schon mal gewusst, was mit all den

Daten passiert, die auf den Servern liegen. Die Amis, Chinesen, der BND und Gott weiß wer noch greifen doch alles ab, was ihnen in die Finger kommt."

„Mach dir keine Illusionen, Bogutt. Die wissen sowieso schon alles", sagte eine müde Stimme.

Kollege Hardy ging mit einem Smartphone am Ohr an unserem Tisch vorbei, murmelte ein schlappes „Guten Morgen" und stellte sich ans Fenster. Duck und Meuser lachten lange.

„Ja, genau, Herr Snöder. Wir müssen die Top-Leute aus der Informationstechnologie zusammenbringen. Die Fortbildung muss ein richtiger Expertentag werden", sagte er unüberhörbar laut in sein Telefon und schwieg ein paar Sekunden.

„Was Chef? Die auch? Ich meine, dass wir die Frauenquote ..."

Hardy zog den nächsten Stuhl heran und setzte sich.

„Gut, Herr Snöder. Ich gehe mit Ihnen. Wir laden nur diese eine Dame ein."

Der Kollege nickte mehrfach.

„Darf ich einen Vorschlag unterbreiten, Herr Snöder?- Ja? - Danke. Neben der IT-Branche müssen Erziehungswissenschaftler, Medienpädagogen, Psychologen, Neurowissenschaftler und einfache Lehrer mit am Tisch sitzen. Wir brauchen der Ausgewogenheit halber auch Experten, die der Digitalisierung kritisch gegenüberstehen. Unterschätzen Sie bitte nicht die Bedenken einiger Kolleginnen und Kollegen, die den Einfluss unserer Sponsoren verteufeln."

Hardy stand auf und stützte seine freie Hand auf dem Kopierer ab.

„Nein, Herr Snöder. Ich bin kein Bedenkenträger. Ich gebe nur die Stimmung im Kollegium bei diesem epochalen Einschnitt in ihre Arbeit wieder."

Augenblicke später hielt Hardy das Smartphone einige Zentimeter von seinem Ohr weg.

„Selbstverständlich kenne ich die aktuellen Studien. Ich bin auch ganz Ihrer Meinung, Herr Snöder. Die Schülerleistungen verbessern sich mit dem Einsatz von Tablets und Whiteboards nachhaltig und evident."

Hardy drückte das Smartphone wieder an sein Ohr.

„Wie Sie wünschen, Herr Snöder. Ich bereite das Übliche vor: Seminarräume, Sitzordnung, Getränke, Snacks. - Natürlich vergesse ich nicht die Sticks und die Laptops, Herr Snöder."

„Wenn dieser unreflektierte Mist so weitergeht, schaffen wir uns als Lehrer ab", schimpfte Bogutt los.

Hardy hielt sich ein Ohr zu und rollte die Augen.

„Digitale Tafel, digitales Klassenbuch, digitaler Terminkalender, digitale Elternbriefe, digitales Schwarzes Brett, digitale Krankmeldungen, digitale Nachrichten von Schülern, digitales Schultagebuch für alle Klassen mit Fehltagestatistik, digitales Zeugnisprogramm. Wer redet am GaR eigentlich noch miteinander, Hardy?"

„Jawohl, Herr Snöder. Wir verbleiben so, wie wir es gerade besprochen haben. Auf Wiederhören, Herr Snöder."

Hardy steckte sein Smartphone in seine blaue Anzugjacke und ging der Lehrerzimmertür entgegen.

„Still gestanden, du gegelter Karrierist", klang es blechern von der Wand.

Kollege Hardy hielt inne und drehte sich um. Bevor er etwas erwidern konnte, erwischte ihn der blechern klingende Befehl „Rühr dich. Und weiter im Marsch. Dem Führer immer zu treuen Diensten. Bis in den Abgrund," begleitet von einem laut anhaltenden, fast hysterischen Lachen.

Hardy zeigte wutschnaubend der Plastiktüte den Vogel und knallte die Tür zu. Duck und Meuser verfolgten den Auftritt der beiden mit offenem Mund, bis Bogutt laut losprustete und etwas wie *genial* murmelte.

Der Gong ertönte zweimal.

„Wie du siehst, Nick, balanciert manchmal die Zukunft der Schule auf einer schmalen Schneide zwischen Wirtschaft und Wahnsinn. Ich bleibe bei meiner Tafel, meiner Kreide und einem guten Buch oder Aufsatz, mein Junge. Euer ach so verehrtes Internet, mit zigtausenden mehr oder weniger ungeprüften Seiten… Wer soll sich denn in diesem Sumpf zurechtfinden? Wahrheit und Fakes auseinanderhalten? Dieses digitale Zeug verführt doch zu oberflächlichen, schnellen Lösungen. Meine Schüler lesen vollständige Texte, die huschen nicht über einen Text und schreien *Versteh ich nicht, Herr Bogutt. Erklären Sie uns das mal.*"

„Du übertreibst, Bogutt. Es gibt genügend junge Lehrer, die ihren Schülern mehr abverlangen und sie sorgfältig lesen, textorientiert interpretieren und selbstständig denken lassen."

„Vereinzelt, sehr vereinzelt. Deine Laura gehört übrigens dazu."

Lachend bog er um die Ecke und verschwand zum Unterricht.

Ratlos blieb ich einen Moment stehen, dann machte ich mich auf den Weg zu den MIGs. Dieser Bogutt war schon eine besondere Marke. Glaubte er wirklich, dass er mit vorgelochten Arbeitsblättern zum Abheften und Tafelbildern zum Abschreiben bessere Lernergebnisse als mit dem Einsatz von elektronischen Tafeln erzielte?

Die Migranten empfingen mich freundlich. Ich schloss die Klassentür auf, ging zum Whiteboard und nahm meinen Stick aus der Aktenmappe.

„Whiteboard geht nicht, Herr Scholl. WLAN ist ausgefallen. Wird erst in ein paar Wochen repariert, hat der

Hausmeister letzte Woche gesagt. Die Servicefirma ist pleite", klärte mich Hamit aus der ersten Reihe auf. In diesem Moment stellte ich mir einen leibhaftigen Bogutt vor, der mit einem nassen Schwamm in der Hand an seiner Kreidetafel steht und sich vor Lachen nicht mehr einkriegt.

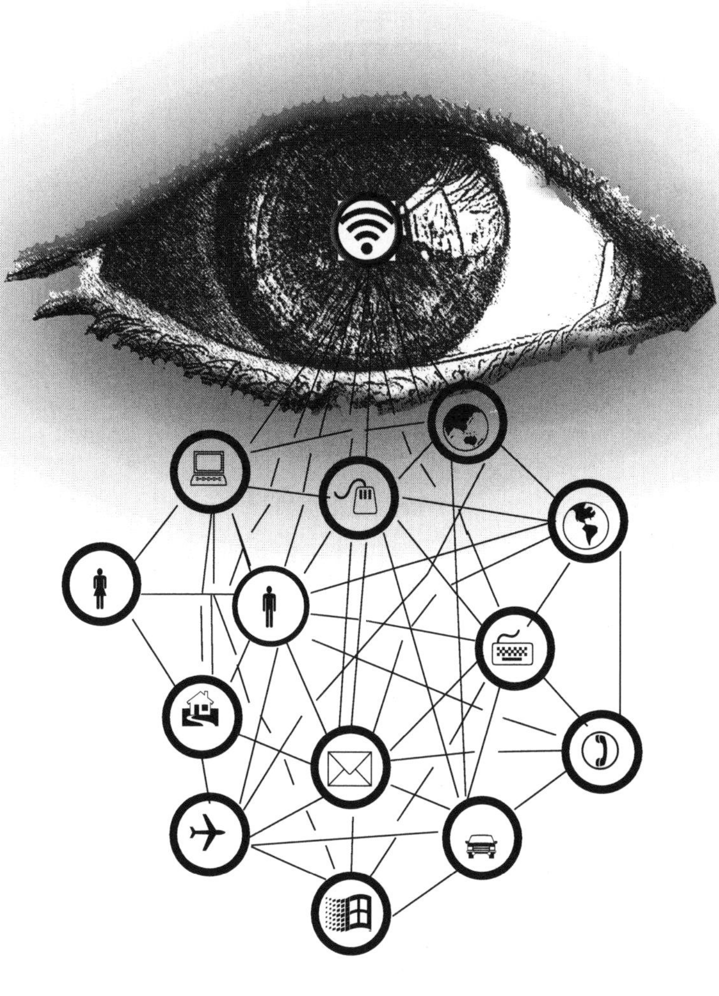

Mittwoch, 14.09.

Tim

Wenn das so weitergeht, drehe ich bald durch. Zuhause kotzt Julia seit Tagen jedes Frühstück aus, weil sie angeblich Angst vor der Schule bekommen hat. Die Finke, hat Eva aus ihr herausgebracht, könne sie nicht leiden. Jetzt fürchtet sich das arme Kind vor der nächsten HÜ und der nächsten Klausur bei der Finke. Unser Spatz muss aber auch soviel mitmachen, nicht wahr, Tim? Ich denke, wir müssen viel sensibler mit unserem Mäuschen umgehen. Meinst du nicht auch, Tim? Vielleicht probiert es Julia einfach mal mit Hausaufgaben machen. Es könnte ja unter Umständen sein, dass gar nicht die Lehrerin schuld an ihrer Schulphobie ist. So was Pragmatisches wollten meine beiden Damen natürlich nicht hören. Ich stellte meine Ohren schließlich auf Durchzug, um in Ruhe frühstücken zu können. Was muss ich denn alles aushalten? Wer fragt mich in dieser Familie eigentlich nach meinen Befindlichkeiten? Ich habe auch Druck. Mein Schwiegervater lässt in Sachen GaR nicht locker. Okay. Später muss ich den Nick noch mal anrufen. Für was hatte ich den überhaupt für das GaR empfohlen? Die paar Artikel, die ich von ihm gelesen hatte, waren in letzter Zeit immer schlechter geworden. In der Redaktion läuft es auch nicht rund. Müller hat sich kaum besänftigen lassen. Wenn ein Artikel von ihm noch einmal durchfalle, überlege er sich ernsthafte Konsequenzen. Das geht gar nicht, Müller. Ich brauche dich.

Eine knappe Stunde später lehnte ich mich erschöpft von Frühstücksterror, eigenen Ängsten und Autobahnfahrt in meinen Bürosessel zurück und trank einen Espresso. Mein Handy summte. Auch das noch. Der Herr Verleger war persönlich am Apparat. Was will der denn?

Die Begrüßung war kühl. Kurz darauf hörte sich alles, was er sagte, wie eine Belehrung an.

„Eine tiefgründige Analyse und eine ausgewogene Hintergrundberichterstattung sind die unverzichtbaren Eckpfeiler unseres journalistischen Handelns. Vergessen Sie das bitte nie mehr, Herr Henkel. Meine Zeitung gibt es seit über 50 Jahren. Sie wird auch in Zukunft ihre gesellschaftspolitische Aufgabe erfüllen und wie jede andere unabhängige Tageszeitung für eine funktionierende Demokratie unverzichtbar bleiben."

Geht es nicht etwas leiser, du Tattergreis. Oder hast du noch nicht gemerkt, dass dich die Geldgeber am langen Arm verhungern lassen, wenn sie wollen?

„Haben Sie mich verstanden, Herr Henkel? Ich möchte es nicht noch mal erleben, dass sich der von mir sehr geschätzte Dr. Rott über einen unserer Artikel bei mir persönlich beschweren muss. Solche Beschwerden können nachhaltig den Ruf meiner Zeitung schädigen. Oder haben Sie die politischen Reaktionen auf Ihren Fraport-Kommentar schon vergessen?"

Mir entfleuchte ein leises „Nein, Herr Doktor", doch der Herr Verleger hatte bereits aufgelegt. Gut, dass es wenigstens Annika in meinem Leben gab.

Donnerstag, 15.09.

Nick

Kurz vor Unterrichtsende stolperte im Rahmen meines Projekts KREATIVES SCHREIBEN ein MIG-Schüler durch einen selbstverfassten Bericht über das Leben in seiner Wohngruppe, als es zweimal an der Klassentür klopfte. Bevor ich „Ja, bitte“ sagen konnte, öffnete sich die Tür schwungvoll. Dr. Rott steckte seinen Kopf in den Klassenraum.

„Entschuldigen Sie die Störung, Herr Scholl. Kommen Sie doch bitte in der Pause in mein Büro“, sagte er, zog seinen Kopf zurück und machte die Tür zu.

Mit dem Pausenklingeln verabschiedete ich mich von den MIGs mit einer Hausaufgabe und begab mich zum Büro des Schulleiters. Unterwegs fiel mir ein, dass ich vergessen hatte, die Klassentür abzuschließen. Ich schaute auf meine Uhr. Die Pause war in zehn Minuten vorbei, anschließend sollte ich wieder mal Vertretung in einer Acht haben. Ich ignorierte meine Schusseligkeit und lief weiter.

Dr. Rott begrüßte mich in seinem schwarzen Chefsessel sitzend und hielt ein Blatt Papier in der rechten Hand. Auf seinem Schreibtisch lag ein einsames Smartphone.

„Nehmen Sie doch bitte Platz, Herr Scholl.“

Ich setzte mich in den durchgesessenen Besuchersessel.

„Schön, dass Sie sich so gut in unserer Schule eingelebt haben. Ich höre nur Positives über Sie. Das ist für einen Neuling nicht selbstverständlich.“

Das *Neu* betonte er nachdrücklich. Ein Lächeln flog über sein Gesicht. War es echt, war es gespielt? Aus dem Schulleiter wurde ich nicht schlau.

„Ich habe mit Brinkhus gesprochen“, fuhr er fort.

Das Smartphone piepste zweimal. Dr. Rott wischte über das Display, zog ein paar Sekunden später seine Augenbrauen kurz hoch und schob das Smartphone zur Seite.

„Sie können ab sofort acht Stunden zusätzlich bei uns unterrichten. Ein Kollege ist längerfristig erkrankt. Wir brauchen dringend jemand für den Förderunterricht in Französisch. Ich dachte sofort an Sie. Sie haben in der Schule bestimmt ein bisschen Französisch gelernt, oder?"

„Ich hatte Französisch-Leistungskurs, Herr Dr. Rott."

„Um so besser", sagte der Schulleiter leise. „Hier ist der neue Vertrag. Wenn Sie möchten, können Sie sofort unterschreiben."

Dr. Rott reichte mir ein Blatt Papier über den Schreibtisch. Ich fühlte mich überrumpelt und hob beide Hände. Der Schulleiter schaute irritiert und legte den Vertrag auf den Schreibtisch.

„Sie können kein zusätzliches Einkommen gebrauchen? Ich dachte, ich kann Ihnen einen Gefallen tun."

Er klang beleidigt.

„Lassen Sie mich bitte über das Angebot nachdenken. Ich muss zunächst einige private Dinge abklären. Kann ich Ihnen morgen Bescheid geben, Herr Dr. Rott?"

Der Schulleiter brummte ein „Ja, gut".

Ich stand auf und wandte mich zur Tür.

„Zwei Sachen hätte ich da noch, Herr Scholl. Sie kennen unsere Schulordnung?"

„Natürlich, Herr Dr. Rott."

„Dann wissen Sie auch, dass in den Pausen alle Klassenräume abzuschließen sind."

„Ja, selbstverständlich, Herr Dr. Rott."

Das deutsche Meldewesen hatte im 21. Jahrhundert von seiner Effizienz nichts eingebüßt. Sache eins. Abgehakt.

Mach schon, Rott. Was hast du noch? Ich blickte zur Tür. Ich wollte wenigstens einmal in mein Brot gebissen und Laura gesehen haben. Dr. Rott hüstelte. Seine Fingerspitzen klopften ohne Unterlass auf den Schreibtischrand.

„Leider muss ich Ihnen mitteilen, dass die Frau Ministerin ihren Besuch aus zeitlichen Gründen abgesagt hat. In diesem Schuljahr findet er auf keinen Fall statt. Ihr Entwurf ist also obsolet geworden. Vielleicht klappt es ja ein anderes Mal."

Ein anderes Mal wird es in deiner Schule bestimmt nicht klappen, tobte ich innerlich.

Im Lehrerzimmer hielt ich vergeblich Ausschau nach Laura und schnappte meine Aktentasche, als mir Kollege Joachim „Es wird Zeit, dass wir uns kennen lernen. Auf ein schnelles Helles in der Katakombe" zurief, mich sanft am Arm packte und meinen Arm erst losließ, als wir im Keller vor einem Raum ankamen, auf dessen Tür *Gesunde Ernährung* stand.

„Das Schild ist neu, die Besetzung alt, Nick."

Ich verstand nur Bahnhof. Joachim öffnete die Tür und betrat den Raum, ich folgte ihm. Das fensterlose Zimmer war voll mit Regalen, in denen Softdrinks, eingeschweißte Brötchen, Salat in Plastikschalen, Obst in Plastikbechern, Müsliriegel, Schokoladenschnitten und verpackte Nüsse lagerten.

„Damit hat unser Hausmeister bis vor kurzem seine Ducati finanziert", klärte mich Joachim auf.

Unter der Decke brannte eine Neonleuchte.

„Grüß Gott, tritt ein, mein Sohn, und setz dich", sagte eine Kollegin mit dunkelbraunem Pferdeschwanz.

Ich kannte sie nur vom Sehen. Sie trug einen beigen Hosenanzug, der ihre Rundungen betonte. Auf dem Tischchen, an dem sie saß, stand vor ihr ein volles Glas Sekt. Auf dem Boden rollte eine leere Sektflasche langsam gegen die Wand.

„Ich bin die Andrea. Und fürs Beten und die Moral zuständig“, sagte sie mit schon etwas schwerer Zunge und prostete mir mit ihrem Sektglas zu.

„Und ich bin die Carin. Carin mit C. Ich pass auf, dass im Unterricht kein Alkohol getrunken wird“, ergänzte die große, schwarzhaarige Kollegin im türkisfarbenen Maxikleid, die neben Andrea saß.

„Sekt oder Bier?“, fragte Kollege Charles.

Ich entschied mich für Bier. Charles holte ein Stubbi aus dem Bierkasten, der in der Ecke stand, öffnete es zischend und drückte es mir in die Hand. Ich trank ein paar Schlucke. Das Bier schmeckte süffig.

„Du siehst immer so blass aus. Musst öfters mal zu uns kommen. Dann kriegst du eine andere Farbe“, sagte Joachim grinsend.

„Gibt es etwas zu feiern?“, fragte ich.

„Die Befreiung. Die Befreiung von Unterdrückung und Inkompetenz“, sagte Charles und rülpste laut.

„Ein Prosit auf Humanität und aufgeklärtes Christentum“, nuschelte Andrea und schüttete den Rest Sekt in sich hinein.

„Gerade haben wir erfahren, dass der Alte nächstes Jahr in Pension geht und die Alt-Thaler ihm nicht nachfolgen wird. Die fällt direkt ins Ministerium hoch“, klärte Joachim auf.

„Außerdem wollten wir mit dir deinen Einstand und deinen Ausstand feiern“, ergänzte Charles.

Mir entglitt fast die Bierflasche.

„Was? Wieso Ausstand? Dr. Rott hat mir gerade die Aufstockung meiner Stunden angeboten.“

Charles und Joachim kicherten laut los. Andrea und Carin mit C schauten mich mitfühlend an.

„Dem Rott kannst du nichts glauben. Der will sich dich nur als stille Reserve für den Notfall sichern, falls diese Frau Becker zum nächsten Schulhalbjahr doch noch absagt."

„Woher wisst ihr das alles?", fragte ich.

„Wir kennen jemanden, der über alle Interna bestens informiert ist. Er hat Freunde im Ministerium sitzen", rief Joachim laut und drehte sich zu einer kleinen Tür am Ende des Raumes.

Als sie sich öffnete, hätte ich beinahe fast zum zweiten Mal meinen Stubbi fallen lassen. Holberg stand im Türrahmen.

„Tut mir leid, Herr Scholl. Die Ministerin hat längst entschieden, dass der Modellversuch am 31.01. endet. Offiziell heißt es, dass der Finanzminister aufgrund der angespannten Haushaltslage ihr die Mittel gekürzt habe. Inoffiziell habe ich erfahren, dass sie den Protesten der Eltern und des Lehrerverbands Rechnung tragen müsse, nachdem hier am GaR einiges schief laufe. Aber das haben Sie ja alles mitbekommen."

Ich hörte mein Herz rasen.

„Was passiert mit meinen Migranten?"

„Diejenigen, die die Prüfung bestehen, werden in die Regelklassen integriert. Der Rest muss das Arbeiten lernen", antwortete Holberg achselzuckend.

„Das ist ungerecht, Herr Holberg. Die Jungs sind alle total motiviert, möchten in dieser Schule weiterlernen und einen Abschluss machen."

„Das glaube ich Ihnen gern, Herr Scholl. Ich bedauere diese Entscheidung auch sehr. Leider sind wir wieder mal an einem Punkt angelangt, an dem unsere Spezialisten im Ministerium", an dieser Stelle fügte Holberg mit einem unüberhörbaren, ironischen Unterton ein, „und die, die sich dafür halten, Entscheidungen treffen, die man nicht verstehen muss. Und vergessen Sie eines nicht, mein lieber

Scholl. Unser Kollegium steht traditionell etwas Neuem, etwas Fremden kritisch gegenüber. Es wird den Modellversuch nicht vermissen."

Ich trank meinen Stubbi aus und wollte aufstehen.

„Bleiben Sie ruhig sitzen. Sie haben frei. Ich habe vorhin den Meuser zur Übernahme Ihrer Vertretungsstunden verdonnert."

Charles griff drei weitere Stubbis aus dem Bierkasten, die beiden Kolleginnen leerten zügig die nächste Flasche Sekt. Eine knappe Stunde später war mir klar, dass ich im Epizentrum der Gerüchte gelandet war. Unter dem Mantel der Verschwiegenheit erfuhr ich, dass die Mucke den Roeder ins Klassenbuch der 8a eingetragen habe, weil der Kollege ohne Entschuldigung zum wiederholten Male seinen Unterricht um fünf Minuten überzogen habe, die drei M, also die Kollegen Müller, Müllrath und Meisel in den Herbstferien dem Schulleiter ein Gartenhaus bauten, und Kollege Welke einigen Schülerinnen aus seiner 11 gegen Bares Nachhilfeunterricht in dem Lehrstoff erteile, den er ihnen morgens nicht adäquat vermitteln könne. Welke sei aufgeflogen, weil er vor ein paar Tagen im Flur so lautstark seine Forderungen bei zwei Schülerinnen eintreiben wollte, dass Gully, der alles mithören musste, ihn ermahnte, er möge seine privaten Probleme außerhalb des Gebäudes klären.

Mit reichlich Alkohol im Blut schlich ich über Rheinstraße und Große Bleiche Richtung Bahnhof. An der Haltestelle *Münsterplatz* musste ich mich auf eine Bank setzen. Der Alkohol hatte mir nicht gut getan. In welchen Sumpf war ich nur geraten? Wenn ich mal viel Zeit fände, würde ich über das GaR und diese ganze Mischpoke ein Buch schreiben. Es würde bestimmt ein Bestseller werden.

Angela

Ich konnte das Unterrichtsende kaum erwarten. Mein Kopf flog hin und her, meine Hände spielten auf dem Tisch Klavier, meine Füße wippten, es war, als stünde ich unter Strom. Ich war der glücklichste Mensch auf der Welt. Die Finke hatte uns gerade eine Hausarbeit zurückgegeben. Wortlos hatte sie mir den Deutschordner auf den Tisch geworfen. Mit einem kurzen Blick voller Verachtung. Ich hatte fünf Punkte und weniger erwartet. Was interessierte mich das Thema *Expressionistischer Film in der Großstadt Berlin* ? Nach ein bisschen Recherche im Netz fand ich ein paar Schüleraufsätze über den Roman und den Film *Berlin Alexanderplatz*, kopierte sie, fasste sie mit ein paar eigenen Worten zusammen und machte die fünf geforderten DIN-A-4 Seiten daraus. Als ich den Ordner aufschlug, fielen mir fast die Augen aus dem Kopf. *7 Punkte, Finke, 14.09.* stand am Ende der Hausarbeit. Wer sagt es denn. Es geht doch. Die Finke hat es kapiert. Wahrscheinlich hat sie oder der Loevenich die Fotos am Schwarzen Brett doch entdeckt und abgehängt. War mir auch egal. Auf dieser Grundlage konnten wir weiter zusammenarbeiten. Und ich bekomme doch noch mein Abi. Mit dem Gongen schulterte ich meinen Citybag und lief demonstrativ grinsend an der Finke, die mit versteinertem Gesicht ins Klassenbuch schrieb, vorbei.

Auf dem Schulhof rannte ich mit einem lauten „Hallo" auf Julia zu und begrüßte sie mit einer innigen Umarmung.

„Du bist nach der Finke gut gelaunt? Was ist passiert, Angela?"

Julia war sichtlich irritiert.

„Sieben Punkte, sieben geile Punkte, habe ich gerade für diese blöde Hausarbeit über den Kack-Expressionismus gekriegt. Die Finke hat doch noch Schiss wegen der Fotos bekommen. Was sagst du jetzt?"

„Komm, verarsch mich nicht, echt jetzt?"

Ich kramte den Ordner aus dem Citybag und hielt Julia stolz meine Arbeit samt Punktzahl und Unterschrift der Finke unter die Nase.

„Wenn du schon sieben Punkte kriegst, kriege ich nachher auf meine HÜ allerwenigstens acht von der Finke. Mindestens."

Das SCHON hätte sich Julia sparen können.

„Du wirst sehen, Angela. Wir treffen uns nach der Sechsten vorne an der Haltestelle und gehen ins *Pomp* auf einen Kaffee."

Bevor ich antworten konnte, piepste mein Smartphone zweimal. Mirkos Mutter hatte mir eine Nachricht mit einem Link geschrieben. *Kam gerade in den Nachrichten: Mutmaßlicher Mainzer Drogendealer an der niederländischen Grenze mit Motorrad tödlich verunglückt. Vielleicht hat der was mit Mirkos Tod zu? Kannst du das rauskriegen, Angela?*

Uff, krass. Ja, werd mich mal umhören, aber später, entschied ich. Der Tote konnte John sein. Von Mirko wusste ich, dass er regelmäßig zu den Käsköppen fuhr und Ware abholte. Wenn die Meldung wirklich stimmte, musste ich keine Angst mehr vor dem Typen haben. Und Mirkos Mutter wusste dann, wer der Mörder ihres Sohnes war. Wird sie vielleicht etwas trösten.

Ich klappte das Smartphone zu und steckte es in meine Gesäßtasche.

„Das ist gut", murmelte ich und starrte an Julia vorbei.

„Was ist gut, Angela?"

„Nichts. Nur ein Typ, der sich mit mir treffen will. Nichts Festes. Mehr für den Spaß."

„Alte, aus dir werde ich nicht schlau."

„Meine Damen. Auf in die Halle. Eine Runde Circletraining. Oder habt ihr mal wieder eure Tage?", rief Fahrrad

Klaus lachend vor dem Eingang der Turnhalle und winkte uns mit Sprungseilen in der Hand heran.

Julia und ich schlenderten betont langsam auf Fahrrad Klaus zu. Als wir vor ihm standen, konnten seine schwarzen Kulleraugen nicht von Julias Mini und ihren braun gebrannten Beinen lassen. Der geile Sack stellte sich in diesem Moment bestimmt vor, ihr mal wieder eine fürsorgliche Hilfestellung beim Überqueren des Sprungkastens zu geben.

Samstag, 17.09.

Bogutt

An vielen Tagen lief ich ziellos durch die Stadt, überdrüssig des Alleinseins, getrieben von Trauer um meinen einzigen Freund, begleitet von sporadischen Schmerzen. Gegen das Stechen in Bauch und Magen halfen Tabletten, gegen die abrupt geendete Freundschaft half nichts und niemand. Auch Laura nicht, wenn sie mich zu Hause besuchte und mich aufmuntern wollte. Ihre Besuche waren spärlicher geworden. Ähnelten eher Pflichtbesuchen. War auch kein Wunder. Laura hatte sich in Nick verliebt. Die beiden sollten ihr Glück genießen. Mein Gott, wann war ich das letzte Mal mit einer Frau glücklich gewesen? Seit Marthas Tod gab es nur gekauften Sex. Und Martha war vor zwölf Jahren gestorben. Warum war ich Idiot damals auch zu schnell gefahren? Der Mercedes, warum war er plötzlich da, warum hat der Fahrer nicht reagiert und mir die Vorfahrt genommen? Reue, Selbstverachtung hatten nichts genutzt. Ich war ein anderer Mensch geworden. Einsam, vom Leben enttäuscht. Das GaR hauchte mir wenigstens Leben ein. Ausgerechnet das GaR. Bald war auch damit Schluss. Martha wäre der einzige Mensch, der meine Entscheidung verstehen würde. Laura und Nick wollte ich nicht damit belasten. Wahrscheinlich hatte ich Angst, dass sie meinen Weg nicht akzeptierten, wenn ich sie damit konfrontierte.

Es war eine letzte Runde. Müde vom Spazierengehen und Nachdenken schleppte ich mich über die Lu, die den Charme der 70er wahrscheinlich nie abzulegen vermochte, lehnte mich an die Schaufensterscheibe einer Bäckerei, misstrauisch beäugt von Passanten, die mich in dem fleckigen T-Shirt, den speckigen Jeans und der Baskenmütze auf dem Kopf bestimmt für einen Bettler ausmachten, der sich gleich vor einem Hauseingang niederließ, eine versiffte Decke ausbreitete, ein Stück Pappe mit *Ich habe Hunger und Durst* beschriftete und auf ein Almosen wartete. Ich bin anders, als eure Vorurteile euch einreden, liebe Leute. Auf der Lu werde ich nicht untergehen. Für meinen Untergang habe ich mir eine exklusivere Umgebung ausgesucht. Vorsichtig drückte ich mich von der Schaufensterscheibe ab, schlurfte weiter, angerempelt von wuselnden Gestalten, die mir nicht auswichen, und setzte mich auf die schattige Bank hinter dem Gutenberg-Denkmal. Ich war zu müde, mir diese Menschheit zu betrachten. Als ich wieder aufwachte, waren nur ein paar Minuten vergangen. Ich wollte länger schlafen, ja, ich musste. Meine zittrige rechte Hand glitt in die Hosentasche und spürte Jans Wohnungsschlüssel. Seit dem Tod meines Freundes hatte ich sie immer dabei. Sozusagen als Rettungsanker, wenn mir der Heimweg zu lange werden würde. Von seinen Verwandten kümmerte sich bislang niemand um seine Wohnung.

Ich wollte aufstehen, weitergehen, fiel aber auf die Bank zurück, als drückte mich ein unsichtbarer Magnet mit ungeheurer Kraft nieder. Meine Augenlider klappten wieder zu.

„Schrecklich diese Penner. Pfui. Der Typ riecht auch noch nach Knoblauch. Kann der nicht woanders ausdünsten? Warum geht der nicht an den Rhein oder auf den Laichhof? Oder noch besser gleich auf den Friedhof?"

Die unbekannte Männerstimme kam immer näher, war so laut und anklagend, dass sie mich endlich weckte. Ich öffnete meine Augen und sah in eine rot gebrannte Fresse mit ziemlich viel Furchen und einer platten Nase. Der aufgedunsene Körper steckte ich einem grauen Anzug mit Übergröße. Aus den Hosenbeinen ragten stumpfe schwarze Halbschuhe heraus.

„Bitte schön, der Herr. Ich war gerade im Begriff zu gehen. Nehmen Sie doch Platz“, sagte ich müde und konnte endlich aufstehen. Wortlos zog der Typ eine Flasche Desinfektionsmittel aus seiner Aktentasche und besprühte die gesamte Bank, bevor er sich setzte. „Mit SAGROTAN fängt es an, mit Gas hört es auf“, krächzte ich und machte mich auf meinen Weg.

Laura

Nick schob einen Löffel Zitroneneis in den Mund, ließ ihn auf das silberfarbene Tablett sinken und wandte seinen Kopf zum Gutenberg-Denkmal. An was dachte Nick, wenn er wieder mal schwieg? Bestimmt nicht an den berühmten Erfinder, der in der rechten Hand zwei Lettern und in der linken die Bibel hielt. Am Fuße des Sockels, auf dem in Überlebensgröße seine Bronzestatue stand, saß ein übermäßig tätowierter Muskelprotz breitbeinig in kurzen roten Hosen und Deutschland-T-Shirt. Er ähnelte stark dem Michelin Männchen und glotzte auf sein Handy. Nick schwieg weiter. Warum hatten wir uns überhaupt in diesem Eiscafé verabredet? Ich hätte besser heute Abend eine Kneipentour durch die Altstadt unternommen. Leute zum Quatschen trifft man dort immer. Dieser Rott! Macht mit seinen Lügen alles kaputt, was gerade begonnen hat.

„Nick, bitte. Schau mich mal an. Willst du alleine sein?“

Nick drehte sein Gesicht zu mir. Er wirkte müde. Man merkte ihm den Stress der letzten Tage an.

„Nein“, sagte er entschieden.

„Dann mach' bitte aus Rotts Lüge kein Drama. Du wirst was Neues finden. Wenn eine Tür zufällt, öffnet sich eine neue im Leben.“

„Fünf Euro fürs Phrasenschwein", lächelte Nick gequält.

„Wie oft bin ich schon im Leben enttäuscht worden, Nick. Glaubst du wirklich, du bist der einzige Mensch, der jemals angelogen wurde?"

Nick strich mit einem Finger über den Eislöffel.

„Nein, natürlich nicht. Aber ich habe mich so sehr auf diese Stelle am GaR gefreut. Und dann das."

„Dein Selbstmitleid ist ja wirklich kaum zum Aushalten. Was soll ich denn sagen? Ich hätte auch viele Gründe, mich zu bedauern. Was haben mir Menschen nicht alles versprochen? Warum meinst du, dass ich Berlin nach dem Examen verlassen habe? Eigentlich hatte ich keinen wirklichen Grund. Ich hatte Freunde, gute Freunde sogar. Und meine Großeltern, die ich liebte. Ich war total zufrieden, mit mir und meinem Leben. Bis zu diesem einen Tag, der alles auf den Kopf gestellt hat. Nach dem Referendariat sollte ich eine Stelle an einem wirklich fantastischen Gymnasium antreten. Hatte mir die Schule schon für einen Tag angeschaut. War sogar im Unterricht mitgelaufen. Hat mir alles zugesagt. Junges Kollegium, das was bewegen wollte. Hatte bereits die mündliche Zusage des Schulleiters. Eigentlich war klar, dass ich diese Stelle bekomme. Mit meiner 1,2 im Zweiten Staatsexamen stand ich sehr weit oben auf der Bewerberliste. Und was ist letztendlich passiert? Ein einziger Anruf vom Schulleiter. Keine Minute hat der gedauert. Eine Bewerberin mit einer 2,0 im Examen wurde mir vorgezogen."

Ich musste eine längere Pause machen. Verschüttete Wut stieg in mir hoch. Nick streichelte lange meinen Arm. Der Tätowierte verschwand im nächstliegenden Burgertempel. Nachdenklich schlürfte ich an dem Rest meines Milchshakes.

„Ich mache es kurz, Nick. Du ahnst es vielleicht. Der Vater der Mitbewerberin kannte die Schulsenatorin. Und die …"

Ich hätte vor Wut losheulen können.

„Du musst nicht weiterreden, Laura“, sagte Nick und hielt meinen Arm fest.

Das Michelin Männchen schleppte sich zurück auf den Platz unter dem Denkmal, bewaffnet mit einer Tüte Pommes, einem Liter Cola und einen Burger im Mund haltend, dessen rote Soße genau auf den Bundesadler seines Deutschland-T-Shirts tropfte. Warum nur fiel mir in diesem Moment Heines „Denk' ich an Deutschland in der Nacht“ ein?

Bogutt

Ein stechender Schmerz durchzuckte meinen Bauch, als ich auf dem Laichhof war. Einmal, zweimal, dreimal, bis ich aufhörte, zu zählen. Der Rhythmus ähnelte dem monotonen Spiel eines Schlagzeugers. Scheißtabletten. Die helfen einfach nicht mehr. Die letzte Pille hatte ich vor drei Stunden eingeworfen. Jetzt war es erst kurz nach neun. Um die Nacht einigermaßen zu überstehen, musste ich an Jans letzte Vorräte ran. Ich schlurfte weiter. Endlich: der Kirschgartenbrunnen. Wieder eine Pause, so kurz vor meinem Ziel. Ich zog die Schlüssel zu Jans Wohnung aus meiner Hosentasche und taumelte auf das Fachwerkhaus zu, in dem mein Freund gewohnt hatte. Es war eines der alten, dreieinhalb Stockwerke umfassenden, schmucken Häuser. Jan hatte zum Glück im ersten Stock gewohnt. Wie oft hatte ich meinen Freund um diese malerische Wohnlage in der Altstadt beneidet. Vorsichtig, um bohrenden Fragen neugieriger Nachbarn zu entgehen, öffnete ich mit dem größeren Schlüssel die hölzerne Eingangstür, schlich mich in den ersten Stock und steckte den zweiten, kleineren Schlüssel ins Schloss.

Die Holztür knarrte, als ich die Wohnung betrat, und die Tür leise zudrückte. Stehen bleiben. Luft holen. Durchatmen. Der Puls beruhigte sich. Geräusche im Haus? Nein. Absolute Stille. Sehr gut. Ich schlüpfte aus meinen Sandalen und ging ins Wohnzimmer. Mir wurde fast übel. Dieser Geruch! Am liebsten hätte ich die beiden Fenster zum Kirschgarten aufgerissen. Achtung, Bogutt. Willst du dich etwa verraten? Ich legte mich auf die blaue Couch. Das Liegen tat mir gut. Der Schlagzeuger in meinem Bauch spielte jetzt viel leiser. Meine Augen wurden wieder schwer. Die kleinen Elefanten auf der Fototapete hinter dem Esstisch verschwammen zu einem undefinierbaren Gemisch aus grauen und schwarzen Klümpchen.

Sonntag, 18.09.

Bogutt

Hämmernde Schmerzen weckten mich um kurz nach Mitternacht. Im Haus war es totenstill. Draußen am Brunnen machte Mainz unüberhörbar Party. Wie oft war ich mit Jan und den Mädels an den Wochenenden mittendrin gewesen. Alles vorbei. Auch meine Party war zu Ende. Ich brauchte meine Nachtmedizin. Vorbereitung und Einnahme waren in den letzten Monaten zur Routine geworden. Beim ersten Mal hatte mir Jan noch alles erklären und mir helfen müssen. Beim zweiten Mal hatte ich alles alleine geschafft. Jan hatte irgendwelche Ferien in Thailand verbracht. Ich musste lächeln. Das hätte sich kein Fernsehschnulzen-Drehbuchautor besser ausdenken können. In einem Massagesalon in Bangkok hatte er unseren Holberg mit zwei Thaimädchen links und rechts im Arm getroffen. Es sei besser, man führe zweigleisig, dann wäre die Auswahl größer, hatte er Jan lachend zugerufen und war mit den beiden Mädels hinter einem Vorhang verschwunden. Na, wenn das mal keine Ladyboys gewesen waren. Wieder musste ich lächeln. Ich stand auf, stieß gegen den Flachbildschirm auf dem zu niedrigen Sideboard, wankte zu zwei Regalen mit den wenigen Büchern und stand endlich vor dem Vitrinenschrank mit den zwei großen Vasen, die wie Trinkgefäße aussahen. Meine Medizin war in der untersten Schublade versteckt. Hoffentlich war noch genügend Vorrat da.

Ich zog die Schublade heraus, griff das dunkle Einweckglas, hielt es mühsam ins Licht, das von draußen durch die helle Gardine drang. Glück gehabt. Der Vorrat war nicht aufgebraucht. Es war noch genügend Gras da. Vorsichtig stellte ich das Glas auf einen kleinen Tisch, holte die Dose

Tabak, Schere, Blättchen und ein paar Pappstückchen heraus. Ich rollte den Joint so, wie er mir am besten tat. Nur Gras. Ohne Tabak. Das hatte ich schon immer so gemacht. Ich wollte nie nikotinabhängig werden. Ein paar Minuten später hielt ich einen langsam glimmenden Joint in der Hand und legte mich auf die Couch zurück, nahm einen tiefen Zug, das wohlige Gefühl in meinem Inneren tat nicht nur meinem Kopf gut. Das Tütchen betäubte schnell meine Schmerzen. Wie all die anderen, die ich in diesem Zimmer mit Jan geraucht hatte. Lange hatten wir nie auf die Wirkung warten müssen. Manchmal kicherten wir wie Pubertierende los. Meist konnte ich neben den Schmerzen mein Scheißleben für ein paar Stunden vergessen. Ja, Jan wusste immer, was mir gut tat. Und er legte immer eine passende CD dazu ein.

Relaxe, Bogutt. Genieße die Musik. Genieße jeden einzelnen Zug. Du erlebst die Musik auf einem ganz anderen, auf einem viel höheren Niveau. Sie wird deine Seele durchdringen.

Viel Philosophie für das bisschen Gras.

Jan liebte Black Sabbath. Deep Purple und Led Zeppelin. Mir war die Musik egal. Hauptsache, sie entspannte mich, und der Rausch vertrieb die Schmerzen.

Heute verzichtete ich auf die Musik. Ich schloss die Augen, malte mir die nächsten Tage bis zu den Herbstferien aus und schlief wieder ein. Als ich aufwachte, konnte ich mich an keinen Traum erinnern. Die Schmerzen waren immer noch fast weg. Es war fünf Uhr morgens. Ich blieb noch eine Weile liegen. Was wollte ich um diese Zeit in der Stadt umherirren? Was wollte ich alleine in meiner Wohnung? Auf den Montag warten? Letzte Woche hatte ich aufgehört meinen Unterricht vorzubereiten. Alle Klausuren hatte ich zur Freude meiner Schüler auf nach den Herbstferien verschoben.

Ich bekam Durst, ging in die Küche, öffnete den Küchenschrank, nahm ein Glas heraus, füllte es am Spülbecken mit feinem Meenzer Kranewasser, setzte mich an den Küchentisch und trank es aus. Wahrscheinlich aus Langeweile, weniger aus Neugierde, zog ich die Schublade des Küchentischs heraus. Ein dicker brauner Umschlag lag darin, direkt vor mir. Als ich ihn herausnahm, rutschte ein Heft auf den Tisch. Was war denn das? Was macht das Heft hier in der Küchenschublade? Hat Jan etwa Kochrezepte gesammelt? Nee, nicht wirklich. Das Heft sah abgegriffen aus. Neugierig geworden blätterte ich mich durch die ersten Seiten. Sie waren alle leer. Komisch. Ich blätterte weiter. Auf der ersten beschrifteten Seite stand 1985, darunter Januar. Der Schreiber, denn nach dem Schriftbild zu urteilen, war ich sicher, es war ein Mann, schrieb von finanziellen Sorgen, die die Existenz der Schule bedrohten, von einem geplanten Ministerbesuch, der alle nervös mache, und vom ständigen Ärger mit anstrengenden, fordernden Eltern und aufrührerischen Schülern. Ist ja interessant. Könnte auch fürs GaR 2016 zutreffen. Die nächsten Seiten überflog ich. Über den Februar stand nichts drin. Im März schrieb er fast täglich etwas auf. Immer ging es um Schule. Um Unterrichtsstunden, die ihm misslangen. Über Projektarbeit, die er ausbauen wollte. Über freie Arbeit, die das Kollegium endlich auf den Weg bringen wollte. Zufriedenheit liest sich anders. Da war jemand ganz schön ungehalten. Ach ja, hier steht es ja: *Freie Schule Kassel*. Hab mir so was in der Art schon gedacht. Die arbeiten bestimmt nach der Reformpädagogik. Hätte mich als Junglehrer auch interessiert. Im Studium habe ich einiges über Neill, Steiner, Comenius, Montessori, Petersen, und wie die alle heißen, gelesen. Hätte es wagen sollen, mich an einer dieser Schulen zu bewerben. Da hat mir mal wieder die letzte

Konsequenz gefehlt. Hab das bessere Einkommen und vor allem die Sicherheit im Staatsdienst vorgezogen. Wie so oft hab ich mein Berufsleben mit verpassten Chancen an mir vorbeiziehen lassen. Und wozu? Um mich letztendlich dann übers GaR aufzuregen. Selbst Schuld, Bogutt. Vergiss es. Jetzt ist es eh zu spät.

Auf den nächsten Seiten war die Stimmung des Schreibers nicht besser geworden. Der Typ war oft total frustriert, wenn er über seinen Tag nachdachte. Ein paar Tage waren sogar rot unterstrichen. Muss wohl was Besonderes vorgefallen sein. Spannend auf alle Fälle, aber ich lese morgen weiter, in Ruhe. Die Konzentration lässt nach, die Schmerzen werden mehr. Außerdem brauche ich ein paar Stunden Schlaf, um den morgigen Tag, wie viele sind es eigentlich noch? Keine zwanzig mehr, glaube ich, am GaR zu überstehen.

Montag, 19.09.

Nick

Zu Beginn meiner vierten Woche am GaR muteten manche Ereignisse im Lehrerzimmer wie eine Endlosschleife an. Fahrrad Klaus beschwerte sich wieder mal über den Kaffee, der so komisch schmecke, und deutete mit seiner Tasse auf die sehr junge Referendarin.

„Das ist Kaffee aus Äthiopien, Herr Ullrich. Diese Sorte hat im vergangenen Monat die höchste Auszeichnung bekommen, die FAIR TRADE zu vergeben hat."

Die Plastiktüte grinste sehr lange. Ich unterdrückte ein Lachen. Fahrrad Klaus brummelte etwas, was sich so ähnlich wie *Warum schmeckt dieses Biozeug so scheiße* anhörte.

Gully schimpfte über den Stapel gebrauchter Kaffeetassen im Spülbecken. Die sehr junge Referendarin blieb dieses Mal ungerührt sitzen.

Loevenich war von der Konferenzwut der Schulleitung genervt und sandte seine bekannten Vorwürfe ins Lehrerzimmer. Die Flut an pädagogischen Klassenkonferenzen sei inakzeptabel. Man vergeude wertvolle Lebenszeit, schriebe nutzlose Gutachten über Schülerinnen und Schüler, die am GaR nichts verloren hätten. Seit dem vergangenen Schuljahr organisierten die vielen Gutmenschen am GaR sogar Nachhilfestunden für diese Schwachmatiker.

Joachim entgegnete mit seinem Standardspruch, die eigentliche Herausforderung eines Pädagogen bestehe doch darin, jede Schülerin und jeden Schüler mitzunehmen und allen die bestmögliche Förderung zu gewähren.

„Ich fasse es nicht", tobte Welke. „Menschen sind nun mal verschieden und haben ganz unterschiedliche Begabungen. In meinem Mathekurs sitzen Schüler, die kannst du fördern, solange du willst. Mathe lernen die nie."

„Bei dir vielleicht, Welke."

Joachim sah aus, als wolle er seinen Kollegen zum Duell auf der Wiese hinter dem Lehrerparkplatz auffordern.

Je länger ich an dieser Schule war, desto mehr verfestigte sich mein Eindruck, dass einige Lehrerinnen und Lehrer einer Schule nachtrauerten, die es nie mehr geben würde.

Charles ließ die AZ sinken.

„Hör genau zu, Welke. Die Nazis haben gestern bei den Wahlen in Berlin über 14 Prozent gekriegt."

„Wird auch Zeit, dass die da oben einen Denkzettel verpasst bekommen", zürnte Welke.

„Jeder, der diese Typen wählt, muss wissen, welche antidemokratischen Ziele die verfolgen. Diese Menschenverachtung muss von jedem aufrechten Christen angeprangert werden", warf Andrea ein.

„Nerv nicht mit deinem Bibelgequatsche. Hast wohl vergessen, wer dieses Wahlergebnis mit zu verantworten hat?", fragte Welke höhnisch.

Andrea sah den Kollegen fragend an.

„Ich helfe dir gerne auf die Sprünge, Andrea. Ich sage nur ein Wort: Silvesternacht."

„Silvester 2015. Ein emblematisches Datum für unsere Republik. Seitdem gibt es ein *Vor Köln* und ein *Nach Köln*", belehrte die blecherne Stimme.

„Komm' mir bloß nicht wieder mit deiner Mär von den Migranten als Tätervolk, Welke", giftete Andrea.

„Wer sonst hat denn unsere Frauen auf der Domplatte bestohlen und penetriert? Das waren doch vor allem Marokkaner, Algerier, darunter viele Asylis und Illegale", entrüstete sich Welke.

„Pfui. Schämst du dich nicht, Welke? Man kann doch nicht wegen ein paar verabscheuungswürdigen Einzeltätern alle Nordafrikaner als Gewalttäter stigmatisieren."

„Das ist aber die Wahrheit, die du nicht verträgst, Andrea."

Charles knallte die AZ auf den Tisch.

„Du legst dir alles, was passiert, so zurecht, bis es in dein Weltbild passt."

„Du negierst die Fakten, Charles!"

„Was du Fakten nennst, sind fake news. Sie werden nicht wahr, nur weil du sie behauptest und an sie glauben willst. Du tust gerade so, als ob alles nur eine Meinung ist", ereiferte sich Charles.

„Meine Herren, beruhigen Sie sich doch bitte", unterbrach Kramer den Disput.

Er hielt einen Stapel Tablets in beiden Händen, ging an den großen runden Tisch und verteilte sie an die Alt-Thaler, die Mucke, die Finke und an Kohlhaas.

„Wie? Was ist denn das? Ich unterrichte Mathe und EDV und kriege keins?", empörte sich Joachim.

„Hardy ist der Meinung, dass du und die anderen aus deinem Fachbereich zu alt für das Neue sind. Außerdem steht ihr nicht auf der Liste für die Fortbildung in den Herbstferien", erwiderte Kramer und lachte als Einziger. Charles öffnete seinen Mund und schloss ihn, als Holberg das Lehrerzimmer betrat. Duck und Meuser bückten sich wie auf Kommando unter den Tisch. Kollegin Rost nahm ihren kranken Sohn, den sie seit zwei Wochen mit in die Schule brachte, in den Arm und ging Richtung Tür.

„Ich muss meinen Elias stillen", rief sie Holberg im Vorbeigehen zu und verschwand.

„Tränkl hat sich krank gemeldet. Ich brauche sofort eine Vertretung für die 8", bettelte Holberg und ging auf Bogutt zu.

„Haben Sie jetzt nicht eine Freistunde?"

„Ja, habe ich, Herr Holberg. Aber das wissen Sie doch selbst am besten. Ich übernehme die 8."

Bogutt nahm seinen Rucksack und verließ grußlos das Lehrerzimmer. Holberg rief ihm ein leises „Danke“ hinterher und blieb bis zum Ende der Pause in der Mitte des Raumes stehen. Niemand sprach ein Wort mit ihm. Als es klingelte, war Holberg der Erste, der das Lehrerzimmer verließ. Kollege Kohlhaas schlenderte mit einer Tasse, dem KICKER und einem Englischbuch zur Kaffeemaschine, bereitete sich einen Cappuccino zu und verabschiedete sich in den Unterricht. Ich freute mich auf meine Stunden bei den MIGs und folgte ihm. Neben der Spülmaschine hing ein Zettel mit der fett gedruckten Überschrift **Spüldienst.** Für die laufende Woche war GULLY eingeteilt.

Bogutt

Hundemüde, völlig fertig kehrte ich aus der Schule zurück und öffnete die Haustür. Drei Stockwerke mit vielen, vielen Stufen lagen vor mir. Auf der letzten Treppe musste ich mich am Geländer hochziehen, pumpte wie ein alter Mann. Geschafft. Ist gerade noch mal gut gegangen. Vier Stunden Unterricht und zwei Vertretungsstunden sind einfach zu viel mich geworden. Saugen das letzte bisschen Energie aus meinem Körper. Habe ich alles den Drückebergern zu verdanken. Tauchen mit scheinheiligen Ausreden ab, wenn zwei lächerliche Vertretungsstunden im Anmarsch sind. Holberg weiß natürlich, dass ich in solchen Notfällen nicht NEIN sage. Ja, Holberg, du musst dir bald einen anderen Dummen für deine Überfälle suchen. Ich schloss meine Wohnungstür auf, warf den Rucksack auf den Boden und brühte mir in der Küche einen starken

Kaffee auf. Ohne den schlafe ich gleich ein. Mit einer Tasse in der Hand setzte ich mich auf meinen Stuhl und nahm einen ersten kleinen Schluck.

„Pfui, Teufel. Schmeckt ja scheußlich."

Auf dem Tisch lagen noch ein paar staubtrockene Kekse, Reste eines vergangenen Frühstücks. Ich brach sie in kleine Stücke und tunkte sie in den Kaffee. Alles nur Nahrungsaufnahme, fern jeglichen Genusses. Für ein paar Minuten blieb ich einfach nur so sitzen. Trank, tunkte, kaute, trank. Meine Gedanken flogen mal zu den nächsten Tagen, die ich irgendwie überstehen musste, mal in die Schweiz. In den Herbstferien würde das Tablettennehmen und das Tütchenrauchen aufhören. Und die verdammten Schmerzen wären endlich weg. Bogutt, gönne dir ein Nickerchen. Ich schleppte mich ins Wohnzimmer, wollte mich auf mein Sofa legen, da sah ich das schwarze Heft von gestern auf dem Tisch liegen. Stimmt. Wollte ich heute ja weiter lesen. Spannend und sehr interessant, was da alles drin stand. Ich schaffe bestimmt noch ein paar Seiten, bevor ich einschlafe. Mit dem Heft in der Hand sank ich auf das Sofa und seufzte. Wo war ich gestern noch mal stehen geblieben? Ich blätterte ein paar Mal hin und her; gewöhne dir mal an, Lesezeichen zu verwenden. Genau. Das ist die Stelle. Stress mit dem Minister, und Angst, der Verfasser hat Angst, Angst vor dem Scheitern des Modellversuchs. Die Schrift ist ganz schön krakelig geworden.

Der Minister erwartet, dass der Modellversuch angesichts der zur Verfügung gestellten Haushaltsmittel am Ende des laufenden Schuljahrs einer abschließenden positiven Bewertung unterzogen werden kann.

Mann, o Mann, da ist einer mächtig unter Druck gesetzt worden.

Ich las weiter.

Ich bin hilflos. Ich fühle mich überfordert. Ich kann meinem Sohn nicht mehr gerecht werden. Ich habe keine Zeit für ihn, obwohl er mich so dringend bräuchte, nachdem Helene tot ist.

Helene? Steht da wirklich Helene? Jan hatte mir mal erzählt, dass seine Mutter - genau, Helene hieß sie - kurz nach seinem sechsten Geburtstag an einem Herzleiden gestorben war. Sein Vater hätte für ihn wenig Zeit gehabt. Deshalb sei er nach dem Tod seiner Mutter bei der einzigen Schwester seines Vaters aufgewachsen, die mittlerweile auch schon etliche Jahre verstorben sei.

Meine Müdigkeit verflog von einer auf die andere Minute. Ich musste weiterlesen. Der Verfasser schrieb, dass ihm dieser Druck und die eigenen Ansprüche schlaflose Nächte bereiteten. Für die vielen Ideen, die er im Kopf habe, brauche es ein Kollegium, das mitziehe. Das müsse der Minister doch verstehen. Weiter hieß es, dass einzelne Lehrer, die am Anfang ihrer Karriere an der *Freien Schule* Engagement und innovatives Arbeiten geheuchelt hätten, sich heute über wöchentliche Konferenzen, Arbeits- und Wochenpläne, Ganztagskonzept mit Nachmittagsbetreuung, Projektarbeit, Mensaessen, das Schreiben von Lernentwicklungsberichten, Absprachen mit den Kollegen, Ferienangebote und Arbeitsgemeinschaften aufregten.

Diese Störenfriede verbreiten richtig schlechte Stimmung im Kollegium. Wenn man an meine Schule kommt, muss man wissen, was einen erwartet. Ich brauche weder geistige Überflieger noch Bedenkenträger, die sich mir in den Weg stellen. Ich brauche loyale, engagierte Malocher.

Könnte alles zu Jans Vater passen. Soll ein autoritärer Sack mit hohen Ansprüchen gewesen sein, hat mir Jan mal erzählt.

Das konzentrierte Lesen strengte an. Ich legte das Heft auf den Tisch, ging in die Küche, trank den letzten Schluck Kaffee, der kalt geworden war, und öffnete den Kühlschrank. Die Auswahl beschränkte sich auf eine Dose Makrelen, ein Stück Käse und eine angebrochene Tafel Schokolade. Im Stehen putzte ich die Schokolade weg, setzte mich wieder aufs Sofa und las weiter.

Das Datum 20. März 1985 war rot unterstrichen. Die Handschrift war zittrig und unkoordiniert. Zwischen einzelnen Wörtern und Sätzen klafften größere und kleinere Abstände, Buchstaben klebten aneinander oder waren weit auseinander gezogen. Es sah aus, als ob der Verfasser seine Gedanken nicht zusammenhängend formuliert hatte, sondern gezwungen war, oft abzubrechen, sich zu sortieren und neu zu beginnen.

Ich kann nicht mehr. Die Schule macht mich fertig. Um neun Uhr fragt der Minister nach meiner Konzeption für den Unterricht mit den Behinderten. Nächste Woche soll sie auf seinem Schreibtisch liegen. Hätte das nicht Zeit bis nach den Osterferien gehabt?

Am liebsten würden die meine Schule zumachen. Die Konzeption kriege ich auch noch hin. Muss ja eh alles alleine in diesem Laden entscheiden und aufschreiben. Bis um zehn habe ich zwei Metaxa runtergeschüttet. Die haben mich halbwegs beruhigt, bis der Brinkhus ins Büro stürzt.

Moment? Brinkhus? Ich stutzte. So heißt doch unser Schulaufsichtsbeamter! Etwas irritiert fuhr ich mit dem Lesen fort.

Der Brinkhus sah völlig fertig aus. Hat rumgestottert. Klassenfahrt nach Paris. Der Wrengler, der hat nachts Jungs in ihren Zimmern besucht und sich zu ihnen ins Bett gelegt. Starker Tobak. Dieser Referendar will sich nur wichtig machen. Der Wrengler macht so was nicht. Der ist die Zuverlässigkeit in Person. Außerdem ist er verheiratet und hat zwei Söhne.

Auf der nächsten Seite stand 22. März 1985, wieder rot unterstrichen.

Heute wieder Stress mit Brinkhus. Der lässt sich überhaupt nicht mehr einfangen. War schon wieder bei mir. Völlig außer sich. Hat mich angemacht. Ich müsse unbedingt etwas unternehmen. Ich sei doch der Schulleiter. Hatte große Mühe, den Brinkhus zu beruhigen. Habe ihm versprochen, dass ich mich morgen darum kümmere. Der Wrengler hat heute seinen freien Tag.

Mann, an der Schule ist es ja richtig abgegangen. Die Reformpädagogik hat ja bestimmt die besseren Konzepte, die Menschen sind aber überall gleich.

Fesselnd, bin gespannt, wie es weitergeht.

Langsam muss ich aufpassen und überlegen, wie ich mich jetzt verhalte. Wenn ich reagiere, Wrengler befrage und Brinkhus' Anschuldigungen sich als wahr erweisen, schließen die doch sofort meine Schule. Was wird dann mit mir? Ich bin erledigt. Am besten ist es, ich werde Wrengler in Ruhe lassen.

Der letzte Satz las sich wie eine Absichtserklärung. Ich blätterte auf den 27. März 1985 um.

Der Tag ist gut gelaufen. Kein Schüler ist aufgetaucht. Brinkhus ist nicht wiedergekommen. Die nächsten beiden Tage ist er außer Haus und bereitet seine Prüfung vor. Wenn er wieder in der Schule ist, hat er bestimmt andere Sorgen. Ich muss ihn schließlich noch für seine Ausbildungszeit an meiner Schule benoten. Morgen schaue ich mir noch mal meine Beurteilungen für seinen Unterricht an.

Ich atmete tief durch, bevor ich die nächste Seite aufschlug. Das ist wirklich harte Kost. War das wirklich unser Brinkhus? Ich rechnete kurz nach. Vom Alter her könnte das passen. Brinkhus hatte 1985 sein Referendariat an der *Freien Schule* beendet. Der Name kam so selten vor.

Ich las weiter.

30. März 1985

Wrengler hat heute den Auflösungsvertrag unterschrieben. Endlich. Alles ist geräuschlos über die Bühne gegangen. Ich musste einfach so handeln, so leid es mir für ihn tut. Nach einem Gespräch von Mann zu Mann war die Sache durch. Wrengler war einsichtig. Die Gerüchte um seine perverse Neigung wären nie verstummt. Gerüchte können ein Eigenleben entwickeln. Das Kollegium hätte sich auf ewig das Maul zerrissen. Und wer weiß? Vielleicht hätte einer der beiden Schüler doch noch geplaudert. Außerdem fällt Wrengler nicht tief. Er hat eine Stelle an der Deutschen Schule in Bogota bekommen. Da bekommt er das Doppelte von hier.

Natürlich habe ich ihm zu dieser neuen Herausforderung gratuliert. Mir allerdings auch, aber im Stillen. Soll er in Kolumbien mit irgendwelchen Jungs doch glücklich werden …

Ich stellte mir bildlich vor, wie Leppich nach diesem Tagebucheintrag eine sehr gute Flasche Champagner köpfte und schlussendlich trunken vor Glück ins Bett fiel.

01. April 1985

War mein Verhalten richtig? Hätte ich den Anschuldigungen nicht doch nachgehen müssen? Was wäre geschehen, wenn Wrengler alles abgestritten hätte? Hätte ich dann ohne Not nicht die beiden Jungs befragen müssen? Und wie hätten die Eltern reagiert? Und hätte ich zu aller Not Wrengler gegebenenfalls noch anzeigen müssen? Wem wäre damit gedient gewesen? Hätten die vor der Polizei überhaupt ein Wort herausbekommen? Wrengler, wenn er überhaupt der Täter war, wäre in diesem Fall vielleicht ungeschoren davongekommen. Zu viele Fragen, viel zu wenig konkrete Antworten; und egal, wie es ausgegangen wäre, ich und meine Schule wären ruiniert gewesen. Nein, das war es nicht wert.

Obwohl sich meine Schmerzen wieder meldeten, musste ich weiterlesen, unbedingt.

03. April 1985

Seit gestern schlafe ich viel besser. Brinkhus habe ich mit meinen Beziehungen aus Burschenschaftstagen eine Stelle in einem IT-Unternehmen in Bayern besorgt. 5000 brutto als

Einstiegsgehalt haben ihn ruhig gestellt. Außerdem ist er dort besser aufgehoben als in jeder Schule. Der Kerl ist ein guter Fachmann, aber als Lehrer taugt er nichts. Mit Endnote 3,5 im Examen ist er gut bedient. Mit meiner 4,0 im Vorschlag lag ich genau richtig. Kompliment an die Prüfungskommission. Auf den Theiss als Vorsitzenden ist Verlass. Der geht in der Tendenz mit meinem Vorschlag immer d'accord. Unsere Väter kennen sich aus Studienzeiten. Tja, Burschenschaftler halten eben auf ewig zusammen. Da zählen wenigstens noch die alten Werte und die Tradition wird hochgehalten. Immer wieder taucht in meinem Kopf dieses bedrückende Szenario auf, Brinkhus mit seiner Unzufriedenheit packt aus, wer weiß, die Presse hätte sich dankbar darauf gestürzt; am Ende wäre ich gar noch erpressbar geworden. Keine ruhige Minute hätte ich mehr gehabt. Man weiß ja nie. Da haben schon ganz andere Pferde gekotzt. Noch einmal möchte ich so etwas nicht erleben.

05. Mai 1985

Mein Schlaf ist wieder sehr unruhig. Ich werde häufig wach. Im Schlaf verfolgen mich Gespenster. Sie tragen schwarze Masken. Wenn ich mich umdrehe und sie stellen will, verschwinden sie lachend, und kommen wieder, solange, bis ich aufwache und froh bin, in meinem Bett zu liegen. Heute habe ich mich zum ersten Mal ernsthaft gefragt, ob mein Vorgehen nicht doch ein Fehler gewesen ist. Wrengler ist weg. Der kriegt bei uns keinen Fuß mehr auf den Boden, dafür werde ich schon sorgen, falls er sich jemals wieder hierher traut. Aber warum sollte er, er ist ja gut und weit weg geparkt. Aber Brinkhus, den muss ich im Auge behalten, der wollte schon immer hoch hinaus. Zwar ist er in der freien Wirtschaft, aber wer weiß, wenn der ins Plaudern käme … Dann bin ich geliefert.

Mit diesem Eintrag endeten die Ausführungen des Schreibers. Ich klappte das Heft zu und legte es zur Seite. Hammer, das ist ja ein starkes Stück. Ein richtiger

Krimi. Das muss man erst mal im Kopf sortiert kriegen. Ich brauchte dringend die nächste Tasse Kaffee und setzte frisches Wasser auf. Wenn der Schreiber wirklich Jans Vater war, warum hat mein Freund nie über diese Dinge gesprochen? Wir waren doch Freunde. Haben uns wirklich gut verstanden. Soviel Zeit miteinander verbracht. Na ja, es ist eben doch so, du kannst den Menschen nur vor den Kopf gucken. Ich setzte den Filter auf die Kaffeekanne, schüttete zwei Löffel Kaffeepulver hinein und goss heißes Wasser drüber. Diesem Brinkhus hat das Ganze auch nicht geschadet. Wenn er tatsächlich unser Schulaufsichtsbeamter war, hat er gut Karriere gemacht. Bliebe noch dieser Wrengler. Wenn der überhaupt noch lebt. Das Ganze ist jetzt 31 Jahre her. Aus der Nummer ist der jedenfalls wohl gut rausgekommen.

Für einen Moment inhalierte ich den frischen Kaffeeduft, dann wollte ich die Tüte mit den restlichen gemahlenen Bohnen wieder in das Regal zurückstellen. Hochlandkaffee aus Kolumbien ... Ich starrte auf das bunte Etikett. Kolumbien. Hmm, ich stutzte.

Der Wrengler hat doch damals eine Stelle in Bogota in Kolumbien angetreten. Welch ein blöder Zufall. Oder? Unseren Kollegen Kramer habe ich mal auf einem Mandelblütenfest in der Pfalz getroffen. So Anfang der 2000er muss das gewesen sein. Ist zwar nun wirklich nicht mein Typ, aber wir kamen ins Gespräch. Der Kerl hatte eine junge, attraktive Südamerikanerin im Arm. Genau, jetzt erinnere ich mich, nach einigen Schoppen hat sie mir erzählt, dass sie ihren Mann in ihrer Heimatstadt Bogota auf einem Fest der Deutschen Schule kennen gelernt habe, mit ihm aber dann auf ihr Drängen nach Deutschland gekommen sei. Hier sei es viel sicherer als in Kolumbien und sie könnten beide ein wirklich gutes Leben führen.

Später, das wusste nicht nur der Flurfunk und die Mucke, hatte sich die Frau von ihm scheiden lassen. Kann ich gut verstehen, wenn ich Frau wäre.

Kramer und Wrengler? Deutsche Schule in Bogota? Kennen die sich vielleicht sogar? Manchmal ist die Welt ja klein. Ach, Bogutt, du solltest nicht so viel Krimis lesen.

Ich nahm den Filter von der Kanne, stellte ihn in die Spüle und schenkte mir eine Tasse Kaffee ein. Für heute hast du genug spekuliert und gerätselt, Bogutt.

Mittwoch, 21.09.

Nick

Der Lehrersport am Mittwochabend in unserer Turnhalle vollzog sich nach einem langjährigen Ritual. In Kurzform hieß das: unaufgeräumte Turngeräte beiseite schieben, Volleyballnetz auf- und abbauen, Fußball kicken, bei CARLO ein Bier zischen.

Wenn ich keinen Termin für den MOEX wahrnehmen musste, reservierte ich mir diesen Abend, weil ich auf ein paar interne Infos über das GaR und Leppich hoffte. Bislang war ich enttäuscht worden. Beim Stammitaliener quatschten die Kolleginnen und Kollegen über dieselben Aufreger, die sie in den großen Pausen im Lehrerzimmer durchgekaut hatten. Ein einziges Mal hatte Charles nach seinem dritten Weizen begonnen, in Anwesenheit von Kramer über Dr. Rott herzuziehen, war aber sofort von seinem Kumpel Joachim zurückgepfiffen worden. Unverständliches vor sich hin brummelnd hatte Charles sein Glas ausgetrunken und war nach Hause gefahren.

Heute trugen Punkt achtzehn Uhr in einer Mischung aus Schweiß, Hitze und verbrauchter Luft die Kollegen Joachim, Charles, Loevenich und ich Matten und Holzböcke in den Geräteraum. Fahrrad Klaus hatte sie am Nachmittag nach seinem Sportunterricht stehen lassen müssen, wegen eines dringenden Arzt-, Massage- oder Sonst-was-Termins, wie er morgen früh wieder mal im Lehrerzimmer beteuern würde. Loevenich und Charles, die beiden körperlich Größten, spannten das Volleyballnetz. Joachim spulte sein Warm-up in einer Ecke ab. Ich trabte ein paar Runden auf dem schwingenden Hallenboden und schwitzte sofort aus allen Poren. Das war kein Wunder. Die vier Oberlichter der Uralt-Turnhalle ließen sich seit Monaten nicht mehr öffnen.

Als die Hallenuhr über dem Basketballkorb achtzehn Uhr fünf anzeigte, stolzierte Kollege Kohlhaas herein.

„Wie sieht der denn aus?“, raunte Charles, der mit Loevenich ein paar Bälle pritschte.

„Da staunst du, du Lumpenträger“, spottete Kohlhaas und zeigte mit einem Finger auf Charles' verwaschenes graues T-Shirt und seine abgewetzte schwarze Turnhose.

Kohlhaas erinnerte in seinem gelben Slim-Fit T-Shirt und seinen knallgelben Bermudashorts an einen Kanarienvogel.

„Sieht billig aus, Kohlhaas, like made in China“, johlte Charles.

„Alles ist besser als deine Fetzen, die lange keine Waschmaschine gesehen haben“, geiferte Kohlhaas zurück.

„Mach dich erst mal warm, bevor du die Bälle ins Netz schlägst, Kohlhaas“, rief Joachim aus seiner Ecke.

Kohlhaas zeigte ihm den Vogel, schlenderte zum Netz und sprang demonstrativ ein paar Mal auf und ab. Mit seinen geschätzten Einmeterfünfundsechzig würde er nie einen Schmetterball schlagen können. Joachim beendete seine Gymnastik und stellte sich neben Charles, der den Ball in seiner rechten Pranke festhielt.

„Joachim und ich, gegen den Rest, der keine Chance hat“, frohlockte der große Blonde.

Ich verteilte mich mit Kohlhaas und Loevenich in dem gegenüberliegenden Feld. Charles bereitete seinen ersten Aufschlag vor. In der Zwischenzeit war es zehn nach sechs. Mit einem „Hallo zusammen“ betraten Duck und Meuser die Halle. Ihnen folgten die Mucke, von der alle Anwesenden wussten, dass sie nur im Auftrag des Schulleiters mitspielte, Kramer, der beklagte, dass er nicht rechtzeitig aus seinem Büro gekommen sei, und die sehr junge Referendarin, die ein enges grünes T-Shirt und eine kurze rote Hose anhatte und in der Regel keinen Ball traf. Charles tippte den Ball ununterbrochen auf den Boden.

„Stellt euch endlich richtig auf!", wetterte er los.

Die beiden Frauen spielten in meiner Mannschaft. Die Männer gingen zum Team Charles.

„Es geht los. Mein erstes Ass", brüllte Charles.

Der Kollege warf den Ball hoch in die Luft, ließ ihn fallen und traf ihn mit ausgestrecktem Arm. Der hart geschlagene Ball zischte haarscharf übers Netz, flog auf Kohlhaas zu, der wie angewurzelt stehen blieb. Als ich „Achtung, Ball!" gerufen hatte, lag der Kollege rücklings auf dem Boden und schnappte nach Luft.

„Punkt für mich! Geil, das ist mein Spiel!", jubelte Charles.

Kohlhaas stieß leise Verwünschungen aus, erhob sich unter lautem Stöhnen, schlich zum Netz und blieb bis Spielende dort stehen. Charles schlug den nächsten Aufschlag, dieses Mal weniger hart, aber direkt auf die Referendarin, die schreiend aus dem Feld lief, bevor der Ball sie treffen konnte. Das Match ging über zwei Gewinnsätze. Ich baggerte, pritschte und schlug vielleicht zehn Mal den Ball. Team Charles gewann natürlich. Es gewann immer, wenn ich am Lehrersport teilnahm. Die Verlierermannschaft baute wie immer das Netz ab und verstaute es im Geräteraum. Dem Volleyballspielen schloss sich ein Kick drei gegen vier ohne Torwart an. Die Mucke und die Referendarin flüchteten aus Angst vor Schienbeinflecken in die Umkleidekabine. Charles klagte über Knieschmerzen, holte eine Trillerpfeife aus der Sporttasche und pfiff zum Anstoß. Duck und Meuser kickten zusammen mit Joachim. Ich musste mit Kramer, Loevenich und Kohlhaas leiden, von denen keiner einen Ball stoppen, geschweige denn einen vernünftigen Pass spielen konnte. Mein erstes Dribbling wurde von der gefürchteten Duckschen Blutgrätsche beendet.

„Gut gemacht, Eisenfuß“, feuerte Charles an. Seine Pfeife blieb stumm. Fouls wurden nur geahndet, wenn er es wollte. „Ich will euren Spielfluss nicht unterbrechen“, entschuldigte er sich.

Joachim tanzte uns bei fast jedem Angriff mit zwei, drei Körpertäuschungen aus und erzielte Tor auf Tor. Nach zwanzig Minuten blies Charles in seine Trillerpfeife. Schlusspfiff. Das Spiel endete 10, 11 oder 12 zu irgendwas. Gerne wäre ich mal bei den Siegern gewesen. Für das Team Joachim müsse man sich erst hochdienen und mindestens ein Jahr dabei sein, hatte mich Charles nach meinem ersten Lehrersport aufgeklärt. Das sei wie beim Stundenplan für die Neulinge. Sein Gesicht hatte mir nicht verraten, ob er es Ernst meinte.

Die Hitze in der Halle und der Kick hatten ganz schön geschlaucht. Ich freute mich auf die Dusche und ein kaltes Bier. Während des Umziehens lobte Charles seine „genialen 20 Asse“, erklärte Joachim seinen Übersteigertrick, den ich nie nachahmen könnte, saßen Duck, Meuser und Kohlhaas schweigend auf der Bank. Kohlhaas schaute abwechselnd an die vergilbte Betonwand oder auf den grauen Fliesenboden. Als er sich in ein rotes Polohemd und grüne Shorts gezwängt hatte und in braune Sandaletten geschlüpft war, sagte er leise „Tschüss“ und drückte von außen fest die Tür zu.

„Spielt mal wieder die beleidigte Leberwurst, der alte …“, sagte Charles und brach ab, als Kramer aus der Duschkabine kam. Der Abteilungsleiter hatte sich ein großes grünes Handtuch um seinen Bauch gewickelt und tappte barfuß auf dem feuchten Boden zu seinem Kleiderhaken, auf dem ein weißes Kurzarmhemd und eine lange schwarze Hose hingen. Während er ungelenk nach seinen Kleidungsstücken griff, rutschte das Handtuch hinab und glitt auf den Boden. Riesige Speckfalten gehorchten den Gesetzen der Schwerkraft und drängten nach unten. Nein, das gibt es nicht. Das Ding kenne ich. Das ist keine Tätowierung. Entgeistert starrte ich Kramer an, ich zitterte leicht. Mir wurde plötzlich speiübel, ich drehte mich zu Charles und Joachim, brachte ein kaum hörbares „Tschüss" heraus und eilte zur Tür, Joachim rief mir laut „Bis gleich beim Italiener" hinterher. Ich starrte über meine rechte Schulter, Kramer war immer noch nackt. Er trocknete jetzt seine Füße ab. Panisch riss ich die Tür auf, rannte zum Parkplatz, sprang ins Auto, startete und fuhr los, blindlings, immer weiter, immer schneller, vorbei an CARLO, vorbei am Mombacher Industriegebiet. Vor der Schiersteiner Brücke bog ich im Kreisel auf den Parkplatz vor dem Baumarkt ab, hielt an, rang erneut nach Luft, öffnete die Fahrertür und würgte, bis ich endlich kotzen konnte. Erleichtert schlug ich beide Hände vors Gesicht, atmete schwer und sehnte mich nach einem Bier. Ich war mir sicher. Diesen Bauch mit einem so markanten, kreisrunden, an den Rändern ausgefransten Feuermal hatte ich schon mal gesehen. Vor vielen Jahren als Kind im Internat. Er gehörte meinem damaligen Lehrer. Der hieß aber nicht Kramer, nein, er hieß … Ich schluckte, mein Hals schnürte sich zu. Wrengler, das Schwein hieß Wrengler.

Nick

Zuhause lief ich wie ein eingesperrter Tiger von einem Zimmer ins andere. Die Enge schnürte mir die Luft ab. Ich öffnete die drei Fenster meiner Wohnung, als könnte das bisschen Frischluft alle Demütigungen der Vergangenheit vertreiben, blieb endlich in der Küche stehen, setzte mich auf einen Stuhl und wollte zur Ruhe kommen. Vergeblich. Wie Blitze schlug das Feuermal wieder und wieder in meine Erinnerung ein. Wrengler unter der Dusche, wenn er wie zufällig nachmittags nach unserem Sportunterricht in den Waschraum kam. Wrengler, wenn er sich nackt in meinem Bett über mich beugte.

Der kühle Wind, der in die Küche zog, fröstelte mich. Ich zog beide Beine an, drückte die Arme an meinen Oberkörper und schloss die Augen. Blasse Bilder tauchten auf, blieben kurz wie eingefroren stehen, verschwanden, tauchten wieder auf. Wrengler, wie er in mich eindrang. Heikos Körper im Schulgarten. Tot. Aus dem zweiten Stock gesprungen. Wrengler, wie er meinen Mund zuhielt, als ich die Leiche sah, mich in mein Zimmer zog, mich einsperrte, zurückkam, seine feuchte Hand wieder fest auf meinen Mund legte. Nein! Nicht noch mal! Ich stieß gegen den Küchentisch, rang nach Luft, warf einen Arm zur Seite. Aber Wrenglers Hand blieb auf mir liegen. Ich erstickte. Jetzt! Ich rang nach Luft, sprang auf, zitterte. Raus!! Ich muss hier raus. Sofort. Egal wohin. Ich rannte in den Keller, trug mein Fahrrad auf die Straße hinauf, sprang auf den Sattel und trat in die Pedale; wie ein Irrer, immer schneller fuhr ich, vorbei am Bahnhof, manch rote Ampel überfahrend, schließlich die menschenleere Uni durchquerend. Vorbei an der Hochschule und am Stadion. Meine Gedanken waren ein einziger surrealer Film aus Erinnerungsfetzen, Rückblenden. Und immer war ER präsent, Wrengler, ja, ER war in fast jeder Szene präsent. Seine widerliche Fratze verzerrte sich zu einem arroganten Grinsen. Wie eine Klette hing sie an mir, ließ sich nicht abstreifen. „Wrengler! Verschwinde! Hau endlich ab! Verrecke!", schrie ich, wieder und wieder, laut und lange. Aber er blieb, er erhörte mich nicht. Irgendwo hinter den 05ern warf ich mein Rad auf einen Feldweg, hetzte weiter wie von einer Meute Bluthunde gejagt. Ich rannte, bis ich dachte, mein Kopf würde platzen, und keuchte, als hätte ich gerade einen Dreitausender in den Alpen bestiegen. Ich war fertig. Ausgelaugt und ausgepumpt. Bewegte mich gefühlt wie eine Schildkröte. Aber die Gedanken waren da, immer noch und ließen sich nicht abschütteln. Vor einer Buschreihe ließ ich mich rücklings ins Gras fallen. Es war feucht. Wie ein Embryo lag ich da, rollte von Seite zu Seite, japste nach Luft. In der Ferne schrillte das Signal eines Zugs. Mein Körper war ein einziger, wilder Pulsschlag. Die Nässe kühlte mich ab. Diesen Wrengler kriege ich nie mehr los, er ist eingebrannt in die Seele, auf immer und ewig. Das ist kein Leben. So will ich nicht weitermachen. Das kann sich keiner vorstellen, diese plötzlichen Panikanfälle, diese unbändige Angst. Aus dem Nichts kommt er und bestimmt mein Leben, bereitet mir Höllenqualen. Ich setzte mich auf, schnaufte, das rot angestrahlte Stadion, das wie ein einsames Raumschiff zum Abheben bereit lag, nimm mich mit, erlöse mich und nimm mich mit, irgendwo hin, egal, nur fort! Die Lichtglocke am Himmel über der Stadt. Postkartenmotiv. Alles nur Schein. Dort lebten furchtbare Ungeheuer, die einander schlugen und missbrauchten. Ungehört von Nachbarn. Alleine gelassen, niemand wollte sie sehen, auch wenn alle wussten, dass sie da waren. Ein lang gezogenes Tuten, wieder. Viel näher als das Erste. Nur ein paar Schritte. Und ich werde erlöst sein. Hätte alles hinter mir. Für immer. Ich erhob mich langsam, bog mit beiden Händen die Sträucher auseinander, wankte weiter, jetzt klarer im Kopf, schaute nach links und rechts.

Der blaue Triebwagen kam aus Richtung Alzey. Er war schätzungsweise vier-, fünfhundert Meter entfernt, maximal. Deine Chance, Nick, nutze sie. Der Lokführer bringt den Zug niemals rechtzeitig zum Stehen. Zwei Schritte, ich stand jetzt direkt im Gleisbett. Der Triebwagen kam näher, drei größer werdende gelbe Lichter. Wieder schrilles Hupen, noch lauter nun, Bremsen quietschten. Ich ging auf die Knie, den Blick starr geradeaus. Ein paar Sekunden noch. Komm! Ein Dauerhupen jetzt, Metallisch griff die Bremse. Und das Schwein Wrengler?? Ich stieß einen lauten Schrei aus. Der wird weiterleben, für immer unbestraft. Nein. Das darf nicht sein! Vom Triebwagen trennte mich nicht mehr viel; drei verschwimmende Lichter. Ich warf mich seitwärts, rollte über den Schotter, direkt in eine Dornenhecke. Der Triebwagen brauste mit quietschenden Bremsen vorbei, ich roch das verbrannte Metall, rappelte mich auf, stöhnte. Ich schüttelte mich, schmeckte etwas Blut von der Lippe. In den Händen und Armen. Auf dem T-Shirt, in den Beinen. Überall Stacheln. Aber ich spürte keinen Schmerz. Im Hintergrund eine Stimme, jemand schrie etwas. Wahrscheinlich der Lokführer. Ich irrte los, wie im Tunnel, lief über die Felder, suchte mein Fahrrad und als ich es schließlich fand, fiel ich auf die Wiese und begann zu weinen. Ich war stark geblieben, hatte in letzter Sekunde den Geistern der Vergangenheit die Stirn geboten, es war, als würde nach der Heimkehr in meine Wohnung ein anderes, besseres Leben auf mich warten.

Donnerstag, 22.09.

Nick

Um sechs klingelte laut mein Wecker. Ich hatte keine Sekunde geschlafen, wäre am liebsten im Bett geblieben und nie mehr aufgestanden. Arme und Beine fühlten sich wie Blei an. Und schlecht war mir. Nein, Nick. Du meldest dich heute Morgen nicht krank. Du stehst jetzt auf. Vom Liegenbleiben wird nichts besser.

Ich stieg unter die Dusche, ließ das Wasser lange abwechselnd kalt und warm über mich laufen, trocknete mich ab und blickte im Spiegel auf ein leeres Gesicht mit tiefen Ringen unter beiden Augen. Wie überstand ich den heutigen Tag am GaR? Was passierte mit mir, wenn ich Kramer sehen würde? Mehr als eine Tasse Tee brachte ich zum Frühstück nicht runter. Für die nächste knappe Stunde befand ich mich wie in einem Tunnel: Ich packte wie immer meine Tasche und ging zu Fuß zur Schule, das übliche Lehrerzimmergequatsche perlte komplett an mir ab und zum Glück fragte mich niemand etwas. Auf dem Gang zum Unterricht lief mir Laura über den Weg.

„Mein Gott, Nick. Was ist passiert? Du siehst ja schrecklich aus."

„Wir müssen uns heute unbedingt sehen, Laura, bitte."

„Natürlich, Nick. Komm um sechs Uhr vorbei."

Ich lächelte schwach, nickte und ging weiter.

Bei meinen MIGs verteilte ich Arbeitsblätter mit Lösungshinweisen zu den Tempusformen und ließ die Klasse einen Zeitungstext über Mainzer Sehenswürdigkeiten lesen, eine Zusammenfassung schreiben und vortragen. Zu einem normalen Unterricht mit viel Kommunikation war ich nicht in der Lage. Die Klasse schien das zu spüren. Ich war froh, dass sie heute nur wenige Fragen stellte. Abwechselnd schaute ich auf die Uhr und in den leeren Schulhof. In der zweiten Stunde meldeten sich einige Schüler freiwillig zum Vorlesen. Ich nickte ihren Texten mechanisch zu. Irgendwie flog alles an mir vorbei. Ich hätte ich nicht mehr wiederholen können, was ich gerade gehört hatte. Wieder schaute ich auf die Uhr. In fünf Minuten war Unterrichtsende. Draußen klopfte es zweimal. Ich starrte auf die Tür. Wenn jetzt der Kramer …? Ich brachte nur ein gemurmeltes „Ja, bitte" heraus. Die Tür öffnete sich. Ein Junge, den ich noch nie gesehen hatte, schaute mich ängstlich an.

„Frau Olddale hat mich geschickt. Sie Herr Scholl?", fragte er.

„Ja, ich heiße Nick Scholl. Hier bist du richtig."

Der Junge setzte sich auf einen freien Stuhl in der letzten Reihe und verfolgte stumm den Unterricht. Mit dem Gongen waren wir alle erlöst. Die Schüler packten ihre Unterlagen ein und verließen den Raum. Ich machte meine Eintragungen ins Klassenbuch.

„Ich soll sagen, dass ich Buch bekomme", unterbrach der mich neue Schüler.

Das hat mir gerade noch gefehlt. Jetzt muss ich auch noch zum Kramer.

„Wie heißt du überhaupt?", fiel mir endlich ein.

„Ich heiße Imad."

„Gut, Imad. Ich besorge dir das Buch. Warte bitte einen Moment vor der Tür. Ich bin gleich zurück. Hast du mich verstanden?"

Imad nickte mehrfach. Ich wischte mit einer Hand über meine Stirn. Kalter Schweiß. Mein Hand war wie abgestorben.

Reiß dich zusammen, Nick. Du kannst jetzt nicht kneifen. Du musst zu Kramer gehen.

Ich klopfte zweimal an die Tür zur Bibliothek, wartete das „Ja, bitte" nicht ab und ging hinein. Kramer saß hinter seinem großen Holzschreibtisch, eingerahmt von zwei Bücherstapeln, einen aufgeschlagenen Laptop vor sich.

„Ich habe einen neuen Schüler bekommen und benötige ein Lehrbuch für ihn."

Hoffentlich komme ich hier bald wieder raus.

„Wieder einer mehr", sagte Kramer kaum hörbar, stand auf und schlurfte zu der riesigen Regalwand. Heute waren seine grauen Haare mit Gel nach hinten gekämmt. Er trug wieder sein langärmeliges, kariertes Hemd und seine graue Weste. Sein wuchtiger Kopf drehte sich einmal nach links, einmal nach rechts. Von hinten betrachtet hatten seine grauen Haare viel Länge im Nacken. Zielsicher streckte er seinen rechten Arm aus, zog ein Buch heraus, schlurfte zu seinem Schreibtisch zurück, scannte das Buchetikette in die Ausleihe ein und drückte mir das Buch in die Hand.

„Dieses Buch bekomme ich am Ende des Halbjahres mit den anderen aber wieder zurück."

„Natürlich", sagte ich.

Was denkst du Schwein von mir.

„Am besten wäre es, wenn Sie die Bücher in der Schule einschließen und nur bei Bedarf austeilen würden. Erfahrungsgemäß ist der Schwund bei diesen Kerlen sehr groß und ich muss teure Nachbestellungen veranlassen. Diese Mittel fehlen uns für Bücher in den normalen Klassen."

Kramer schleuderte einen Arm zur Seite und riss den rechten Bücherstapel um, als ich gerade fragen wollte, was er unter *normalen Klassen* verstehe. Einige Bücher verteilten sich auf dem Tisch, die meisten fielen laut polternd auf den grauen Linoleumboden.

„Mist. Auch das noch", fluchte Kramer und bückte sich. Das herabhängende Auge zuckte mehrfach. Seine schiefen, kleinen Zähne, die meisten gelb, blitzten kurz auf. Ein penetranter Geruch strömte aus seinem Mund. Angeekelt drehte ich meinen Kopf zur Seite.

Du Schwein hast dir damals schon nicht die Zähne geputzt.

Kramer hob die Bücher auf und bildete einen neuen Stapel auf seinem Schreibtisch.

„Unterschreiben Sie bitte noch für den Erhalt des Buches, Herr Scholl. Sicher ist sicher. Falls mal die EDV streiken sollte."

Ein Formalist und Korinthenkacker warst du schon damals im Internat gewesen, Kramer. Jede Sekunde, die wir zu spät in deinen Unterricht kamen, jede vergessene oder nicht gemachte Hausaufgabe hast du erst ins Klassenbuch und dann in dein rotes Büchlein eingetragen.

Ich nahm das ausgeliehene Buch in die Hand, nickte wortlos und ging zur Tür. Als ich mich umdrehte, hingen Kramers Huskyaugen wieder über seinem Laptop.

Tim

Muss ich mir das wirklich antun? Ja, Sie müssen, hatte der Herr Verleger junior mir letzte Woche geschrieben. Wir müssen nahe bei den Menschen sein, sonst können wir keine Zeitung für sie machen. Wir müssen den Puls der Zeit messen. Was soll das Geschwätz? Die Facebook-Kommentare zu meiner Landebahn Nordwest – Provokation, wie der Herr Sohn meinte, belegten die unterdurchschnittlichen Intelligenzquotienten ihrer Verfasser. Ich fand sie so amüsant wie widerlich.

Voll Umweltfreak, du Alter. Machst immer auf Panik und Hysterie. Wer hat dich denn bezahlt? - Das bisschen Lärm stört mich nicht. Ich schlafe immer bei offenem Fenster. - Ich freue mich über jedes Flugzeug am Himmel. Sichert meinen Job bei Fraport. Oder hast du was gegen Arbeitsplätze? Hast wohl vergessen, wie der Österreicher an die Macht gekommen ist! - Willst mir wohl den Urlaub verderben, Ökodiktator? - Lass deine schwulen Hände von deiner Tastatur, du grün versiffter Schmierfink.

Diese Wirrköpfe mussten ja Zeit ohne Ende haben. Möchte mal wissen, woher die ihre kruden Gedanken haben? Ist das alles auf ihren Mist gewachsen? Oder werden die etwa von bestimmten Gruppen, die sich hinter ihnen verstecken, fremdgesteuert? Wäre mal eine Frage, mit der sich der Herr Sohn beschäftigen könnte. Damit kann ich dem nicht kommen. Ist dem alles zu aufwendig, zu kompliziert, bringt keine Auflage.

Ich klickte unsere Facebook-Seite weg. Muss ich mir nicht wirklich antun. Wie sich meine Arbeit doch verändert hat. Früher, als unsere Leser sich noch richtig artikulieren konnten, las ich wöchentlich fünf, sechs ausformulierte Briefe und hörte mir in der Regel genauso oft schimpfende, aber präzise argumentierende Anrufer auf dem Anrufbeantworter der Lokalredaktion an. Mit den Jahren kannte man seine Pappenheimer mit Adresse und Telefonnummer. Hat sie mit einem Anruf oder mit einem abgedruckten Leserbrief, besänftigt. Die sind uns damals alle treu geblieben.

Alles vorbei. Heute kündigen die Leute ihr Abo, weil sie eine andere Meinung als die ihre nicht aushalten können. Manche gehen zur AZ rüber. Die hätte eh den besseren Sportteil, bekomme ich oft zu hören. Eigentlich ist es lächerlich. In unserer Lage aber leider ernst zu nehmen.

Meine Handy bimmelte. Schon wieder der Herr Verlegersohn.

„Guten Morgen, Herr Henkel. Ich hoffe, es geht Ihnen gut."

„Ja, danke."

„Ich will nicht lange drum rumreden. Wir haben in der Familie lange darüber diskutiert. Unsere Wege müssen sich leider, und das meine ich aufrichtig, trennen. Vielen Dank für Ihr Engagement, Herr Henkel."

Mein Handy rutschte mir fast aus der Hand.

„Was? Wie? Was soll ich sein? Sie kündigen mir?"

„Ja. Herr Henkel. Sie haben richtig verstanden. Sie sind freigestellt. Ab sofort. Gehalt beziehen Sie natürlich bis zum Jahresende. Das Arbeitszeugnis wird Ihnen zugestellt. Für Ihren weiteren beruflichen Werdegang wünschen wir Ihnen selbstverständlich alles Gute."

„Nein, so geht das nicht", fiel mir noch ein.

„Doch, genau so geht das, Herr Henkel. So steht es auch in Ihrem Vertrag. Wir haben uns für eine Neuausrichtung der Zeitung entschieden. Mit neuen Impulsgebern in der Redaktion und in der Leitung. Da kam uns in den letzten Monaten einfach zu wenig. Wir, als Verlegerfamilie, müssen das große Ganze betrachten. Wir tragen schließlich Verantwortung für über hundertfünfzig Beschäftigte. Wenn Sie in Ruhe und mit etwas Abstand darüber nachdenken, können Sie uns bestimmt verstehen."

Der Hurensohn legte einfach auf. Mein Handy entglitt mir, schlug auf den Teppichboden. Mir wurde schwarz vor Augen. Ich fiel ein wohl letztes Mal in den schwarzen Ledersessel zurück.

Nick

Ich würgte ein paar Spaghetti herunter. Laura saß da, spielte mit ihrem Weinglas und wartete ab.

„Die Spaghetti schmecken gut. Aber ich kann nicht mehr. Tut mir leid."

Ich legte Löffel und Gabel neben den fast vollen Teller und fing an zu reden. Laura unterbrach mich nicht, stellte keine Fragen.

„Die Kontrollgänge an den Wochenenden waren am Schrecklichsten. Sie begannen immer um neun. Ich wusste, dass Wrengler um diese Zeit kein Mathebuch mitbringen würde, um mir eine Stunde Nachhilfe zu geben. Ich schlüpfte in meinen Schlafanzug, schloss die Tür ab, stellte den kleinen Schreibtisch unter die Türklinke und wünschte, dass er an meinem Zimmer vorbeischleichen würde. Ich müsse meine Tür verrammeln, hatte mir Heiko geraten. Der Krach beim Türaufmachen habe Wrengler bereits einmal vertrieben. Viel genutzt hat es uns nicht. Wrengler hatte aus seinem Debakel gelernt und kam, wenn wir alleine waren. Vorzugsweise am Wochenende. Wenn die Kinder, außer Heiko und mir, von ihren Eltern abgeholt worden waren. Der Lärm des umfallenden Tischs hatte ihn nicht im Geringsten gestört. Im Gegenteil. Es hat ihn noch heißer auf uns gemacht.

Jeden Freitag-, jeden Samstagabend waren meine Hände eiskalt. Ich vergrub sie unter der Decke und faltete sie für ein Gebet zu einem Gott, der mir viel zu selten beistand. Ich betete *Gott, vergib mir meine Schuld. Ich bin froh darüber und danke dir.* Den Rest habe ich vergessen. Ich fühlte mich schuldig und habe es sogar gebeichtet. Ein guter Christ bereut, bessert sich, bekennt seine Sünden und büßt dafür. Haben sie mir alles im Religionsunterricht eingetrichtert."

Laura verzog das Gesicht und schenkte sich ein Glas Wein ein.

„Mich quälte tatsächlich ein schlechtes Gewissen, wenn Wrengler zu mir kam, obwohl ich nicht wusste wieso. Wenn ich mich richtig erinnere, ging das soweit, dass ich mich fragte, ob ich Wrengler nicht sogar zu seinen Übergriffen provoziert hatte. Die Zeit im Internat war ein einziger Horror."

Meine Hände begannen zu zittern. Laura stand auf, trat hinter mich und schlang beide Arme um mich.

„Das Schwein hat so oft die Türklinke heruntergedrückt. Ich erinnere mich nur, dass er das kalte, weiße Deckenlicht löschte, das auf mein Bett fiel, seine feuchte Hand auf mein Gesicht legte und sein Spiel begann. Wenn ich Glück hatte, war es schnell vorbei. Ich habe mich nie gewehrt. Widerstand wäre sinnlos gewesen. Wrengler war viel zu stark. Irgendwann stöhnte er auf, nahm seine Hand von meinem Mund, schlug die Decke auf, stand auf, deckte mich zu und verschwand in den dunklen Flur. Nach den ersten beiden Malen sagte er nichts, wenn er wie besessen in mich eindrang. Es war schrecklich. Irgendwann habe ich Wrengler angefleht, dass er das lassen solle. Ansonsten würde ich zum Rektor gehen und dem alles erzählen."

„Wie hat er reagiert?"

„Gelacht hat er. Ausgelacht hat er mich. Niemand würde mir glauben. Er würde einfach alles abstreiten. Ich sei ein einsames Kind, das sich alles nur einbilde und eine blühende Fantasie besitze."

Laura hielt meine Hände.

„Die sind ja wie Eisblöcke, Nick."

„Ich hätte das Schwein getötet, wenn es noch einmal in mein Zimmer gekommen wäre. Das Messer lag bereits unter meinem Kopfkissen. Aber Wrengler ist nie mehr aufgetaucht. Warum wusste angeblich niemand."

Laura schüttelte den Kopf.

„Hast du nie mit den Lehrern oder deinem Vater über diese Verbrechen gesprochen?"

„Mit den anderen Lehrern? Nein. Wir hatten kein Vertrauen zu denen. Mit meinem Vater kann ich bis heute nicht über den Missbrauch reden. Der konnte und kann Schwäche nicht aushalten. Ich sei doch ein richtiger Junge, hätte er mir vorgeworfen. Jungs seien doch keine Opfer. Ich würde mir da etwas zusammenphantasieren in meiner Schwachheit und irgendwelchem Geschwätz erliegen."

„Mein alter Herr war genauso. Der konnte auch keine Schwächen ausstehen."

Laura schenkte Wein in mein Glas ein. Mein Mund war vom vielen Reden trocken geworden. Ich trank es viel zu schnell aus.

„Wrengler hat sich mich Vertrauen erschlichen. Der war beliebt unter den Schülern. Wir fanden es cool, dass er mit uns zum Angeln ging, zum Tiere beobachten in den Wald, uns Nachhilfe in seiner Freizeit gab und am Wochenende Ausflüge in einen Freizeitpark machte. Ein kleines rotes Matchboxauto, das er mir mal geschenkt hat, stand übrigens bis gestern auf dem Schreibtisch in meinem Arbeitszimmer."

„Und jetzt?"

„Jetzt liegt es in der Mülltonne."

„Was willst du jetzt machen, Nick? Willst du Wrengler, ich meine Kramer, nicht endlich anzeigen?"

„Laura, ich weiß es nicht. Wenn ich Kramer anzeige, kommt es vielleicht zu einem Prozess. Und wenn Kramer nicht geständig ist, und davon gehe ich aus, muss ich aussagen und erlebe mein Martyrium noch einmal. Ich war in meiner Kindheit und Jugend häufig krank, wurde von Arzt zu Arzt gereicht. Keiner konnte mir helfen. Unspezifische Beschwerden hat der Junge, haben sie meinen Eltern erzählt. Der ist in der Pubertät. Das wird sich geben. Heute ahne ich, dass die Beschwerden mit dem Missbrauch zusammenhängen. Ich habe Angst, dass sie wieder auftauchen, und weiß nicht, ob ich diese Schmerzen ertragen kann, ohne verrückt zu werden."

Ich senkte meinen Kopf, stellte mir einen grinsenden, überheblichen Kramer vor und hörte die bohrenden, intimen Fragen seines Verteidigers. Wieder befiel mich Übelkeit. Ich rannte auf die Toilette und kotzte das bisschen Nudeln und den Wein aus.

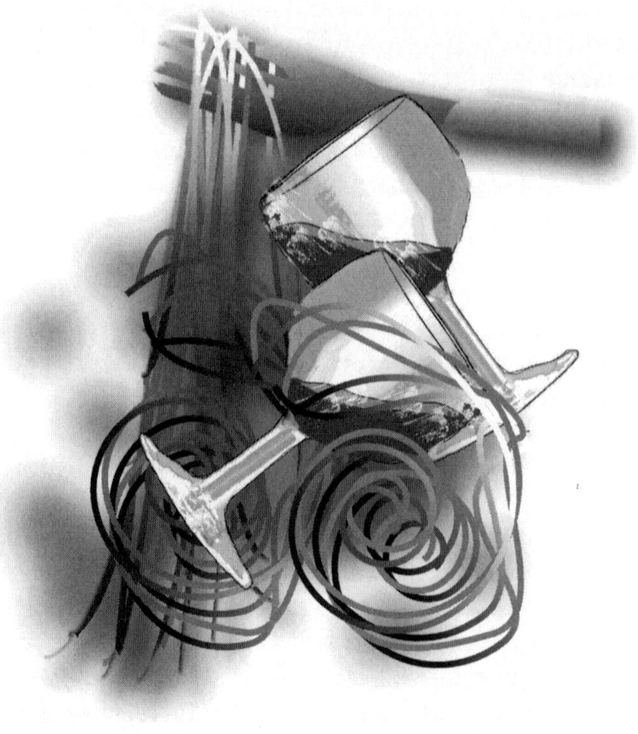

Freitag, 23.09.

Bogutt

In zwei Wochen waren Herbstferien. Ein paar Stunden Mathe und Englisch, eine letzte Konferenz. Dann war hier Schluss. Viel würde ich nicht mitnehmen. In den schwarzen Trolley hinten in der Ecke ging alles rein. Mehr Gepäck hatte ich bei meinen Kurztrips nach London, Paris, Stockholm und Lissabon nie gebraucht. *Zürich in 24 Tagen* musste ich nicht einpacken. Weg damit. Der Reiseführer flog in den Papierkorb. Nach drei Aufenthalten kannte ich mich in dieser Stadt gut genug aus. War schon was Größeres als Mainz. Kriegen ja hier noch nicht mal ein anständiges Museum für den Gutenberg hin.

Ich packte die beiden Englischbücher für morgen in meinen Rucksack. Erst halb zehn, zu früh, um ins Bett zu gehen. Richtig müde war ich auch nicht. Ich machte das Fenster auf und sog die frische Luft ein. Fast so warm wie im Frühling. Mit der Straßenbahn fuhr ich zum Schillerplatz und lief den kurzen, aber steilen Treppenaufgang auf die Kupferbergterrassen hoch. Ganz schön anstrengend, wenn man nicht fit ist. Ich schnaufte, schwitzte und setzte mich auf eine freie Bank. Die Stadt, der Rheingau und die Taunusberge versanken langsam in der Dämmerung. Unzählige Male war ich hier gewesen. Regelmäßig mit Martha. Vielleicht zwei-, dreimal auch mit der Mucke. War lange her. Bestimmt über fünfzehn Jahre. Die Mucke hatte gerade am GaR angefangen. Sie sah damals wirklich gut aus, hat gleich offensiv Anschluss gesucht. Und mit Martha lief es überhaupt nicht rund. Bin halt ein paar Mal mit der Mucke im Bett gelandet. Bin heute noch erstaunt, was sie mir, wir lagen nach dem Sex nackt und Zigaretten rauchend nebeneinander, alles erzählt hat. Nach ein paar

Monaten am GaR wusste die bereits, wer mit wem gerade ein Verhältnis unterhielt, wer Probleme mit seinen Klassen hatte, wer die besten Stundenpläne bekam. Aber die Mucke war mir ein bisschen zu geschwätzig. Wollte sich wichtig machen. Hat sich richtig angedient. Wusste sogar, dass ich nicht das beste Verhältnis zum Schulleiter hatte. Ich habe sie einfach quasseln lassen. Der laufende Meter sechzig brauchte das für seine Selbstbestätigung. Trotzdem, halte sie dir warm, Bogutt. Was sie dir erzählt, erzählt sie auch anderen. Und dem Alten sowieso. Schulleiter schätzen solche Kolleginnen und Kollegen. So eine bereitwillige Quelle lassen die nicht versiegen. Und wie recht ich hatte. Im Laufe der Jahre ist die Mucke mit ihrer Aufgabe gewachsen. Wurde zu einer zuverlässigen Garantin für schulische Informationen jeglicher Art, das Ohr immer am Puls des Gerüchts. Hat der Führungsriege bei jeder Gelegenheit nach dem Mund geredet. Fand immer alles toll, was die Leitung vorschlug. Wusste über jede und jeden im Kollegium Bescheid. Manchmal dachte ich, sie hätte zu Hause statt Bilder und Kalender Familienstammbäume und Familienaufstellungen an den Wänden hängen. Na ja, wenn ich ehrlich bin, habe ich die Mucke auch ausgenutzt und ihr Dinge gesteckt, die meiner Position am GaR nicht abträglich waren. Auf einmal bekam ich keinen Nachmittagsunterricht mehr, wurde sogar Fachleiter in Mathe, nachdem ich bei der Mucke die Bemerkung fallen gelassen hatte, dass es an der Zeit für eine Dienstaufsichtsbeschwerde sei, weil die immer gleichen Kolleginnen und Kollegen ganz offensichtlich immer nur vormittags die Leistungskurse in Englisch und Mathe unterrichteten, mit dem Segen des Personalrats alle vor mir befördert worden waren und sich somit viel leichter für höhere Aufgaben empfehlen konnten. Der Lichtschein, der sich über die Stadt gelegt hatte, wurde immer heller. Mir wurde langsam kalt auf meiner Bank. Das alles kann dich nicht mehr aufregen, Bogutt. Die Mucke ist auch bald Geschichte. Wenn meine Quelle am Domgymnasium recht hat, wird dort zum nächsten Schuljahr eine Abteilungsleiterstelle frei. Die Mucke habe sehr gute Chancen, sagt meine Quelle. Wer den Polizeipräsidenten kenne, mit dem Tanner von der Schulaufsicht verbandelt sei, der müsse ja irgendwann mal nach oben fallen.

Marionetten
lassen sich sehr leicht
in Gehenkte verwandeln.
Die Stricke
sind schon da.

polnischer Lyriker und Aphoristiker

Samstag, 24.09.

Laura

„Jetzt reicht es aber, Nick."

Ich knallte die Kaffeetasse auf den Tisch.

„Das diskutiere ich wirklich nicht aus. Entweder gehst du mit zum Radrennen. Oder ich gehe alleine. Das Engagement der *AG Bicycle Race* vom Fahrrad Klaus muss man unbedingt unterstützen. Schließlich geht es um eine saubere, umweltfreundliche Stadt."

Nick las einfach im MOEX weiter.

„Hörst du mir überhaupt zu?"

„Sicher, Laura. Du willst zum Radrennen. Ich aber nicht."

Ich stand auf, räumte Tasse, Teller und Besteck in die Spülmaschine und schaute zum Küchenfenster hinaus.

„Mist. Draußen regnet es. Egal. Ich gehe jetzt los. Sonst verpasse ich den Start um elf Uhr. Was ist jetzt, Nick?"

„Ich bleibe hier und lese ein wenig. Ich habe dir schon paar Mal gesagt, dass ich den Kramer nicht auch noch in meiner Freizeit sehen möchte."

„Gut. Wie du meinst, Nick. Dann bis später."

Ich drückte Nick einen Kuss auf den Mund, nahm den Schirm von der Garderobe und verließ meine Wohnung.

Kramer! Immer wieder Kramer. Nick bekam das Schwein einfach nicht aus dem Kopf. War aber auch kein Wunder.

Auf der Straße blickte ich auf mein Wohnzimmerfenster. Die Gardine bewegte sich nicht. Nick winkte mir noch nicht einmal zu. Schade. Das machte er doch sonst immer, wenn wir uns verabschiedeten. Ich spannte den Schirm auf. Das trübe Wetter passte zu meiner Stimmung. Jetzt hockt Nick alleine zu Hause und grübelt wieder vor sich hin. Das hilft doch auch nichts. Alleine kriegt er das Internat nicht los. Die Verletzungen sitzen viel zu tief. Nick muss sich professionelle Hilfe suchen. Aber soweit ist er noch nicht. Es ist ein Jammer. Hoffentlich klappt er mir mal nicht zusammen. Oder tut sich gar was an. Das würde ich nicht aushalten.

Ich beschleunigte meine Schritte. Gerade rechtzeitig kam ich zum Start in Höhe der Rheingoldhalle. Der Regen wurde stärker. Bei dem Wetter hatten sich neben der Stadtprominenz keine hundert Zuschauer am Startplatz versammelt. Dr. Rott strahlte mit Oberbürgermeister und Mann und Umweltdezernentin um die Wette und blickte lachend, welch ein Wunder nach den Ereignissen der letzten Tage, in die paar Kameras und Smartphones, die auf die Vier gerichtet waren. Das Quartett wurde von Schülerinnen in schicken gelben Röckchen beschirmt. Da muss einer vom Orgateam zuviel Tour de France geguckt haben.

„Es geht los. Es ist elf Uhr", rief der OB und skandierte „Mainz macht mobil, klimaneutral in die Zukunft" in ein Megafon, das ihm Dr. Rott gereicht hatte. Die Umweltdezernentin war auf eine große Leiter geklettert, hielt eine Pistole in die Luft, zählte „Eins, zwei, drei, grün" und drückte ab. Ein älterer, bärtiger Radfahrer aus der ersten Startreihe im kanariengelben Trikot mit der Nummer 13 und mit hellen Spargelbeinen kam nicht in den Tritt, strauchelte und fuhr unbeholfen gegen die Leiter. Wie in Zeitlupe stürzte sie samt Dezernentin Richtung Asphalt. Der Fahrer kippte mit seinem Rad auf die Straße. Der Umweltfrau glitt die Pistole aus der Hand, wie eine Ertrinkende warf sie hilflos beide Arme in die Luft, griff ins Leere und knallte auf den Boden.

Der Oberbürgermeister rief „Schnell. Erste Hilfe. Die Grünen liegen am Boden" und konnte ein leichtes Grinsen nicht unterdrücken. Zwei Sanitäter eilten herbei, beugten sich über die Gestürzte. Einige Fahrer passierten mit einem mitleidigen Seitenblick die Unglücksstelle.

„Aua, das hat weh getan“, rief eine männliche Stimme besorgt. Sie gehörte zu Roeder in einem viel zu engen schwarz-rot-goldenen Raddress.

„Fährst du nicht mit“, fragte ich und fixierte seinen Bauch.

„Nein. Ich habe mir beim Einfahren einen Platten geholt.“

„Ehrlich?“

„Nein. Nicht ehrlich. Es regnet mir zu viel.“

Vor uns wurde die laut zeternde Dezernentin auf einer Trage liegend in einen Krankenwagen verfrachtet und abtransportiert.

„Aber nicht schneller als 30 fahren“, brüllte Roeder ihr nach. Jemand lachte hinter uns laut. Ich drehte mich um. Es war Kramer. Ausgerechnet. Hoffentlich geht der gleich weiter. Ich dachte sofort an Nick. Ich hätte nicht erleben wollen, wie er auf das Schwein reagiert hätte.

Am Start war es ruhig geworden. Der OB schaute zu seinem Mann und nickte ihm kaum merklich zu. Winkend verabschiedeten sich beide von Dr. Rott und ließen ihn im Regen zurück. Die Mädchen mit den Schirmen waren längst verschwunden. Kramer knipste sein Lächeln an und stellte sich zu seinem Schulleiter. Die beiden Männer begrüßten sich mit Handschlag. Wechselten nur wenig Worte miteinander. Das Rennen ging in die zweite Runde.

Schülerinnen und Schüler in schwarzen T-Shirts mit dem Aufdruck *Safe the world* und Sammelbüchsen in der Hand gingen von Zuschauer zu Zuschauer und baten um eine Spende. Dr. Rott bekam einen roten Kopf, als eine Schülerin aus der Unterstufe vor ihm stand, deutete mit seinem wulstigen Zeigefinger auf ihre Brust und redete auf Kramer ein. Kramer und das Mädchen zuckten fast gleichzeitig mit den Schultern. Die Schülerin schüttelte die leere Dose hin und her und schlenderte weiter, als sie gemerkt hatte, dass die beiden Männer nichts in die Dose werfen würden.

Roeder meinte, dass das schulinterne Controlling versagt habe und vermutete, dass Kramer oder die Alt-Thaler, vielleicht auch beide, die Verantwortung dafür übernehmen müssten. Es wäre angemessen, wenn der Schulleiter die Zwei zu einem Diktat am Sonntagabend in die Schule zitieren würde.

Runde um Runde löste sich das anfangs geschlossene Feld auf. Zwei Oberstufenschüler mit kräftigen Oberschenkeln und Waden dominierten das Rennen.

„Die Zwei sind beim Fahrrad Klaus in der Rad-AG. Der nimmt die so ran, macht die richtig fit. Wenn die weiter so trainieren, können die an der nächsten Olympiade teilnehmen", sagte Roeder.

„Wo ist Fahrrad Klaus eigentlich?", fragte ich.

„Keine Ahnung. Vielleicht trainiert der noch in der Muckibude in unserer Sporthalle."

Konnte ich mir nicht vorstellen. Fahrrad Klaus drängte sich bei allen schulischen Sportevents auf jedes Foto.

„Der Radsport als solcher wird ja völlig überbewertet."

Leierborzer hatte sich zu uns durchgequetscht und schüttelte den Kopf.

„Doping sag ich nur, dieser Neil Armstrong …", regte er sich auf.

„Lance, der heißt Lance", entgegnete Roeder.

„Wer?"

„Lance Armstrong, der Radrennfahrer. Der andere war auf dem Mond."

Ich lachte. Da sind einige Kollegen auch manchmal, dachte ich.

„Und sowas unterrichtet Sport. Na ja, bewertet seine Schüler auch mit dem Lineal."

„Immer noch besser als würfeln, Kollege Roeder."

„Sie geben das mit dem Lineal also zu, Herr Kollege?"

Leierborzer grinste.

„Klar doch. Keine Sportstunde läuft bei mir ohne Bandmaß und Stoppuhr ab. Ich vermesse alles."

„Wie Gauß und Humboldt", ergänzte Roeder.

Leierborzer schaute den Kollegen verdutzt an.

„Guck mal, Laura. Fahrrad Klaus fährt sogar mit. Dahinten kommt er angefahren. Und wie. Sieht aus, als hätte er den Sprint für den Schlussspurt angezogen. Mensch, wie fit der noch ist."

Roeder verfolgte mit seinem Arm den Kollegen mit rotem Fahrradhelm und magentafarbenem Trikot, der jetzt an uns vorbeiraste.

„Fahrrad Klaus, Fahrrad Klaus", kreischte eine Gruppe Mädchen aus seiner Klasse. Fahrrad Klaus verschwand schnell im Pulk der anderen Fahrer. Sekunden später passierten uns zwei Männer in blauen Uniformen auf E-Bikes.

„Die Polizei macht auch mit?", fragte Leierborzer.

„Quatsch, die Bullen doch nicht. Und mit E-Bikes ... tztztz."

Einer der Polizisten pfiff unentwegt auf einer Trillerpfeife, der andere rief „Halt! Stehen bleiben! Polizei!"

„Meinen die etwa Fahrrad Klaus?", fragte ich Roeder.

„Wieso? Kann ich mir nicht vorstellen. Was soll der mit der Polizei zu tun haben? Der hat höchstens das Finanzamt um Steuern für seine Kneipe beschissen."

Roeder freute sich über seinen Witz.

Leierborzer drückte sich weiter durch die Zuschauermenge und fand schließlich ein anderes Opfer für seine Trainingsgeschichten. Ein weiteres und letztes Mal passierte uns die Spitze des Rennens. Dann war das Spektakel für dieses Jahr beendet. Wie erwartet siegte einer der beiden durchtrainierten Oberstufenschüler in einem äußerst knappen Finish. Die Menge verlief sich zusehends, nur ein harter Kern der Schüler stand noch am Zielstrich und applaudierte. Mädchen in knappen Shirts und Röcken verteilten jetzt Probedöschen eines angeblich flügelverleihenden Wunderdrinks. Selbst unsere kleine Veranstaltung kommt also nicht mehr ohne Sponsoring aus.

Wo blieb nur Fahrrad Klaus? Ich blickte in die Menge bei der Siegerehrung, konnte ihn aber nirgends ausmachen. Dr. Rott sprach einige Dankesworte in das bereitgestellte Mikrofon, dann überreichte er dem verschwitzen Sieger einen kleinen, augenscheinlich sehr hässlich anmutenden Pokal, die Brausemädchen standen jetzt neben ihm. Eines gab dem Sieger ein Küsschen links, ein Küsschen rechts und hängte ihm dann einen goldenen Kranz mit der Sponsorenwerbung um. Alle, auch Kramer neben Dr. Rott, klatschten brav.

Die Zweit- und Drittplatzierten erhielten neben den Küsschen je eine Flasche Wein. Hat sich einer toll ausgedacht. Die AG *Keine Macht den Drogen* wird es freuen.
Roeder fragte, ob ich Lust auf einen Absacker in der Altstadt hätte. Mir war ehrlich gesagt nicht danach zumute und ich ließ ihn stehen. Ich freute mich auf Nick, vielleicht konnten wir ja heute den Abend gemütlich auf der Couch verbringen.
Wir bestellten uns zwei Pizzen, öffneten einen herrlichen roten Italiener und genossen den Abend, als Nicks Handy uns nervte.
„Ich muss da ran, ein Redaktionskollege", entschuldigte sich Nick und stellte auf Lautsprecher.
„Das geht viral, Nick. Was ist denn an eurer Schule los? Eben auf dem Ticker. *Mainzer Gymnasiallehrer bei lokalem Radrennen wegen illegaler Dopinggeschäfte festgenommen."*

Montag, 26.09.

Dr. Rott

Die Schwenke brachte mir eine Tasse Kaffee. Als sie draußen war, nahm ich die Cognacflasche aus meinem Geheimdepot im Aktenschrank, öffnete sie, gab einen Schuss Remy Martin in den Kaffee und stellte die Flasche zurück. Erschöpft setzte ich mich in meinen Ledersessel, hielt für einen Moment die Tasse zwischen meinen Händen, atmete tief ein, nahm schließlich einen langen Schluck, ließ ihn die Kehle hinunterlaufen und genoss das leichte fruchtige Aroma im Abgang. Die vier Stunden Chemie in den beiden 11er Grundkursen waren meist eine zähe Veranstaltung. Wenigstens brauchte ich mich für meine Pflichtstunden nicht weiter vorzubereiten.

Ich stellte die Tasse zur Seite, öffnete die Mappe mit der Aufschrift *Mathematik* und überflog die fünf vorgelegten Klausuren mit den Lösungsvorschlägen. Die Alt-Thaler hatte sie im Rahmen der schulinternen Evaluation zur Verbesserung der Transparenz der Notengebung in der Oberstufe, noch so eine ihrer geistigen Ergüsse, wie stets nach Kurs und Bewertung vorsortiert. Die Besten lagen oben. Bei Duck und Meuser gab es keine Klausur über 8 Punkte. Diese ehrliche Bewertung gefiel mir, aber wahrscheinlich nicht der Alt-Thaler und manch anderem. Das Telefon klingelte zur Unzeit. Was will die Schwenke denn? Ich nahm den Hörer ab.

„Herr Dr. Rott. Es tut mir leid, aber alle paar Minuten meldet sich die Presse und fragt nach der Verhaftung auf dem Radrennen. Ich kann nicht …“

„Schon gut, Frau Schwenke. Wer ist denn jetzt dran?“

„Ein Herr Köhler von der AZ.“

Wenigstens keiner vom MOEX. Die trauen sich wohl nicht mehr bei mir anzurufen. Den Journalisten von der AZ hatte ich schnell abgefertigt. Nein, ich könne über diesen

Vorfall keine Auskunft geben, dürfe es auch gar nicht. Er solle sich doch bitte ans Schulamt wenden. Nur das sei in diesem Falle zu einer Stellungnahme berechtigt.

Ich legte auf, lehnte mich zurück und seufzte. Vier Ereignisse sägten an meinem Stuhl, wie zur Bestätigung betrachtete ich meine Hand mit den vier gestreckten Fingern. Leppichs Tod, der Selbstmord eines der Migranten, die Verhaftung unseres Hausmeisters. Und jetzt auch noch Fahrrad Klaus. Ihm hatte ich doch immer seinen Freiraum gelassen, warum nur musste er … Mein Gott! Viel schlimmer konnte es mich nicht erwischen. Die ewigen Propheten hatten natürlich alles so kommen sehen. Gully hatte mir heute Morgen im Flur lautstark vorgeworfen, wie ich es hätte zulassen können, dass kriminelle Elemente den Ruf der Schule vollends ruinierten. Besonders bei Fahrrad Klaus hätte ich genauer hinschauen müssen. Ich hätte dem Typen viel zu viel durchgehen lassen. Gerade die, zugegebenermaßen auch mir bekannten, Gerüchte um illegale Glücksspiele in seiner Kneipe, die nur ja offiziell seine Frau führe, hätten mein unbedingtes Eingreifen erfordert.

Dieser Dummschwätzer. Wer bin ich denn? Der Gully wusste auch seit langem, was mit Fahrrad Klaus los war. War doch ein offenes Geheimnis. Die Zwei kannten sich doch ganz gut. Hätte ihn auch zur Rede stellen können. Schlappschwanz, elender. Wenn ich jedem Gerücht am GaR nachgehe, das mir zu Ohren kommt, hätte ich keinen Feierabend mehr. Ich stand auf und stellte die leere Tasse auf den kleinen Tisch in der Ecke. In Wirklichkeit sind Gullys Vorwürfe erste Absetzbewegungen. Schließlich will mein Personalrat auch mal was Größeres werden und nicht nur einmal im Monat in der Gesprächsrunde Schulleitung - Personalrat meist unberechtigte Vorwürfe aus dem Kollegium an mich herantragen.

Als ich wieder an meinem Schreibtisch saß, beendete ich eiligst die Durchsicht der Klausuren, schrieb mit meinem grünen Stift für die Alt-Thaler auf einen Zettel *Erstellen Sie ab sofort eine Monatsstatistik über alle Klausurnoten in allen Klassen der Mittel- und Oberstufe!* und ließ die Schwenke das Memo in Alt-Thalers Fach legen.

Leise lachte ich in mich hinein, griff zu meinem Mantel und verabschiedete mich in eine lange Mittagspause.

Bogutt

Schneller konnte ich nicht laufen. Kam mir wie ein Behinderter mit zwei Krücken vor. Der Juckreiz machte mich fast wahnsinnig. Tür aufschließen. Rein ins Treppenhaus. Die neugierige Alte im Parterre öffnete einen Spaltbreit ihre Wohnungstür.

„Sie sehen aber schlecht aus, Herr Bogutt", krähte sie.

„Mir geht es blendend, Frau Schmitz", sagte ich und ließ sie stehen.

Vier Treppen noch. Endlich stand ich vor meiner Wohnung. Wo ist der Schlüssel? Im Mantel? Nein. In der Hose? Nein. Scheiße, du hast ihn ja in der Hand. Mach die Tür auf. Ins Bad, runter mit den Klamotten. Wo ist die Salbe? Verflucht. Gestern lag sie noch neben der Zahnbürste und der Zahnpasta. Liegt sie aber nicht mehr. Weiter in die Küche. Keine Salbe auf dem Tisch, keine im Küchenschrank. Hab ich die etwa in den Kühlschrank gelegt? Nee. So abgedreht bin ich noch nicht. Ich kratzte los. Rücken. Nacken. Arme. Alles brannte, als wäre ich nackt in einen Brennnesselbusch gefallen. Das Kratzen half nur ein paar Sekunden. Bogutt! Konzentriere dich! Wo hast du dich das letzte Mal eingerieben?

Im Schlafzimmer? Moment. Na klar. Du hast bereits im Bett gelegen, als das Jucken losging. Ich tappte weiter. Die Tube lag auf dem Nachttisch. Salbe rausdrücken. Vorsichtig, sehr vorsichtig erst auf den Rücken streichen, dann auf beide Arme. Und verreiben. Wie gut! Das kühlt.

Kurz darauf war ich nach zwei Tabletten wieder Mensch, holte mir ein Bier aus dem Kühlschrank und fuhr den PC hoch. Mit dem Kramer bin ich noch nicht fertig. Der hätte gut zur Stasi gepasst. Wer glaubt, der hockt in seiner Bibliothek und zählt seine Bücher, der irrt.

Heute Morgen habe ich ihn auf dem Weg ins Lehrerzimmer beim Spionieren erwischt. Schleicht der Typ doch von Tür zu Tür, bleibt überall stehen, nur beim Kurs von der Alt-Thaler nicht, und tippt in sein Smartphone.

Machen Sie Ihren morgendlichen Kontrollgang, Herr Kramer?, habe ich ihm hinterher gerufen. Der Kramer ist vielleicht erschrocken, hat sich rumgedreht und ist wortlos abgehauen. Musste bestimmt vor der ersten großen Pause noch rapportieren. Mit dem Kramer ist doch was faul.

Ich grinste. Na, du hast eine blühende Fantasie Bogutt. Nur weil du den Kramer nicht leiden kannst, muss der doch nicht Dreck am Stecken haben. Ist vielleicht wirklich nur ein Zuträger. Schlimm genug zwar, aber … Kein aber, in den Krimis passieren auch die unmöglichsten Sachen. Versuch es halt mal.

Ich gab *Deutsche Schule Bogota* in die Suchmaschine ein. Schöne Seite. Auf Spanisch und Deutsch. Sah nach einer engagierten Schule aus, dreisprachig, bikulturell, vom Kindergarten bis zur 12. Klasse breit aufgestellt war. Ich drückte mich durch die Button *Arbeitsgemeinschaften, Berufspraktikum, Winter- und Sommercamp*. Hier arbeiteten richtige Profis, wenn man der Philosophie der Schule Glauben schenken durfte. Im Gegensatz zum GaR haben die aber auch die Kohle, was pädagogisch Sinnvolles aufzuziehen. Der letzte Button auf der Seite hieß *Hilfsprojekt*. Neugierig klickte ich ihn an. Dahinter verbarg sich ein Projekt namens *Waisenkinder in Not*. Es lief schon seit 1995. Initiator war ein Ansgar Herzer, Lehrer an der Deutschen Schule Bogota. Interessiert klickte ich mich durch die Links zu den Zeitungsartikeln. Herzer war sehr engagiert und schien da was wirklich Langfristiges aufgebaut zu haben. Mehrere zehn Millionen Peso waren im Laufe der Zeit gespendet worden. In Euro umgerechnet reicht das bei uns gerade mal für den Abiball. Die Artikel waren alle aus dem Zeitraum 1995 bis 2010, also war danach Schluss? Nein. Hier geht es ja weiter. Großer Bahnhof für Herzer. Geht 2010 in Pension, leitet das Projekt aber ehrenamtlich weiter. Auf seiner Privatseite kann man sich auf den neuesten Stand bringen. Er freue sich, wenn man mit ihm Kontakt aufnehme. Ich klickte weiter. Jede Menge Fotos. Offizielle und private. Herzer mit Kolleginnen und Kollegen, Eltern, Unternehmern, Lokalpolitikern. Oft hielten sie überdimensionale Schecks mit handgeschriebenen sieben- und achtstelligen Zahlen in den Händen und freuten sich mit Herzer zusammen für die Kamera. Die Fotos hörten nicht auf. Das nächste noch, dann … Nein! Ich wischte mir über die Augen. Auf dem Foto, das war eindeutig Kramer, eine jüngere Version zwar, aber es war Kramer. Aber dennoch war es nicht Kramer, denn unter dem Bild stand *Ich und Kollege Wrengler anlässlich eines Besuchs des Bundesaußenministers Joschka Fischer*.

Ich nahm einen großen Schluck aus meiner Bierflasche und starrte entgeistert auf das Foto. Mein Bauch meldete sich mit barbarischen Schmerzen. Egal, vergiss die jetzt. Ich schaute immer wieder auf das Foto, machte mir diesen Wrengler-Kramer größer. Kein Zweifel, das Lachen, die spitzen, schiefen Zähne im Unterkiefer. Wrengler und Kramer mussten ein und dieselbe Person sein. Anders war das nicht zu erklären. Aber was sollte das? In was für ein Wespennest hatte ich da gestochen?

Ich drehte den Bildschirm zur Seite, weil ich Wrenglers Lachen nicht mehr ertrug. Wenn Wrengler seine dreckigen Finger in Deutschland nicht von kleinen Jungs hat lassen können ..., wer sagt dann, dass es in Kolumbien nicht genauso war? Jetzt wollte ich es genau wissen. Hastig trank ich das Bier aus. Muss das letzte für heute sein, Bogutt. Auf der Couch liegend versuchte ich weiter die Schmerzen auszublenden. Wrengler. Kramer. Gestalten tanzten durch meinen Kopf, Gedanken jagten sich. Vor Ewigkeiten war da ein junger Lehrer mit dem Hang zu Schutzbefohlenen, gedeckt und weggelobt nach Kolumbien.

Dann erzählte einer deiner Kollegen in weinseliger Laune von seinem Aufenthalt in Kolumbien. Wrengler, Kramer. Zwei Namen, aber ein Gesicht. Ich zitterte, ein kleines Rinnsal Schweiß lief über meine Wangen. Bogutt, du hast nicht geträumt oder bist dem Wahn durch die Medikamente erlegen. Das sind nicht zwei Personen, das können doch gar nicht zwei verschiedene Menschen sein. Doppelgänger? Nein, völlig absurd. Ich muss es wissen, wenn Kramer wirklich … 007 Bogutt ermittelt, hustend lachte ich. Ich richtete mich auf, schnaufte. Ruhig. Wenn das wirklich …, ich konnte es immer noch nicht glauben, aber das Foto log ja nicht.

Wie hieß dieser Leiter des Projekts noch mal? Herzig? Nee, Herzer. Der Computer war noch an, ich drückte den Bildschirmschoner weg. Kontaktaufnahme, da steht es. 00571 … Kurze Recherche im Netz. Zeitunterschied Kolumbien - Deutschland: minus 7 Stunden. Bei uns war es gleich 17 Uhr, bei denen also kurz vor 10. Ich kann es mal probieren.

Herzers Nummer war schnell eingetippt. Meine Hände zitterten wieder.

Ich stellte das Gespräch auf Lautsprecher. Es dauerte nur wenige Sekunde. Ein Mann meldete sich mit „Hola" und fuhr auf Deutsch fort:

„Guten Tag, mein Name ist Herzer."

Wahrscheinlich war ihm meine Nummer angezeigt worden. Ich konnte den Mann gut verstehen.

„Guten Morgen, Herr Herzer. Mein Name ist Bogutt. Sie werden sich bestimmt wundern, dass ich Sie aus Deutschland anrufe. Aber ein Kollege, der genauso gerne wie ich durch Südamerika reist und sogar ein paar Jahre in Bogota gelebt hat, hat mir letzte Woche Ihr Waisenhausprojekt ans Herz gelegt. Wrengler, er war ganz begeistert."

„Wrengler?"

Ich hörte erst nur noch ein schwaches Rauschen in der Leitung, dann atmete mein Gegenüber schwer ein und aus. Da schien jemand aber völlig überrascht zu sein.

„Ja, Wrengler, genau. Er hat doch bei Ihnen gearbeitet."

„Eine Zeit. Ist schon lange her."

Ich holte Luft. Jetzt …!

„Bis das damals mit den Jungs passiert ist?"

Ich spürte vor Anspannung mein Herz bis in den Hals hinaufschlagen. Saß der Schuss ins Blaue?

Wieder Stille. Ich hörte meinen Gegenüber nur atmen.

„Aber Sie sind nicht von der Presse?"

Der Schuss saß. Ich taumelte.

Mittwoch, 28.09.

Nick

Draußen waren es 22 Grad, herrlicher Sonnenschein. Die Vorbereitungen für den nächsten Schultag waren erledigt. Für den MOEX musste ich nichts abliefern. Seit vergangener Woche hatte ich keine Aufträge. Die hatten genug Freie angeheuert. So viele runde Geburtstage, diamantene Hochzeiten, Homestorys über verkannte Talente und Ortsvereinssitzungen und sonstige mehr oder minder interessante Themen gab es in Mainz ja auch nicht. Finanziell konnte ich diesen Ausfall noch verkraften. Neben der Miete hatte ich kaum Ausgaben. Abends war ich oft bei Laura, die gerne und sehr gut für uns beide kochte. Wenn ich mal alleine sein wollten oder Laura zum Yoga ging, war ich zu faul, mir was Gescheites zuzubereiten, machte eine Dose weißer Bohnen auf oder bestellte mir eine Pizza bei PEPE.

Für heute Mittag hatte mir Laura eine Überraschung versprochen. Hoffentlich plant sie keinen Fahrradausflug. Radfahren geht momentan gar nicht. Müsste sie eigentlich wissen. Weiß sie bestimmt auch. Laura ist sensibel. Nein, Laura würde keine Radtour vorschlagen. Die schlägt was anderes vor. Egal was. Hauptsache, wir unternehmen was zusammen. Und ich treffe nicht den Kramer.

Ich schaute auf den Tischkalender auf meinem Schreibtisch. Die paar Tage im September noch, der ganze Oktober, November, Dezember, der Rest vom Januar, abzüglich der Ferien, also knappe vier Monate. Hört sich nach wenig an, kann aber verdammt lange werden, wenn man Angst haben muss, einem skrupellosen Menschen zweimal wöchentlich zu begegnen. Ein geifernder Kramer drängte sich wieder vor meine Augen. Wie nachts, wenn ich endlich schlief, im Traum von einem nackten Kramer durch einen dunklen

Flur gehetzt wurde, auf eine Fensterbank sprang, das Fenster aufriss, hilflos in den dunklen Schlund schrie, weil Kramer, grässlich lachend, nach einem meiner Arme griff, den Halt verlor, mich unendlich lange im freien Fall befand und schließlich auf etwas Weichem aufschlug. Mein Schreien war jedes Mal so laut, dass es mich und Laura weckte. Oft war ich schweißgebadet. Laura streichelte dann solange meinen Kopf und hielt mich fest, bis ich ruhig atmete und wieder einschlief. Wie lange soll das noch so weitergehen?

Ich klatschte den Tischkalender auf den Schreibtisch. Irgendwann muss ich mich doch von diesem Traum befreien können.

Obwohl die Sonne auf mein Gesicht schien, bekam ich leichten Schüttelfrost und zog den grünen Pullover an, der auf dem Sofa lag. Richtig warm wurde mir nicht. Ich fror bei über zwanzig Grad. Das ist doch nicht normal. In der Küche goss ich mir einen Beutel Zitronentee auf, wärmte lange meine Hände an der heißen Tasse, trank sie im Stehen in wenigen Schlucken aus. Auf der Küchenuhr war es elf. In ungefähr einer Stunde wollte mich Laura abholen. Genug Zeit für den täglichen E-Mail-Check.

Zurück in meinem Arbeitszimmer, schnappte ich mir den Laptop, setzte mich in den Sessel, legte mir den Laptop auf die Knie, klappte ihn auf, fuhr ihn hoch und loggte mich in mein Postfach ein. Die üblichen Mails. Eine Bank versprach mir zwei Prozent Jahresrendite, ohne Risiko. Löschen. In der nächsten Mail sollte ich nur einen Link anklicken, um mir die Chance auf den Hauptgewinn zu sichern. Weg damit.

Die letzte Mail war vom MOEX mit *Betreff: Rundschreiben anlässlich der...* Der was? Sauclever gemacht, ärgerte ich mich. Wusste gar nicht, dass die mich für sowas im Verteiler haben. Neugierig öffnete ich die Mail und scrollte ein wenig nach unten.

Liebe Kollegin, lieber Kollege,
leider müssen wir Ihnen mitteilen, dass wir im Zuge betriebsinterner Umstrukturierungsmaßnahmen die Mainzer Lokalredaktion mit sofortiger Wirkung auflösen. Unter der bewährten Leitung des Kollegen Manfred Robinson werden alle bisherigen Aufgaben von der Lokalredaktion Frankfurt übernommen.
Aus diesem Grund beenden wir Ihre Mitarbeit in unserer Zeitung. Wir bedanken uns für Ihr Engagement und wünschen Ihnen für Ihre berufliche Zukunft alles Gute.
Mit freundlichen Grüßen
Ihre MOEX Verlegerfamilie

Uff. Ich las die Mail ein zweites Mal. Das ist ja ein starkes Stück. Machen den Laden in Mainz einfach dicht und werfen mich ohne Ankündigung raus. Und nicht nur mich, wie es scheint. Eigentlich hatte ich nicht unter solchen Umständen beim MOEX aufhören wollen, aber da sieht man mal, dass man als Freier wirklich der letzte Arsch ist. So erklärt sich auch, dass ich keine Aufträge mehr bekommen habe. Mein Geld werde ich ja wohl hoffentlich trotzdem noch kriegen.

Frustriert verschob ich die Mail ins Archiv, meldete mich aus dem Postfach ab und drückte den Laptop zu. Wenn ich das richtig verstanden habe, verliert Tim Henkel auch seinen Arbeitsplatz, also ist dann ja mein Auftrag von ihm auch obsolet. Okay. Muss ich wenigstens niemandem mehr am GaR hinterher spionieren. War eh nicht viel herauszukriegen. Und am Ende wäre Tim mit meinen Nachforschungen unzufrieden gewesen und ich hätte meine Stelle als Freier so oder so verloren. Abgehakt. Als Freier finde ich immer was. Oder sollte ich es nochmal an einem anderen Gymnasium probieren? Zumindest möchte ich hier nicht weggehen, nicht ohne Laura.

Donnerstag, 29.09.

Brinkhus

„Wir werden bestimmt voneinander hören, Herr Brinkhus. Die Welt ist ja klein. Und das Ministerium besonders."

Tanner zwinkerte und verabschiedete sich mit einem breiten Grinsen aus meinem Büro. Kanaille. Heute war sein letzter Tag auf dem Schulamt. Ab morgen war er ins Ministerium abgeordnet. Lächerlich. Irgendwas mit Schulentwicklung soll Tanner dort vorantreiben. Die Ministerin steht halt auf junge, unverbrauchte Talente, wie sie immer sagt. Aber ausgerechnet Tanner. War gerade mal fünf Jahre im Dienst. Hatte nie mit voller Stelle unterrichtet. Na, die werden noch ihren Spaß mit dem haben. Ich holte die Frühstücksdose aus meiner Aktentasche, legte sie auf den Tisch und öffnete sie: eine Stulle mit Kochschinken belegt, ein paar Apfelschnitze. Was soll das? Hedwig weiß doch, dass ich Schinken verabscheue. Igitt. Hungrig schob ich die Apfelstückchen in den Mund. Tanner im Ministerium. Nee, Leute. Mit der Rechtschreibung und dem Outfit. Nehmen die nur noch Typen mit diesen Sidecuts? Was soll's. Ist nicht mein Problem. Wenn denen meine Erfahrung nichts wert ist … Was esse ich jetzt? Muss mir doch wieder das vegetarische Zeug in der Kantine reinschieben. Hedwig kriegt heute Abend was zu hören. Missmutig schlug ich die Personalakte von Tanners Nachfolgerin auf. Wenigstens sieht die Kleine schnuckelig aus, soll ab Februar vom GaR kommen. Ausgerechnet. Mehr als eine halbe Stelle kriegt die aber nicht bei mir. Dr. Rott hat sie wärmstens empfohlen. Der alte Taktiker. Die Lobeshymnen klangen ein wenig zu euphorisch. Weg gelobt hat der sie. Wundert mich nicht. Der kriegt doch seinen Laden nie mehr in den Griff.

Mein Telefon klingelte. Der liebe Herr Schwiegersohn war dran. Nee, jetzt nicht. Mit dem Verweis auf eine nicht existente wichtige Dienstbesprechung wimmelte ich ihn ab und legte auf.

Habe ja geahnt, dass der einer der Ersten ist, der beim MOEX rausfliegt. Blindgänger. Und sein toller Lehrer, den ich am GaR habe platzieren lassen, hat auch nichts rausbekommen. Hätte ich mir alles sparen können. Nichts Neues über den toten Leppich im MOEX. Die Skandale am GaR haben mit den Briefen nichts zu tun. Da muss Rott für herhalten. Und ich bin gut raus aus der Nummer. Vielleicht nur ein Wichtigtuer, der ein bisschen Angst und Schrecken verbreiten wollte. Ist ihm auch gelungen. Zum Glück war alles nur heiße Luft. Hätte der Briefeschreiber was in der Hand gehabt, hätte er sich bestimmt nochmals gemeldet. Hätte mich aber schon mal interessiert, wer die zwei Briefe geschrieben hat. Am Ende der Leppich junior, aber dann müsste der alte Leppich ihm aber einiges über mich erzählt haben. Kann ich mir nicht vorstellen. Warum auch? Und vor allem nach all der Zeit. Der war doch froh, dass so vieles damals unter den Tisch gekehrt wurde. Lass die alten Gespenster endlich ruhen.

Ich schloss die Personalakte Alt-Thaler und legte sie zur Seite. Lange blieb diese Dame bestimmt auch nicht bei mir. Ach Eva ... Ich griff nach dem Foto neben der Ablage, auf dem sie mich unschuldig anlachte. Mein liebes Töchterlein. Wahrscheinlich hätte ich besser auf dich aufpassen müssen. Für Männer hast du wirklich kein gutes Händchen. Wenn dein Tim jetzt jobmäßig nicht schnell wieder auf die Beine kommt, könnt ihr den Kredit für euer Haus nicht mehr bedienen. Und glaubt bloß nicht, ich helfe euch. Eva, ich hab dich gewarnt.

Bevor sie in irgendeine Hinterhauswohnung zieht, ist es vielleicht besser, wenn sie zu uns zurückkommt. Platz genug haben wir ja. Hoffentlich hängt sie nicht zu sehr an diesem Tim. Warum ihr nicht die Affären ihres Gatten stecken? Sie wird not amused sein, wenn sie das hört und ihn aller Voraussicht nach rausschmeißen. Dann wäre der Weg frei für sie zu Hedwig und mir. Und Julia finanziere ich einen Studienplatz im Ausland. Dann haben wir alle Ruhe. Eva ist eh mit der Kleinen überfordert.

Samstag, 01.10.

Tim

Ohne Annika hätte ich die vergangenen Tage wohl nicht überstanden. Einziehen durfte ich zwar bei ihr nicht, aber regelmäßig treffen wir uns in meiner neuen Bleibe. Ich nahm einen Schluck aus der Bierflasche und betrachtete den verblichenen Wasserschaden an der Decke. Genüsslich rülpste ich, nun war ja niemand mehr da, der mich mit vorwurfsvollen Blicken bedenken konnte. Die braune Wandbespannung und die blaue Auslegeware waren locker zehn Jahre älter als ich. Aber es war billig hier und die meisten anderen Zimmer waren von Propagandisten belegt, mit denen ich abends ein Bier trinken konnte, falls Annika mal keine Zeit hatte.

Verfluchter letzter Freitag. Kam nach einem Redaktionstermin und zwei, drei Bieren mit Kollegen nach Hause, da sah ich zwei Koffer vor der Tür. Es dauerte einen Moment, bis ich realisierte, das sind meine. Was zur Hölle ... Zigmal habe ich geklingelt, nachdem mein Schlüssel nicht mehr ins Schloss gepasst hat. Endlich hat Eva aufgemacht. Julia hat grinsend neben ihr gestanden und mir den Stinkefinger gezeigt. Dann hat dieses kleine Miststück mit dem Handy ein Foto von meinem wütenden Gesicht gemacht, hat gemeint, stelle ich in Insta, mein Ex-Stiefdad, und war abgerauscht. Evas Ansage war unmissverständlich. Das Haus dürfe ich nur noch betreten, um meine paar eigenen Möbel abzuholen. Ich wäre ihre große Liebe gewesen, jedenfalls am Anfang. Und jetzt diese Enttäuschung! Was wolle ich denn mit dieser Schlampe? Mir hätte es doch bei ihr an nichts gefehlt. Sie hatte geschrien, dann waren ihr Tränen der Wut über das Gesicht gelaufen. Ja, früher, da war ja auch noch alles gut, aber Eva, mach du mal meinen Job, 24/7 eigentlich erreichbar, niemand wirklich mit deiner Arbeit zufrieden. Da muss halt irgendwie der Druck vom Kessel. Aber da konnten wir ja nie drüber reden, zumindest hatte Eva nie wirklich Lust. Ihr Anwalt meldet sich zu gegebener Zeit, das waren ihre letzten Worte, dann flog die Tür zu.

Das Knallen war so heftig, dass der Köter aus dem Nachbarhaus zu bellen anfing. Ich fuhr mit dem Auto an den Rhein, starrte stundenlang mit leerem Kopf in das dahinfließende, fast schwarze Wasser.

An allem ist mein Schwiegervater Schuld. Nachdem ich ihm nicht das geliefert habe, was er von mir erwartete, hat er mich bestimmt bei Eva angeschwärzt. Mistkerl, elender. Deine Laufbahn werde ich mir mal genauer unter die Lupe nehmen. Du bist auch kein Saubermann, dass weiß ich, und damit meine ich nicht nur die zwei Briefe, mit denen alles anfing. Ich bin zwar kein großer Lateiner, aber Friedhelm, lass es dir gesagt sein: *Homo homini lupus est. Quod erat demonstrandum.* *

Ich lachte.

---

* *Der Mensch ist des Menschen Wolf. Was zu beweisen war.*

Mittwoch, 05.10.

Nick

Laura war schon in der Schule. Da ich zum Glück frei hatte, blieb ich etwas länger liegen, brühte mir später einen Kamillentee auf, den ich mit einer trockenen Scheibe alten Toasts hinunter würgte. Mehr mutete ich heute früh meinem Magen nicht zu, obwohl ich mir ein bisschen wie befreit vorkam. Morgen war mein letzter Schultag am GaR. Direkt nach den Herbstferien würde ich mich krank schreiben lassen. Jeder Arzt würde mir eine Gastritis oder was mit den Nerven, bin ja schließlich nicht der einzige Lehrer mit einer Klatsche, diagnostizieren. Laura hatte meine Entscheidung sofort gutgeheißen. Sie könne sehr gut nachvollziehen, dass ich Kramer nie mehr begegnen wollte.

Um meine beiden Migrantenklassen tat es mir leid. Die waren sicherlich enttäuscht, wenn ich nicht mehr käme, mussten mit einem neuen Lehrer klarkommen und das Ende des Modellversuchs verkraften. Alles zusammen würde sie hart treffen.

Sorry, Leute. Später werde ich mich bei euch entschuldigen. Aber zur Zeit sehe ich einfach keine Alternative für mich. Ich muss weg aus dem GaR. Ich ging ins Arbeitszimmer, um ein letztes Mal ein paar Unterlagen für meine MIGs zu sortieren. Der kleine Zettel auf der Pinnwand über dem Schreibtisch erinnerte mich wieder an das Telefonat. *Tim Henkel anrufen* stand auf dem Zettel. Ich nahm mein Handy und wählte die eingespeicherte Nummer.

„Tim Henkel, hallo."

„Hier ist Nick Scholl. Ich wollte mich gerne noch mal melden. Nach der Mail, meine ich."

„Ja, danke."

„Wie geht es Ihnen, Herr Henkel?"

Ein kurzes Lachen rutschte durch die Leitung.

„Soweit ganz gut.“

Es klang aber anders. Stille. Wenn er nicht mit mir reden will, dann leg ich eben auf, überlegte ich.

„Ich bin jetzt nur noch am GaR, Herr Henkel. Noch.“

„Tut mir leid. Ihre Entlassung, meine ich. Sie können ja am wenigsten für die Neuausrichtung des MOEX.“

Tims Stimme klang anders als sonst. Müde, traurig.

„Ja, stimmt. Es hat mich schon ziemlich getroffen, so quasi über Nacht. Von irgendwas muss ich ja auch leben. Ich kam mir , gelinde gesagt, etwas veralbert vor. Da muss es doch vorher irgendwelche Anzeichen gegeben haben ...“

Tim sagte wieder lange nichts.

„Haben Sie eigentlich am GaR was rausbekommen, Nick?“

Wenigstens fragt er mal danach, war ja sein Auftrag gewesen, hatte er anscheinend nicht vergessen.

„Allerdings, das kann man wohl so sagen.“

Wieder schwieg Tim eine Weile. Ist das hier die Bewerbung für ein Schweigekloster? Ich war genervt.

„Was Wichtiges?“, fragte er endlich, sichtlich desinteressiert wirkend.

„Ich würde sagen etwas sehr Brisantes.“

„So, so ...“

Ich kapierte nicht, worauf er hinauswollte. Schließlich sollte ich doch in seinem Namen recherchieren.

„Sie wollen veröffentlichen, Nick?“

„Ja, wenn es klappen würde, klar …, ist doch mal was anderes als der alltägliche Kram.“

„Kann ich gut verstehen.“

In kurzen Worten skizzierte ich, was ich alles wusste, und diesmal war mir klar, dass sein Schweigen ob der ungeheuerlichen Story herrührte. Plötzlich war er Feuer und Flamme, wieder der alte Tim.

„Ich würde es unter Pseudonym veröffentlichen, grad im Hinblick auf Ihre Vergangenheit am GaR. Und nicht im MOEX natürlich, die haben Ihre Story wirklich nicht verdient. Aber es gibt ja auch andere interessante Zeitungen im Rhein-Main-Gebiet. Was zu Schreiben zur Hand? Ich gebe Ihnen mal eine Telefonnummer."

Rache
ist Eingeständnis
des Schmerzes.

Seneca
ca. 1 - 66 n. Chr.
römischer Philosoph

Samstag, 08.10.

Bogutt

Ich packte meinen Koffer, bestellte für 4:45 Uhr ein Taxi zum Hauptbahnhof und setzte mich an meinen Schreibtisch. Jetzt ist es soweit. Die letzten zwei, drei Wochen haben wieder Ruhe ins GaR gebracht. Die Aufregung um die Verhaftung von Fahrrad Klaus hat sich gelegt. Nick und Laura sind sich auch weiter näher gekommen, endlich. Wenn sie den Brief haben, wird alles vorbei sein. Ich zog den Brief aus der Schublade, schaltete die Schreibtischlampe an, setzte meine Lesebrille auf und las mir leise vor, wie zur Bestätigung, ob jetzt noch galt, was ich vor ein paar Tagen geschrieben hatte.

Lieber Nick, liebe Laura,

wenn Ihr diesen Brief gelesen habt, werdet Ihr nie mehr mit mir reden können. Ich werde tot sein. Ich bin freiwillig aus dem Leben geschieden, weil ich selbst bestimmen wollte, wie mein Leben endet. Ihr wusstet nicht, dass ich Leberkrebs im Endstadium hatte. Meine Schmerzen, die mich an manchen Tagen fast wahnsinnig werden ließen, habe ich so gut wie möglich verborgen, weil ich niemanden belasten wollte. Ihr könnt sicher sein, dass ich in meinen letzten Stunden in professionellen Händen war. Mir wurde gesagt, dass ich nicht leiden müsste. Ich hoffe, dass die Herrschaften, die mich bis zum tödlichen Finale begleiten, etwas von ihrem Job verstehen. Immerhin haben sie viel Geld an mir verdient. Holberg wird mein Fach ausräumen, die Konferenzprotokolle, die ich zurücklasse, in den Mülleimer werfen, meine Magnetschildchen abhängen und entsorgen. Der Alte wird über das anhaltende Unglück, das über das GaR hereingebrochen ist, lamentieren und beim Brinkhus schnellstmöglichen Ersatz anfordern. Business as usual. Freut euch auf die Trauerfeier, da kann der Heuchler noch mal groß auftrumpfen.

Ja, so fügt sich alles am Ende eines Lebens.
Ich hätte nie gedacht, dass Kramer so ein Schwein ist. Dem Dreckskerl bin ich auf die Schliche gekommen, nachdem ich die Tagebücher des alten Leppichs nach Jans Tod gefunden habe. Es wurde höchste Zeit für mich zu handeln. Mein letzter Wille war, diesen Kramer zu bestrafen. Das Schwein hat es verdient, dass es an den Pranger gestellt wird. Kramer darf auf keinen Fall ungeschoren davonkommen und unbehelligt seine Pension verprassen. Soll mir keiner mit irgendwelchen scheinheiligen Vorwürfen kommen. Von wegen Selbstjustiz. Niemand dürfe sich als Richter über einen anderen aufspielen. Ich kann diese Moralkeule nicht mehr hören, besonders dann, wenn Menschen wie Kramer zu Lebzeiten keinen Prozess fürchten müssen.
Ich weiß nicht, lieber Nick, liebe Laura, wie ihr darüber denkt. Ich werde es auch nie erfahren. Seid versichert, ich bereue nichts. Es gibt Situationen im Leben, in denen man Grenzen überschreiten muss. Und ich hasse Ungerechtigkeit.
Diese Kinderficker haben viele junge Menschen auf dem Gewissen. Ohne diese Verbrecher hätten sich viele Opfer nicht zu Tode gesoffen, keinen Selbstmord begangen oder würden ihr Leid nicht bis heute mit sich herumschleppen.
Ich wünsche euch eine lange, gemeinsame Zukunft.

Seid herzlich umarmt.
Euer Bogutt

Ich war mit meinem Brief zufrieden, faltete die beiden Blätter zusammen, steckte sie in einen frankierten Briefumschlag, klebte ihn zu, schrieb Nicks Adresse drauf, legte ihn zusammen mit dem zweiten Brief, der an meinen Sohn gerichtet war, auf meine Reisetasche und setzte mich in meinen Korbsessel. Meinem Sohn hatte ich geschrieben, dass ich Leberkrebs habe und zum Sterben in die Schweiz führe. Zu gegebener Zeit würde er von dort Post erhalten.

Ich wunderte mich, dass ich kein bisschen aufgeregt war. Wahrscheinlich lag es an meinem Plan, den ich mir zurecht gelegt hatte. Nach meiner Einschätzung war er perfekt. Ein Restrisiko bleibt immer, weil das Leben voller Unwägbarkeiten ist. Olga würde Montag mein übliches Küchenchaos beseitigen und die vierzig Euro, die ich auf den Küchentisch gelegt hatte, in ihr Portemonnaie stecken. Sie würde keinen Verdacht schöpfen, wenn sie mich nicht anträfe. Am frühen Morgen würde ich mit dem Zug nach Zürich reisen. Erste Klasse. Einfache Fahrt.

Die Schmerzen waren wieder heftiger geworden. Ich quälte mich aus meinem Sessel, schlich zur Garderobe und ertastete im Rucksack die Handschellen, das Werkzeug, die DVD und die Schreckschusspistole aus der Erbmasse meines Vaters.

Bis zu Kramers Haus geschah alles wie geplant. Um fünf nach zehn stieg ich mit dem Rucksack auf dem Rücken aus dem Bus. Die Straße war menschenleer. Kurz darauf stand ich vor Kramers Haus. Nirgendwo brannte Licht. Was machte aber der rote Audi direkt vor der Garageneinfahrt? Fuhr Kramer nicht einen schwarzen Skoda? Hatte er ausgerechnet heute Abend Besuch? Beruhig dich, es gibt genug mögliche Erklärungen. Und ein Besuch würde nicht ewig bleiben. Meine Hände schwitzten, obwohl es bestimmt keine zehn Grad mehr waren. Ich entschied mich zu warten. Irgendwann musste sich in diesem verdammten Haus doch etwas rühren. Ein Licht angehen, sich ein Fenster öffnen oder eine Tür aufgehen. Vor dem Haus konnte ich unmöglich stehen bleiben. Das Licht der Straßenlaterne hätte mich sofort verraten. Ich schaute auf die andere Straßenseite. Die dicke Eiche war das ideale Versteck. Kaum hatte ich mich mit Blick auf den Hauseingang an den Stamm gedrückt, flammte im Flur Licht auf.

Die Haustür öffnete sich und die ... nein, ich wollte es nicht glauben, die Finke kam heraus, zog einen karierten Rock nach unten, stieg in den roten Audi und brauste davon.

Ich wartete solange, bis das Flurlicht erlosch und im Obergeschoss das Licht anging. Vorsichtig löste ich mich vom Stamm, beobachtete kurz die Straße und betrat das Kramersche Grundstück. Geduckt schlich ich über die braune Wiese zum Seiteneingang und drückte vorsichtig die Klinke nach unten.

Die Tür war natürlich verschlossen. Aber darauf hatte ich mich zu Hause mit einem Dietrich-Set und ein paar Übungsschlössern vorbereitet. Ich setzte den Rucksack ab, holte die schwarze Tasche mit dem Werkzeug heraus, öffnete den Reißverschluss. Die Straßenlaterne gab mir zum Glück noch genügend Licht. Ich atmete tief ein und aus, zog Dietrich Nummer eins heraus und versuchte ihn in den Zylinder zu stecken. Er passte nicht. Dietrich zwei. Wieder erfolglos. Ich scheiterte auch mit Dietrich drei, vier und fünf. Vier Dietriche waren jetzt noch übrig. Bei Versuch sechs zitterte meine Hand heftiger, als ich ihn auf den Zylinder steckte. Endlich! Der passte. Die Tür ließ sich völlig lautlos öffnen. Ich verstaute das Werkzeug wieder im Rucksack, nervös griff ich nach dem Revolver, umklammerte ihn mit der schweißnassen rechten Hand und blickte mich in dem Raum um.

Beinahe wäre ich über ein paar schmutzige Gartenstiefel gestolpert, ich konnte mich gerade noch rechtzeitig abstützen. Die kleine, aber leistungsstarke Taschenlampe, die ich glücklicherweise zuhause noch in meine Hosentasche gesteckt hatte, leistete mir jetzt gute Dienste. Fast hätte ich sie vergessen, schöner Plan, ärgerte ich mich und atmete durch. Eine angelehnte Tür führte in den Flur, im Lichtkegel sah ich eine geschwungene Steintreppe, die in das obere Stockwerk zu führen schien. Nur ein dünner Lichtschein war am oberen Treppenende zu sehen. Ich fühlte mein Herz bis in den Hals pochen, mein Mund war staubtrocken. Da oben musste das Schlafzimmer sein.

Schritte ..., hoffentlich kam Kramer jetzt nicht runter. Nein, nur die Toilettenspülung, ich atmete hörbar aus. Leg dich endlich ins Bett! Minuten, die mir wie Stunden erschienen, ich hatte Angst, dass mein Atem bis in das obere Stockwerk zu hören war. Vorsichtig erklomm ich endlich die Treppe, unendlich langsam kam ich mir vor. Der Flur war mit einem schmalen roten Läufer belegt, mehrere geschlossene Türen zweigten beidseits ab, nur aus einer am Ende des Flures schien ein leicht gelblicher Lichtstrahl. Meine Schmerzen meldeten sich wieder. Höchste Zeit, mein Urteil zu vollstrecken. Ich nahm meinen gesamten Mut zusammen und riss die Tür auf, blickte auf ein riesiges Doppelbett, in dem mein Kollege Kramer mit offenem Mund und geschlossenen Augen lag. Das Schwein schlief selig. Mit schnellen Schritten stand ich neben dem Bett, zitternd und schwer atmend.

„Du altes Schwein!“, schrie ich und richtete den Revolver auf den Schlafenden. Kramers Oberkörper schnellte trotz seiner enormen Leibesfülle in die Höhe, zwei erstaunte, fragende Augen starrten mich an.

„Was ... Bogu...“, stammelte er.

„Schnauze.“

Kramer fiel zurück auf sein Kissen, mich immer noch verständnislos anstarrend.

Bevor er wieder etwas sagen konnte, drückte ich meine linke Hand sehr fest auf seinen Mund.

„Halt dein Maul, Kramer. Sonst drücke ich sofort ab. Hast du verstanden?“

Kramer nickte. Ich zog meine linke Hand zurück. Der Revolver zielte weiter auf seine Stirn.

„Was zur Hölle willst du von mir, Bogutt?"

In seiner Stimme schwangen Angst und Unverständnis.

„Aufstehen! Mitkommen!"

Kramer warf die Bettdecke zur Seite und stand langsam auf. Sein Bauch hing über einer weißen Unterhose heraus. Sonst war er nackt. Wie ein hilfloser, kleiner Junge, der sich vor Angst gleich in die Hose machen würde, stand er vor mir. Wie deine hilflosen Opfer, dachte ich.

„Bist du gänzlich verrückt geworden, Bogutt? Willst du mich umbringen?"

Cleveres Kerlchen, gern hätte ich jetzt gelacht, anstatt mir selbst beinahe vor Angst in die Hosen zu machen.

„Nicht gleich, Kramer."

Ich versuchte, meine Stimme fest klingen zu lassen.

„Pimperst du jetzt auch die Finke?"

„Die kommt freiwillig, Bogutt."

„Zu dir kommt keine Frau freiwillig, erzähl mir nichts. Die bezahlst du oder setzt sie mit irgendetwas unter Druck."

„Die Fotos hast du auch ...", krächzte er, dann versagte seine Stimme.

„Was für Fotos? Hast du Schwein etwa dabei noch Fotos gemacht?"

Kramer blickte mich unverständlich an, hustete, erblich und schnappte nach Luft. Der wird mir doch nicht wegsterben, bevor …

„Atme, du Idiot."

Kramer stützte sich auf den Bettpfosten, seine Gesichtsfarbe normalisierte sich langsam.

„Was willst du eigentlich von mir, Bogutt?"

Ich betrachtete die traurige Gestalt vor mir.

„Das wirst du gleich sehen. Wo ist dein Computer?"

„Was, warum?"

„Du bist nicht in der Situation, Fragen zu stellen, Kramer.

Zeig mir einfach, wo er ist."

„Unten im Arbeitszimmer."

Vage deutete er mit einer Hand in Richtung Flur.

„Geh vor, Kramer. Langsam, und denk dran, ich habe die auf dich gerichtet."

Ich schwenkte die Waffe vor seinem Gesicht, atmete wieder tief ein und hoffte, er würde mein Zittern nicht bemerken. Kramer ging schweigend vor mir die Treppe hinunter, öffnete eine Tür auf der rechten Seite und wollte zum Lichtschalter greifen.

„Finger weg, Kramer. Das Licht genügt."

Ich schaltete meine Taschenlampe wieder ein und Kramer folgte dem Lichtkegel zum PC neben dem Fenster.

„Setzen und PC hochfahren!"

Die Waffe immer noch in einer Hand stand ich neben ihm, ließ vorsichtig den Rucksack von meinem Rücken gleiten und zog eine DVD heraus. Kramer starrte auf den Bildschirm, kurz darauf blickten wir auf einen goldgelben Sandstrand, blaues Wasser und grüne Palmen.

„DVD-Fach öffnen!"

Kramer schwieg und gehorchte. Ich drückte ihm die DVD in die Hand.

„Einlegen und starten!"

Schweißperlen standen auf seiner Stirn, er zitterte leicht.

„Was soll das alles Bogutt?"

„Du wirst es gleich sehen."

Mein Revolver berührte jetzt Kramers Hinterkopf. Kramer nestelte die DVD aus der Hülle und schob sie in das Fach. Alles schien ewig zu dauern, dann erschien auf dem Bildschirm der ersehnte Hinweis.

„Jetzt auf *play* drücken", befahl ich.

Der Film startete. Für dieses Mitbringsel hatte ich stundenlang das Internet und Onlineshops durchforstet. Auf dem Monitor erschien der Titel *Das Fest*. Die Handlung passte zu dem Schwein. Es ging um Missbrauch. Missbrauch in der eigenen Familie.

„Warum muss ich mir das ansehen, Bogutt?"

„Weil der Vater genauso ein Kinderficker ist, wie du einer bist."

„Kinderficker? Wer sagt das Bogutt?"

Seine Stimme war etwas zu schrill. Kramer wollte sich rumdrehen.

„Schau nach vorne!"

Ich drückte den Revolver noch fester auf Kramers Hinterkopf. Dicke Schweißperlen liefen über sein Gesicht, zitternd klammerte er sich an den Schreibtisch.

„Wrengler."

Scheiße, jetzt stirbt er mir, kreidebleich zitternd starrte mich Kramer an.

„Woher ...?"

Seine Stimme erstarb.

„Also ist alles wahr. Leppichs alter Herr hat Tagebücher hinterlassen. In denen steht vieles über deine Verbrechen, damals im Internat, als der alte Leppich dein Chef war und dich gedeckt hast, weil er um den guten Ruf seiner Schule fürchtete. Und ja, Wrengler hast du damals gehießen. In Kolumbien warst du jahrelang Lehrer an der Deutschen Schule in Bogota, bist dann wegen deiner Frau zurück nach Deutschland. Irgendwo wurde aus Wrengler Kramer. Wie du das geschafft hast, weiß ich nicht, jedenfalls ist dir keiner auf die Schliche gekommen. Deine neue Identität war wohl perfekt. Wenn ich nicht bei Jan die Tagebücher gefunden hätte …"

Kramer schüttelte heftig seinen Kopf.

„Gar nichts weißt du. Der alte Leppich hatte nur seine Schule im Kopf, dem war ich doch egal."

„So egal auch wieder nicht. Sonst hätte er dir nicht eine Stelle an der Deutschen Schule in Bogota besorgt."

Kramer zuckte kurz zusammen.

„Bogota? War ich nie gewesen."

„Doch, Kramer. Deine Ex hat es mir selbst erzählt. Du warst dort und hast auch da deine widerlichen Griffel nicht bei dir behalten können. Herzer, sagt dir das was?"

Kramer zuckte wieder zusammen, eine schon fast peinliche Welle Tränen ergoss sich über sein Gesicht. Aus seinem Mund kam nur noch unverständliches Brabbeln.

„Reiß dich zusammen."

Kramer blickte auf, Rotzfäden hingen aus seiner Nase, die roten Augen weit geöffnet.

„Stopptaste drücken, Kramer. Wir machen jetzt gemeinsam Online-Banking. Das kannst du doch sicherlich. Dann guckst du weiter Film."

„Ich, ich, ich meine, ich mache kein Online-Banking."

„Quatsch nicht dumm rum, Kramer. Du hast neulich selbst laut im Lehrerzimmer getönt, dass du jetzt nur noch Online-Banking machst, also red' keinen Scheiß."

Die nächsten Minuten verbrachte ein zitternder und wimmernder Kramer damit, sich in seinen Bankaccount einzuloggen. Sieh an, sein Girokonto zeigte ein Guthaben von über 10 000 Euro. Perfekt. Ich diktierte Kramer den Namen einer Organisation und eine Bankverbindung.

„Für die soll ich zahlen?"

„Richtig. Genau für die. Die können dein Geld gut gebrauchen."

„Aber doch nicht alles."

„Nein, nicht alles, mehr. 25 000."

„25 000? Du spinnst. Soviel habe ich nicht."

„Doch, Kramer. Du überziehst dein Konto. Ganz einfach. Abteilungsleitergehalt mal 3. Macht geschätzte 15 000 Euro.

Gib das Tagesüberweisungslimit ein! 25 000! Los mach schon!"

Resigniert tippte Kramer alles wie gewollt ein. Sekunden später summte sein Handy. Die TAN für die Überweisung. Kramer gab die Zahlenkombination ein. Fertig. Er stöhnte laut.

„Und jetzt Bogutt, und jetzt?"

„Jetzt guckst du den Film alleine weiter, Kramer."

„Alleine?"

„Ja, du ganz alleine."

Ich behielt den Revolver in der Hand, holte die Handschellen aus dem Rucksack. Willenlos ließ er sich mit den Händen an den Stuhl fesseln. Den Schlüssel der Handschellen steckte ich ein.

„Der Film dauert insgesamt 100 Minuten. Gute Unterhaltung. Und schlaf mir ja nicht ein."

Ich lachte, drückte den Fortsetzungsknopf.

Wortlos hing Kramer auf dem Stuhl, starrte vor sich hin.

Ich verließ das Haus so, wie ich gekommen war. Bis Kramer gefunden wurde, war ich in der Schweiz.

Sonntag, 09.10.

Nick

Es war elf Uhr. Laura war auf die Minute pünktlich. Ich verstaute meinen Koffer auf die Rückbank ihres Minis. Laura hatte entschieden, einfach loszufahren. Wir würden schon einen Ort finden, an dem wir uns wohlfühlten. Hauptsache, weg aus Mainz, dachte ich.

Lächelnd steuerte Laura ihren Wagen über die Autobahn in Richtung Süden und bog schließlich auf die *Deutsche Weinstraße* ab. Vor uns lagen traubenbehangene Weinberge und die Ausläufer des Pfälzer Waldes. In einem Dorf stoppte sie vor einem kleinen Gasthof namens *Zur Traube.* Teile der Hausfassade waren passenderweise mit Weinreben bedeckt.

„Hier ist es schön, Nick. Lass uns hier bleiben."

Laura lächelte glücklich. Wir verbrachten einen wunderschönen Tag, wanderten zum Hambacher Schloss und genossen zum Abend eine leckere Wildplatte mit Pfälzer Wein.

Am nächsten Morgen wartete Laura bereits am Frühstückstisch auf mich. Ich eilte zu ihr. Wir küssten uns.

„Ich konnte nicht mehr schlafen, Nick."

Laura goss mir eine Tasse Kaffee ein und schob mir ihren Laptop zu.

„Da lies mal, Nick."

In der Online-Ausgabe des MOEX stand fett gedruckt **Überfall auf Pädo-Lehrer**. Darunter war ein Foto vom Tatort in Gonsenheim zu sehen, ein villenähnliches Gebäude. Ich überflog den Artikel. *Der allein lebende Besitzer Gerhard K. (63), Studiendirektor an einem Mainzer Gymnasium, ist auf Grund eines anonymen Anrufs in der Nacht zum Sonntag von der Polizei fast nackt an einen Stuhl gefesselt in seinem Arbeitszimmer aufgefunden worden. Im Zuge weiterer Ermittlungen hätte die Polizei riesige Datensätze* *kinderpornografischen Materials sichergestellt. Gerhard K. hülle sich bisher in Schweigen.*

„Jetzt haben sie dieses dreckige Schwein endlich erwischt", sagte ich und schob den Laptop zu Laura zurück.

Ich trank einen Schluck Kaffee. Der Appetit auf das Frühstücksbuffet, das schräg gegenüber aufgebaut war, war mir vergangen.

„Ich habe heute Morgen keinen Hunger."

„Ich auch nicht, Nick. Gut, dass sie ihn haben. Wer mag wohl aber hinter diesem Überfall stecken?"

Dienstag, 11.10.

Im Büro des Vereins *Gegen den sexuellen Missbrauch* sortierte eine Mitarbeiterin die Kontoauszüge der vergangenen beiden Wochen. Schweigend überflog sie die losen Blätter und heftete sie ab. Als sie den kleinen Stapel fast abgearbeitet hatte, hielt sie sich vor Schreck eine Hand vor den Mund, starrte auf einen Auszug und rief zu ihrer Kollegin, die im Nachbarraum saß:

„Rosl, Rosl! Du wirst es nicht glauben. Ein Herr Kramer hat uns 25 000 Euro gespendet."

„Will der eine Spendenbescheinigung, Helga?"

„Nein, Rosl. Jedenfalls steht auf dem Kontoauszug keine Adresse."

„Kennst du einen Herrn Kramer?", fragte Helga.

„Nein, Rosl. Es muss aber ein guter Mensch sein."

Dienstag, 18.10.

Nick

Die schönen Tage mit Laura waren leider viel zu schnell vorübergegangen. Zuerst hatten wir Bogutts Brief im Sammelsurium von Post und Werbung übersehen, zumal er keinen Absender trug. Tief gerührt lasen wir seine Zeilen. Warum hat er sich uns nur nie offenbart? Ich nahm Laura in den Arm, spürte ihre Tränen auf meinem Shirt. Wie viel Mut dazu gehört, diesen letzten Schritt zu gehen? Der Alltag holte uns dennoch schnell ein, es waren noch Ferien, aber jeder hatte genug Eigenes zu erledigen.

Nach dem Frühstück las ich auf der Online-Seite der AZ endlich meine Geschichte. Tims Telefonnummer hatte mich direkt mit dem Chefredakteur Lokales verbunden. Erst war der Mann etwas zurückhaltend, als ich ihm vom Missbrauch in meiner Vergangenheit erzählte. Nach einem persönlichen Gespräch in seinem Büro hatten ihn meine emotional aufgeladenen Detailschilderungen der Verbrechen aber davon überzeugt, dass ich keine haltlosen Anschuldigungen vorbrachte, um jemanden denunzieren oder mich auf andere Weise wichtig machen zu wollen. Die AZ schrieb wirklich alles, was ich über Kramer alias Wrengler und meine Internatsjahre zu Papier gebracht hatte. Am Ende des Artikels stand, dass der Schulleiter des GaR auf die Anfrage nach einer Stellungnahme nicht reagiert habe, der Vertreter des Schulamts keine Auskunft geben dürfe und die Ministerin sich in diesem frühen Stadium nicht persönlich äußern wolle. Solange nicht das Gegenteil bewiesen sei, gelte für den Lehrer natürlich die Unschuldsvermutung, hatte ein Journalist meinen Artikel ergänzt. Als ich die Seite schließen wollte, blinkte eine EILMELDUNG auf.

Selbstmord im Gefängnis? Lehrer tot in seiner Zelle aufgefunden.

Es ist erstaunlich,
wie wenig die Menschen
einander verstehen,
aber noch viel erstaunlicher,
wie wenig es darauf ankommt.

Hans Krailsheimer

1888 - 1958

deutscher Jurist und Schriftsteller

Dienstag 26.10., 7:45 Uhr

Dienstversammlung im GaR

„Silentium!!", skandierte Gully in die vielstimmige Wirrnis des Lehrerzimmers.

„Shout, shout, let it all out!" *

Die blecherne Stimme begann zu singen und klatschte rhythmisch. Laura grinste, als einige Kollegen und Kolleginnen klatschend in den Rhythmus einfielen.

„Ja, sind denn alle hier verrückt geworden?", schrie Gully in die Runde.

„Nein, aber es macht die Runde, Dr. Rott wäre weg."

„Und Holberg auch."

„Wir sind ein führerloses Schiff."

„Wer rückt denn jetzt nach?"

„Gibt es etwas Konkretes?"

„Kindergarten, was für ein Kindergarten!"

„Ruuuheeee!"

Gully schrie und stützte sich auf einen der Tische.

„Ruhe, bitte …"

Es wurde leise.

„Dr. Rott hatte einen Herzinfarkt, zum Glück nur einen leichten, aber er wird uns dieses Schuljahr nicht mehr beehren können. Und Holberg, ja, er hat sich krank gemeldet, die Nerven, liebe Kollegen, die Nerven."

„Ja, die liegen blank, weiß Gott, aber nicht nur bei Holberg …"

Ein paar Sekunden war Totenstille.

„Das ist ja fürchterlich. Das sind ja zwei menschliche Tragödien auf einmal. Beide wollten doch bald in Pension gehen."

„Ich kann nicht. Nein. Ich kann heute keinen Unterricht halten."

---

* *Shout* von *Tears for Fears*

„Wie geht es jetzt mit uns weiter? Ich meine, wer führt jetzt unsere Schule? Da entsteht doch ein Führungsvakuum."

„Und wer macht die Stundenpläne? Und die Orga muss auch einer übernehmen. Wie stehen wir denn sonst bei unseren Eltern und Schülern da?"

„Ich kann meinen Unterricht keinesfalls verlegen, bitte schön, ich trainiere schließlich unseren Elitekader. Für den habe ich alle Abläufe für eine ganze Saison minutiös durchgeplant."

„Schämen Sie sich. Wie kann man jetzt an so was denken. Beten Sie lieber für Herrn Holberg. Und Dr. Rott."

„Und für Kramer."

„Ja, Kramer, weiß man da eigentlich etwas Neues?"

„Ekelhaft, dieser Kinderficker. Was ein Schwein. Nimmt sich einen Strick und entzieht sich einer gerechten Strafe. Für den bete ich nicht."

„Über Tote soll man nicht schlecht reden."

„Soll nicht, aber man kann. Und da hindert mich auch niemand."

„Ein Mensch ist gestorben. Man muss kein Verständnis für seine schrecklichen Taten aufbringen, aber ein würdevolles Begräbnis hat jeder verdient."

„Kastrieren hätte man ihn sollen …"

„Anonym verscharrt gehört der. Kramer war mir noch nie geheuer. Wie der nach den Jungs aus der Unterstufe geschaut hat. Jetzt ist mir auch klar, warum er bei den Kleinen so gerne unterrichtete."

Wieder überschlugen sich die Stimmen, selbst der Gong zum Unterrichtsbeginn ging im allgemeinen Trubel unter.

„Ruhe, Ruhe."

Wieder schrie Gully.

„Sonst lass ich den Saal räumen! Ordner an die Front!", plärrte die Plastiktüte lachend.

Kurzes Gelächter. Gully schüttelte den Kopf. Seine dünnen weißen Haare flogen hin und her.

„Immer der Reihe nach, liebe Kollegen."

„Und liebe Kolleginnen, soviel Zeit muss sein."

„Unsere Quotenpfäffin. Natürlich."

„Es gendert wieder."

„Ohne uns Frauen ..."

„Da wäre die Welt leichter."

„Ich muss doch sehr bitten!"

„Bunter, unsere Welt muss bunter werden."

„Und vielleicht noch eine Lesbe als Chefin ..."

„Was wäre daran so schlimm?"

„Von so einer würde ich mir ..."

„Und sie kamen hernieder und sangen böse Lieder", lachte die Plastiktüte.

Der Personalrat breitete seine Arme wie ein Messias aus.

„Das GaR ist kein führungsloses Schiff, das hilflos in starken Winden treibt."

„Gully, der neue Kolumbus auf der Suche nach neuen Welten. Bleib bei deinen Leisten. Du bist nur ein Mathematiker."

„Auf keinen Fall", fuhr Gully ungerührt fort, „darf in diesen Tagen ein Führungsvakuum entstehen. Deshalb übernehme ich als euer gewählter Vertreter für die Schulleitung ab sofort alle notwendigen administrativen und repräsentativen Aufgaben, bis ein neuer Schulleiter eingesetzt wird. Frau Alt-Thaler ist ab sofort für die Stundenpläne zuständig. Die Stelle von Kramer wird interimsweise von Herrn Loevenich und Frau Finke übernommen."

„Die Zwei verstehen sich ja auch prächtig", rief jemand leise.

„Ich denke, mit dieser Lösung sind wir gut aufgestellt."

Gully schaute auf die Lehrerzimmeruhr.

„Es ist zehn nach acht. Ich bin sicher, dass uns Frau Alt-Thaler die zehn Minuten verspäteten Unterrichtsbeginn durchgehen lässt."

Die Alt-Thaler nickte irritiert und betrachtete ihre langen dunkelroten Fingernägel.

„Das war es dann, meine lieben Kolleginnen und Kollegen", sagte Gully abschließend.

„Alles Weitere dann die Tage."

Seine letzten Worte gingen bereits im allgemeinen Stühlerücken unter, als die Tür aufflog.

„Herr Bogutt ist auch tot", rief die Schwenke kreidebleich ins Lehrerzimmer hinein.

„Waasss?", entgeistert starrte Gully sie an.

„Mein Gott. Wie ist denn das passiert?"

„Sein Sohn hat eben angerufen. Sein Vater sei in den Herbstferien einem Krebsleiden erlegen. Mehr hat er leider auch nicht gesagt", antwortete die Schwenke und hielt sich mit einer Hand an der Türklinke fest.

„Wir werden alle sterben."

„Schwätz nicht so dumm."

„Krank sah er ja schon aus."

„Warum hat er uns nie was von seiner Krankheit gesagt?"

„Weil niemand von euch ernsthaft zuhörte, wenn Bogutt was sagte."

„Was der Arme wohl die ganzen Jahre mit sich rumgeschleppt hat?"

„Wir gehen alle vor die Hunde. Wer geht mit?", lachte die Plastiktüte blechern, ging zur Tür, stellte sich neben die Schwenke, verbeugte sich kurz und rief ins Lehrerzimmer

„Quo vadis, mein verehrtes GaR?"

Leppichs Ende

Ich bin wütend auf den Sensenmann. Warum hatte er es so eilig mit mir? Keine Ahnung. Ich hatte nie viel verbrochen. Ein paar Jugendsünden. Haschisch rauchen, Schwarzfahren, ein paar Flaschen Alk klauen. Bin nie erwischt worden. Später habe ich mich ein paar Mal mit Nutten vergnügt. Und gezockt. Die Zockerei hat mich ruiniert. Ich hatte einen Arsch voll Schulden. Habe denen mit meinem Ausstieg gedroht, wenn sie mich nicht endlich in Ruhe ließen. Ständig waren sie hinter mir her. Dann habe ich den Brief an die Bullen geschrieben. War eine Kurzschlusshandlung. Mit allen kompromittierenden Fotos von den Glücksspielen im Hinterzimmer beim *Fahrrad Klaus*. Der kriegt bestimmt Knast und kann sich für lange Zeit ein paar Schülerinnen-Ärsche im Spind betrachten. Sein Laden wird dicht gemacht. Und seine Pension ist auch futsch. Na ja, als Vorturner in irgendeinem Sportstudio wird es schon reichen. Und Brinkhus, dem ist sein Arsch erst mal auf Grundeis gegangen, er wäre nicht der Erste gewesen, der für Dinge grade stehen muss, für die er nichts kann. Die zwei anonymen Briefe haben dem Brinkhus bestimmt ein wenig Angst eingejagt. Und wegen der A14-Stelle für mich hätte er sich auch mal ein bisschen mehr ins Zeug legen können. Schließlich hat ihm mein alter Herr damals einen sehr gut bezahlten Job besorgt.

Eigentlich kann der liebe Gott mit mir im Großen und Ganzen zufrieden sein. Wenn es denn Gott überhaupt gibt. Wenn dem aber nicht so ist, gibt es auch keine Hölle, dann gäbe es einfach nur nichts. Irgendwie unschön. Über den Tod habe ich mir nie ernsthaft Gedanken gemacht. Wer denkt denn groß an sowas, wenn er gerade fünfundvierzig geworden ist? Nach jedem Check bestätigte mein Doktor, dass ich gesund sei. Bis eben auf das Herz. Dieses Scheißherz, irgendwas Genetisches, die Pumpe schlägt nur unregelmäßig. Ich solle Aufregungen vermeiden, hat mir der Doktor geraten. Lehrer sein und sich nicht aufregen? Der Arzt hat ja keine Ahnung. Natürlich ist das Herz Schuld an meinem Tod. Mein Schwachpunkt halt. Mein größter Schwachpunkt neben der Spielsucht. Roberto, dieser alte Drecksack, hatte mich an den Rhein bestellt, Picknick hatte er gesagt, eine Tour mit unseren Maschinen planen. Geld hatte er gewollt, alles, was ich der Clique um Fahrrad Klaus schuldete. Sie hätten ja auch Außenstände ... Gelacht hatte ich, herzhaft gelacht. *Ehrenschulden? Keinen Cent seht ihr von mir.* Eigentlich mochte ich ja Roberto, ein begnadeter Geschäftemacher. Vielleicht hat er mir was in den Wein geschüttet? Im Auftrag von John, Fahrrad Klaus oder einem anderen Zocker? Die wollten mich los sein, weil ich aussteigen könnte, sie verpfeife. Habe ich ja auch, aber wissen konnten sie das doch nicht. Als ich das erste Glas ausgetrunken hatte, schenkte mir Roberto sofort nach. Ich trank weiter, aß etwas Parmaschinken, ein paar Scheiben Weißbrot. Müde wurde ich plötzlich, sehr müde. Am liebsten hätte ich mich in den Sand gelegt. Ich erinnere mich, wie Roberto meinen Arm packte, mich schüttelte und irgendetwas rief, dann aber plötzlich verschwand. Meine Beine wurden immer schwerer, die Sonne unerträglicher. Was ist nur los mit mir? Dann spürte ich das Herzstechen. Wie aus dem Nichts, ich bekam keine Luft mehr, mir wurde heiß, langsam taumelte ich Richtung Wasser ... Abkühlung ... es tat höllisch weh. Wasser, Wasser. Ich spürte Wasser um mich, ließ mich von ihm tragen, alles wurde immer verschwommener, bedeutungsloser, ich fühlte mich leicht, nur noch sinnlose, entleerte Materie, ich begann zu verschwinden in einem gigantischen Meer von Zufriedenheit, für immer ...

Reinhard Boos studierte Wirtschaftspädagogik und unterrichtete an Berufsschulen.
Nach dem Studium der Sonderpädagogik begleitete er Kinder, Jugendliche und Erwachsene, die sich aus unterschiedlichen Gründen außerhalb bürgerlicher Normen bewegen. Aufbruch, Neugierde und ungewöhnliche Herausforderungen ziehen sich wie ein roter Faden durch sein berufliches und privates Leben.

Ein besonderes Dankeschön gilt meinem Lektor **Christian Ramthun**, der den Roman mit vielen kreativen und originellen Ideen bereichert hat, und **Martina Wassenberg** für die sorgfältige, intensive Textkorrektur.

Chapeau! vor allen engagierten Ex-Kolleginnen und Kollegen, die in diesen schwierigen Zeiten dazu beitragen, dass unsere Gesellschaft nicht auseinanderbricht.

Schreiben Sie mir, wie Ihnen mein Buch gefallen hat.

info@bildtrifftbuch.com

Ich beantworte jede Mail persönlich.

Reinhard Boos

Tödliches Finale

Für den beliebten Fußballverein geht es um alles ... um den Aufstieg in die Erste Liga.
Doch vier Tage vor dem entscheidenden Spiel verschwindet der Torjäger spurlos.
Ein Wettlauf mit der Zeit beginnt. Kommissar Fuchs begegnet bei seinen Nachforschungen einem Teufelskreis aus Existenzangst, Machtbesessenheit, Glücksspiel und Geldgier.

10,95 Euro
ISBN 3-9808820-0-4

info@bildtrifftbuch.com
www.bildtrifftbuch.com
Umschlaggestaltung, Fotos und Layout:
biboos Ilustration, Ingelheim
Lektorat: Christian Ramthun
Druck: TZ-Verlag & Print GmbH, 64380 Roßdorf

ISBN 978-3-9822279-1-7